LES SENTINELLES

DE LA MÊME AUTRICE

Tous les vivants, L'Olivier, 2016.

Lark et Termite, Christian Bourgois, 2009.

Traits d'union, Christian Bourgois, 2001.

Camp d'été, Plon, 1996.

Rêves de machine, Albin Michel, 1992.

Voies express, Christian Bourgois, 1990.

Billets noirs, Belfond, 1982.

www.editionsphebus.fr

Publié sous le titre original *Night Watch*
par Alfred A. Knopf, en 2023.

ISBN : 978-2-7529-1474-3

JAYNE ANNE PHILLIPS

LES SENTINELLES

Traduit de l'anglais (États-Unis) par
MARC AMFREVILLE

PHÉBUS

Asile d'aliénés de Trans-Allegheny, Weston, Virginie-Occidentale.

À mes grands-pères,

Warwick Phillips (15 septembre 1886 – 1er août 1919)
de Roaring Creek, Virginie-Occidentale,

James William Thornhill (31 juillet 1867 – 21 août 1943)
de Buckhannon, Virginie-Occidentale,

et à la grand-tante Jenny de ma grand-mère,
Grace Boyd Thornhill,
qui a accueilli son mari au retour de son incarcération
dans l'ignoble Libby Prison de Richmond en 1865.

Je m'intéresse à ce qui suscite et rend possible ce processus d'entrée dans ce dont on est éloigné.

TONI MORRISON, *Playing in the dark : blancheur et imagination littéraire*

La Virginie-Occidentale aurait dû depuis longtemps avoir une existence distincte en tant qu'État. L'Est a toujours considéré la partie du pays qui s'étend à l'ouest des montagnes comme un territoire à dominer… Notre État est l'enfant de la rébellion ; pourtant, notre paix, notre prospérité et notre félicité, ainsi que celles de la Nation entière, exigent que cesse immédiatement toute tentative de renverser le Gouvernement de nos pères ; il est donc de mon devoir, dès la fin de ces cérémonies, d'entreprendre sur-le-champ d'aider les Autorités fédérales à arrêter leur action destructrice.

GOUVERNEUR ARTHUR I. BOREMAN, Discours inaugural d'investiture devant les Représentants de l'État de Virginie-Occidentale, Wheeling, Virginie-Occidentale, 20 juin 1863

Je ne peux pas vous donner une idée exacte de la moitié des exactions dont j'ai été témoin, devenues aujourd'hui si banales qu'elles ne provoquent même plus de sentiments d'horreur.

LIEUTENANT CHARLES HARVEY BREWSTER
Dixième régiment d'infanterie du Massachusetts, mai 1864.
La guerre de Sécession : la dernière année, racontée par ceux qui l'ont vécue.
Textes rassemblés par Aaron Sheehan-Dean.

Ce que je dis, c'est que toute cette guerre, nous la portons en nous.

DENIS JOHNSON, *Arbre de fumée*

PREMIÈRE PARTIE

1874

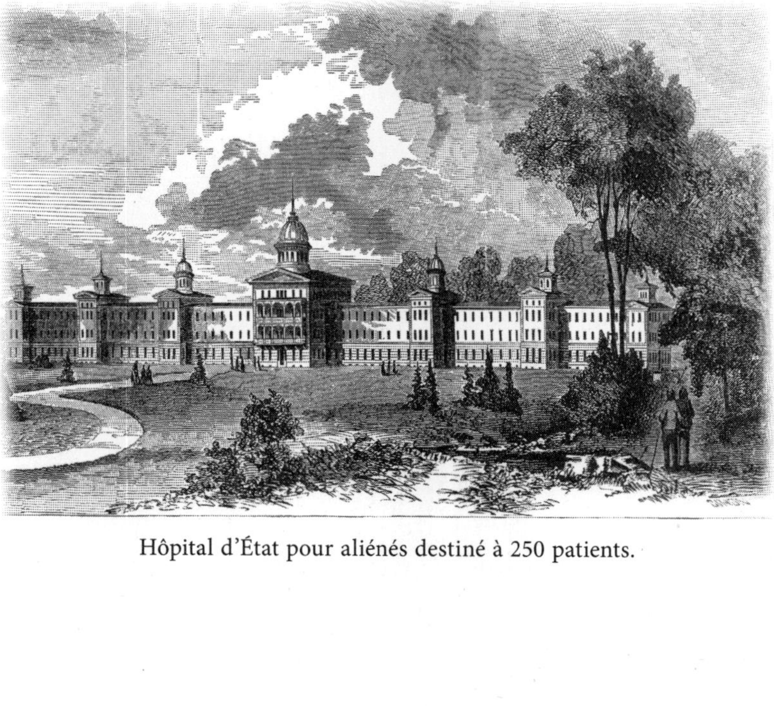

Hôpital d'État pour aliénés destiné à 250 patients.

« Une des plus douloureuses particularités de la folie est que son traitement implique pour beaucoup l'éloignement de leurs familles ; et tout le réconfort et l'aisance que la fortune ou la plus tendre affection peuvent procurer se révèlent souvent d'un faible secours... Au seul nom de notre humanité commune, chaque État devrait prendre de généreuses dispositions pour le soin de tous ses malades mentaux... en premier lieu des plus démunis. »

Dr Thomas Story Kirkbride,
De la construction, l'organisation et l'aménagement d'hôpitaux pour les aliénés, 1854

ConaLee
UN VOYAGE
Avril 1874

Je suis montée dans la carriole et Papa m'a fait asseoir à côté de Maman, tous les trois sur la banquette de bois.

– Tiens-lui les mains, il m'a dit, comme elle aime. Reste bien près d'elle et empêche-la de bouger.

Je l'ai vu se baisser pour attacher la cheville de Maman à la sienne avec une corde. J'avais chaud parce qu'il m'avait forcée à porter mon bonnet pour protéger ma peau et éviter les rides au coin des yeux. Au cas où un jour, finalement, je deviendrais quelqu'un.

– Parle-lui, il m'a dit. Expliques-y que l'endroit où qu'on l'emmène va lui plaire. Une très belle maison, un peu comme un château, avec un beffroi. Expliques-y.

– Ça va te plaire, Maman. C'est une belle maison, toute en pierre, comme un château.

– Dis-y, pour les palmiers.

– Il y a des palmiers en pots, Maman, et des canapés en velours, comme dans un hôtel chic.

– Et arrête de l'appeler Maman ! Tu vois bien comment qu'elle est habillée.

Il avait déniché cette tenue chez un veuf qui se débarrassait du sac de voyage de sa femme et de ses vêtements : cotillons, dessous en soie, jupes, justaucorps de satin et jaquette courte à manches bouffantes, un filet à cheveux avec un peigne en nacre. Notre voisine avait tressé et relevé les boucles brunes de Maman comme sur la couverture du *Godey's Lady's Magazine* qu'on avait punaisée au mur.

– Tu sais très bien comment que tu dois l'appeler. Tâche de pas te tromper.

– Tu m'as dit de l'appeler Miss Janet. Pourtant, c'est pas son nom.

– Si, maintenant si. Son nom d'avant, il lui servirait à rien. Ta mère est une dame de qualité perdue dans ce monde. Appelle-la comme je te dis.

– D'accord. Mais dans une minute. Il faut que je reprenne mon souffle.

J'ai quand même posé ma main sur celle de Maman. Elle était tellement crispée sur son genou que tout son corps tremblait. J'étais toujours hors d'haleine d'avoir porté les bébés chez nos voisines. L'une d'elles avait accepté de se charger du garçon parce qu'il savait déjà marcher et parler, à condition qu'on lui confie aussi le plus petit, le jumeau. L'autre avait pris sa sœur jumelle, et donc j'avais dû faire deux allers-retours en tirant derrière moi le chariot avec la farine et le sel. Le voyage vers Weston allait sûrement durer plusieurs jours. Papa s'était préparé une valise et un sac de couchage. Moi, j'avais ma pochette en cuir avec ma collection de jolis boutons de robe, cachée sous ma veste en laine. Je portais des culottes longues, celles que je mets pour aller nourrir les poules.

– Papa, qui est-ce qui va nourrir les poules et ramasser les œufs pendant qu'on n'est pas là ?

– La voisine. Celle qu'a pris la jumelle.

Maman n'a jamais donné de noms aux bébés. On les appelait seulement comme ça – les bébés – et elle les a allaités tous les trois. Les jumeaux avaient à peine trois mois. J'avais compté les semaines, un trait chaque dimanche depuis le 1er février. C'est ce soir-là qu'on les avait mis au monde, Papa et moi, et il avait coupé les cordons avec une lame chauffée à blanc. Personne n'était venu nous aider. Même pas Dearbhla, notre mamie d'à côté, une voisine qui habite un peu plus haut sur la montagne – Papa lui avait interdit d'approcher. Maman braillait des mots incompréhensibles et poussait des cris. J'espérais toujours qu'après elle reparlerait normalement, comme avant le retour de Papa, y avait de ça un bout de temps. Mais depuis, à part ce raffut, elle restait allongée sans rien faire. Je sortais les nouveau-nés des tiroirs que j'avais tapissés de couvertures pour lui amener. Elle avait tellement de lait, ses seins étaient durs comme des pierres, et elle gigotait pour se débarrasser de ses vêtements jusqu'à ce que je pose les bébés sur son lit pour qu'ils tètent. L'aîné marchait déjà mais il se rapprochait quand même et réclamait son tour.

La route était une suite d'ombre et de lumière, d'ombre et de lumière encore. Le début du printemps : un voile de givre bordait la cime des plus grands pins.

– Parle-lui, répétait Papa, comme je t'ai demandé.

– Il y a un beffroi avec une horloge qui donne l'heure à toute la ville. Une immense pelouse, et même un bassin avec des poissons. Des allées et des massifs de fleurs.

On avait encore la vache à ce moment-là et je lui faisais boire du lait avec des œufs battus. De temps à autre, elle prononçait un mot, haut et clair. « Cloche », elle disait, ou bien « oie ». Un jeu un peu comme pierre, feuille, ciseaux. À moins qu'elle ait vraiment réclamé une cloche. Alors je lui avais donné un grelot pris sur un harnais dans la remise, mais elle l'avait reposé sans s'y intéresser. On n'avait pas d'oie. Tout ce que je pouvais faire, c'était changer ses couches, les laisser tremper, les laver puis les mettre à sécher, suspendues comme des drapeaux à une corde sous le porche.

– Son nom, répète son nom, parle-lui comme je t'ai dit, il a insisté.

– Miss Janet, vous allez aimer vous promener dans les allées. Vous croiserez des dames de qualité. Chacune sa chambre, Papa l'a dit. Comme dans un hôtel. Vous vous reposerez. Plus de tâches ménagères. Des petits pains du jour et du beurre. Ils ont leur propre fournil et leur laiterie, et ils achètent des produits frais chez les fermiers du coin. Du maïs, des tomates, de la viande.

Il y avait drôlement longtemps que Maman ne faisait plus rien à la maison. Là, sur la route, elle tournait la tête, penchait lentement le visage d'un côté puis de l'autre. Les boucles d'oreille que j'avais trouvées dans la poche de sa jaquette avaient de petits glands assortis à son corsage et elle sentait les fils dorés lui effleurer les joues. Elle gardait les épaules droites et restait complètement immobile, sauf quand on la faisait se lever et se déplacer. Ça lui donnait un air distant. Comme si rien ne la concernait. C'est sûrement comme ça qu'il avait eu l'idée, ça et le veuf qui se débarrassait des vêtements de sa femme. Plus la vache qui allait mourir. Elle était déjà à genoux, cette bête, et je n'avais pas eu le temps de grimper jusque chez Dearbhla pour aller chercher une racine ou une de ses potions à la moelle qui lui auraient redonné des forces. Papa n'était jamais là, il ne rentrait que le soir, avec du pétrole pour la lampe, du pain et du fromage. Ou alors il restait dans les bois où il allait chasser.

Des lapins, des faisans, des dindons sauvages. C'est en ville qu'il avait déniché les vêtements. Juste à temps, il avait dit, et ensuite tout était allé très vite, il avait trouvé à qui confier les bébés pour la soulager.

– On viendra vous rendre visite, Miss Janet, j'ai expliqué. Avec les bébés. On vous les amènera, habillés bien comme il faut. Et vous, vous vous reposerez en attendant qu'ils grandissent.

– Plus la peine de se faire du mouron pour aucun bébé, a dit Papa.

Et il s'est mis à siffloter.

Je me suis penchée contre Maman, ma joue sur son épaule, et elle s'est penchée vers moi, le visage contre ma tempe. C'est comme ça qu'on dormait parfois la nuit. Elle aimait sentir ses oreillers derrière elle et moi juste à côté, prête à lui tendre les bébés. La carriole se balançait doucement, je me suis endormie, et plein de rêves me sont venus, des bribes de tout ce qu'elle aurait voulu me dire mais sans en trouver la force. Nous avons dormi dans cette position, accrochées comme des berniques à leur rocher, pendant que le soleil baissait lentement à l'horizon et que des reflets dorés montaient des champs. Alors que la carriole grinçait et vacillait en quittant la route, j'ai pensé tout d'un coup qu'on était en avril. Si on voulait s'arrêter, à l'époque, on s'écartait du chemin pour que personne nous voie – nos montagnes n'étaient plus là pour nous protéger. J'ai senti l'ombre du hêtre sous lequel on a fait halte : un arbre tellement énorme qu'il offrait un abri plus grand que le chapiteau d'un cirque, avec de longues branches mouchetées qui descendaient presque jusqu'à terre. L'herbe nouvelle au-dessous était aussi tendre et verte que du millepertuis.

– On pourrait vivre ici, j'ai dit.

Papa a mis le cheval à brouter. L'instant d'après, il s'est approché et a soulevé Maman pour l'installer à l'arrière. Il m'a donné un sac de quartiers de pomme séchés.

– Voilà ton dîner. Tu restes assise et tu regardes devant toi. Et tu la boucles.

J'ai senti qu'il l'allongeait, que son corps se mouvait autour d'elle, je l'ai entendu desserrer les habits de Maman. J'avais glissé dans son corsage plusieurs chiffons propres, les dernières couches des bébés. Pas question de faire des taches de lait sur ces vêtements élégants. C'est à les retirer qu'il s'affairait. Les bébés devaient être en train de réclamer leur mère. Je l'ai entendue pousser un soupir de soulagement, le même qui lui échappait quand ils se collaient à elle pour téter. Leurs petits poings pâles glissaient sur sa peau jusqu'à ce que leurs doigts s'ouvrent, mais là, c'étaient les mains de Papa qui se posaient sur elle et sa bouche qui tirait le lait. Mon visage était en feu. Je ne voyais rien devant moi et j'avais l'impression d'entendre les bébés brailler par-delà les champs. Les branches du hêtre s'inclinaient d'un côté puis de l'autre, cachant tout à la vue. Au bout d'un moment, la carriole s'est mise à tanguer et j'ai eu envie de descendre. Je m'apprêtais à le faire quand j'ai entendu son grognement étouffé : « Bouge pas ! » Impossible de savoir si c'était à moi ou à elle qu'il s'adressait. Je voyais des choses remuer de temps en temps, puis s'immobiliser et se faire à la fois plus nettes et plus bizarres. À l'instant, des traînées de graines brillantes avaient flotté dans l'air jusqu'à soulever le feuillage de l'arbre comme une déferlante, et j'ai compris que ça ne pouvait être qu'un mirage. Les champs sont devenus dorés et les brins d'herbe illuminés ont soudain paru tranchants. Des lames éblouissantes qui pointaient vers le crépuscule et forçaient la lumière à descendre, jetant des éclairs rouges, bleus puis à nouveau rouges jusqu'à ce que le blanc étincelant au cœur des couleurs me transperce.

Lorsque je me suis réveillée, j'étais allongée auprès de Maman. Le ciel était complètement noir. Je sentais sa tête sur ma poitrine, aussi dure et chaude qu'un rocher sous le soleil. Je me suis demandé si elle avait de la fièvre ; c'était en fait moi qui avais froid à force de rester immobile et qui étais toute calme à l'intérieur. Souvent, je m'endormais brusquement n'importe où et je me réveillais au même endroit, le temps s'était enfui durant quelques heures ou plus. Des heures que j'avais perdues et dont je ne savais rien. C'était comme un néant, mais plein, et flottant, et il effaçait toutes les douleurs. Dearbhla disait que j'en avais besoin, et que ça ne m'arrivait jamais avant le retour de Papa. Même au réveil, j'étais si tranquille qu'il me fallait un moment pour me décider à bouger.

Au-dessus de nous, le ciel n'était qu'étoiles, des millions d'étoiles dans un noir d'encre, parce que nous étions de nouveau à découvert sur la route. L'instant d'après, je plongeais, je m'enfonçais dans la nuit vers le ciel, qui avait l'air de toujours reculer, de se renverser comme une tasse. Une étoile filante est passée devant le manche de la Grande Ourse. J'apercevais aussi le baudrier d'Orion, et j'ai écarté la tête de ma mère, pour mieux voir Bételgeuse et Bellatrix. Si je les suivais l'une après l'autre, je reconnaissais les constellations, et je pouvais tracer leur dessin comme un motif sur une assiette.

Ensuite, il m'a rappelée auprès de lui.

– Viens par ici, Connolly.

Je me suis hissée à son côté. J'avais froid, je me suis recroquevillée et j'ai enfilé ma veste en laine. Je lui ai dit que j'aurais voulu m'habiller un peu mieux.

– T'es très bien comme ça, a dit Papa.

Nous roulions sur une colline dénudée, à perte de vue les champs étaient plats et tout ras. On les avait brûlés, pas moissonnés, et il ne restait que le chaume. Les insectes ou les champignons pouvaient détruire une récolte et même empoisonner la suivante. Les paysans avaient mis le feu à leurs champs à la torche. Quelques jours avant, apparemment, mais aucune pluie n'était venue chasser l'odeur de brûlé. Un peu comme du maïs roussi puis mouillé, avec des senteurs de terre humide qui montaient tel un brouillard et retombaient à la façon de la rosée dans l'air embrasé. Le ruban de la route déserte se déroulait, couvert de poussière et jauni par le clair de lune.

– Ça me fait penser à la guerre, a dit Papa. On se sent drôlement seul quand tout est mort et calciné sous vos yeux jusqu'à l'horizon. C'est comme ça qu'on s'y est pris, on a mis le feu partout pour les chasser.

– Et eux, ils ont fait pareil avec nous, j'ai répliqué.

– C'est pas faux, mais vous, ils vous ont jamais trouvées, à l'abri derrière la crête.

Je ne lui ai pas dit que si, ils nous avaient trouvées, et plus souvent qu'à notre tour. Maman me cachait dans la cave, une fois avec une poignée de carottes qu'elle avait déterrées au passage pendant qu'on s'enfuyait. *Tu ne sors sous aucun prétexte, jusqu'à ce que je vienne te chercher !* Et elle m'avait poussée dedans. Elle m'avait fait jurer, quand elle parlait encore, de plus jamais dire un mot de la guerre. Qui que soient les vainqueurs, il valait mieux pas raconter ce qui s'était passé. Les Sécessionnistes avaient perdu, je le savais, et les Abolitionnistes avaient gagné, mais des deux côtés il y avait des hommes déchirés, à la dérive.

– Ah cette petite cabane loin de tout, a continué Papa. Elle payait pas de mine, d'accord, mais elle était protégée par la forêt et difficile à atteindre, vu le dénivelé. Sans aucune surface plane où planter. Je sais même pas comment vous vous en êtes sorties.

– Tout ce temps, Maman cultivait plusieurs petites parcelles de potager, j'ai répondu. On avait deux vaches, et plus de poules à l'époque, et les femmes du coin faisaient du troc. Dearbhla allait en ville avec la charrette pour vendre ses racines et ses potions.

– Je t'ai déjà dit de pas me parler de cette vieille, a grommelé Papa.

– C'était juste pour expliquer que Maman était pas comme elle est maintenant.

– Ça, c'est bien vrai. Des fois, la tension se relâche et tout ce qui tenait on sait pas trop comment s'écroule. Heureusement que je suis revenu à ce moment-là.

Le grincement des roues de la carriole me berçait. Je n'arrivais jamais à me rappeler le jour où Papa était rentré à la maison. Je me souvenais qu'il y avait eu un pique-nique près de l'église pour fêter le retour des soldats, avec des banderoles accrochées aux arbres, des fifres et des tambours, juste après. Mais ça restait flou. Nous, on évitait les parages, depuis qu'il était réapparu.

– J'ai quelques trucs à t'expliquer, il a repris. Une fille qu'a pas encore eu ses règles peut pas avoir de bébé. Et une femme qui allaite non plus. Miss Janet risque pas de tomber enceinte.

– Pourtant, c'est ce qui est arrivé quand le petit garçon était encore au sein.

– Il tenait déjà assis. Il avait six mois. C'était trop tard. Aujourd'hui, ça serait pas possible. Les jumeaux, ils sont pas encore près de s'asseoir.

Je n'ai rien répondu, j'ai continué à fixer la route et le prochain virage.

– Sacré gaillard, il a ajouté en riant. On dirait un bouquetin. Il a marché et braillé de bonne heure. C'est bien mon fils, il a de qui tenir.

– On est tous tes enfants, j'ai protesté.

Une rangée d'arbres est apparue dans le lointain, pareille à un troupeau de silhouettes. En nous rapprochant, on s'est rendu compte qu'ils s'élevaient de part et d'autre de la route.

Papa a sorti l'harmonica de sa poche et il me l'a tendu.

– Joue-moi quelque chose de bien calme.

Je lui ai joué « Camptown Races », lent comme un cantique, si doucement qu'on était les deux seuls à pouvoir l'entendre.

– Garde-le donc, il a dit. Tu t'en sers mieux que tout le monde.

Nous avions quitté la montagne depuis un certain temps et nous roulions dans la vallée. Les saules se succédaient, leurs vrilles se penchaient vers le sol. Nous traversions une clairière et les champs calcinés s'étendaient maintenant derrière nous.

Des nuages ont commencé à s'élever alors que l'aube approchait. Toutes les étoiles sauf une ou deux ont pâli. Maman allait se retrouver pratiquement seule. Je ne serais pas là pour l'entendre dire mon nom, et ces autres mots qu'elle prononçait de temps à autre. Si tout ne s'était pas passé si vite, j'aurais pu emporter ses livres pour lui rappeler la maison. Des livres transportés *jusqu'à un endroit pareil* dans des sacoches de selle, ça l'aurait sans doute étonnée. Mais les livres de Maman étaient aussi à moi – j'avais écrit « ConaLee » sur chacun d'eux, et j'en avais dressé la liste dans ma tête :

Mes manuels de lecture de McGuffey, qui lui appartenaient autrefois.
Le dictionnaire de Mr Noah Webster, que j'ouvrais au hasard pour choisir un mot les yeux fermés.
Notre Bible.
Mythes de l'Antiquité, le Minotaure et les Cyclopes, un qui avance à tâtons dans des grottes obscures, l'autre aveugle.
Bébés d'Eau : un conte pour un bébé de la Terre, avec ses libellules, ses truites qui bondissent et le petit Tom.
Mon recueil de Wordsworth.
Mon recueil de Tennyson.
Mon *Histoire des États américains.*
Oliver Twist de Mr Charles Dickens.

Un Chant de Noël. En prose. Une histoire de fantômes, du même Mr Charles Dickens. On en mettait en scène des extraits à chaque Noël, avec Dearbhla comme public.
Les *Fables* d'Ésope.
Les *Sonnets* de Shakespeare. Maman en connaissait plusieurs par cœur et elle m'avait appris à lire les mots.
Les Géographies du monde.
Les Constellations et leur histoire.

Maintenant, les étoiles avaient complètement disparu. Dearbhla répétait toujours qu'elle me voyait à travers leurs nuées. J'ai joué de l'harmonica, à peine un murmure, les yeux fermés. Peu de temps après, j'ai entendu de petits trilles entre les notes et j'ai compris que c'étaient des bruits d'eau. On passait sur un pont au-dessus d'un ruisseau. L'air tourbillonnait comme des hirondelles jaillissant d'une grotte. Papa s'est arrêté sur l'autre rive pour faire le plein des bidons et rafraîchir le cheval avec le sac à fourrage, qu'il a rempli d'eau. Elle s'en échappait par gouttes et la bête penchait la tête pour les attraper avant qu'elles tombent par terre. Papa l'a arrosée jusqu'à ce que sa crinière soit bien mouillée et tout aplatie, puis il lui a lissé les flancs en déplaçant le harnais et les rênes. Il connaissait bien les animaux et les traitait tous de la même façon, d'une main ferme et sûre, qu'il torde le cou d'un poulet ou cajole un cheval pour le faire sortir d'un fossé. Même s'il vous sifflait dans les oreilles et qu'il vous accordait rarement un regard affectueux, ses mains savaient vous conduire là où il voulait. Je suis descendue sur la berge pour me laver, boire et me soulager là où il ne pouvait pas me voir. J'ai pensé à y amener Maman, relever ses jupes et l'aider à s'accroupir discrètement. Les remous d'eau vive étaient assourdissants, un carillon de bruits sous le pont, un peu comme le tintement des mots qu'elle prononçait pour se protéger, et il n'y avait personne dans les parages.

J'aurais aimé qu'on puisse rester là, toutes petites et invisibles comme les ondines qui vivent dans les rochers et les plans d'eau.

Mais quand je suis remontée, il l'avait fait descendre de la carriole. Ses culottes étaient baissées. Il avait trouvé une façon de s'adosser contre un mur, une balustrade, ou en l'occurrence les ridelles de la carriole, et de la maintenir debout contre lui, les vêtements relevés au-dessus de son cou. On aurait dit un animal aveugle avec sa tête dans un sac, les bras en l'air et prisonniers. Il l'avait forcée à se courber pour la diriger comme une embarcation. Il procédait comme ça quand elle devait uriner, c'est lui qui savait et qui décidait quand. Elle était si blanche et si pâle, les cuisses à l'air, avec ce ventre encore flasque d'avoir porté les jumeaux. Il gardait les yeux fixés sur elle alors qu'elle ne pouvait pas bouger, et il a craché dans ses mains pour la nettoyer.

– J'aurais pu la conduire au ruisseau, j'ai dit.

– Pour qu'elle se couvre de boue ? Ses vêtements, ils sont fragiles, c'est de la soie.

Elle savait parfaitement comment s'y prendre quand je l'amenais aux cabinets ou que je l'asseyais sur le pot dans sa chambre. Chez nous, il n'y avait qu'une unique grande pièce. Jour et nuit, il me répétait ce qui était privé et ce qu'il ne fallait pas que je regarde, mais ça, il ne disait jamais que c'était privé et il le faisait lorsque j'étais là, tout près, et même il protestait quand je détournais la tête.

De loin, il m'a crié de venir l'aider à remonter les culottes de Maman.

Il m'a regardée faire, puis l'a forcée à se relever. Il a remis ses jupes en place et elle a baissé les bras pour couvrir sa poitrine. Elle avait sûrement à nouveau déjà mal, et elle fouillait les alentours des yeux.

– Il faut qu'on reparte, a dit Papa. Aide-la à monter dans la carriole et prends garde qu'elle se salisse pas. Toi, tu t'assieds à côté de moi.

À la tombée du jour, le deuxième soir, j'ai aperçu les lumières d'une ville mais je savais qu'il ne voudrait pas la traverser. Il choisissait les chemins de terre et les sentiers à travers prés, gardant à portée de main un sécateur pour couper les fils barbelés. Il savait aussi les ressouder en les torsadant sur eux-mêmes pour ne laisser aucune trace de notre passage. Il aimait se vanter de tout ce qu'il savait faire. Rester embusqué pour voir sans être vu. Quelles racines et quelles feuilles manger quand on ne pouvait pas quitter sa cachette. Comment pêcher avec une épingle de nourrice tordue et un jonc, avec pour appâts les asticots qui grouillent sous les rochers. Comment dénicher les terriers des animaux. Comment fabriquer un piège avec des rameaux de bois vert si fins que même un enfant aurait pu les plier, mais si effilés qu'ils perçaient la chair. Comment repérer l'étoile Polaire. Ne jamais vivre en ville, mais toujours sur des terres reculées, bien à l'abri, avec peu de passage. Comme là où on habitait, tout là-haut sur la crête. Je me disais que c'était lui qui avait choisi cet endroit, et donc, qu'il savait où nous retrouver.

– Quelle ville ça peut être ? je lui ai demandé. Là-bas, entre les collines.

– Pas Weston, en tout cas. C'est trop tôt. On va la contourner.

– Tu sais toujours par où il faut passer.

– Je connais le chemin, il a répondu. Je suis venu par ici. Jusqu'à Weston, même, en 1864, avec les gars du commando de Witcher. L'asile était encore qu'à moitié construit et il ressemblait déjà à un château. On l'appelait le camp de l'asile, parce qu'on venait de faire déguerpir les gars de l'Union. On avait pris toutes les couvertures et tout ce qui restait à manger dans le cellier. Dans le Sud, à ce moment-là, on bouffait l'écorce des arbres, et tout ce qui y avait à voler. Tiens, attrape les rênes et passe-moi l'harmonica.

La jument a continué à trottiner. Papa s'est laissé aller en arrière, il a rabattu le bord de son chapeau et il s'est mis à jouer.

Ensuite, je ne l'ai plus entendu. Une petite sieste. Piquer un roupillon, il appelait ça, une bonne façon de reprendre des forces sur les longs trajets. Les paupières fermées mais l'œil ouvert, il disait. Moi, je me sentais seule, à conduire cette carriole. On est passés sous un bosquet de pins aux branches si basses que je respirais la résine des aiguilles. Une grosse chouette a penché la tête vers moi, ses yeux ronds et orange clignotaient. Énormes. Ses pupilles ont eu l'air d'hésiter à se dévoiler de nouveau complètement. Elle s'est redressée en gonflant ses plumes, son poitrail a doublé de volume et elle a ouvert son bec acéré. J'ai bien vu sa langue sortir, mais l'écho semblait venir de partout. Ensuite, elle a déployé puis replié ses ailes plusieurs fois, elles battaient l'air comme des rames. Elle m'a volé au-dessus de la tête et elle a disparu. J'ai remarqué que ses plumes blanches étaient tachetées de noir.

Papa s'est réveillé en sursaut.

– C'était quoi ?

– Une chouette. Elle était dans ces arbres, elle s'est envolée et elle a traversé le ciel.

– Un chat-huant ?

– C'est bien possible.

Il a repris les rênes.

– Ou peut-être une effraie, il a ajouté. Un bon présage, à ce qu'on dit. Toi, t'en as jamais vu parce que ça vit surtout dans les granges et que t'en as jamais eu.

– Toi oui ?

– Moi quoi ?

– T'as déjà eu une grange ?

– Bien sûr que oui, ça m'est arrivé. Toi et ta mère, vous savez même pas ce que c'est.

Il a fait claquer sa langue et les rênes pour que le cheval accélère.

Je me suis dit qu'il n'y avait pas vraiment de granges dans la région, et qu'un nom, ça ne se changeait pas si facilement. Il avait rebaptisé Maman en suivant son caprice – d'abord Mrs, jusqu'à se mettre à l'appeler Miss Janet. Moi, il prononçait mal le mien. Il disait Connolly au lieu de ConaLee. Mais la chouette, ça lui était égal de savoir comment on l'appelait. C'était un animal sauvage, qui chassait les souris dans les bois et dénichait les œufs des autres oiseaux, et qui avait sans doute élu domicile dans ces grands pins. Papa ne pouvait pas savoir. Il n'avait pas vu la chouette ni senti ses yeux posés sur lui.

– C'est encore loin ? je lui ai demandé.

– Plus très.

Au bout d'un moment, il m'a dit de retourner près de Maman et de tirer son lait, en faisant bien attention qu'elle ne tache pas ses vêtements. J'ai enjambé le dossier de la banquette pour passer à l'arrière et je me suis allongée à côté d'elle. Elle me reconnaissait toujours quand nous étions seules, et elle a posé les mains sur mes épaules pour que je puisse faire glisser son corsage. Son corps était dur, elle avait mal partout. Je lui ai couvert un sein avec un chiffon et j'ai pressé doucement sur l'autre. Le lait m'a giclé au visage comme des filaments bleus. J'ai roulé un sac de farine en boule dans le creux de ma paume et je l'ai maintenu bien appuyé contre elle. Ça n'a pas pris longtemps, parce que je savais exactement comment faire. Ensuite, j'ai senti la douceur du liquide sur ma joue et j'ai gardé ma main posée contre mon visage quand elle m'a attirée à elle. Je me suis endormie la faim au ventre, au son des bébés qui pleuraient dans le lointain. On aurait dit que leurs cris allaient nous poursuivre toujours.

Juste après l'aube, nous nous sommes arrêtés et je me suis réveillée. Papa avait stoppé la carriole sur un grand chemin de terre. Une voie ferrée le longeait ; un peu plus loin un mince ruisseau coulait, et au-delà, on apercevait les abords de la ville. De l'autre côté, on découvrait une immense pelouse. La grande allée de gravier de l'entrée s'enfonçait jusqu'au château, et les murs, hauts de quatre ou cinq étages, s'étendaient de part et d'autre à perte de vue. Des sentiers bien droits quadrillaient le terrain et le plus large conduisait à la gigantesque porte d'entrée. À mi-chemin, il y avait un cercle avec une fontaine et un bassin au milieu, et des bancs installés tout autour. Ensuite, l'allée menait jusqu'au perron et à la porte voûtée de l'édifice. On aurait pu croire qu'il y en aurait beaucoup, avec toutes ces ailes et ces fenêtres, sans parler des coupoles sur le toit, mais en fait, c'était la seule porte, plus grande que toutes celles que j'avais vues, avec des vitraux ovales de chaque côté, et une lucarne en forme de pyramide, en verre peint elle aussi, juste au-dessus. La porte monumentale d'un palais digne d'accueillir un prince ou une princesse. Le silence était total. Le ciel rosé. C'étaient les premières lueurs du jour, et les murs de pierre paraissaient plus bleus que gris. Il y avait aussi le beffroi, avec au-dessus une flèche, pareille à celle d'une église. Pas de croix, rien qu'une pointe.

– Qu'est-ce que je t'avais dit ! s'est exclamé Papa. Plus que soixante mètres de haut.

– Une merveille, j'ai répondu.

Il m'a tendu un miroir de la taille de ma main.

– Arrange-toi un peu. T'as l'air tout endormie. Réveille-la et assure-toi qu'elle ressemble à quelque chose. Ses cheveux doivent être tirés et ses jupes tomber comme il faut. Et rends-moi cette glace. Je l'ai depuis que je suis arrivé dans ce pays – c'est mon porte-bonheur, si je peux dire.

Maman s'est relevée en voyant qu'on la regardait. Il s'est approché pour resserrer son justaucorps. Puis il a fait bouffer ses jupes et il a ajusté les fermoirs pour mettre ses formes en valeur. Elle faisait penser à un sablier, le corps tout évasé en haut, sa taille de guêpe et les jupes amples autour de l'armature.

Je me suis retournée pour voir où on l'amenait. Il n'y avait pas de portail, comme si la voie restait toujours libre. En lettres de laiton, on pouvait lire sur la plaque d'entrée : « Asile d'aliénés de Trans-Allegheny ». Aucun mouvement, ni à l'extérieur ni à l'intérieur.

– C'est réservé à la fine fleur, a dit Papa. Des gens de qualité. Tant qu'elle ouvre pas la bouche, elle peut passer pour une vraie dame.

– Elle est pas folle, j'ai répondu. Il y a des jours où elle me parle.

– Elle parle ? Eux, ils vont bien voir qu'elle a besoin de repos et d'un traitement. Ils savent s'occuper des malades, ici.

Il m'a fixée d'un œil sévère.

– Allez, dépêche-toi, il a ordonné. Aide-la. Une dame de qualité a du personnel à son service.

J'ai mis pied à terre, le petit miroir toujours dans ma paume. Il m'a passé le sac de Maman et j'ai tendu la main vers elle. Il l'a tenue par le coude pour l'aider à descendre. Elle est restée à côté de moi, immobile comme une biche aux aguets. Ce n'était pas lui qu'elle écoutait, mais les pierres de cet édifice si haut et si vaste. Des nappes de brouillard enveloppaient les murs, les coupoles et les fenêtres vides, les grands pins et les chênes immenses, et les bancs inoccupés dans le parc.

– Je l'accompagne à l'intérieur ? j'ai demandé.

– Pas question qu'elle rentre sans toi.

Puis, il s'est rassis, il a écarté les rênes en me regardant bien en face.

– Connolly, quel âge tu as ?

Il aurait dû le savoir mais je lui ai quand même répondu.

– Treize ans fin décembre. Tu étais déjà parti quand je suis née.

– En 61, alors. L'année où les deux camps ont battu le rappel. T'es grande pour ton âge, mais pas bien solide. Trop maigre pour qu'un homme veuille de toi. J'y ai pensé pendant un moment, mais tu vas rester avec elle.

– Ici ?

– C'est ici la maison, maintenant. Il y a plus rien là-bas. On a tout perdu.

– Tout perdu ?

– Tu m'écoutes quand je parle ?

– Oui, Père, j'ai répondu, parce qu'il aimait bien que je m'adresse à lui comme ça.

Il s'est penché en avant et il a avancé un doigt jusqu'à me toucher le cou, là où on sent les os.

– Maintenant, écoute-bien. Je suis pas ton père, je l'ai jamais été. Je vous avais jamais vues, ni toi ni ta mère, jusqu'à ce que je tombe sur vous par hasard, et tu sais même pas comment je m'appelle.

C'était vrai. Elle ne l'avait jamais appelé par aucun nom. Au début, il nous avait dit de l'appeler Papa, et elle s'y était toujours tenue.

– Une femme toquée comme elle est sera jamais capable d'élever trois petits, il a continué. Sans vache, sans homme et sans personne d'autre que toi pour l'aider. Je peux rien faire pour elle mais je peux pas m'empêcher de l'approcher de trop près.

J'ai dégluti et j'ai senti son doigt s'enfoncer plus fort. J'ai cru que j'allais m'étrangler mais j'ai retenu ma respiration.

– Alors t'avise pas de partir à ma recherche, il a menacé. Ou de dire à qui que ce soit d'où que tu viens. Je vous ai seulement amenées ici par gentillesse. Vous marchiez sur la route, et parce que c'est une dame de qualité qui cherchait un refuge, je vous ai fait monter dans ma carriole. C'était sur mon chemin. Répète un peu.

– Tu nous as fait monter dans ta carriole. C'était sur ton chemin.

– Elle aura plus de lait d'ici une semaine. Jusque-là, tu te débrouilles pour que personne s'aperçoive de rien. Tu sais comment t'y prendre. Miss Janet est une dame de qualité, personne dépend d'elle et elle a aucune famille. Toi, t'es pas une parente, t'es sa bonne. T'as nulle part où aller si tu restes pas avec elle. S'ils te laissent pas rester, dis-leur que des fois, tu fais des crises.

– C'est pas vrai.

– Si, c'est vrai, et ils vont pas tarder à s'en rendre compte. Pense à ces lumières que tu vois, des fois. C'est pas normal d'en voir. Dis-leur qu'il te faut une chambre tout près de la sienne, pour que tu puisses venir la calmer. En face dans le couloir, ou juste à côté. Tu files doux et tu fais pas d'esclandre. Sinon ils vous sépareront.

– Père ?

– Les temps sont durs, il a ajouté avant de faire claquer les rênes. C'est toi qui vas tout leur expliquer.

Déjà, la carriole s'éloignait, et ses mots m'ont enveloppée dans un nuage de poussière.

« Le nombre de malades mentaux confinés dans un hôpital ne devrait pas excéder les deux cent cinquante… tant il est certain qu'une institution trop densément peuplée ne peut qu'exercer une influence néfaste sur le bien-être de ses patients. »

Dr Thomas Story Kirkbride, 1854

ConaLee
LE VEILLEUR DE NUIT

J'aurais tellement voulu que nous arrivions de nuit, quand personne n'aurait pu nous voir, pour que je puisse réfléchir à notre situation, mais le ciel s'était déjà éclairci et je n'en avais guère le temps. J'ai glissé le petit miroir dans ma poche, soulevé le sac de voyage de Maman et lui ai pris le bras. Nous nous sommes avancées à pas lents dans l'allée de gravier.

– Miss Janet. Nous allons nous arrêter dans cette maison pour faire une pause dans notre voyage. Beaucoup de gens font halte ici pour se reposer quelques semaines. J'espère pouvoir rester à vos côtés.

Elle a relevé un peu le devant de ses jupes comme le ferait n'importe quelle dame élégante sur un chemin non dallé. Nous sommes parvenues devant le bassin rond, et Maman a compris qu'il fallait le contourner. Un muret de briques encerclait la construction, et la fontaine centrale trônait sur un piédestal de fer noir. Un nuage d'eau frémissait et cascadait doucement avant de rejoindre le bassin. Tout cela étonnamment sans bruit. J'aurais voulu escalader le muret et m'asseoir sur la margelle pour entendre l'eau couler. Papa avait dit qu'il y avait des poissons dedans. Mais c'était sûrement un mensonge. J'étais sur le point de repartir, mais Maman s'était assise sur un banc en fer forgé. J'ai pris place à côté d'elle, en me demandant si quelqu'un pouvait nous voir. Si on m'interrogeait, j'expliquerais qu'elle trouvait le parc si vert et si apaisant, même aux petites heures du jour. Il y avait des bancs ouvragés semblables au nôtre tous les quelques mètres.

À quoi bon lui poser des questions sur Papa, ou tenter de savoir s'il avait dit la vérité en expliquant que la charge de trois petits serait trop lourde pour elle et que l'hiver approchait. Nous n'avions pas de voisins immédiats, et les petites fermes cachées entre les corniches étaient régulièrement désertées durant les années de guerre, reprises puis abandonnées à nouveau. Je ne nous connaissais aucun parent, Dearbhla était notre seule famille. Nous habitions en Virginie, mais maintenant ce n'était plus la Virginie. Papa m'avait expliqué que le nom de notre État avait changé plusieurs fois, que la Virginie-Occidentale avait trahi le Sud et rejoint le camp de l'Union. Si Papa était pour le Sud, alors moi, j'étais pour l'Union, et Maman était sûrement de mon côté, même si elle adorait l'assiette en porcelaine avec son dessin bleu marine qui montrait le port de Charleston, en Caroline du Sud, avec ses larges rivières et son ciel couvert de nuages. Elle était accrochée au-dessus de l'évier en métal, dans un treillis de fil de fer, et les petites vagues de la mer et les points cardinaux étaient solidement maintenus en place par des dents d'acier. Cédée au plus offrant, comme tout le reste.

Si ce n'était pas mon père, il n'avait aucun droit sur rien, sauf sur les bébés, mais eux, ils appartenaient aussi à Maman, et à moi. Je me suis demandé si je pourrais aller déposer plainte auprès du shérif, dans cet endroit où j'étais une étrangère. Non. L'hiver allait être froid. Je ne pourrais rien faire pour nous réchauffer. Je l'entendais déjà approcher : le vent s'engouffrait entre les montagnes, avec ses rafales assourdissantes et chargées de neige qui secouaient les arbres dans les vallons, et j'ai regardé de l'autre côté de la pelouse. Un lapin qui bondissait dans l'herbe s'est figé pour humer l'air avant de détaler vers le bâtiment.

Je n'arrivais pas à me décider à tirer sur la corde de la sonnette, qui aurait réveillé tout le monde, mais, en prenant soin que Maman ne s'éloigne pas, j'ai frappé à la porte. C'est à peine si ça a fait du bruit. Mon poing était comme un papillon de nuit tout fripé qui se heurtait au battant, pas question pourtant de cogner plus fort ou d'insister. Je me suis contentée de chuchoter à l'adresse de celui ou celle qui avait dû nous voir, le ou les veilleurs de nuit. De l'autre côté de ces interminables rangées de fenêtres, quelqu'un avait sans aucun doute repéré notre présence dans le parc. J'étais sûre qu'on allait nous faire entrer, ou nous chasser.

Comme par politesse, j'ai laissé passer quelques minutes, puis j'ai frappé de nouveau. Et ce manège a continué jusqu'à ce que je regrette de ne pas être ce petit lapin si vif, avec un terrier secret à proximité. J'ai senti la main de Maman se tendre vers moi et j'ai glissé un bras autour de sa taille. J'étais presque aussi grande qu'elle, mais j'avais l'impression qu'elle faisait deux fois mon poids ; elle était épuisée, peu habituée à rester éveillée si longtemps, prisonnière de cette carriole bruyante et instable pendant presque deux jours, assise ou couchée en plein soleil ou dans le noir, toujours attachée par une corde à la cheville de peur qu'elle s'enfuie ou tente de résister. C'était peut-être la fatigue extrême qui l'avait poussée à s'asseoir au bord du bassin, incapable de faire un pas de plus. L'idée m'a fait tellement peur que j'ai frappé à nouveau, résolue à ne plus m'arrêter. Je manquais moi aussi de sommeil, et j'ai imaginé la chouette surgissant de l'ombre des pins et s'approchant à tire-d'aile de l'immense porte pour la marteler de ses serres. Le cri du rapace m'a semblé résonner dans tout le parc.

Mais bientôt, j'ai entendu qu'on actionnait les serrures et tirait les verrous, et la porte s'est entrouverte. Un homme grand et bien charpenté s'est planté sur le seuil et nous a toisées du regard. Il était habillé comme un chef de train, tout en noir, avec une casquette ronde à la visière en demi-lune. Un cache en tissu couvrait son œil gauche du front à la pommette, et on voyait dépasser sur le côté une cicatrice livide. Il n'était ni rare ni effrayant, par les temps qui couraient, de voir des hommes au visage bandé ou au corps mutilé, surtout dans les villes. Désormais handicapés, ils ne pouvaient pas retourner travailler à la ferme. D'innombrables soldats amputés ou gravement touchés au combat, jeunes pour la plupart, avaient survécu aux mêmes blessures qui avaient tué leurs aînés. Je n'aurais pas su dire l'âge de cet homme-là. Tout le monde me paraissait vieux, moi comprise. Je n'avais pas grandi avec des enfants. Ma mère avait plus de trente ans, et je m'étais durant tout ce temps considérée plus comme sa sœur que sa fille. Papa m'appelait souvent « la Vieille », et il surnommait Maman « la Reine des fées ».

Je me suis efforcée de parler d'une voix ferme.

– Bonjour. Je vous amène Miss Janet, elle doit prendre du repos et suivre un traitement.

– Le personnel ne reçoit pas à cette heure. Revenez après 9 heures.

– Je suis désolée de vous déranger si tôt, Monsieur, mais nous avons fait un très long voyage.

Je me suis soudain sentie basculer en avant, parce que Maman s'était affalée sur moi de tout son poids. Je me suis retrouvée à moitié à l'intérieur, les côtes écrasées sur le marbre, jusqu'à ce que l'homme soulève ma mère pour me libérer tandis que la porte s'ouvrait d'un coup. Il m'a relevée d'une main, alors que de l'autre il refermait le battant derrière nous et poussait le verrou. L'instant d'après, comme on porte un enfant, il lui faisait traverser dans ses bras la salle ronde et déserte, qui m'a semblé immense.

J'ai couru derrière eux avec le sac de voyage en tentant de ne pas me laisser distancer.

– Elle risque de s'évanouir, je lui ai dit. Nous n'avons rien mangé ni bu depuis…

Il s'était tout de même arrêté, l'avait installée sur une chaise longue et avait tiré une fiole de sa poche.

– Sels d'ammoniaque pour la revigorer, a-t-il expliqué en ouvrant le flacon et en approchant le petit bouchon du nez de Maman.

Elle a sursauté et retrouvé son souffle par à-coups, les yeux posés sur le visage de l'homme tout près du sien. Les a écarquillés comme si elle le reconnaissait. Ce n'était pas le cas, bien sûr, mais je m'estimais heureuse qu'elle n'ait pas crié ou paru effrayée. Je me suis soudain rendu compte que son cache-œil n'était pas en tissu mais fait d'une matière plus dure, comme du fer-blanc ou un métal quelconque recouvert de feutre, et qu'il était retenu par une sangle. Une cicatrice qui ressemblait à une fleur rageuse lui marquait la tempe et disparaissait sous sa casquette et sa tignasse noire, mais Maman se sentait manifestement protégée et prise en charge. Puis il a reculé d'un pas, et elle a balayé la pièce de ses yeux hagards comme si elle ne comprenait pas comment nous étions arrivées là. Elle semblait prendre la mesure de l'immensité du hall qui s'étendait derrière moi.

J'ai posé une main sur son épaule.

– Miss Janet, ai-je eu la présence d'esprit de dire, vous avez failli vous évanouir. Nous sommes venues dans cet établissement pour que vous vous reposiez et que…

– Je vais appeler la régisseuse, a annoncé notre bienfaiteur. Il n'y a encore personne aux cuisines, mais je vais vous trouver quelque chose à manger. Je suis O'Shea, le veilleur de nuit. Vous pouvez marcher, Miss ?

Comme elle ne répondait pas, il s'est tourné vers moi.

– Ma fille, tu peux l'aider ?

Et il a tourné les talons.

Nous avons traversé le grand hall circulaire, de la même forme que le beffroi trois étages plus haut. Des meubles, sofas et bergères, étaient alignés le long des murs, de façon à ce que les gens puissent converser dans cet immense espace. Nos souliers, ceux de Maman et les miens, cliquetaient sur le sol de marbre. Les pas du veilleur de nuit ne faisaient aucun bruit, malgré sa forte corpulence. Je me suis aperçue ensuite que ses bottes étaient emmaillotées d'épais carrés de laine.

Il nous a fait signe d'attendre sur un banc en bois à côté d'un vestibule qui débouchait apparemment sur une pièce privée. Il nous a apporté deux bols de café au lait. Un enfant à l'air bizarre ne le quittait pas d'une semelle. Petit et menu, il avait un œil bleu et l'autre vitreux, avec un voile blanc qui recouvrait presque toute la cornée. Il portait une longue blouse de femme par-dessus ses vêtements et la tignasse bouclée de ses cheveux blonds lui tombait jusqu'aux épaules. L'homme a d'abord semblé ne lui prêter aucune attention, mais il a ensuite lâché un « Eh, mon garçon ! » pour lui reprocher de nous fixer du regard. Ils sont repartis vers le vestibule. Le veilleur de nuit est revenu avec des galettes de maïs frites, froides et arrosées de sirop. J'ai posé l'assiette sur mes genoux et nous avons mangé comme ça, même s'il y avait dans la pièce des chaises et des sofas vides avec de petites tables juste devant. Le café était presque chaud et nous avons vite vidé nos bols. Les galettes bien épaisses fleuraient bon la farine de maïs fraîche et je les ai découpées pour les partager. J'ai placé une fourchette dans la main de Maman. Au bout d'un moment, elle a relevé les yeux vers le gardien et s'est mise à manger. Je l'ai imitée, et durant tout ce temps, il est resté campé juste à côté, comme pour nous dire de nous dépêcher. Puis, quand nous avons entendu un lourd bruit de pas dans l'escalier au-dessus de nos têtes, il a tendu la main pour reprendre l'assiette. J'ai enfourné un dernier morceau de galette dans la bouche de Maman tandis qu'il se hâtait de tout faire disparaître. Puis je me suis nettoyé les lèvres avec les doigts, et celles de Maman aussi. Je me suis souvenue de la main de Papa, et j'ai repoussé cette image comme une vague noire qui risquait de nous engloutir. Il n'était pas là. Nous n'étions pas chez nous mais cet établissement pouvait nous servir de refuge si je parvenais à rester auprès d'elle. Je me suis levée, prenant Maman par le coude pour m'assurer qu'elle faisait comme moi, et j'ai cherché du regard l'homme qui nous avait accueillies. Il avait sans doute appelé quelqu'un et l'attendait maintenant avec respect. L'enfant avait disparu.

« Si quelqu'un proteste contre un veilleur de nuit, c'est tout simplement parce que la tâche a été confiée à des personnes incompétentes… [Ils] devraient s'habituer à laisser les portes ouvertes… se déplacer de la façon la plus silencieuse possible… et emmailloter leurs chaussures de laine pour traverser les salles. »

Dr Thomas Story Kirkbride, 1854

Chiendent LE SAIT BIEN

Dans le noir, il patine sur le sol, prend un virage, et poursuit sa course en glissant sur ses bottes emmaillotées dans des chaussettes comme celles de l'homme qui nous a accueillies pour traverser une salle silencieuse après l'autre. Il suit le veilleur de nuit, de plus ou moins près, jusqu'à ce qu'il lui fasse signe de s'arrêter. L'homme laisse alors Chiendent s'accrocher à son poing vigoureux et se balancer d'avant en arrière, de haut en bas. Un poids plume, ce Chiendent. Ensuite, il reprend sa ronde. Veilleur de nuit arpente les salles réservées aux hommes, il fait sa tournée, comme il dit, en jetant un coup d'œil par les portes entrebâillées pour observer les patients endormis, ceux qui parlent ou s'agitent dans leur sommeil. Chiendent le suit comme une ombre, il n'a le droit d'entrer que dans l'aile D, il attend à l'angle des couloirs tandis que Veilleur de nuit va inspecter les autres salles et vérifier que les portes d'acier sont bien fermées. Chiendent passe d'un canapé à une bergère, il se glisse d'un meuble à l'autre puis se laisse tomber au pied d'un mur pour patienter. Veilleur de nuit s'entretient avec les infirmiers, de grands costauds à la voix douce. Chiendent joue avec le fil de laine qu'il a dans sa poche, attaché à un petit bâton et à sa cuiller en plomb, toute ronde et sans manche. Il entortille le fil autour de la cuiller jusqu'à ce que le bout de bois l'empêche d'aller plus loin, il le rembobine dans l'autre sens plusieurs fois, et il finit par se calmer. Il s'endort les paupières à moitié closes, il perçoit le pas lourd et feutré de Veilleur de nuit qui fait vibrer le sol et s'arrête devant chaque porte dans l'aile D, réservée aux hommes. D pour « Débonnaire », plaisantent ensemble ces messieurs. E pour « Exemplaire », disent-ils en hochant le menton en direction de ceux qui partagent leurs jeux, leurs régimes alimentaires, et les tonnelles sur la Grande Pelouse du parc. F comme « Fou dangereux », ceux qui n'ont pas droit aux mêmes privilèges. Chiendent, à qui on permet d'être là, se faufile par les hautes portes du service que Veilleur de nuit verrouille derrière eux, et fait en glissant le tour de la vaste rotonde jusqu'à atteindre la soupente protégée par un rideau, dissimulée sous l'escalier qui conduit à l'aile des femmes. Veilleur de nuit s'assure que les cuisinières ont bien laissé pour lui un petit déjeuner dans des boîtes en fer-blanc, ainsi que de l'eau fraîche et du lait dans une petite glacière. Une douce obscurité règne dans la soupente, alors que la lumière commence à zébrer la grande salle au-delà du rideau. Chiendent entend le premier les coups portés sur la porte. Il se faufile derrière Veilleur de nuit jusqu'à l'entrée monumentale et se tient sur le côté, aussi immobile qu'une grenouille, jetant un coup d'œil par l'étroit vitrail qui borde le battant. Le ciel de l'aurore est bordé de rose. Une dame élégante, et une fillette qui cogne à la porte. Veilleur de nuit lui ordonne de filer dans la soupente. « Tu ne bouges pas de là, mon garçon. Et tu ne fais aucun bruit. C'est compris ? » Chiendent traverse le parquet ciré et se retire derrière le rideau. De là, il ne voit plus rien, il ne peut qu'entendre, jusqu'à ce que Veilleur de nuit fasse s'approcher les visiteuses. Il leur donne le café au lait et le petit déjeuner qu'il allait partager avec Chiendent, qui ne bouge pas de sa cachette. Mais il observe attentivement. La dame élégante ressemble à une enfant, et c'est la fille qui s'occupe d'elle et découpe les galettes. La dame regarde Chiendent. Il devine qu'elle le voit à travers le rideau. Elle lance un regard vif en direction de Veilleur de nuit. Elle sait et elle observe, puis détourne les yeux avant de fermer les paupières. C'est elle qui va rester. La fille va repartir. Ils les abandonnent tous, c'est comme ça, répète souvent Hexum, la chef cuisinière. Ils les amènent et ils les plantent là. Une fois abandonnés, les autres restent. Chiendent tire sur le col froissé de sa blouse et fait rouler les peluches de son cou à son visage. Une odeur chaude, pareille à celle de la poussière, une bonne senteur de grange. S'accrocher à quelque chose, à un parfum. « Elle était à elle, cette couverture, Gamin, je la lui ai retirée pour t'envelopper dedans. » Chiendent sait que c'est dans le petit parc en bois dans la chambre de Hexum qu'elle le gardait, un enclos où on parquait avant les veaux nouveau-nés tandis qu'on trayait leurs mères, et qu'elle avait pris dans la laiterie et décapé. C'était comme une petite pièce en soi, avec des montants plus hauts que lui et elle l'a toujours gardé parce qu'il aime s'y réfugier ; elle le recouvre d'un drap et, à quatre pattes malgré son embonpoint, elle joue à passer la tête dessous pour le surprendre. « Tu es caché dans ta grotte, Gamin ? C'est cette bonne vieille Hexum qui s'est occupée de toi, pas vrai, jusqu'à ce que tu sois assez grand pour t'occuper de toi tout seul. Tu trottinais là-dedans en silence, rien que quelques chuchotements et des gazouillis. Franchement bizarre pour un enfant trouvé. Et avec un seul œil bleu, en plus. Mais Hexum, elle sait bien que t'y vois plus clair qu'un corbeau ou qu'un geai. Capable de repérer quelque chose qui brille de l'autre côté du champ et de faire sortir une souris de son trou rien qu'en la regardant. Ah Chiendent, tu te débrouilles pas mal ! Sors de là, p'tit malin. » Et il s'exécute. Il s'avance et se montre devant la fille. Le veilleur de nuit ne s'en est pas aperçu. Mais Chiendent le sait bien. Il y en a qui restent, d'autres qui repartent. La fille s'en ira. Elle passera la lourde porte, descendra les marches du perron, suivra les allées de gravier, contournera la nuée argentée du bassin, elle débouchera sur la route et regagnera la ville. Certains restent, dans les couloirs et les chambres, les jardins, et ils déambulent dans les bois et le verger jusqu'à s'endormir pour toujours au cimetière. La plupart sont vieux, d'autres jeunes, comme sa mère qu'avait pas de nom, ce sont ceux qui restent le plus longtemps. Rien que des numéros. De longues, longues rangées de tombes. Il entend alors le pas pesant de la régisseuse dans un escalier au-dessus de sa tête. Il recule. Immobile, le plus immobile possible. Il guette de derrière le rideau de velours, voit Veilleur de nuit disparaître ostensiblement, son regard se porte au-delà de la régisseuse, au-delà de l'air qu'elle déplace, du jour qui s'amenuise. La régisseuse se retourne et s'en va, entraînant la fille derrière elle. C'est sa prisonnière, elle ne la touche pas, elle la force seulement à avancer et la dame les suit.

« LES SURVEILLANTS… D'éminents praticiens hospitaliers parmi nous ont proposé qu'on n'utilise plus de surveillants, mais cette suggestion, je présume, est due à des difficultés… sans doute liées au fait que des personnes inappropriées avaient été choisies pour occuper ces positions… »

DR THOMAS STORY KIRKBRIDE, 1854

ConaLee
MRS BOWMAN

Elle était bien en chair et solidement charpentée, comme un cube impossible à déplacer. Alors que nous venions de nous relever, elle est apparue entre les doubles portes qui dissimulaient l'escalier, elle a hoché la tête et s'est retournée pour nous montrer le chemin. Elle ne doutait pas une seconde que nous allions la suivre. Son long tablier et sa robe étaient noirs, avec une mince bande de tulle blanc au niveau du cou. Un carré du même tulle blanc était posé sur sa tête, encadrée de lourdes tresses grises. Elle nous a conduites jusqu'à une pièce sur la porte de laquelle était écrit « Réception » et s'est assise derrière un grand bureau. Il y avait trois chaises. J'ai installé Maman sur celle de gauche et j'ai pris celle qui lui faisait face, le dos droit et tendu. Elle s'est penchée pour prendre un petit carnet dans la poche de son tablier et j'ai jeté un coup d'œil vers Maman pour m'assurer qu'elle se tenait elle aussi comme il faut. Son regard semblait se promener dans une tout autre pièce, ou peut-être complètement dans le vide, mais elle paraissait parfaitement tranquille.

La femme en noir a relevé les yeux de son carnet et m'a fixée par-dessus ses lunettes.

– Bonjour à vous, a-t-elle dit. Vous devez être épuisées.

– Oh oui, Madame. Merci pour le café. Les galettes et le sirop nous ont réchauffées après notre voyage.

Elle m'a dévisagée d'un air bizarre. J'avais sans doute parlé trop vite de notre petit déjeuner, et je me suis dit qu'il valait mieux ne pas mentionner le garçonnet.

– Je m'appelle Mrs Bowman, a-t-elle dit au bout d'un moment. Je suis la régisseuse générale de l'hôpital, en charge de tout le personnel soignant, des employés de service et de l'intendance. Comme il est très tôt, je vais conduire cet entretien moi-même. Il est 5 heures, et les infirmiers prennent leur service à 6 heures afin de préparer nos patients pour le petit déjeuner. Je viendrai vous chercher vers midi pour vous conduire à notre médecin-chef, le Dr Thomas Story. C'est lui qui établira le diagnostic et décidera du traitement.

– Le Dr Story ?

– Oui, ma chère. Vous avez entendu parler de lui ?

– Non, mais le nom n'est pas très… courant.

– C'est un quaker, il vient de Philadelphie.

J'ai hoché la tête parce qu'elle paraissait ravie de nous apprendre ce détail. Je ne savais rien de cette ville. On m'avait seulement dit que les quakers ne se confessent pas, et qu'ils n'ont même pas de pasteurs.

– Le nom est très répandu là-bas. Il a été formé par son oncle, le Dr Thomas Story Kirkbride, de l'Hôpital de Pennsylvanie, tout comme moi. C'est notre veilleur de nuit, Mr John O'Shea, qui vous a fait entrer. Mrs Hexum s'occupe de la cuisine et du réfectoire. Le Dr Story prend seul toutes les décisions pour ce qui est du régime alimentaire des patientes, et sollicite l'avis de confrères pour ce qui est de celui des hommes.

– Très bien, Madame. J'espère que je pourrai rester auprès de Miss Janet… pour l'aider…

– Vous êtes bien résidentes de cet État ? Pouvez-vous le prouver ?

– Oui, Madame. Nous avons fait un voyage de deux jours à cheval pour arriver jusqu'ici.

– Le veilleur de nuit, Mr O'Shea, dit qu'il a vu une carriole vous déposer devant l'hôpital. Aux premières lueurs du jour, a-t-il ajouté. Votre famille aurait dû entrer elle aussi pour signer les papiers d'admission.

– Celui qui nous accompagnait n'est pas un parent. Il nous a vues marcher sur la route et il nous a amenées jusqu'ici. C'était sur son chemin, il nous a expliqué, et il a compris que Miss Janet était une dame de qualité en grand besoin d'un refuge. Elle peut à peine parler, vous voyez ?

– Elle est muette, vous voulez dire ? De naissance ?

– Non, pas à ce qu'on m'a dit.

– Est-elle par ailleurs en bonne santé ? La plupart des patients nous arrivent avec un dossier médical. Nous ne prenons pas en charge ni ne traitons les maladies physiques, ici.

– Oui, elle est en bonne santé. Elle a seulement arrêté de parler… quand elle s'est retrouvée seule, avec la guerre et tout le reste. Moi, je travaillais chez des voisins à elle qui sont partis dans le Nord, maintenant, pour rejoindre leur famille. Ils m'ont demandé de prendre soin de Miss Janet, de lui apporter ses repas. Depuis la guerre, elle ne sortait plus de chez elle. Puis sa maison a brûlé, et il ne lui est rien resté. Elle s'est mise à marcher droit devant elle, et je l'ai rattrapée. Elle ne voulait pas rebrousser chemin, alors nous avons continué à avancer. C'est le conducteur de la carriole qui m'a conseillé de l'amener ici. Il a dit que c'était un endroit très bien, où elle pourrait se reposer, en compagnie de personnes de qualité.

– Le nom de cet homme ? demanda-t-elle, prête à le noter dans son carnet, la plume à la main.

– Il ne me l'a pas dit. Nous deux, on voyageait à l'arrière de la carriole. Il m'a seulement expliqué que c'était un refuge pour des personnes de qualité…

– Nous soignons sans distinction, chacun selon ses besoins.

– Mrs Bowman. J'ai amené Miss Janet et j'espère pouvoir aider à m'occuper d'elle. Elle est habituée à moi.

– Vous n'êtes pas souffrante vous-même ?

– Oh non, Madame.

– Vous vous appelez ?

– Connolly.

– Et quel âge avez-vous, Miss Connolly ?

– Seize ans, mais je travaille depuis toute petite.

– Et votre nom de baptême ?

– Eliza, j'ai répondu, parce que c'est celui qui m'était venu en tête.

Maman a cligné des yeux, comme si elle désapprouvait ce choix. J'ai retenu mon souffle…

Mrs Bowman s'est penchée en avant.

– Oui, Eliza… je m'appelle Eliza.

– Que savez-vous faire ?

– Cuisiner, repasser, nettoyer, faire la lecture aux malades et tout et tout. Je suis jeune mais je peux travailler dur. Et j'ai un don pour m'occuper des gens angoissés ou perturbés.

Mrs Bowman a opiné du chef.

– Vous avez des lettres de recommandation ?

– Non. La famille chez qui je travaillais est partie brusquement pour le Nord. Et le même jour, l'incendie. La maison de Miss Janet était la plus belle du quartier. Une vraie pagaille… je me suis précipitée pour la chercher parce que j'ai eu peur pour elle. C'est elle ma référence, je dirais. J'ai réussi à ce qu'elle reste calme plus de deux jours pendant tout ce voyage dur et fatigant, et je l'ai amenée ici.

Je m'étonnais moi-même de la facilité avec laquelle je mentais. Le mensonge est un péché. Mais toutes les histoires sont des mensonges, et j'en connaissais tellement. Je devinais d'instinct ce qu'il valait mieux ne pas dire à ceux qui passaient par notre corniche. Nous étions loin maintenant, et je ne savais pas si nous pourrions rentrer chez nous un jour. J'ai enfoncé mon ongle dans ma paume pour ne plus y penser.

Mrs Bowman n'a fait aucun commentaire et elle s'est adressée à Maman :

– Miss Janet, c'est votre nom de baptême ou de famille ?

Réponds, me suis-je dit dans ma tête. Dis-lui comment tu t'appelles. J'étais presque adulte et je ne savais ni son prénom ni notre nom de famille, parce que Dearbhla ne s'en servait jamais, elle appelait Maman « mon Unique », jamais par son prénom. Mais Maman s'est bornée à me regarder avec un petit sourire hésitant.

– Miss Janet, vous connaissez Eliza ?

Maman a incliné la tête vers moi et elle a tendu la main pour prendre la mienne. Elle avait les larmes aux yeux.

– Je peux partager une chambre avec elle, ai-je dit. Une paillasse sur le sol me suffira. Elle est fragile et elle ne parle pas. Je ne voudrais pas que quelqu'un… s'en prenne à elle et qu'elle ne puisse rien dire.

– Miss Connolly, les services des hommes et des femmes sont complètement séparés, bien sûr. Pour les repas, on sert les femmes d'abord, les hommes ensuite. Même les sentiers de promenade où les patients vont prendre l'air derrière l'asile ne sont pas mixtes. Et nous sommes fiers de pouvoir offrir à chaque patient une chambre individuelle avec sa fenêtre et son vasistas. Ventilation et bon air de la montagne, exercice et programme quotidien. Pour l'instant, vous pouvez accompagner Miss Janet dans sa chambre, mais dès ce soir, il va falloir que nous éclaircissions votre situation.

– Je comprends. Et je vous remercie beaucoup, Mrs Bowman.

– Je vais vous conduire à l'étage dans l'aile B, réservée aux femmes. Les malades de l'aile C doivent faire la preuve de leur bonne conduite. Les patientes les plus calmes résident dans les ailes A ou B, si elles acceptent de participer aux activités et prennent leur traitement.

C'était comme si un petit morceau de glace était resté coincé dans ma gorge. Miss Janet allait devoir s'intégrer. Mais déjà, nous nous étions relevées et quittions le bureau, traversions la grande salle ronde au sol de marbre, et franchissions les lourdes portes derrière lesquelles se cache l'escalier. Mrs Bowman nous montrait le chemin, elle gravissait les marches, et Maman, les yeux baissés, s'accrochait à mon bras. J'ai agrippé la rampe en acajou et j'ai levé la tête pour suivre la spirale du regard, un étage après l'autre, jusqu'en haut. Entre les barreaux sculptés, on apercevait des murs de différentes teintes pastel : rose, jaune et bleue. Chaque étage paraissait de couleur différente et de nature à dissiper les ombres ou à apaiser les malades. Le plus haut semblait très sombre, même à la lumière du jour, et j'ai été prise de vertige rien qu'à l'idée de regarder vers le bas quand j'y serais parvenue. Nous avons dépassé le premier palier, à la peinture vieux rose. Sur le mur de plâtre se trouvait une plaque en laiton sur laquelle on lisait « Aile A ». Les portes de la galerie d'en face étaient fermées par une solide planche de bois et hérissées de verrous. Nous avons continué à monter et j'espérais que Mrs Bowman ne poserait plus de questions de toute la journée. L'escalier n'offrant aucune possibilité de fuite, je me suis contentée d'aider Maman à garder le rythme et à ne pas perdre de vue l'imposante silhouette noire de la régisseuse. Je me la suis imaginée perdant l'équilibre et nous écrasant en tombant à la renverse, mais nous sommes arrivées saines et sauves au deuxième étage. Je n'ai pas levé les yeux vers la galerie opposée, également condamnée. Ici, les murs étaient d'un joli jaune clair, et la plaque en laiton près de la porte massive indiquait « Aile B ». Mrs Bowman a pris un trousseau de clefs passe-partout dans son tablier et en a introduit une dans la serrure de la galerie jaune avant d'ouvrir grand la porte.

– Nous y sommes, a-t-elle dit. Je dois refermer derrière nous.

Maman et moi avons pénétré les premières dans l'aile B, un vaste couloir qui s'avançait vers plusieurs sections marquées par des arches en bois traversées de poutres. Les planchers étaient couverts de toute une suite de tapis, ronds pour délimiter les parloirs, carrés entre deux, avec des sofas et des fauteuils à bascule le long des murs. Ce couloir était si large qu'on aurait dit une très longue pièce jaune pâle, alors que les arches et les moulures des hauts plafonds étaient bleu ciel. Papa n'avait pas menti en parlant des palmiers, disposés dans de grands pots, au milieu d'autres plantes luxuriantes de la taille de petits arbres. La lumière s'engouffrait par des doubles portes tout au bout de la galerie. Du plafond pendaient des lampes à gaz qui luisaient encore faiblement.

– Par ici, murmura Mrs Bowman. Les infirmières vont bientôt passer pour réveiller tout le monde. Le petit déjeuner des ailes A et B est servi à 6 heures, même chose pour quelques patients de l'aile C.

– Quelles jolies couleurs ! ai-je dit en prenant soin de parler à voix basse.

– C'est le Dr Story qui a conçu toute la décoration, m'a-t-elle répondu avant de s'arrêter devant une porte au milieu du couloir. On ne vous attendait pas, donc rien n'a été préparé, à part la cruche dans laquelle vous trouverez de l'eau. Il est possible qu'on vous installe ailleurs, Miss Janet, si vous devez rester, mais cette chambre est disponible et vous permettra de vous reposer.

À nouveau, le cliquetis du trousseau de clefs, et la porte qu'on déverrouille.

La chambre était bleu clair, petite et sommairement meublée, avec un lit le long d'un mur : draps blancs, courtepointe et un édredon supplémentaire en patchwork plié au pied.

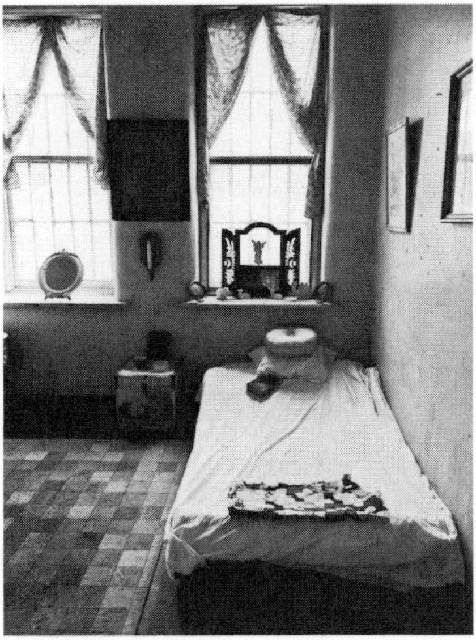

Deux hautes fenêtres au large rebord étaient tendues de rideaux retenus par de fins cordons en tissu jaune. Un petit oreiller du même jaune semblait trôner en tête de lit. Derrière les vitres, les barreaux étaient si fins et si serrés qu'on aurait dit des meneaux. Il y avait une malle près du lit, ainsi qu'un miroir rond, bordé de roses en stuc, devant la fenêtre la plus éloignée. Sur le large rebord de l'autre se trouvait une espèce d'autel de fortune – une structure en bois dotée de charnières et sculptée en forme d'arche, qui s'ouvrait pour laisser voir la statuette d'un ange. Plus tard, je découvrirais qu'elle aussi était en stuc décapé de toute couleur, et accrochée à un clou rudimentaire.

Mrs Bowman parlait mais j'avais du mal à rester attentive.

– Cette chambre, disait-elle, était occupée par une vieille dame infirme qui nous a quittés. C'était son seul foyer, et donc tout ce qui lui appartenait est resté là.

Nous avons échangé un salut poli avec la régisseuse et elle est sortie en refermant la porte derrière elle. J'ai entendu le cliquetis du verrou. Nous ne pouvions pas quitter cette chambre et personne ne pouvait entrer. Je me suis tournée vers Maman et elle vers moi. Elle ne m'avait toujours pas lâché la main. J'ai ouvert les agrafes de sa jaquette et l'ai aidée à se défaire de ses jupes. Je les ai soigneusement pliées et posées sur l'unique chaise. Nous nous sommes ensuite dirigées, en un lent pas de ballet, vers le lit étroit et nous y sommes allongées. Nous tenions le petit oreiller rond entre nous, et nous nous sommes endormies, plus en sécurité, semblait-il, que nous ne l'avions jamais été.

« CLASSIFICATION : Les patients les moins agités – ceux qu'on considère communément comme les plus faciles – devraient occuper les étages supérieurs et résider le plus près possible du bâtiment central... Les patients montrent souvent un grand intérêt pour les délires de leurs voisins, et les efforts qu'ils déploient pour alléger les troubles des autres contribuent souvent à dissiper les leurs. »

Dr Thomas Story Kirkbride, 1854

ConaLee
LES INSÉPARABLES

J'ai rêvé que je marchais le long d'une rue, les trois bébés dans les bras. Ils s'accrochaient à moi mais je ne sentais pas leur poids. Ils semblaient même alléger mon pas, si bien que c'est à peine si je foulais le pavé de cette rue inondée de soleil qui m'était inconnue. Nous sommes arrivés à un carrefour. Alors je les ai vus sur le trottoir d'en face, déjà presque grands, et mes bras vides sont devenus douloureux. J'ai entendu le chariot d'un laitier, le lourd pas d'un cheval, le grondement de notre carriole qui m'éloignait d'eux, mais tout ça n'était que des ombres, alors que les enfants, eux, étaient bien réels. Ils me regardaient mais ils ne me reconnaissaient pas. Je me suis réveillée désespérée, serrée contre ma mère dans l'odeur de son lait. Son corps se souvenait de ses petits même si elle ne se les rappelait pas. J'ai pressé le drap sur sa poitrine et je l'ai senti se mouiller aussitôt. Je n'avais pas de montre mais la lumière dans la chambre avait changé. Il fallait qu'on se lave et qu'on s'habille, or je n'avais envie que d'une chose : rester immobile et rappeler les enfants que je ne reverrais sans doute plus jamais. Je me suis remémoré le contact de leurs peaux. Toutes les choses qu'il avait dispersées. Craignant d'arrêter de respirer, je me suis forcée à faire défiler toute une liste secrète d'objets perdus pour ne pas penser aux personnes qui m'étaient chères. Je ne possédais rien que les vêtements que je portais, et j'ai revu, dans l'ordre où la mémoire les ramenait à ma conscience, ma robe en mousseline, mon ensemble en laine, mes grosses chaussettes, trois paires en tout. Mes souliers du dimanche, qui appartenaient en fait à Maman. Ma pèlerine d'hiver, confectionnée par Dearbhla. J'ai revu mes poules et retrouvé les noms que je leur avais donnés. Quatre Œil-de-Dieu, tressés par Dearbhla. Mon ardoise et mes craies. Ma règle et mon boulier. Mon encrier et ma plume, hérités de Maman.

Elle a été ma seule maîtresse d'école. On lisait à la nuit tombée, tour à tour l'une pour l'autre, debout pour réciter. Elle disait que c'était notre unique théâtre, et les soirs d'hiver, elle me faisait la classe. Il fallait nous protéger de la guerre et des hommes qui en revenaient, d'après Maman ; nous cachions nos poules, nos vaches et nos provisions, et évitions de nous montrer en ville. Elle prêtait notre carriole à Dearbhla, la grand-mère qui habitait sur la crête de la colline juste au-dessus de nous, qui allait vendre ses plantes, son ginseng et ses poudres médicinales le samedi quand on pouvait emprunter la route. Elle nous rapportait du sel, de la farine et du maïs du marché, et je lui donnais en échange une douzaine d'œufs de nos poules par semaine. À chaque anniversaire, elle me faisait un Œil-de-Dieu avec des brindilles écorcées, de la fibre et des soies de maïs, en ajoutant des fils ou de la ficelle de couleur. Maman les suspendait au-dessus de ma paillasse, un pour chaque année, et elle me disait alors que si je me retrouvais seule, il fallait que je coure chez Dearbhla, que beaucoup craignaient sa terre et ses bois, et que leur peur pouvait me protéger. Je n'avais pas le droit d'apprendre la recette de ses remèdes. Elle pouvait soigner une migraine ou la grippe, mais elle affirmait que ses poudres et ses teintures n'étaient composées que par ce qui poussait alentour. C'est elle qui avait aidé Maman à accoucher du premier bébé, le petit garçon. Mais ensuite, Papa lui avait ordonné de se tenir à distance et de garder ses potions et ses sortilèges pour elle. Il avait mis en pièces les Œil-de-Dieu et les avait enterrés dans le jardin. J'en avais retrouvé quelques morceaux et je les avais cousus entre mes couvertures pour les avoir tout près de moi la nuit. Aujourd'hui, j'aimerais être capable de voir tout ce que Dearbhla voyait, savoir comment rentrer chez nous et nous épargner tous ces problèmes. Papa la traitait de sorcière irlandaise, de fille des marais, de dépeceuse, de créature des forêts. Dearbhla faisait macérer des os de lapin, de renard ou de coyote et même d'oiseaux dans de l'urine de renard pour éloigner les cerfs des potagers, ou enveloppait des carcasses de poulet dans des feuilles de stramoine tressées pour conjurer le mauvais sort. Elle accrochait les os décapés et polis aux murs de sa maison et aux poutres de son porche pour attirer la bonne fortune. Ils murmuraient sous le vent et tournoyaient dans la tempête.

Dearbhla répétait toujours qu'elle et Maman se ressemblaient. Mais elle était vieille, robuste et mince comme un homme. Son visage était couvert de rides et de taches de rousseur, et elle sentait le feu de bois même en été. Ses longs cheveux gris étaient aussi épais qu'une toison de brebis ; j'aimais y enfouir la tête quand elle les dénouait. Elle en faisait des tresses qu'elle cachait sous son chapeau de cowboy, elle portait des jupes ou des pantalons en toile de jute qu'elle cousait elle-même et elle martelait le sol de ses grosses bottes. Elle était toujours à la recherche de racines et d'herbes, et elle ramassait des os qu'elle faisait sécher dans son appentis.

Le premier jour de juillet dernier, durant la nuit, la pluie avait fait déborder les ruisseaux. Le petit garçon avait juste un an ce même jour. Je l'ai enveloppé dans le châle de Maman, serré contre ma poitrine, et suis montée jusqu'à la cabane de Dearbhla. Papa lui interdisait de s'approcher de chez nous, et à moi d'aller chez elle, mais il était parti en ville. Maman était de nouveau enceinte, son ventre déjà tout gonflé. Elle refusait de marcher ou de parler, et n'acceptait de manger que si je la nourrissais à la petite cuiller.

La cabane de Dearbhla était exactement pareille à la nôtre, comme si quelqu'un s'était mis en tête de construire deux fois la même au milieu des arbres, mais sous son porche étaient suspendus de gros Œil-de-Dieu, confectionnés avec de jeunes branches et de longues plumes, ornés pour certains de clochettes ou de tessons de porcelaine qui cliquetaient sous la brise. Ses chiens se sont mis à aboyer puis ils se sont tus quand ils ont compris que c'était moi. Papa racontait qu'elle élevait des lynx qu'elle recueillait tout petits et qu'elle les gardait dans une tanière creusée dans la roche. On les entendait parfois la nuit hurler comme des banshees. Papa sortait alors avec son fusil et il tirait dans la nuit, affirmant qu'il allait dégommer cette vieille sorcière, cette saleté d'Irlandaise. Ensuite, il buvait du whisky et il s'endormait dehors comme si Dearbhla lui avait jeté un sort depuis les hauteurs de sa colline.

J'ai traversé les ronces qui bordaient ses bois, et elle est venue à ma rencontre sur le chemin.

– ConaLee, donne-moi ce petit.

Et elle a pris le bébé et l'a sorti du châle.

– Maman va pas bien.

– Je sais. Mon Unique.

– Je suis obligée de lui donner à manger, Dearbhla, exactement comme le bébé, du gruau d'avoine, du bouillon et des lamelles de viande séchée que je mâche d'abord pour les ramollir.

– Je vois tout ça, ConaLee.

Elle m'a pris par la main et conduite sous le porche.

– Est-ce que tu m'as jeté un sort, Dearbhla ? Tout d'un coup, mes pieds me portent plus.

– Je fais pas de choses pareilles, ConaLee. C'est seulement ce qu'on raconte. Tu es juste épuisée d'être la seule à t'occuper d'elle et de tout le reste. Étends-toi un peu sur ce hamac.

Elle a fait basculer le hamac pour que je puisse y grimper. Je me suis allongée sur le matelas de plume couvert de peaux de mouton, et elle m'a rendu le petit. Je l'ai serré dans mes bras, j'ai fermé les yeux, et j'ai entendu la vieille femme rentrer dans la maison. Dearbhla prononçait mon prénom comme Maman autrefois, pas comme Papa, et je sentais la lavande, la menthe et les herbes qu'elle avait mises à sécher, suspendues aux poutres par petits bouquets.

Elle était grande et filiforme, Dearbhla, comme un spectre, et je l'entendais s'affairer de-ci de-là, jetant des aliments dans un bol en bois pour les passer au pilon et les préparer. Ensuite, déjà endormie, je l'ai vue se glisser entre les arbres. Avec ses yeux à elle, j'ai arpenté les collines et les vallées, ainsi que les ruisseaux ondoyants, comme si elle m'avait serré tout contre elle, et que nous étions plusieurs fois tombées ensemble avant de nous relever. Ensuite, j'ai senti sa main ferme sur ma nuque, qui me soutenait la tête.

– ConaLee, bois-moi ça. Je l'ai adouci avec des fruits rouges et du miel.

L'arrière-goût était amer, mais j'ai presque tout bu, en en laissant un peu pour le petit garçon. *C'est pour ton anniversaire, mon bébé*, lui ai-je dit.

– Il a déjà un prénom, ce petit ?

– Non, Dearbhla, Maman lui en a pas donné, parce qu'elle parle à peine. Papa l'appelle « P'tit Gars » et il a installé une barrière sur les marches pour qu'il tombe pas du porche. Je dois l'enjamber pour aller chercher de l'eau. Et maintenant, Maman va en avoir un autre, et dans pas longtemps, sans doute. Elle est toute gonflée et elle se lève presque plus de son lit.

– Dans trois mois, Dearbhla a déclaré. Et pas qu'un seul. Deux bébés.

– Oh non ! Mais comment veut-on que je fasse venir au monde deux…

– Comme la dernière fois quand tu m'as aidée. La fille est comme toi, elle va naître coiffée. Il faut que tu retires la membrane d'un seul coup et que tu la jettes au feu au moment où le bébé va respirer pour la première fois.

C'était comme si j'entendais des bruits du passé et que je voyais un voile devant moi tendu devant une source de lumière.

– Tu étais là quand je suis née.

Dearbhla a posé une main sur mon front.

– Bien sûr que j'étais là. Est-ce que c'est pas moi qui a élevé ta mère et qui l'a amenée ici. Tais-toi un peu, maintenant.

J'aurais voulu que Dearbhla me jette un sort, même si elle affirmait ne pas pouvoir, et qu'elle nous garde avec elle. Et aussi, qu'elle change Maman en oiseau qui puisse trouver son chemin jusqu'à nous. Les yeux noirs de Dearbhla, profonds comme des lacs, se sont rapprochés de moi. Endormie et éveillée à la fois, je n'avais aucune envie de bouger.

– Écoute-moi, ConaLee. Quoi que fasse cet homme, vole jusqu'à moi par l'esprit. Je te tiens dans mes bras jusqu'à ce qu'il s'en aille. Pour le reste, mâche ces racines tous les matins. Débrouille-toi pour qu'il en sache rien.

J'ai senti qu'elle prenait la petite poche en cuir où je garde mes jolis boutons, cachée sous mes vêtements, et qu'elle l'ouvrait en écartant les cordons. Elle l'a soulevée pour me la montrer et y a versé les racines. Elles étaient blanches et aussi petites que des grains de riz.

– C'est pour quoi faire, Dearbhla ?

– Pour t'empêcher d'avoir tes règles, pour que ton parfum et ta transpiration restent aussi purs que ceux d'une enfant.

– Dearbhla, fais quelque chose pour qu'il laisse Maman tranquille.

– Je peux pas l'empêcher de s'approcher d'elle. Il la tient à sa merci. Mais le regard et les pensées de ta maman, il peut pas les atteindre. Tu es la seule à pouvoir lui donner à manger.

– Fais-le partir, Dearbhla.

– Mon Unique, mon enfant…

Elle parlait à Maman, pas à moi, mais elle m'a passé la main sur les yeux en murmurant des mots que je n'ai pas compris.

Je n'essayais pas d'entendre. Les mots allaient et venaient. Mais au fil des longs mois qui avaient suivi, j'ai su que je devais donner à Maman des œufs crus battus jusqu'à devenir mousseux, allongés de lait tiède et sucrés au sirop d'érable, ainsi que de la moelle écrasée avec des pommes séchées. Je savais qu'il y aurait une fille après la naissance du garçon. Je l'ai saisie et j'ai déchiré la membrane qui lui couvrait la tête et je l'ai amenée près du feu pour qu'elle la voie brûler. Elle a poussé un cri strident en la voyant disparaître, un son qu'aucun bébé n'aurait produit, un hurlement pareil à celui d'un loup.

Comme en réponse, Papa a ouvert la porte à la volée, et par cette nuit de février chargée de neige, il s'est précipité pour vider le chargeur de son pistolet en tirant entre les arbres autour de sa cabane. Par la suite, il n'a jamais touché aucun des jumeaux. Il soulevait le petit garçon de terre, jouait à rugir comme un tigre et le faisait rire, mais il me laissait complètement la charge des deux bébés. Tout l'hiver, je me suis répété que Dearbhla gardait un œil sur eux, sur moi, même si je ne pouvais pas aller chez elle. Et qu'elle ne pouvait pas venir non plus.

Ici, cependant, les murs de l'asile étaient épais. Notre montagne, notre corniche bien loin de nous. La lourde porte de notre chambre et le vasistas au-dessus étaient fermés et semblaient arrêter tous les bruits extérieurs. J'ai entendu Maman remuer.

– Allons… Fais comme moi, Maman, assieds-toi. Le docteur va nous recevoir aujourd'hui.

Elle s'est assise à côté de moi au bord du lit sans lâcher son drap et elle a hoché la tête.

– Il va falloir accepter de lui parler, Miss Janet. Si vous voulez me garder auprès de vous. Ici, je suis Eliza. Tout le monde va m'appeler comme ça. Ou bien « Miss Connolly ».

Elle m'a dévisagée comme si je me trompais complètement, mais elle semblait avoir recouvré un peu ses esprits. J'ai rempli la cuvette d'eau, je lui ai lavé le buste et le visage avec une éponge que j'avais trouvée près de la cruche, et je me suis aussi aspergée, avant d'aller faire disparaître les taches de lait du drap. Seule une partie était mouillée. Je l'ai mis à sécher aux crochets du placard, je dirais qu'elle avait vomi si on me posait des questions. Je me suis aperçue que j'avais oublié de lui retirer son filet en soie et ses peignes, mais ils avaient maintenu ses tresses noires bien lisses. C'était un avantage – j'étais incapable de la recoiffer avec autant d'élégance. Je l'ai conduite vers la chaise et j'ai refait le lit. Tout en l'habillant, je n'ai pas cessé de lui parler. D'abord le bandeau de sa poitrine, garni de linges pour bébés que j'avais apportés, soigneusement pliés pour qu'ils absorbent son lait, puis sa chemise, sa combinaison et son jupon à cerceau. Ensuite chemisier et jupe. Sa jaquette courte et cintrée avec son col froncé et ses boutons de soie. Elle s'est relevée pour m'aider, comme l'aurait fait Miss Janet, et a tourné la tête juste ce qu'il fallait. J'ai pris une boucle à pampille et l'ai fixée à son oreille.

– Voilà, Miss Janet. Maintenant il faut apprendre à faire certaines choses toute seule. Donnez-moi votre main, oui, comme ça.

J'ai tendu ma paume, posé sa main sur la mienne et je l'ai fait pivoter. Ensuite, j'y ai déposé l'autre boucle d'oreille : c'était une paire, après tout. Elle est restée quelques secondes à la regarder et je l'ai amenée face au miroir. Debout derrière elle, je l'ai soulevé, de façon à me voir par-dessus son épaule.

– Enfilez-la, ai-je dit. Puis actionnez le fermoir.

Elle a observé son reflet, apparemment ébahie, et a tourné la tête de gauche et de droite, en effleurant la longue pampille de soie tout en la regardant osciller. Elle m'a même souri.

J'ai songé que je devrais fixer le miroir au mur pour qu'elle prenne l'habitude de s'y voir. J'ai tendu la main et ouvert l'anneau.

– Parfait, maintenant, mettez-la en place.

Elle l'a approchée de son oreille. J'ai dû l'aider pour actionner le fermoir.

C'était tout de même un demi-triomphe.

Elle est restée près de la fenêtre tandis que j'enfilais à mon tour mes vêtements poussiéreux – ma chemise de batiste, ma veste en laine par-dessus, mes pantalons. J'ai tâté ma poche, la petite glace s'y trouvait toujours. Son porte-bonheur, avait dit Papa. Au moins, j'avais réussi à le lui enlever. Je l'ai caché soigneusement dans le sac de voyage de Maman et j'ai fait le vœu d'avoir vite de plus beaux vêtements. Je m'étais appliquée à garder ses habits propres et nets, mais les miens n'étaient pas très reluisants à cause des tâches qu'il m'avait fallu accomplir, avant même notre voyage en carriole. Je me suis revue marcher sur le chemin tant de fois parcouru qui mène à la maison, ensuite me précipiter, presque voler sur la route étroite qui conduit aux fermes voisines, dans un sens puis dans l'autre, avec ma cargaison. D'abord les garçons, le bébé enveloppé dans le châle et plaqué contre moi, P'tit Gars sur la charrette bourrée de sacs de vêtements et de draps, criant de joie comme si je venais de lui trouver un nouveau jeu. Ensuite la petite fille, avec tout ce que contenait le cellier. Et puis de l'argent pour dédommager celles qui avaient accepté de garder nos affaires jusqu'à notre retour. Sur notre corniche, il n'y avait que des veuves. La plus vieille avait perdu ses fils et son mari pendant la guerre, et la plus jeune, une veuve sans enfant, était stérile – elle le répétait sans arrêt. Comment allaient-elles nourrir les bébés ? Je n'y avais même pas pensé, et j'avais balbutié que nous reviendrions très vite. Les femmes n'avaient rien répondu, se contentant de se pencher pour me débarrasser de mes fardeaux, et j'étais repartie à toute allure, parce qu'il avait déjà installé Maman dans la carriole et je craignais qu'il parte sans moi. Il était soudain apparu à la mi-journée et m'avait demandé de l'habiller avec les vêtements qu'il me montrait, avant de m'expliquer que nous prenions la route. La voisine qui s'était occupée de la coiffer, la plus jeune, avait souri gentiment. Elle avait décroché la page du magazine *Godey's* fixée au mur pour montrer que les boucles noires de Maman dépassaient de son bonnet exactement comme celles de la dame en gris qu'on voyait arriver ou prendre congé

sur le dessin. Vêtue de bleu, une autre femme était assise ; elle portait des gants, et tendait à la première un message ou une carte. Ensuite, la jeune veuve était repartie pour se préparer à recevoir ce que j'allais bientôt lui apporter.

J'avais glissé le dessin en question dans le sac de voyage de Maman, soigneusement roulé et attaché par une ficelle. Elle me le réclamerait sûrement plus tard – il y a longtemps, elle m'avait dit que cette image c'était pour elle « Les Inséparables ». J'étais la jeune visiteuse en gris, et elle, la dame plus âgée vêtue de bleu. Leurs robes de soie chatoyaient et on avait l'impression d'entendre leur froufrou.

Dans notre chambre, j'ai sorti l'illustration du sac de Maman et je me suis assise sur le lit pour la dérouler. Elle m'a rejointe et a touché le dessin. Je lui ai dit avec enthousiasme que ce dessin nous représentait dans un avenir proche, entourées de fauteuils tendus de velours et de tapis précieux. Le velours était du même carmin, le paravent derrière elles toujours aussi raffiné, mais je me suis aperçue que la dame en bleu avait les yeux noirs, et qu'elle portait sur les genoux une bourse blanche fermée par une cordelette qui pouvait rappeler les petits sacs de mousseline dans lesquels Dearbhla gardait ses racines et ses poudres médicinales.

Je me suis tournée vers Maman.

– Il ne faut pas parler de Dearbhla. Jamais ici.

Elle a hoché la tête, m'a regardée comme si elle voulait me montrer qu'elle avait compris, plus attentive que jamais depuis des semaines.

J'ai tiré la petite poche en mousseline de sous ma chemise, et je l'ai ouverte pour chercher les copeaux de racine que Dearbhla m'avait confiés. Je n'en ai retrouvé qu'un parmi les boutons, et je l'ai pris dans ma bouche. Coincé entre mes dents, après l'avoir sucé et mastiqué lentement, il avait un goût de réglisse. Était-ce déjà plusieurs mois auparavant que j'avais avalé, un fragment après l'autre, un message de Dearbhla ? Elle avait peut-être tout deviné de notre périple. Nous avions voyagé, dans des conditions difficiles, dormi en chemin, et fini par trouver « asile ». Dearbhla disait toujours que les mots ont deux sens. Papa m'appelait « la Planche » ou « la Baguette » – j'étais presque aussi grande que Maman mais aussi maigre qu'un garçon, et je n'avais pas encore eu mes règles. Personne ne pouvait empêcher les choses d'arriver. *Je ne jette pas de sorts,* répétait Dearbhla, *mais je vois certaines choses.* Je ne pouvais rien changer à la situation. J'espérais seulement pouvoir protéger Maman jusqu'à ce qu'elle redevienne elle-même.

– Tu es Miss Janet maintenant, ai-je insisté. Tout ce qui s'est passé avant… n'est plus vrai ici.

Elle a opiné du chef. Puis elle a chuchoté :

– Ici, on est à l'abri.

Six mots, à peine un murmure, mais ils m'ont réchauffé le cœur.

– Oui, Maman ! On va venir nous chercher, et le docteur va parler avec toi. Il s'appelle Dr Story. Ça pourrait presque faire sourire[1]. Tant que nous sommes entre ces murs, nous avons une « histoire ». Tu es Miss Janet, une dame qui a besoin de repos et d'un traitement. S'il pose la question, tu te sens calme en ce moment. Et tu dois demander à ce qu'Eliza – c'est mon nom ici – reste à tes côtés. Tu peux le répéter, ce nom ? Eliza.

Mais elle devait sans doute s'en souvenir parce qu'Eliza est un personnage de *La Case de l'oncle Tom,* un des livres de nos veillées d'hiver. Par ces froides soirées passées au coin du feu, le vent rugissant et la neige tourbillonnant au-dehors, elle m'avait lu l'histoire d'Eliza, l'esclave en fuite qui traverse la rivière, quand j'étais trop petite pour la lire moi-même. La surface « tanguait » et « se craquelait » alors qu'Eliza « bondissait de

1. « *Story* » signifie « histoire », dans tous les sens du mot, notamment « affabulation, mensonge » (NdT).

galette en galette de glace » pour échapper à ses poursuivants. Je ne connaissais pas le mot « asservie », « l'Ohio » n'était pour moi qu'un nom sur ma carte des États-Unis, mais je savais ce qu'était une galette. Je mangeais celles que préparait Maman pour le petit déjeuner – c'étaient d'épaisses crêpes de maïs, mais elle les appelait « galettes », et je souhaitais à la courageuse Eliza que les galettes de glace qui recouvraient le fleuve Ohio soient aussi douces, chaudes et sucrées. Mais Eliza marchait sur des blocs gelés et instables qui lui entaillaient les pieds, et « elle saignait à chaque pas ».

Maman a prononcé mon prénom, ConaLee, comme pour me rappeler qui j'étais en réalité.

– Oui, j'ai répondu. Mais tu dois demander qu'Eliza reste auprès de toi. Pour t'aider. C'est moi Eliza. Tu me connais bien.

Elle a posé la main sur ma joue et murmuré :

– Ma belle, ne crains rien.

– Maman. Tu vois ? Tu peux parler.

– Oui, à toi…

Mais elle refusait de prononcer le mot « Eliza », c'était encore trop tôt. Je ne pouvais qu'espérer que le docteur s'adresserait à moi et qu'il me laisserait plaider notre cause. Nous sommes restées assises sur le lit étroit et je lui ai pris le bras en attendant qu'on frappe à la porte.

DEUXIÈME PARTIE

1864

7e bataillon de cavalerie des volontaires de Virginie-Occidentale
(« Les Sanguinaires du 7e »), juillet 1861.

Le tireur d'élite
AFFLIGÉ
Mai 1864

Presque tous les jours durant ce bivouac d'hiver, il allait seul au bord de cet étroit bras d'eau, à peine une petite rivière, rien qu'un ruisseau, bordé d'un côté par de la broussaille sèche, de l'autre par des roseaux. Deux barques en piteux état flottaient en pourrissant dans un coude de la rivière scintillante qui coulait en direction de Cedar Mountain. Les reflets, le chatoiement lui rappelaient les rubans clairs et mouchetés qui traversaient les champs de son enfance. Que ces voies d'eau se ressemblent à ce point le déconcertait : jusque dans leurs courbes tranquilles et dans les larges plans qui soudain s'ouvraient pour faire mine plus loin de refermer l'horizon. Les petites embarcations n'étaient jamais que des versions délabrées de celle qui les avait emportés, Eliza et lui, enlacés pour ne pas bouger et rester invisibles à travers les jeunes plantes qui commençaient à pousser dans les champs. Ces moments, durant les trois années de guerre qu'il avait traversées, loin d'elle, lui revenaient en mémoire.

Si seulement il avait réussi à aller plus loin quand ils s'étaient enfuis, tout au nord, jusqu'au Canada, disons… mais les jambes de la jeune femme étaient zébrées de sang. Elle portait un enfant et n'aurait jamais pu tenir durant des semaines à cheval. Et puis, la crête isolée de leur montagne aux confins de la Virginie semblait une meilleure cachette que n'importe quel coin du Massachusetts. Il avait entendu parler de Boston, un bastion abolitionniste, par des hommes dont il ferrait les chevaux et qui faisaient curer les sabots de leur monture, des fournisseurs sudistes venus vendre leurs marchandises dans les plantations. Ils annonçaient le conflit à venir, la guerre à mener pour défendre notre mode de vie contre ces diables de Yankees. Lui aurait voulu être un de ces diables, même avant que le père d'Eliza, sur un simple soupçon, l'eût fait ligoter et marquer au fer rouge sur la poitrine comme du bétail – un avertissement pour que ces pouilleux d'Irlandais ne s'avisent jamais de toucher à sa fille. Le fait que Dearbhla ait été la nourrice de ses propres enfants, qui venaient de perdre leur mère, et qu'elle ait élevé son fils adoptif avec eux pendant un certain temps rendait l'offense pire encore.

À peine une semaine plus tard, ils n'avaient plus le choix ; Eliza et lui devaient disparaître, avec Dearbhla, la seule mère qu'il ait jamais connue. Protégée par un bandage sous sa chemise, sa plaie avait été enduite par Dearbhla d'un baume aux herbes apaisant. À la nuit tombante, il avait alors organisé à travers les basses terres une fuite chaotique et précipitée dont il préférait ne pas se souvenir. Deux mois plus tard, ils avaient trouvé deux cabanes abandonnées sur une crête rocheuse dans les Appalaches, sur un sommet des monts Allegheny. Les fugitifs ne quittèrent plus leur nid d'aigle. Il s'était laissé pousser la barbe et les cheveux, avait adopté le parler des montagnards du cru, et il ne descendait dans la vallée que pour faire du troc au hameau en contrebas. Deux ans de répit à l'abri de ce refuge, et puis l'incendie s'était déclaré. Dans les vallées au pied des montagnes, il avait connu les premières escarmouches de la guerre dès qu'il s'était engagé aux côtés des Yankees, mais les sommets de Virginie-Occidentale étaient trop escarpés et leurs forêts trop touffues pour que s'y soient déroulées des batailles plus importantes, ou pour connaître les massacres auxquels il avait ensuite survécu en Virginie et en Pennsylvanie.

Eliza et lui n'eurent pas d'enfant dans leur repaire, durant les brèves années qui précédèrent la guerre. Elle s'était crue devenue stérile à cause du bébé qu'elle avait perdu durant leur voyage. Qu'elle tombe enceinte juste au moment où le conflit éclatait leur était apparu comme un coup du sort. Il était malade à l'idée de partir, malade à l'idée de rester, mais le futur nouveau-né, à l'abri seulement dans ces montagnes, était une raison plus pressante encore de gagner la guerre. L'enfant devait être né, si tout s'était bien passé. Il lisait et relisait les lettres qu'Eliza lui avait envoyées au cours des premiers mois, mais son 7e bataillon de cavalerie des volontaires de Virginie-Occidentale avait été intégré à la 3e brigade du 2e régiment d'infanterie de l'armée de l'Union. Les tireurs d'élite à cheval n'étaient pas dépêchés sur un lieu précis ; leur champ d'action était plus large que celui de leurs homologues de l'infanterie et ils se déplaçaient dès qu'ils en recevaient l'ordre. Les lettres ne les atteignaient que rarement, et il expédiait les siennes dans le vide, d'un campement à l'autre. Il ne lui restait que les signes comme ceux que Dearbhla pourrait imaginer pour s'assurer que sa famille était encore en vie. Avant de rejoindre son régiment, il avait montré son contrat d'engagement dans l'armée à un pasteur qu'il avait fait grimper jusque chez lui pour qu'Eliza devienne sa femme et prenne son nom, avant d'aller ouvrir un compte dans une banque à Weston, la bourgade la plus proche. Il avait écrit « famille » dans la case « bénéficiaire » et confié le petit livret à Dearbhla pour qu'elle en prenne soin. Il ne voulait pas qu'Eliza se montre en ville – ils n'avaient pas besoin d'argent ; ils troquaient ou fabriquaient tout ce dont ils avaient besoin, mais il déposait toujours une partie de sa solde, tout ce qu'il pouvait économiser, dans un bureau de poste. Le seul courrier qu'il recevait au campement était les reçus de la banque. Il avait vu des enfants et leurs familles hagardes s'enfuirent de chez eux après les défaites de leurs villes, Fredericksburg, Chancellorsville, Gettysburg : des gamins noirs ou blancs, affaiblis, secoués par des quintes de toux, aux yeux chassieux. Mais Dearbhla connaissaient les remèdes qu'on trouve dans la forêt, des plantes qui soignent et ragaillardissent, elle savait tirer au fusil, et il avait aussi appris à Eliza à chasser. Aucune bataille ne les atteindrait jamais. Elles étaient plus en sécurité là-haut que nulle part ailleurs.

Par ici, en Virginie occupée, à l'ouest de la Rapidan, les bois n'étaient que de pitoyables affleurements rocheux, mais il avait marché jusqu'à cette étendue d'eau agitée derrière leur bivouac pour renouer avec ses espoirs secrets. Son engagement de trois ans s'était terminé mais il s'était à nouveau enrôlé en 1864. Il ne rentrerait pas tant que la guerre ne serait pas achevée, et le nom qu'il s'était choisi demeurerait le sien – il l'avait légitimement gagné et il figurait sur ses papiers de démobilisation. Il était venu là pour s'imaginer ce document en main, avec son nouveau nom tracé d'une écriture ferme, une fois la guerre gagnée. Il s'était battu aux côtés d'hommes qui se prenaient pour ses frères mais ne le connaissaient pas. Là, au bord de cette rivière oubliée qui coulait cachée entre les buissons et les herbes fleuries, il savait qui il était. Ailleurs, il n'était jamais un mais deux hommes, le premier visible, le second invisible, sa force était double, son attention aiguë et discrète à la fois, comme si l'un des deux luttait pour la survie de l'autre. Il s'autorisait à laisser ainsi ses pensées vagabonder, accroupi pour plonger les mains dans l'odeur âcre des fleurs de moutarde écrasées par les coulées de sève claire qui s'échappaient des tiges des carottes sauvages qu'il avait brisées. Il avait depuis longtemps échangé sa carabine Burnside contre un Enfield de plus longue portée, et l'onguent dont il s'enduisait les mains les rendait plus souples, son toucher plus sensible sur son arme.

Aucun mouvement à la surface de l'eau mis à part les bonds des libellules et autres insectes. Des puces d'eau patinaient sur leurs longues pattes en forme de cils. Il les observa tout en lavant ses mains souillées de sucs laiteux, les yeux à demi clos dans les ombres du soleil de l'après-midi, qui s'allongeaient déjà. Un message, se dit-il, ou une réprimande. Il avait cru le Nord supérieur, puissant, imbattable. Personne n'avait pensé que la guerre serait aussi longue, qu'il faudrait mettre le Sud à mort pour emporter la victoire. Il en avait tellement vu qu'il se demandait ce qu'il faudrait encore détruire, même s'il avait tiré de ce monde tout ce qu'il pouvait, pour accélérer la fin. Il ne devait d'avoir eu la vie sauve qu'au fait que les tireurs d'élite encerclaient les champs de bataille, à genoux derrière les parapets pour cibler le commandement ennemi, ou allongés derrière les branchages d'arbres abattus afin de tirer sur ceux qui donnaient la charge. Il se plaçait en surplomb des champs de bataille pour repérer de loin le sabre d'un officier qui tournoyait, une casquette à large visière ornée d'un plumet, les boutons dorés étincelants d'une veste croisée. La nuit, il s'approchait seul des lignes ennemies, éliminant une à une les sentinelles. Il pouvait atteindre sa cible à plus de sept cents mètres – touchée à la tête, elle s'effondrait aussitôt. Il espérait connaître le même sort s'il devait tomber au cours des semaines suivantes, mais une mort immédiate semblait de plus en plus improbable. Grant ne protégeait pas vraiment les talents spéciaux, il avait déplacé les tireurs d'élites d'une division à l'autre et leur avait fait donner des uniformes réglementaires. Il ne s'intéressait pas non plus à ceux qui avaient été capturés au combat. Plus d'échanges de prisonniers. Tout soldat de l'Union en prison dans une geôle sudiste y mourrait, pour interdire à l'ennemi la possibilité de réclamer un des siens. Au campement, les hommes racontaient que Grant allait prendre Richmond cet été, tout comme il s'était assuré le contrôle du Mississippi à Vicksburg et avait forcé les Rebelles à reculer jusqu'au fond de la Géorgie après Chattanooga. Qu'il en soit ainsi. La rivière serpentait paresseusement. Le tireur d'élite ne pria pas, même si des versets sacrés et les paroles de cantiques qu'il avait chantés enfant lui revenaient en mémoire dans le silence.

Tout l'hiver, l'armée du Potomac[1] campa sur la rive ouest de la Rapidan, où elle grossit ses rangs, tandis que les hommes de Lee avaient du mal à se ravitailler sur les terrassements aménagés à l'est de la même rivière. Les deux armées s'affrontaient sans résultat : l'offensive menée par Lee en octobre à travers la Cedar Mountain, l'assaut de Meade repoussé à Manassas, la longue marche des soldats du même Meade après qu'ils eurent attaqué les terrassements de Mine Run. Ni perte ni gain. Lee n'avait pas assez d'hommes pour traquer les Yankees. La pluie, la gadoue, le grésil et la grêle précédèrent la neige ; creusée de profondes ornières, la boue en gelant se solidifia. Les tireurs d'élite de l'Union, pour la plupart des montagnards de Nouvelle-Angleterre et des Appalaches, se mirent en route par deux ou trois, traversèrent à gué la rivière prise par les glaces à la faveur de l'obscurité après avoir laissé leurs chevaux attachés sur la berge, et éliminèrent les sentinelles des Rebelles une nuit après l'autre. Aux environs de minuit, il avait abattu un officier en grand uniforme qui était sorti fumer avec les sentinelles. Les tireurs d'élite suivaient le mouvement des troupes, mais ils restaient des loups solitaires qui se donnaient des surnoms liés à leurs excentricités respectives. « Silex », par exemple, à cause de la pierre qu'il portait toujours dans sa poche pour allumer le feu dans des broussailles humides ou la maigre végétation d'une paroi rocheuse presque verticale. « Mustang », pour son habileté à capturer les chevaux affolés des Rebelles qui s'aventuraient derrière des lignes yankees et à les attacher ensemble à la même longe. Ils appelaient le Virginien-Occidental « Cherokee » parce qu'il cueillait des herbes sauvages pour confectionner des

1. Principale force combattante de l'Union pendant la guerre de Sécession (NdE).

porte-bonheur et des baumes, et savait aussi accrocher ses jambes à sa monture et se laisser glisser sur son flanc en agrippant la crinière. La veste bleue de son uniforme yankee de seconde main avait viré au gris sudiste, mais il refusait de s'en séparer – une protection supplémentaire, expliquait-il aux autres, lors des nuits solitaires passées derrière les lignes des Confédérés. Il pouvait parler comme un Rebelle si un ennemi le surprenait dans le noir et au campement il amusait la galerie en racontant des histoires avec un accent parfait de Caroline du Sud, mon beau Môssieur par-ci, mon beau Môssieur par-là, pimenté d'une bonne dose de mépris. Les soldats de l'Union avaient des chaussures et des manteaux longs, alors que les hommes de Lee devaient s'envelopper les pieds dans des chiffons et porter des châles de femme pour se réchauffer. Les Rebelles avaient capturé tous les lapins et les écureuils de leur côté de la rivière. Leurs effectifs étaient moitié moins importants que les troupes de Grant, mieux ravitaillées, et ils mangeaient quatre fois moins. La rumeur circulait qu'ils allaient sûrement se rendre dès le printemps.

Autour de leurs feux de camp, les tireurs d'élite échangeaient rires et jurons. « Ventre creux, homme dangereux », répétaient-ils. Tout Sudiste qui n'avait pas encore déserté était une vraie machine à tuer, et Grant avait tellement de soldats qu'il se souciait comme d'une guigne de les voir abattus. Ce général était pour eux l'impitoyable ange de la Mort pour qui comptait seulement de gagner la guerre. La seule question était de savoir si l'un d'eux survivrait pour connaître la victoire. Les tireurs d'élite ne se séparaient jamais de leur long Enfield, se portaient volontaires pour franchir les lignes des Confédérés, rusaient pour quitter les rangs de l'infanterie quand l'armée se déplaçait. Ils mangeaient moins, pour garder des réserves de nourriture. Ils avaient foi en Grant mais ne voulaient pas mourir pour lui, parce qu'il ne voyait en eux qu'une vague anonyme de futurs sacrifiés qui serait remplacée par la suivante.

L'armée du Potomac avait passé les mois de janvier et de février à Brandy Station. Les femmes des officiers quittèrent le camp en mars, les cantinières et leur matériel en avril. Les troupes commencèrent à traverser la Rapidan le 3 mai à Germanna Ford, et plus au sud, à Ely. Les passerelles, rapidement jetées sur la rivière, étaient assez larges pour les chariots de ravitaillement, mais deux colonnes d'hommes, parmi lesquels les tireurs d'élite étaient dispersés, les avaient précédés de plusieurs heures. Le tonnerre des pas de plus de cent vingt mille fantassins suspendait au-dessus de leurs têtes un énorme nuage de poussière. Des rangs serrés de soldats remontèrent de la berge, puis s'éparpillèrent dans des bois inhospitaliers qu'on appelait « la Wilderness » – pas vraiment une forêt mais des kilomètres et des kilomètres de végétation enchevêtrée. De jeunes arbres, de dix à vingt centimètres de circonférence et hauts de dix à quinze mètres, si nombreux et si serrés que pour avancer il fallait marcher de profil. Des buissons divers, des broussailles, des touffes de bruyère et des vrilles voraces de l'épaisseur d'un doigt s'entortillaient autour des genoux des hommes. Le tireur d'élite, isolé de ses compagnons, son cheval attaché à un chariot loin derrière lui, était comme abasourdi. Sa mission, qui consistait à abattre des officiers, devrait être exécutée à l'aveuglette dans cette jungle où il était impossible de charger l'ennemi. Bon Dieu, ils seraient bien inspirés de progresser durant le jour et de retrouver leurs chariots à la nuit tombée. Se battre ici allait être un enfer de corps-à-corps, impossible de reformer des rangs ni de se positionner en hauteur ou à l'oblique. L'excellente lunette de son fusil serait presque inutile ; n'importe quel cavalier fondrait sur lui avant qu'il ait eu le temps d'ajuster son tir, si tant est qu'une distance convenable soit possible dans ce labyrinthe. Mais le bataillon devait patienter. Il fallait que les chariots contournent cette impossible forêt du comté de Spotsylvania surnommée la Wilderness, de peur que les troupes de Grant ne perdent leur ravitaillement, leurs munitions, les pansements et les scies qu'on utilisait dans les tentes-infirmeries. Berçant son long fusil dans ses bras comme un bébé, le tireur d'élite songeait que ce qu'il voulait retrouver avant tout, c'était sa jument. Il pouvait très bien survivre sans sa ration ni biscuits, et il avait sur lui des munitions pour trois jours parce qu'il calculait toujours soigneusement ses tirs, qu'il soit allongé dans un fossé ou une ravine, posté sur une colline ou perché dans un arbre. Mais là, il n'y avait aucun arbre assez haut ou assez feuillu pour lui donner le surplomb ou la protection nécessaires, nulle part où sa monture si adroite puisse se coucher sur commande entre des pierres ou des saillies rocheuses. Il lui avait appris des tours dignes d'un cheval de cirque, et voilà que maintenant elle était condamnée à marcher au pas entre des files interminables de chariots Conestoga chancelants, sa crinière et ses boulets lissés à force de contacts inévitables. Il l'avait appelée Liza, en hommage à l'Eliza qui était la mère de son enfant, même si aucune lettre ne lui avait appris si c'était une fille ou un garçon.

Les soldats avaient fait halte. Ils se mirent à dégager une clairière autour d'eux en abattant des dizaines et des dizaines d'arbres. Les plus jeunes, haut comme trois hommes, poussaient en rangs si serrés qu'ils n'avaient pas de branches. Couchés sur le sol, leurs troncs pointus et déchiquetés, vingt ou trente par rangées, formaient des parapets triangulaires, et on creusait à l'intérieur des tranchées où un homme pouvait s'accroupir et recharger son arme. Le tireur d'élite se mit à l'ouvrage avec les autres, maniant la hache et la pelle, furieux à l'idée de passer la nuit dans ces bois alors qu'ils auraient dû se mettre en quête d'un terrain à découvert. Il commença à mieux respirer quand ils eurent dégagé çà et là suffisamment d'espace. Alentour, et à perte de vue, des rideaux d'arbres serrés et des fourrés infranchissables. La broussaille, la bruyère et les plantes grimpantes auraient requis des machettes que personne ne possédait. Certains se frayaient un passage avec leurs pelles à manche court, forant des trouées dans le luxuriant tapis vert. Conscient que des balles pouvaient passer entre les troncs abattus, le tireur d'élite entreprit de creuser plus profond à l'intérieur d'un parapet puis d'un autre. Il songea à traverser cette jungle en solitaire, sans doute des kilomètres et des kilomètres d'efforts avant que cet enchevêtrement végétal ne prenne fin, et à attendre que l'armée de Grant n'en émerge à son tour. Mais s'il quittait l'unité qu'on lui avait assignée dans la confusion de l'avancée de la troupe, il risquait de ne jamais retrouver sa jument, et il y tenait particulièrement. Elle lui portait chance et, quand il était solidement assis en selle, il éprouvait même une espèce de sentiment de confort. Il cognait si fort et à un rythme si soutenu sur les arbres que ceux-ci dessinaient une ligne régulière en s'abattant au sol. Non loin de lui, des compagnons d'armes entrecroisaient les troncs encore verts pour former des constructions qui sentaient bon le frais dans ces bois si touffus.

Ils placèrent des sentinelles tous les trois mètres, mais deux hommes sur cinq bloquaient la vue des autres, dans cette jungle. Les forces de Lee n'étaient pas attendues avant le lendemain matin, et peut-être même pas avant le jour suivant. Le soir venu, on cessa d'entendre les haches cogner et les arbres tomber, puis les soldats s'installèrent pour la nuit. Il faisait déjà sombre, et le silence était étrangement lourd de menaces.

Au lever du jour, il partit en reconnaissance avec les sentinelles pour repérer la présence éventuelle de Rebelles espionnant leurs troupes. Ils passèrent devant de petites toiles de tente et celle de l'hôpital de l'Union, à demi montée au bord de l'Orange Plank Road, et ils s'enfoncèrent sans bruit dans une forêt encore plus dense. Des chouettes lançaient des cris d'avertissement. Aucun ennemi en vue, mais le tireur d'élite sentait une force de gravité sourdre sous ses pas, comme une rivière profonde obstruée par un barrage qui aurait accumulé une puissance implacable. Les autres ne paraissaient pas avoir remarqué cette charge souterraine mais il faisait confiance à son instinct et à sa double vue – l'aura de faible lumière qui entourait les jeunes arbres grêles était un mauvais présage –, et il se faufila entre les pins pour découvrir un petit cornouiller aux fleurs abondantes. L'extrémité rose de ses branches formait un cône d'une parfaite symétrie que rien ni personne n'avait jamais même effleuré. Les corolles ouvertes faisaient penser à la peau douce d'une paume de femme et il s'imagina soudain qu'Eliza était tout près de lui. Il s'approcha encore. Les pétales tremblèrent presque imperceptiblement, puis à nouveau, comme si un pas lointain les faisait osciller. Il retourna vers le campement et annonça sans délai qu'une troupe considérable marchait sur eux, mais personne n'avait vu le moindre signe de présence d'un Confédéré dans le rayon de cinq kilomètres qu'ils avaient inspecté. Son rapport fut rejeté. On rappela les sentinelles et on leur dit de prendre du repos. La nuit précédente avait été trop noire pour permettre à quiconque de dormir. Il faisait doux, en ce matin de mai, et les hommes se laissèrent aller à s'assoupir sur l'épaule de leur voisin. Le tireur d'élite nettoya son Enfield, démontant et réassemblant les pièces du mécanisme. Depuis un certain temps, il ne portait plus son sabre qu'il trouvait lourd et encombrant, mais il se sentait désavantagé dans cette situation où auraient probablement lieu des combats au corps-à-corps. Il songea amèrement que, dans ce cas, il faudrait que son adversaire soit à bout de bras pour qu'il puisse le terrasser. Il allait devoir prendre son sabre au premier homme mortellement touché. Dans les branches, un engoulevent lança son vibrato, puis un cri moqueur à son adresse. Il cessa de réfléchir et tendit l'oreille pour localiser l'oiseau. Il savait à quoi ces volatiles ressemblaient, les marques brunes sur leurs plumes tachetées de beige, avec un collier blanc au jabot, comme le col romain d'un pasteur. Mais l'engoulevent garda le silence.

Peu après midi, ils se mirent en marche. Les ordres n'étaient pas clairs, faute d'avoir envoyé des éclaireurs en reconnaissance quelques heures plus tôt. Les hommes avançaient dans la plus grande confusion, à angle droit les uns des autres entre les arbres. Ils parvinrent au bord d'un champ de maïs en jachère. La terre était émaillée de courtes tiges blanchies au soleil, aussi sèches et couvertes de poussière que les broussailles cachées sous les bosquets d'arbres. La parcelle ne devait pas faire plus de deux cent cinquante mètres de long et moitié moins de large, et elle descendait en pente douce avant d'escalader une petite colline. On percevait quelques rares mouvements au sommet, une avant-garde et des hommes laissés à l'arrière car Lee était attendu le lendemain matin. Au moment précis où ils sortaient à découvert, une intense ligne de fumée monta sur toute la longueur de la crête. Sans exception, tous les cœurs cessèrent de battre. Ils aperçurent des baïonnettes. « En avant, marche. Doublez l'allure. Chargez ! » La rangée entière se mit à crier en dévalant la pente sous un déluge de mortiers et de balles si violent et si assourdissant qu'ils semblaient être entrés dans un champ en proie aux flammes. Le tireur d'élite se jeta à terre, encerclé par les détonations. De droite et de gauche, les hommes tombaient ; d'autres bondissaient par-dessus leurs compagnons d'armes ou zigzaguaient entre les corps. Cela eut le don de le mettre en rage et il remonta jusqu'en tête de colonne à la recherche d'un endroit sûr. Pour échapper à un feu aussi nourri, la seule solution était d'avancer. Il voulait transpercer de sa baïonnette un des assassins perchés sur la colline, pour laver le sang de ses compagnons qui lui maculait le visage et la bouche, pour venger les hommes à l'agonie piétinés par leurs camarades, pour dissiper un silence au-delà de toute peine et pour conjurer sa propre mort qui ne tarderait plus. Il courut au-devant d'elle mais parvint à escalader la colline alors que son bataillon déferlait derrière lui, un survivant pour trois Yankees abattus parmi ceux qui avaient mené l'assaut, dans ces champs connus depuis ce jour funeste sous le nom de Saunders Fields. Des renforts investirent la colline et les Rebelles se replièrent. Ils disparurent sous les broussailles en laissant derrière eux des volutes de fumée et les traces des roues du canon avec lequel ils leur avaient tiré dessus. L'épaisse forêt les aida à se cacher, comme s'ils n'étaient que vingt soldats au lieu d'une ou plusieurs centaines. Les Yankees les poursuivirent entre les arbres en formant des rangs désordonnés sous les crépitements épars d'un feu d'artillerie qui ne visait plus qu'à protéger la retraite. Mais déjà, les forces massives des Confédérés se rassemblaient en un cercle serré que l'attaque-surprise lancée depuis les hauteurs de la colline n'avait fait que briser provisoirement.

Les atrocités du champ de bataille ! Le tireur d'élite avait gravi la colline trop vite pour voir les cadavres qui la jonchaient, même si une image confuse de fumée aussi légère qu'un brouillard s'élevant parmi les hautes herbes comme une nuée d'âmes montant vers le ciel devait l'étourdir et le laisser hébété pendant de nombreuses années. Il se retrouva hagard sous le pilonnage des deux factions dont aucune ne parvenait à prendre l'avantage. À quelque quatre cents mètres de distance, les deux régiments éparpillés dans les épaisses broussailles qui les rendaient invisibles se livraient à une fusillade d'une violence déchaînée. Le tireur d'élite s'en écarta, à l'abri d'un arbre trop grêle pour le protéger entièrement, et il se mit lui aussi à décharger et à recharger son arme à un rythme soutenu. Juste à sa droite, un soldat reçut un tir de mortier dans le ventre et fut propulsé en l'air en tournoyant, les bras écartés comme s'il avait vu une apparition divine. L'explosion fit pleuvoir sur ses camarades une pluie de morceaux de chair et de boyaux sanguinolents ; le corps retomba à terre tel un sac de sable mouillé. Le tireur d'élite, à genoux, le visage écorché par du gravier ou des éclats d'os, devait se remémorer les détails de cette scène comme une suite d'images morcelées, derrière lui et sur sa gauche, durant le silence tonitruant qui s'ensuivit, mais il ne se souviendrait pas de ce qui les avait provoquées. Rien que l'horreur et la peur qui continuaient de l'envahir alors que tout le reste s'était effacé. Le sol vibrait des échos de la détonation. Il recracha une bouchée de terre et se releva pour charger à nouveau son fusil. Il n'entendait plus rien, comme si on lui avait bourré les oreilles de coton, mais il sentait le recul de son Enfield, pareil au martèlement d'un poing sur sa poitrine.

Leurs lignes se reformèrent et s'enfoncèrent plus profondément à couvert sous les arbres. Durant un bref instant, ils gagnèrent du terrain en forçant l'ennemi invisible à reculer encore, jusqu'à ce qu'une volée de projectiles semble s'abattre autour d'eux comme s'ils avaient été propulsés en désordre. Le mélange d'obus et de balles les frappa néanmoins et les projeta à terre. Le tireur d'élite rampa droit devant lui aussi vite qu'il put et appela ses compagnons d'armes à grands cris : ils étaient maintenant sous la ligne de tir des Rebelles, et ils pouvaient couper leur progression en les visant rapidement aux chevilles. Ils firent feu et une rangée entière de Confédérés parut s'écrouler dans un nuage de poudre, ralentissant ceux qui devaient sauter par-dessus les corps pour les éviter. Les broussailles tremblèrent et les troncs des pins épars vacillèrent quand la riposte força les Nordistes à se mettre à l'abri. Et la situation s'éternisa : ils avançaient puis reculaient sur la même centaine de mètres, l'ennemi battant en retraite jusqu'à ce qu'une nouvelle brigade prenne la relève et donne la charge, repoussée à son tour par les soldats de l'Union qui progressaient, avant de devoir céder du terrain par la suite. Les parapets triangulaires avaient été construits avec des rondins de bois sec et des piquets de haie ramassés sur le sol. La brigade décimée qui les avait empilés jusqu'à hauteur d'épaule s'était repliée. Ses morts gisaient sur des racines de bruyères et des branches brisées. Les renforts se frayèrent un chemin parmi les cadavres, et la ligne d'assaut ainsi renforcée parvint à tenir ses positions, trois rangées de fantassins qui mirent tour à tour un genou à terre pour recharger leurs armes tandis que leurs compagnons, debout derrière eux, faisaient feu. Ils évaluaient les chances de réussite d'une nouvelle charge quand une âcre fumée de pin, noire, chargée de relents de sève en flammes, fondit sur eux comme un banc de nuages. La poudre avait tellement saturé l'air que les broussailles et les arbres s'embrasèrent. Le tireur d'élite ramassa un foulard militaire abandonné sur un buisson, s'en couvrit le nez et la bouche, et continua d'actionner sa gâchette. Il ne voyait rien, mais la fumée était si noire qu'il aperçut l'éclair blanc de tirs qui zébrait l'air juste au-dessus de leurs têtes. Puis les parapets eux-mêmes se mirent à rougeoyer. Des flammes bondissantes s'emparèrent du bois sec et des feuilles, et forcèrent les hommes à reculer alors que l'ennemi, mesurant son avantage, ouvrait le feu, abattant ceux qui afin d'échapper au brasier tournaient les talons pour s'enfuir. En pleine débandade, des dizaines de Yankees rompirent les rangs des lignes les plus proches. L'incendie gagnait différents points de la Wilderness et des jets de flammes fusaient vers le ciel.

Les cheveux et les sourcils roussis, le tireur d'élite fit suffisamment marche arrière pour repérer un essaim de Rebelles isolés qui contournaient les parapets en feu, achevant au passage les soldats qu'ils avaient touchés, et investissaient tout le terrain. Les hommes, s'apercevant que toute retraite était coupée, hurlaient sur place. L'incendie se propageait d'arbre en arbre avec des craquements et des sifflements qui paraissaient surnaturels. Un fantassin en uniforme bleu de l'Union, blessé aux deux jambes, se laissa rouler à terre pour échapper aux flammes qui le poursuivaient. Le tireur d'élite baissa son arme et se précipita pour charger sur son épaule l'homme qui murmura : « Mon frère ! » Un Rebelle, le visage grimaçant sous une couche de suie noire, les ceintura tous les deux et plongea si profondément son couteau dans le dos du blessé que le tireur d'élite sentit l'impact du coup. La vie s'échappa de son fardeau, mettant fin à la tension et au soulagement si palpables l'instant d'avant. Il saisit le couteau et l'arracha au corps de la victime, le força à se retourner et l'enfonça jusqu'à la garde dans la gorge de l'assaillant. Le sang du Confédéré gargouilla, ses mains se crispèrent désespérément, et il tomba à terre en entraînant ses ennemis dans sa chute. La broussaille derrière les parapets s'embrasa soudain en un vaste croissant, et les flammes doublèrent de hauteur avant de partir en tournoyant à l'assaut des arbres. Le tireur d'élite se dégagea du corps de l'ennemi, et il se remettait péniblement debout sans lâcher son compagnon d'armes quand un mortier explosa tout près de lui en provoquant immédiatement une volée de mottes de terre et de caillasse. Une pierre de la taille de sa tête vint heurter sa tempe à l'oblique et lui fractura le crâne. Il tomba évanoui tandis que le projectile éclaboussé de sang ricochait dans une ravine. Des étincelles de lumière l'enveloppèrent aussitôt, marquant le début d'une nouvelle existence où il ne saurait plus qui il était, ni à ce moment-là ni durant les semaines qui suivirent. Deux soldats qui battaient en retraite s'arrêtèrent pour lui retirer ses vêtements en flamme et le roulèrent nu dans une toile de tente. C'étaient eux aussi des tireurs d'élite, de solides gaillards, qui percèrent la toile de leurs baïonnettes, y glissèrent la crosse de leurs fusils, et sur ce brancard de fortune, le portèrent sur les longs canons de leurs armes. Sous son poids, la toile s'enfonça en forme de « U », et le sang s'échappant de la blessure qu'il avait à la tête rougit l'épais tissu qui devint plus raide encore. Ils eurent beau le ramener le plus vite possible derrière les lignes de l'Union, il demeura inerte, le crâne irrémédiablement fendu.

Dearbhla

À SA RECHERCHE

27 septembre 1864

Il allait lui falloir presque une semaine pour rejoindre Alexandria. Dearbhla gardait la tige du frein enclenchée et se penchait du côté opposé à la pente alors que la carriole tanguait au long de l'étroite route de montagne. Elle tira énergiquement sur les rênes dans la lumière de l'aube et accompagna son geste d'une série de bruits de bouche et de claquements de langue. « Holà, le ch'val, holà. Tout doux maintenant. Holà. » Ils atteignirent la vallée alors qu'il faisait encore grand jour. Elle prit quelques grains de maïs dans le sac et les jeta de droite et de gauche pour que le cheval tourne le dos à la ville qui s'étendait d'est en ouest en direction du Potomac. Voilà trois ans qu'il était parti. Au sommet de leurs montagnes, elles étaient à l'abri, mais il fallait qu'elle le ramène avant l'hiver. Perdu pour lui-même, le cœur plongé dans l'ombre, il ne pouvait pas penser à elles ni les retrouver. Elle avait attendu tout l'été, mais les tempêtes venaient parfois de bonne heure dans les montagnes, la route deviendrait vite impraticable pour les chariots, et serait difficile même à cheval.

Là-bas, elle était Dearbhla, bien connue des siens. La fille, Eliza, qu'elle avait élevée depuis sa naissance, nourrie ainsi que ses frères à l'endroit d'où ils s'étaient enfuis. L'enfant d'Eliza, ConaLee, née quelques mois après le départ de son père – perdu durant cette guerre dont il disait qu'elle était la sienne. Faux, lui avait dit Dearbhla : il ne devait rien à personne. Eliza l'avait supplié de ne pas partir, ne serait-ce que pour le bébé qu'elle portait. Il fallait qu'il y aille, avait-il répondu. Aucun homme ne s'en prendrait à eux, ni à Dearbhla ni à personne de leur famille. La guerre serait brève, de l'hiver à l'été tout au plus – les Yankees étaient une force si puissante. Dearbhla aiderait à mettre l'enfant au monde et elles lui enverraient des nouvelles. Elles avaient suffisamment de provisions pour tenir tout l'hiver ; à son retour, il serait un homme libre qui n'aurait plus besoin de se cacher, et il rapporterait le bon fusil qu'on réservait aux tireurs d'élite et un cheval robuste fourni par le 7e bataillon de cavalerie. Eliza lui dit qu'elle craignait qu'il ne soit jamais libéré du passé en vivant sous une fausse identité. Il rétorqua que le faux nom était celui qu'il avait fui ; ce n'était jamais qu'une blessure de plus, pareille au fer rouge qui l'avait marqué. Il lui tendit ses papiers militaires, sur lesquels figurait l'identité qu'il s'était choisie. C'était ça son nom – le nom d'un soldat que personne ne mettrait jamais en cause. Il valait mieux s'engager dans les rangs de l'Union que rester là à se cacher en attendant la victoire qui les libérerait. Aucun d'eux n'avait de nom pour l'instant, mais il allait se gagner celui d'un soldat et revenir pour réclamer ce lopin de terre sauvage qu'ils cultivaient. Même si elle l'avait toujours traité comme son fils, Dearbhla ne parviendrait pas à le faire changer d'avis. Et il était donc parti à la guerre, en leur laissant le cheval, un Marsh Tacky, pour tirer la carriole.

Au bout de six mois, plus de nouvelles de lui. C'était comme si la photographie en soldat qu'il leur avait envoyée fin 1861 s'était déchirée, que ses compagnons d'armes avaient été effacés, que son regard franc et son fier visage n'étaient plus qu'une silhouette disparue. Dearbhla n'ignorait aucun détail : la veste de l'uniforme yankee trop étroite pour lui, ses propres pantalons, sa chemise et son chapeau à large bord qu'il continuait à porter. Rasé à l'exception de sa moustache taillée au rasoir, les cheveux coupés court. Afin de s'enrôler dans les rangs nordistes, il avait tout fait pour ressembler à un vrai militaire de l'Union. Le petit cliché réalisé sur plaque d'étain montrant quatre soldats posant à l'extérieur avec leurs longs fusils était cher à Eliza. Des hommes de la campagne, photographiés de biais devant l'énorme tronc d'un arbre qu'ils viennent sans doute d'abattre. Leurs poses révèlent des attitudes différentes – résignation docile, vive appréhension, perplexité. Lui seul se tient bien droit, carrant les épaules, dressé de toute sa hauteur comme pour attendre l'ennemi. Il porte un chapeau de fermier, au contraire des casquettes à visière courte de l'Union que les autres ont inclinées vers l'avant ou rejetées en arrière. Dearbhla détestait cette photographie, mais elle l'avait enveloppée de mousseline et emportée pour la montrer aux officiers de l'Union, ou aux médecins d'Alexandria. Une ville entière transformée en hôpital, avait lu Eliza, regorgeant d'hommes évacués des champs de bataille de Virginie, amenés par train et par bateau. Une liste de plusieurs douzaines d'hôpitaux avait été publiée dans le journal. Le plus grand accueillait cinq cents blessés – le village au pied de leurs montagnes comptait moins d'habitants. Il avait sans doute changé par rapport à l'image qu'il leur avait laissée. Sans doute personne ne faisait-il attention à lui, inconscient ou mutilé sur une paillasse parmi d'innombrables compagnons d'armes dans le même état, mais elle l'identifierait grâce à la cicatrice sur sa poitrine si elle le retrouvait. Elle avait roulé serrés ses papiers d'engagement, les avait entourés de cordelettes de cuir pour les protéger – son nom pourrait l'aider à l'identifier si elle le prononçait ou en montrait la trace écrite. Même diminué, même gravement blessé, il la reconnaîtrait sans doute si elle se trouvait assez près de lui. Il sentirait sa présence, même s'il était aveugle ou couvert de pansements. Il était fort. Rien ne pouvait le faire fléchir.

Dearbhla l'avait vu, des mois et même des années après son départ, dans la vapeur montant des plats qu'elle cuisinait sur un feu de bois en été, se faufilant parmi les flammes dans un nuage que trouaient des arbres déchiquetés. Malgré la distance, elle avait deviné la tension qui l'habitait, le danger qui le menaçait, durant les longues années de la guerre, exactement comme elle sentait la lumière du soleil en hiver, ou une ombre qui soudain tombait sur ses mains.

Mais plus aucun signe ne lui était parvenu depuis les premiers jours de mai de cette année.

Elle avait entretenu un feu à l'extérieur dans ce qu'Eliza appelait la cuisine d'été, des pierres empilées assez haut autour d'une fosse pour qu'elles puissent s'asseoir autour et partager des repas par beau temps. C'était à peine le crépuscule. Dearbhla tenait aux vieilles coutumes – jeter quelques grains de droite et de gauche avant d'allumer un feu, d'entrer dans un cimetière, ou de saluer ceux qu'on croisait. Le riz était une denrée rare par ici, et elle jeta donc quelques grains de maïs broyé à la place quand le feu eut pris. Les poules échappées du poulailler se précipitèrent pour les picorer, même si elles savaient que l'une d'elles allait finir embrochée. Elle s'assit pour plumer le corps mou de sa victime et la plaça ensuite au-dessus de la fosse, alimentant les braises fumantes avec des brindilles et des écorces séchées à l'odeur âcre, pour qu'elles produisent de petites flammes. Puis, presque par habitude, elle ferma les yeux et étendit les mains pour l'appeler, où qu'il puisse bien être. Elle se disait qu'il devait partager la lumière de leurs journées, leurs clairs de lune, en dépit de tous les uniformes et malgré la distance. Semblable veille de printemps avait marqué le jour où elles avaient découvert la clairière derrière la cabane vide qu'il avait retapée pour Eliza. Comme en réponse au nom de la jeune femme, le feu se répandit soudain en une série de violentes explosions qui firent voler des débris incandescents dans les plantes grimpantes accrochées à un baumier. Les vrilles s'embrasèrent aussitôt et retombèrent en flammes.

Eliza se rua à l'extérieur, son fusil à la main, comme pour se défendre contre une attaque. Elle baissa les yeux vers les vrilles qui se consumaient.

– Alors, il est mort ? Parle, Dearbhla.

– Non, il est pas mort. Il me le dit.

– Comme ça, avec toi, il communique, et pas avec moi !

– Tu es là, toi aussi. Tu vois ce que je vois.

À leurs pieds, les vrilles enchevêtrées vacillèrent comme la flamme d'une bougie et s'éteignirent. Demeurait un cercle d'étincelles scintillantes.

Dearbhla en approcha la main.

– Regarde comme il reste une lueur. Il m'appelle.

– Tu ne peux pas y aller, Dearbhla. Il y aura encore des batailles cet été. Certaines sûrement terribles.

– Toi, tu peux pas y aller, mon Unique. Maintenant, il a fini de se battre, il a tout donné sauf sa vie. Il est gravement blessé, Eliza, mais il faut attendre pour voir s'il revient vers nous.

– Ils le laisseront partir ?

– S'il est suffisamment valide. Sa blessure… a besoin de temps pour guérir. C'est comme un feu qui aurait pénétré en lui, et tout brûlé à l'intérieur. Il peut plus leur servir à rien.

La jeune femme désarma son fusil et l'appuya contre sa hanche. Comme abasourdie, elle enfouit son visage dans ses mains tandis que ConaLee, effrayée, se mettait à pleurer dans la cabane.

– Va la rejoindre, mon Unique. Elle est terrorisée. Elle sait elle aussi.

– Dearbhla, elle n'a que trois ans ! Ne me raconte pas qu'elle a compris ! D'ailleurs nous non plus, il vaut mieux qu'on ne sache pas qu'il souffre, là-bas, tout seul, loin de sa famille.

Les larmes aux yeux, la jeune femme tourna les talons en emportant son fusil.

Dearbhla attendit qu'elle ait disparu à l'intérieur, puis se pencha sur les cendres des vrilles calcinées. Elle sentit la chaleur monter vers ses paumes, une chaleur qui venait de nulle part parce que les braises s'étaient éteintes. Sa blessure devait être grave pour qu'elle sente la chaleur d'aussi loin. Les Rebelles n'avaient pas coutume de faire prisonniers les invalides. Ils l'auraient sans doute achevé, mais le message qui lui parvenait luisait encore faiblement, comme si le mutilé était inconscient. Le cercle de cendres était immobile, plongé dans le silence mais toujours animé. S'il pouvait bouger, il viendrait les retrouver, mais il en était incapable. Elle alla prendre une feuille de papier enduite de graisse dans l'appentis et revint s'agenouiller pour la glisser entre le sol et l'ovale d'herbes brûlées. La chaleur s'intensifia alors que les cendres avaient déjà refroidi. Elle souffla dessus et du bout des doigts en fit un petit monticule horizontal. Puis elle roula le papier et fit couler les cendres dans une bourse qu'elle s'était confectionnée avec de la peau de cerf. Elle la glissa sous ses vêtements et noua les cordons autour de sa gaine.

Elle alla ensuite retourner le poulet sur sa broche, non sans avoir placé au-dessous un chaudron en fonte pour récupérer la graisse. Il fallait qu'elles fassent des réserves supplémentaires pour l'hiver. Bien que très affaibli, il reviendrait par ses propres moyens, sinon elle irait le chercher. Avec sa carriole où elle étendrait une paillasse. Elle attendrait aussi longtemps que possible, jusqu'à la fin septembre, il fallait qu'il récupère assez de force pour entreprendre pareil voyage, mais il devait faire encore assez beau. La carriole ne pouvait pas emprunter des routes enneigées.

Eliza ressortit de la cabane avec les légumes et les galettes de pain, suivie par ConaLee. Elle la fit asseoir et lui attacha un chiffon autour du cou. L'enfant devait manger avec sa petite cuiller en argent et dans son propre bol en bois. La jeune femme tenait aux bonnes manières comme elle tenait aux livres qu'elle lisait la nuit venue. Elle avait fabriqué à sa fille un alphabet à l'aide de bâtonnets collés avec de la résine, et elles jouaient à épeler les mots. Dearbhla passait les voir presque tous les jours : on n'en avait jamais fini d'engranger les provisions, de s'occuper des bêtes et du potager. Eliza avait appris à chasser, à dépecer le gibier et à l'équarrir, mais depuis la naissance de ConaLee, Dearbhla s'en chargeait. Eliza confectionnait des couettes avec des pans d'étamine qu'elle doublait de poils de lapin, elle plantait ses graines et s'occupait du jardin, elle cuisinait, faisait des conserves de légumes et de baies sauvages. Leurs montagnes regorgeaient de gibier – lapins, écureuils, dindons, cerfs. Dearbhla posait des pièges à ours près d'un grand chêne hérissé de nids d'abeille ; elle dépouillait ses proies, tannait les peaux et les faisait fumer en les suspendant aux arbres. Certaines ourses noires n'étaient pas plus grosses que des vachettes et ses chiens pouvaient en venir à bout. Elle mijotait des ragoûts de petit salé agrémentés de cébettes et accompagnés de leurs propres carottes et pommes de terre. Le gibier était meilleur haché. Eliza confectionnait de fines doublures toutes douces en peau de cerf qu'elle glissait sous sa cape d'hiver. L'homme qui était parti à la guerre leur avait appris à travailler le bois, à bricoler, à poser des pièges et à chasser. Ensemble, ils cueillaient des plantes médicinales, cuisinaient, faisaient pousser des légumes dans les carrés de terre exposés au soleil. Dearbhla était fière de lui. Elle lui avait appris beaucoup de choses, mais il était assez intelligent pour faire des liens entre elles. Elle n'était pas très friande de versets bibliques mais elle le reconnaissait dans celui-ci : « Ma force est rendue parfaite. » Il savait se défaire de ses faiblesses, et ne possédait ni ne désirait posséder ce qu'on appelle « l'œil magique ». Il n'y croyait pas. Elle non plus pour ce qui était de jeter des sorts ou d'exercer un pouvoir sur les autres. Mais ils étaient si proches l'un de l'autre que Dearbhla avait su deviner quand il était serein ou agité par un tumulte intérieur, jusqu'au jour où le silence les avait séparés.

Ce fils qu'elle avait élevé était orphelin, l'enfant de son frère, c'est du moins ce qu'elle racontait dans leur vallée du Sud. Elle l'avait d'abord accueilli dans l'unique pièce de sa cabane, non loin des quartiers des esclaves de la plantation. Elle venait d'une famille de protestants irlandais, des paysans miséreux partis d'Ulster deux générations plus tôt. Domestiques sous contrat liés par la dette de leur immigration, puis métayers, ils se tuèrent à la tâche ou abandonnèrent la partie et partirent à la dérive, jusqu'à ce qu'il ne reste plus que son père, un ivrogne parfois employé comme terrassier par les riches propriétaires des grands domaines alentour, et sa mère, sage-femme et guérisseuse à ses heures pour d'autres pauvres Blancs qui troquaient ce qu'ils pouvaient pour payer ses services. Dearbhla savait qu'elle avait eu des frères autrefois, qui étaient partis depuis longtemps pour échapper aux poings paternels et manger mieux qu'à la maison. Bientôt son père disparut lui aussi, filant vers l'Ouest ou Dieu sait où, il y avait si longtemps que Dearbhla ne se le rappelait qu'à peine. Ils étaient la lie de la terre, ces Irlandais illettrés, indigents par leur faute et leurs mauvaises habitudes, disait-on, méprisés par les Blancs comme par les Noirs. Toutefois les femmes noires connaissaient sa mère à cause des bouquets d'herbes aromatiques qu'elle suspendait à l'extérieur au toit de sa cuisine, et pour la magie guérisseuse qu'elles aussi pratiquaient. De temps à autre, on demandait également à Dearbhla d'aider à mettre au monde un bébé au quartier des esclaves. Les Noires, dont de nombreuses étaient un peu sorcières, pensaient que les expressions gaéliques de l'Est de l'Ulster étaient les restes d'un idiome mystérieux, secret et aussi puissant que les mots de leurs propres langues. Des talismans hérités de peuples depuis longtemps dispersés, violentés, enchaînés.

Dearbhla n'avait retenu que des chansons, à moins que les expressions du gaélique irlandais qu'elle connaissait encore n'aient ressemblé à des mélopées, et elle les chantait aux plus jeunes enfants des esclaves, ses seuls compagnons de jeu quand ils étaient encore trop petits pour travailler. En grandissant, elle se mit à seconder sa mère pour faire pousser ce qu'elles réussissaient à semer, prendre aux pièges lapins et renards, et arpenter les champs et les futaies à la recherche d'herbes et de plantes. Elle l'aidait aussi à maintenir en état leur petite cabane, à dénicher de quoi manger et de quoi se vêtir. Chaque printemps, elles étaient invitées à venir aux cuisines des grandes maisons voisines : elles apportaient un remède pour les douleurs des femmes, une pommade pour soigner la goutte, tout ce qu'on leur réclamait à condition qu'elles fassent vite et tiennent leur langue. Sa mère disait que Dearbhla avait un don, et l'adolescente, à quatorze ou quinze ans, était conduite dans les étages pour apposer les mains sur des femmes enceintes dont le terme approchait, laver, masser et appliquer un cataplasme d'herbes sur le ventre distendu de la future mère. Elle étendait un carré de mousseline tiédi sur l'abdomen et pressait doucement sur le nœud qu'elle sentait à l'intérieur, devinant sans peine combien de temps l'accouchement mettrait à se déclencher. Et Dearbhla continua au fil des années, elle eut bientôt vingt, puis trente ans, jusqu'à ce que sa mère épuisée ne se déplace plus que du lit à sa chaise, durant les cinq ans qu'il lui restait à vivre. Dearbhla s'occupait de tout, elle faisait pousser les légumes, chassait, échangeait ses potions contre quelque chose à manger ; enfin elle creusa la tombe de sa mère à quelques pas de la cuisine extérieure et la referma avec la plus grosse pierre plate qu'elle put trouver, puis tirer à l'aide d'une corde et d'une mule qu'elle avait dû emprunter. Leena lui avait trouvé cette mule et s'était recueillie à son côté devant la tombe. Leena, l'unique amie de sa mère.

Elle a enfermé tous ses souvenirs, les a tenus à distance, mais Dearbhla entend encore, aux moments où elle s'y attend le moins, Leena qui frappe doucement à la porte en biais de leur cabane. Leena, leur voisine la plus proche, habitait dans le quartier des esclaves, à l'autre bout d'un champ de quelque quinze cents mètres. Le vacillement d'une lampe, le feu allumé devant sa case, d'où elle apercevait la lumière de ceux de Dearbhla. Leena était la plus proche. Dearbhla, devenue adulte, trouvait un réconfort dans l'éclat de ces lumières. Elle aimait ses quatre murs – avec sa cheminée à l'âtre de pierre, une large paillasse que se partageait toute la famille quand elle était petite, et où désormais elle dormait seule. Elle avait l'impression de se rappeler ses aînés, des garçons solides qui se battaient avec leur père pour quelques croûtes de pain ou des pommes de terre encore vertes. Leena venait déjà toquer doucement à la porte quand Dearbhla était encore enfant, et elle avait continué après la fuite de son père, et plus tard encore, lors des derniers jours de sa mère.

La porte s'ouvre à la volée d'un coup d'épaule. Leena, un paquet dans les bras. Dearbhla fait mine de se lever mais Leena lui dépose la forme emmaillotée sur les genoux. Ça gigote sous les plis de drap sombre, c'est chaud et aussi petit qu'un chiot ou un agneau nouveau-né.

Leena rabat l'étoffe rêche et pose un doigt sur le visage du bébé.

– Il m'a l'air blanc, dit Leena. Il faut que tu t'en occupes.

– Mais comment veux-tu, Leena ? Tu sais que je travaille comme nourrice pour la Maîtresse dans la grande maison. Ce garçon qu'elle a, et elle en a déjà perdu deux, il est malade et il braille tout le temps. Elle a toujours pas quitté son lit. Il faut que j'y soye tous les jours, sauf le dimanche.

– Moi, j'ai aidé ta mère à te nourrir. Et je t'ai appris presque tout ce que tu sais. Tu as toujours une main de guérisseuse, mais c'est moi qui te l'ai remplie, et celle à ta mère avec. C'est comme ça qu'on t'a embauchée comme nourrice dans la grande maison. Je vous ai fait entrer même si vous êtes irlandaises, ta mère et toi.

– Leena, il est à qui ?

– À qui tu crois ? Le vieux Maître est mort il y a huit mois et il a encore des bébés qui naissent. Mais çui-là est blanc.

– Sa mère ?

– Il en a pas. La pauv' métisse qui l'a mis au monde, elle en est morte. Elle a disparu et son nom avec. T'as plus qu'à le prendre. Il sera pauvre mais il sera libre.

– Va falloir le nourrir.

– T'as une chèvre attachée au piquet derrière ta cuisine, pas vrai ?

– Parce que comme ça j'ai volé une chèvre ?

– Non. Le vieux Maître, il lui avait donnée pendant les semaines où il fricotait avec elle, et maintenant, c'est moi qui te la donne. Même si le jeune Maître il détestait son père, sa femme t'a à la bonne parce que tu t'occupes d'elle. Tu vois bien, elle t'a déjà refilé plein d'affaires qui viennent de la grande maison, des nippes, des couvertures et des choses à manger…

– Pas de quoi nourrir un bébé.

– La nourrice à la Maîtresse, c'est la fille à ma petite nièce. Je lui ai porté le bébé avant de venir ici. T'as qu'à lui amener çui-ci et elle l'allaitera avec. Le fils au jeune Maître, il est souffreteux. T'auras qu'à dire à la Maîtresse que çui-là va y porter bonheur. Il est costaud. Grâce à lui, la maîtresse aura d'autres fils, des fils bien vigoureux. Dis-y. T'as la chèvre à traire et de la bouillie de farine pour le nourrir quand t'es là.

Leena… trop vieille désormais pour travailler aux champs, plus âgée que la mère de Dearbhla. Ensemble, elles avaient semé près de la cabane et dans des clairières de la forêt. Elles partageaient ce qui poussait, faisaient du troc avec les graines, confectionnaient des cataplasmes et des potions. Leena... ses yeux chassieux et son dos voûté. Son regard en coin était la seule chose qui pouvait arrêter les coups et les bourrades du père de Dearbhla. Il la craignait, Leena. La vieille esclave aussi résistante que du fil de fer.

– Leena, s'ils me chassent, j'aurai nulle part où aller. Je peux pas le faire.

– Elle te chassera pas. Elle pense que c'est toi qu'a sauvé son maigrichon de bébé alors qu'elle en avait perdu tellement. C'est peut-être pas faux d'ailleurs. Mais çui-ci, il est costaud, bien trop fort pour cette gamine qui l'a porté.

– Dis-moi, Leena, elle s'appelait comment sa mère ?

– Elle a plus de nom maintenant. Six pieds sous terre, c'est aussi bien qu'on l'oublie. Est-ce qu'on en a des noms, nous autres ? Personne sait rien de rien de personne. Toi, c'est à cause de ton père que t'es une vraie asperge, à cause de ton animal de père irlandais, alors que ta mère était pas bien plus grande que moi.

– C'est ce qu'on raconte, en tout cas.

– Je suis bien tranquille que t'es sa fille, je l'ai aidée à accoucher. Mais ton père ? dit Leena en haussant les épaules. Mes parents à moi, on les a vendus quand j'avais trois ans. J'ai été élevée au quartier des esclaves, juste comme la mère à ce bébé. Mais regarde-le un peu. Ça servirait à quoi de lui dire ? Qu'est-ce que ça peut lui faire ? T'as qu'à raconter que c'est le fils à ton frère, qu'on te l'a amené quand ton frère et sa femme sont morts. Qu'on te l'a amené comme moi je te l'ai amené. Ou si tu préfères, tu racontes rien du tout.

Dearbhla lui prit le bébé des mains. Le bébé les regarda puis poussa un soupir. Des joues bien rouges comme des pétales de rose, de grands yeux noisette, des boucles noires et serrées, et des cils brillants. Il tendait une main ouverte. Dearbhla y posa le doigt qu'il serra bien fort.

– T'as vu ? dit Leena. C'est un malin. J'ai pas réussi à sauver sa mère mais laisse-lui le temps : lui, un jour, il te sauvera ou il sauvera quelqu'un d'autre.

Et dès le lendemain, le bébé enveloppé dans son châle, Dearbhla traversa chaque jour le champ et remonta l'allée jusqu'à la grande maison. Il s'y tenait tranquille, comme s'il avait compris, et elle le nourrissait après l'enfant de la Maîtresse, plus âgé que lui de quelques semaines. Dearbhla lui donnait aussi de la bouillie de maïs et de l'eau de riz, de retour chez elle, elle lui parlait, lui chantait des chansons. Il prospérait. La Maîtresse perdit un autre bébé l'année suivante et demanda à Dearbhla d'amener « son petit » alors que ses draps étaient encore en bataille et tout souillés, et elle le prit dans ses bras et pria pour lui. L'enfant suivant survécut, encore un garçon, mais la Maîtresse mourut en accouchant du dernier deux ans plus tard. Certains en blâmèrent « l'Irlandaise », mais on la fit tout de même s'installer à la maison pour prendre soin de la petite fille à qui fut donné le prénom d'Eliza en souvenir de sa mère, ainsi que de ses frères, alors âgés de deux et quatre ans.

Dearbhla amena son fils et une nourrice avec elle, et ils partagèrent une alcôve attenante à la chambre des enfants. Ces années-là, son garçon paraissait plus grand que les deux autres, il dépassait le cadet d'une tête, et c'est lui qui maintenant les conduisait à la rivière pour pêcher avec Dearbhla, pour qu'ils contribuent à la cueillette des herbes, des racines et des baies dans les champs ou les bois, et apprennent ce qu'elle appelait « le sens de la nature ». Plus tard, on l'installa sur un lit pliant dans la chambre des garçons, où il était chargé de s'occuper de leurs vêtements et d'aider leur tuteur à retrouver livres et ardoises dans leur désordre. Il assimilait suffisamment les leçons pour guider le plus jeune tandis que le tuteur s'occupait de l'aîné.

Quand les deux frères furent envoyés dans un pensionnat militaire, on le plaça comme apprenti auprès du maître d'écurie, alors qu'il avait juste douze ans. Une gouvernante prit possession de l'alcôve, et Dearbhla retourna vivre dans sa cabane de l'autre côté du champ mais devint bonne et demoiselle de compagnie de la fillette, qui lui était si attachée. Ce fut surtout elle qui éleva Eliza, parce que son père voyageait beaucoup et tenait à ce qu'elle ne reste jamais seule.

Eliza regrettait surtout l'absence de son « grand frère ». Dearbhla avait demandé à ce qu'il soit pris comme apprenti en échange de ses services, parce qu'elle ne se faisait jamais payer qu'en nature – elle savait qu'il avait l'esprit vif et un don pour s'occuper des animaux, et le maître d'écurie, autrefois instituteur, lui prêtait des livres. Ces années-là, il logeait aux écuries, séparé d'Eliza. Sa maison, c'était la cabane de Dearbhla, mieux meublée désormais grâce à ce qu'elle avait récupéré dans la grande maison, et agrandie d'une soupente qu'ils avaient construite pour lui installer un lit. Bientôt il eut quinze puis vingt ans. Une bougie restait allumée dans la cabane pour l'accueillir quand il rentrait dormir, écartant les hautes herbes pour se frayer un chemin. D'abord, elle n'avait pas compris ce qui se passait entre Eliza et lui. Puis elle l'avait averti, supplié d'arrêter. Mais en vain.

Aujourd'hui, cet endroit d'où ils venaient était devenu territoire ennemi. Et il était parti s'engager comme tireur d'élite sous la bannière de l'Union, il avait disparu dans la gueule du loup, mais son lien à Dearbhla n'était pas rompu.

Suivant les lacets de la route de la vallée, elle se dirigea vers la partie inférieure du Seneca Trail, au nord-est. Les forces de l'Union contrôlaient la partie ouest de la Virginie, qui s'appelait désormais l'État libre de Virginie-Occidentale, et toute la région du Potomac. Eliza lisait à haute voix les journaux ou les bulletins d'information que Dearbhla rapportait de la ville. Depuis qu'il était parti à la guerre, c'était elle qui y allait seule pour troquer et vendre leurs produits. Des années après sa ménopause, son corps était mince, rendu robuste par la coupe du bois et la chasse. Comme une journalière, elle portait une ample salopette, une veste et des gants de ferme, et elle ne prenait aucun soin de son visage ridé, marqué par les intempéries. Elle posait seulement un chapeau à large bord rabattu jusqu'aux yeux sur ses cheveux empilés à la va-vite. Elle savait que les blessés de l'Union étaient transportés sur des chariots et par bateau jusqu'aux hôpitaux d'Alexandria. Elle avait aperçu sur une illustration dans un journal le plus grand d'entre eux : autrefois un bel hôtel de quatre étages avec un porche à colonnades et de vastes fenêtres qui ouvraient sur une rue de la ville. Dearbhla en avait retrouvé en rêve une version chancelante, à demi détruite, et elle croyait en sa vision. D'assez haute taille, elle conduisait sa carriole et tenait les rênes comme un homme et n'avait guère l'habitude d'adresser la parole à quiconque quand elle descendait en ville, mais cette fois il allait lui falloir demander son chemin pour Alexandria. Elle trouverait ce grand hôpital et saurait le reconnaître. Mais dès qu'elle ouvrirait la bouche, ils comprendraient qu'ils avaient affaire à une femme, et ils exigeraient des preuves qu'elle était bien de la famille du blessé. Elle n'en possédait aucune qu'ils reconnaîtraient, mais elle pouvait montrer ses papiers militaires, dire qu'elle était envoyée par le père du soldat – un homme trop vieux pour faire le voyage. Ils la laisseraient entrer, sans doute. Les frères d'Eliza, son père et tout le reste n'étaient pas sa vraie famille, c'étaient des ennemis, engloutis par la guerre. Dearbhla était la vraie mère de ce garçon. *Une femme t'a amené jusqu'à moi. Elle a dit que tu étais le fils de mon frère, que tes parents étaient morts.*

Le cheval peinait entre les brancards. Dearbhla fit claquer sa langue et fredonna pour l'encourager. Elle avait en tête de ne pas s'arrêter pour profiter du clair de lune. Bientôt le chemin s'aplanit et s'élargit. Sur ses genoux, le poids du pistolet, facile à saisir sous la bâche, était réconfortant. La guerre faisait rage plus au sud maintenant, mais peu de gens avaient les moyens ou l'envie de s'aventurer sur les routes. Si elle croisait quelqu'un, il aurait tôt fait de voir qu'elle n'avait que des couvertures et des sacs de couchage dans sa carriole, même si elle pouvait toujours tomber sur des vagabonds perdus et affamés, prêts à voler et pire encore. Mais la voie s'ouvrait devant elle, libre et déserte.

Plus tard, elle chercherait un bosquet d'arbres, un petit bois avec un ruisseau, pour se reposer et donner à manger au cheval. Pas besoin de faire de feu. Des biscuits, de la viande séchée, un croûton de fromage pour se revigorer. Elle dormirait sur une couverture, à l'abri des regards derrière le feuillage pour protéger son attelage. Remisés pour le blessé, le matelas rembourré de paille fraîche, les peaux de bête, l'édredon en plume soigneusement roulé et attaché par une corde, pour tapisser le plateau quand elle l'y allongerait. Il fallait qu'elle le retrouve, et elle le formula par des claquements de langue et des fredonnements, comme un chant adressé au cheval, ce Marsh Tacky de Caroline arrivé comme elle dans les environs sept ans plus tôt. Ces bêtes n'étaient jamais effrayées par les marais, les dunes ou les bassins de marée, et elles gardaient le sabot tout aussi sûr sur les sentiers de montagne que dans la boue. C'était ce même cheval, d'un peu plus d'un an alors, qui avait amené Eliza sur leurs sommets. Il était devenu si malin aujourd'hui – Dearbhla en mettrait sa main au feu – qu'il saurait rentrer à l'écurie depuis n'importe où. Le fils à la recherche duquel elle partait – s'il n'était pas sa chair, il était son âme – avait aidé à la naissance de cet animal, et il avait nourri et apprivoisé le poulain loin d'ici. Alors qu'ils devaient impérativement fuir, il les avait conduites jusqu'à ces cabanes abandonnées, à l'abri sur la corniche au sommet des montagnes. Ils avaient renforcé les murs de rondins équarris, colmaté les brèches avec des coulées de boue et des peaux de bêtes séchées, construit des cheminées obliques avec des pierres plates. Creusé une cave dans le flanc d'une colline envahi de plantes grimpantes pour emmagasiner leurs provisions et éventuellement s'y cacher. Planté un jardin d'hiver sur les lopins les mieux ensoleillés. La cabane de Dearbhla, perchée sur la crête juste au-dessus, presque dissimulée par les ronces et les pins, était un deuxième refuge au cas où quelqu'un s'approcherait trop près du premier.

Et Dearbhla avait déclaré qu'elle voulait vivre seule. *Pour faire bouillir tes herbes et piler tes poudres en paix,* avait-il suggéré. Il avait une bonne oreille et sut rapidement imiter le parler des montagnards dans la bourgade de la vallée. Il vendit facilement les deux autres chevaux qu'ils avaient pris pour fuir, afin d'acheter des outils, des clous, des fusils et de la poudre, des lampes à huile, une bouilloire en fonte, des marmites et des graines. Il fabriqua des volets en bois qu'ils pouvaient fermer à l'aide de barres pour se protéger des tempêtes et de la neige. Ils découpèrent des rouleaux de papier enduits de graisse et les clouèrent sur le châssis de toutes les fenêtres pour laisser passer, été comme hiver, une douce lumière. Il échangea du gibier contre du maïs et de la farine pour ces poules qu'ils faisaient rentrer tous les soirs. Dearbhla et Eliza, jusqu'au début du conflit, ne sortirent jamais de la maison. Ils valaient mieux qu'on ne les connaisse pas, qu'on ne le voie pas en compagnie. Maintenant, la guerre, les séparations, les morts rendaient les choses moins dangereuses, car qui aurait songé à venir les chercher si loin, dans la confusion ambiante ? Mais la guerre avait fini par le prendre lui aussi.

Un jour, le deuxième été qu'ils passaient sur leur crête, il revint avec un chariot tiré par leur cheval. Tous trois admirèrent sa longueur et sa profondeur, ses roues à rayons et ses rênes en cuir. Le chemin qui grimpait jusque chez Dearbhla était trop étroit pour qu'y passe un quelconque véhicule, mais elle l'accompagnait jusqu'au village quand il descendait y faire du troc, et elle donnait son avis sur les légumes qu'il vendait ou échangeait.

Ils étaient assis ensemble sous le porche de la cabane d'en bas, à plonger le regard dans l'obscurité qui devenait totale quand on dépassait le halo de la lanterne, chacun son tour poussant la chansonnette et interrogeant les autres sur ce que, à leur avis, le croissant de la nouvelle lune leur permettrait de voir. Lueurs de lucioles, battements d'ailes de chauve-souris, murmures plaintifs de la brise. Le porche et le perron de quatre marches qu'il avait construits au pied de la maison n'étaient que des silhouettes éclairées par intermittence. Dearbhla dit qu'elle voyait des nuages de brume se déplacer, non pas des spectres mais des présences. Il se releva pour tenter de les distinguer. Il tenait sans doute de l'un de ses ancêtres sa haute taille, ses larges épaules, sa fière allure, mais aussi son don pour approcher les animaux et les plantes. Son cerveau tentait toujours de trouver des combines, d'imaginer des voyages ou de meilleurs moyens de survie dans ces montagnes, comme autant de problèmes à résoudre, mais même lui s'avoua incapable de déchiffrer les messages des grands pins et de la forêt cette nuit-là, ou de nommer les vastes dômes végétaux qu'ils avaient sous les yeux. Tout n'était plus qu'une suite de plans de ténèbres. Des kilomètres et des kilomètres envahis par une jungle de plantes grimpantes, peuplée de renards, de chouettes, de lynx et autres fauves en quête de proie. L'étendue de cette forêt, au-delà de la clairière qu'ils avaient réussi à défricher, paraissait sans limites. Pourtant ces montagnes étaient la garantie de leur sécurité et de leur subsistance.

C'était en mai 1861, le mois où la fureur de la guerre s'était déchaînée et où les combats avaient commencé.

Dearbhla sentit qu'il était là, tout proche, dans le roulement et les craquements du chariot, dans l'équilibre instable des roues, dans les montées et les virages de la route.

Elle poursuivit son chemin, l'esprit illuminé par la certitude de sa présence.

Une heure plus tard le ciel assombri bouillonnait de nuages jaunes. L'air se voila de gaze verte et les échos du tonnerre retentirent très loin : une vraie tempête dévalait les pentes des montagnes qu'elle venait de traverser. Les arbres qui bordaient cette vallée étaient clairsemés et pouvaient l'abriter. Dearbhla franchit un pont bas et chancelant qui enjambait un ruisseau, et fit accélérer sa jument en lui effleurant les flancs avec les rênes et en la poussant doucement de la voix : « Hue, mon ch'val ! Vas-y ! » Le parfum de l'air n'annonçait rien de bon. Alors que la lumière de cette fin d'après-midi baissait jusqu'à prendre une sombre teinte de plomb, l'animal n'avait même plus besoin d'encouragement pour hâter le pas. Il n'y avait pas de tornades dans ces montagnes, mais certaines tempêtes pouvaient être tout aussi violentes, elles se déchaînaient et s'apaisaient aussi vite qu'elles étaient venues. Dearbhla aperçut les branches vertes d'un bois de pins battu par le vent au moment où un éclair l'illuminait fugitivement. Elle laissa le cheval trottiner à sa guise jusqu'à quitter la route et s'enfoncer entre les arbres. Le sol était couvert d'un épais tapis d'aiguilles et elle ralentit l'allure, avança aussi loin que possible dans le temps qu'il restait. La pluie se mit à tomber par paquets anarchiques, ici et là.

L'orage éclata alors qu'elle entravait son cheval et couvrait le chariot d'un pan de toile cirée. Trempée, elle se glissa sous la bâche, inquiète pour l'animal qui pataugeait dans les ornières. La pluie s'abattait maintenant en rafales. Elle se concentra pour calmer le Marsh Tacky encore attelé en s'imaginant le fixer droit dans les yeux et sentir ses cils mouillés battre au rythme de ses paroles apaisantes jusqu'à ce qu'il s'endorme. Campé sur ses jambes, l'animal essuyait bravement la tempête. La pluie crépitait comme du gravier. Dearbhla se mit à quatre pattes et arrondit son dos sous la bâche pour évacuer le trop-plein qui se déversa avec fracas sur le sol, sous des trombes d'eau. Le vent qui rugissait la chahutait et son souffle se transforma bientôt en un long mugissement. Elle se sentit proche de ceux qui avaient disparu. Elle revit sa mère agonisante, les bébés mort-nés qu'elle avait accouchés dans d'obscures cabanes en rondins, ceux qu'elle avait mis au monde vivants mais qui hurlaient la douleur de leur mère avant de mourir eux aussi. Disparus. Des âmes qui séjournaient dans les matrices des femmes comme des voyageuses, et qui soudain repartaient et voguaient à la dérive. Elle en avait elle-même fait s'envoler certaines quand leurs pauvres mères la suppliaient – à l'aide d'herbes, de tisanes, d'écorces pilées qui mettaient fin au voyage. L'âme de Dearbhla les chassait pour leur épargner une traversée douloureuse. Tant de pleurs arrachés, exploités, des appels repoussés, retournés contre elle, qui gémissaient sous ces rafales, des lames de pluie qui la tailladaient et la berçaient à la fois.

La grêle déversait maintenant des billes de glace qui criblaient le chariot comme de la chevrotine. Dearbhla s'enfonça plus loin encore pour retrouver des odeurs et des parfums laissés derrière elle, des chemins bordés de palmiers ondulant sous la brise marine. Des chênes verts nés du vent et des oiseaux. Une terre plate, mouchetée de soleil. De la mousse qui frémit, se tord, se soulève. Elle savait broyer les herbes dans le mortier en bois que sa mère lui avait donné, elle écrasait les graines et les feuilles avec un pilon poli par des mains de femme. Une de ses potions endiguait les maladies du sang, une autre boursouflait la peau pour éliminer les éruptions cutanées, une autre encore refermait les plaies. Elle avait appris le pouvoir des pierres que sa mère gardait dans un petit sac en peau de biche et cachait sous sa poitrine. Elle les appelait ses runes irlandaises.

Une semaine plus tôt, elle avait agité les petits galets ronds dans son mortier jusqu'à ce qu'ils se transforment en mousse vivante. C'est sa tête qui est touchée, lui avaient révélé les pierres. À minuit, elle avait fait bouillir de la bardane et de l'agératine dans sa clairière. Ses yeux aussi, avaient ajouté les racines en lui enveloppant la tête de vapeur. La mixture était parfumée et sucrée mais les yeux de Dearbhla brûlaient comme du feu. Des draps déchirés flottaient au-dessus de lui. Il ne pouvait pas l'appeler à l'aide. D'autres le faisaient pour lui. Elle porta tout ce qu'elle avait de périssable chez Eliza et se prépara un sac de provisions. Ses chiens chassaient pour se nourrir et aboyaient la nuit pour écarter les importuns.

– Et si tu prends tous ces risques pour rien ? lui demanda Eliza, ConaLee dans ses bras comme pour donner du poids à ses paroles. C'est dangereux.

Dearbhla se contenta de hocher la tête.

– Je franchirai pas les lignes de l'Union.

– Il n'y a plus de lignes. Même ici dans la vallée. Tu pourrais te retrouver d'un côté ou de l'autre sans t'en rendre compte.

– Pas si je suis la route du nord, puis celle de l'est. Les Yankees contrôlent tout. Je serai de retour avant les premières neiges, même si je dois rester là-bas quelques semaines pour l'aider à se retaper et lui redonner des forces pour le voyage. Eliza, écoute-moi, et prends soin de vous deux jusqu'à...

Eliza reposa le bébé et prit les mains de Dearbhla dans les siennes.

– Je suis sûre que lui, il te dirait de ne pas partir et de ne pas prendre le risque de nous laisser seules. Mais... si tu le retrouves et s'il doit mourir là-bas, parle-lui de ConaLee et de moi...

– Oui, mon Unique. Si je le trouve. Mais tu vois, la Mort le voit et elle détourne son regard.

Dearbhla s'était assoupie dans le vacarme de la tempête et le son des mots qui lui revenaient. Son esprit vagabondait et, en rêve, elle s'envolait vers les vautours à tête rouge qui peuplent ces montagnes, décrivant des cercles autour de leurs proies, et elle les dispersait. Elle appelait les oiseaux de mer qui vivent dans les marais d'eau salée et qu'elle connaissait si bien quand elle était petite. Les cigognes perchées sur leurs longues pattes, les ibis, les aigrettes, et elle respirait les embruns et le sel sur leur plumage. Elle admirait les sternes, les pluviers et les becs-en-ciseaux qui survolaient le sable en file indienne ou en bataillons là où les rizières jouxtent le marais, tandis que sa mère soulevait les fougères à la recherche de plantes et d'œufs d'oiseau. Des terres plates des marais montait une odeur d'ombres, comme du lait frais gâché par des moisissures et de l'eau de mer, une odeur de décomposition comme ces jaunes d'œufs pourris dont les mouettes ont brisé la coquille. Dans les montagnes, la pluie décapait les forêts et les aspérités rocheuses. Les mois d'hiver, le froid et la neige congelaient tout ce qui risquait de se dégrader. Pas d'essaims de moustiques porteurs de maladie, pas de paludisme ni de fièvres. Les rivières et les torrents charriaient de la neige fondue. Il y avait des ruisseaux en abondance, avec une eau si pure et si froide qu'elle vous brûlait la bouche. Des torrents en crue déferlaient sur les crêtes, et Dearbhla rêvait de ConaLee. La petite, assise sur ses genoux près du ruisseau qu'elle connaissait depuis sa naissance, lançait d'interminables flottilles de feuilles racornies qui tournoyaient avant de s'enfoncer dans l'eau.

« Quitté Bulltown le 26… Pris Weston à environ 17 heures… Exchange Bank investie, une somme de 5 287 dollars 85 confisquée au bénéfice du Gouvernement confédéré… La route empruntée était en fait une piste étroite sur environ cent kilomètres. Mes hommes et leurs chevaux ont beaucoup souffert du manque d'approvisionnement. »

V.A. WITCHER, lieutenant-colonel de l'armée de la Confédération, commandant en chef de son régiment, le 26 septembre 1864 (Archives nationales, Département de Culture et d'Histoire de Virginie-Occidentale, série 1, volume 43.)

« Sache que dans les derniers jours il y aura des temps difficiles. »

II TIMOTHÉE 3.1

Eliza
LA FIN DU MONDE
27 septembre 1864

Eliza posa le canon de son fusil contre la balustrade du porche. Un petit coup de froid avait commencé à faire jaunir les arbres, mais cette dernière semaine de septembre, l'été indien tenait bon. Son fauteuil à bascule aux pieds grêles et à l'assise en laine déformée sentait encore le soleil. Sans un souffle de vent, l'air était chaud, presque humide. Elle baissa les yeux vers la vallée et les canopées de feuillage. Elle arrêtait son regard sur les petits dénivelés qu'on apercevait dans les trouées entre les arbres, espionnant ainsi toutes les allées et venues. De loin, elle repérait les mouvements des voisins à plusieurs kilomètres ; d'une crête à une autre, elle savait à quoi ressemblaient leurs charrettes, leurs chariots, leurs chevaux, qu'ils avaient coutume de se prêter les uns aux autres. Les étrangers, en uniforme ou non mais toujours une menace, se déplaçaient plus vite, invariablement des hommes. Ils s'enfuyaient à vive allure en remontant des vallées, soit sur des chevaux qu'ils poussaient au galop, soit à pied. La milice armée, toujours occupée à voler ou à braconner, évitait les chemins abrupts qui menaient aux plus hautes corniches. Ceux qui s'aventuraient aussi loin dans les collines venaient y chercher refuge et se souciaient peu que l'escalade soit rude. C'étaient des pillards, des charognards et des déserteurs, en particulier des régiments du Sud, qui mouraient presque de faim au cours de cette phase finale de la guerre. Eliza guettait tous les signes d'approche sur les sentiers sinueux, prête à tirer en l'air pour faire fuir les intrus. Les voisins des vallées les plus proches se joignaient au concert de coups de feu quand ils percevaient l'écho d'une déflagration au pied des sommets. Des tirs à répétition étaient des appels au secours, mais il fallait que chacun ait son propre fusil et assez d'espace pour faire feu en direction de l'écho. Les chemins de montagne étaient en pente si raide qu'on devait s'attendre à ce que l'aide tarde à venir.

Fin décembre 1861, quand ConaLee était née, Dearbhla s'était installée chez eux, mais elle avait déblayé la neige jusqu'à sa propre cabane sur la corniche supérieure. Un vagabond qui apparut en plein jour sous son porche surprit Eliza. À peine relevée de couches, elle l'avait entendu essayer d'ouvrir la porte de la cabane, puis secouer les volets en bois, renforcés par des planches à l'intérieur pour repousser le froid. Dans l'âtre, les flammes bondirent comme pour l'avertir du danger tandis qu'il glissait son couteau dans la fente d'un volet sur la façade. Sans un bruit, Eliza déplaça le canon de son fusil de quelques centimètres vers la gauche et fit feu. Elle entendit l'intrus tomber du porche à la renverse et l'observa, par le petit trou qu'avait foré la balle, enfourcher sa mule tant bien que mal et s'enfuir. Elle reboucha ensuite le trou avec des bouts de laine jusqu'au retour de Dearbhla, qui le colmaterait.

Eliza se félicitait de son poste d'observation, maintenant que seules des femmes demeuraient sur les hauteurs. Leurs cabanes résistaient bien aux hivers enneigés. Des cheminées de pierre, des âtres façonnés à la main, d'immenses forêts pour s'approvisionner en bois de chauffe, tant qu'il leur resterait des réserves de nourriture et qu'elles trouveraient suffisamment de gibier. La plupart des familles, sans homme pour cultiver la terre et chasser, s'étaient exilées dans les villes. Mais celles-ci étaient régulièrement pillées par les soldats du Nord comme du Sud. Dearbhla et Eliza avaient leurs raisons pour ne pas quitter les lieux et se tenir aussi loin de la guerre que possible. Elles attendaient seulement d'entendre ou de recevoir des nouvelles de celui qu'elles avaient perdu, celui qui avait refusé de les écouter quand elles l'avaient adjuré de ne pas s'engager et de rester auprès d'elles. Eliza n'était qu'au début de sa grossesse, et la guerre allait sans doute bientôt se terminer. En fait, non. D'où le voyage de Dearbhla, entrepris ce jour-là dès l'aube, près de trois ans plus tard, sur son chariot. Elle était convaincue qu'il avait été blessé au printemps, et que, soldat parmi des centaines d'autres évacués dans un hôpital d'Alexandria, il était sûrement incapable de rentrer à la maison par ses propres moyens. Eliza avait tenté de la raisonner, l'avait suppliée de ne pas y aller, mais Dearbhla était partie au lever du jour, confiante en de maigres rumeurs et portée par un espoir immense, pour le ramener si elle le pouvait.

– ConaLee, cria Eliza depuis le seuil de la cabane. Mets la couverture sur le lit et glisse bien les bords dessous. Les gerbes de la paillasse sont déjà humides.

– Maman ?

ConaLee s'était approchée de la porte ouverte, les bras chargés. Pieds nus, en chemise de nuit. Avec ses cils noirs et ses yeux noisette, elle ressemblait à son père. Les mêmes boucles serrées, mais qui devenaient plus raides à mesure que les cheveux de la petite poussaient.

– Pose la couverture. Viens voir les montagnes, dit Eliza en tirant l'enfant à elle. Tu vois, ConaLee, des kilomètres et des kilomètres de couleurs.

– Elles sont à nous, répondit la fillette.

– À nous parce que nous les connaissons. Mais les montagnes n'appartiennent à personne. Elles sont éternelles.

L'enfant parut perplexe.

– Ça veut dire qu'elles sont là depuis toujours. Comme une histoire qui ne change jamais quand on la lit plusieurs fois. Et un jour, tu pourras la lire toute seule.

– Comme mon Alphabet. D comme Danser, F comme Farfouiller. Je le répète tout le temps devant la glace.

Et ConaLee lui montra le petit miroir cerclé de cuivre qu'elle tenait dans sa paume.

– C'est Dearbhla qui te l'a donné ?

– Elle dit que je peux la voir dedans.

– Dans le miroir ? Et c'est vrai ?

– Je vois que mes yeux.

– Recule-le un peu, comme ça. Tu sais que tu vas avoir trois ans, ConaLee. Tu te rappelles que c'est bientôt Noël, puis, le réveillon, ton anniversaire aussi ? Le 31 décembre, ConaLee. L'année dernière, on avait fait la fête. Dearbhla t'avait offert une couronne.

– En fourrure.

– Oui, et avec des feuilles de houx. Tu te souviens. Et ce bon repas ! Du gibier, du pain de maïs, des pommes de terre sous la cendre, et une tourte aux pommes, avec du sirop de nos érables.

– Comme à Noël !

– Mieux encore. Regarde ce que j'ai là sous mon châle. Des gerbes encore vertes et mouillées par la pluie, mais déjà assez sèches pour qu'on puisse plier et attacher les tiges. Combien de poupées on va faire ?

– Trois. Une pour toi, une pour moi, une pour Dearbhla.

– Si tu veux. Maintenant, partage les gerbes en trois tas. Tu vas leur faire des cheveux jaunes avec les soies du maïs, à ces poupées ?

– Nous, on a pas les cheveux jaunes.

– C'est vrai, mais en séchant, les soies bouclent et deviennent marron.

– Pas de cheveux et pas de visages.

– Pourquoi pas de visages, ConaLee ?

La fillette ne répondit pas.

– Tu as sans doute raison, dit Eliza, marquant une pause. Comme ça, je pourrai être toi, et toi, tu pourras être moi. Et Dearbhla pourra être nous deux. On jouera à courir se cacher. Comme on s'est entraînées à le faire à la cave. Pourquoi est-ce qu'on doit se cacher, ConaLee ?

– À cause des inconnus. Et de la guerre.

– Et si quelqu'un te pose des questions sur cette guerre ?

– Je dis que j'en sais rien.

– C'est ça, tu n'en as jamais entendu parler. Devant des étrangers, on tient sa langue.

– Je dis pas non plus que je sais lire mon nom.

– Exactement.

– Toi, Maman, tu peux leur dire que tu sais lire ?

– Peut-être que oui, peut-être que non.

Eliza lui adressa un clin d'œil et se pencha pour sortir les tiges de maïs de son châle.

– Là, tu vois, les plus petites pour faire les bras.

– Ou des pantalons, dit ConaLee.

– Tu as raison.

La petite n'avait jamais demandé si elle avait un père. Elle ne voyait jamais d'autres enfants, elle jouait avec Eliza, avec

Dearbhla, avec les chats ou les poules, avec les chiens de la vieille femme quand elle grimpait jusque chez elle, avec des ronces, des brins d'osier, des alevins et des crapauds dans le ruisseau. Les papas, il y en avait seulement dans les contes et dans les livres de McGuffey que sa maman lui lisait. Sur une illustration, on voyait un père qui portait une moustache et un chapeau, une mère et une grande sœur juste à côté. *Papa, tu veux bien me laisser monter Prince avec toi ? Je me tiendrai bien sage entre tes bras.* C'étaient des histoires, tout ça, comme les bébés d'eau qui chevauchent des libellules. Les mots, c'était fait pour s'amuser avec, et dans les jeux, rien n'est vrai ou faux. Celui qu'elles avaient perdu, qui était parti soldat, lui, c'était un homme. Et ConaLee ne l'avait jamais connu, elle savait seulement qu'elle avait les mêmes yeux noisette et les mêmes boucles noires que lui. Eliza ne pouvait jamais prononcer spontanément son nom, un nom tout doux, bien plein et charnu comme sa bouche et sa langue, un nom fort, un nom qui vous protège. Son absence se creusait de plus en plus, comme une blessure.

Dearbhla l'a élevé, comme elle avait élevé Eliza, parce que sa mère était morte en couches. Les frères d'Eliza étaient encore petits. Dearbhla, qui avait déjà été leur nourrice, s'est aussi occupée du bébé. Elle s'est installée dans la pouponnière et elle a appris au petit garçon, dont elle a expliqué qu'il était de sa famille, à éventer les marmots dans leurs lits et à bercer le nouveau-né. La peau claire et douce, les mêmes cheveux noirs que les autres enfants, il partageait leurs leçons et leurs jeux, et suivait Dearbhla comme son ombre. De haute taille, les épaules larges, il semblait avoir plus de douze ans quand on l'envoya aux écuries apprendre le métier de maréchal-ferrant. Les frères d'Eliza étaient partis pour une pension militaire. La fillette avait une gouvernante à la maison, mais Dearbhla continuait à veiller sur elle en tant que bonne et demoiselle de compagnie. À treize ans, elle se mit à rendre régulièrement visite aux écuries et à s'occuper des chevaux avec ce garçon qu'elle se rappelait comme un grand frère. Ils jouaient avec les chats et leurs petits, inventaient des poèmes et des limericks. Il tenait la longe du grand cheval de son père quand Eliza le montait, et il apprit même à l'animal à marcher au rythme de leur comptine favorite, dont la fillette récitait les paroles. Dearbhla les appelait « les Inséparables » tant ils s'entendaient bien. Mais elle leur interdit tout contact quand elle les surprit un jour qui se frottaient l'un à l'autre dans la grange. Tendu comme un arc, telle une statue, il ne la touchait pas, pendant qu'elle se pressait contre lui et nichait sa tête au creux de son cou.

– Maman, dit ConaLee, les tiges sont prêtes.

Eliza inspecta les pleins et les déliés de la gerbe, montra à l'enfant comment attacher les tiges au sommet et laisser pendre les feuilles, puis dégager les bras repliés avant de nouer un lacet au niveau du cou et de la taille. Disposer quelques tiges en travers pour les épaules. Et ajouter du feuillage pour la jupe.

– Mais Dearbhla, elle met des pantalons.

– On va découper une jupe ample en deux, puis on la resserrera aux cuisses, aux genoux et aux chevilles pour faire un pantalon à la poupée de Dearbhla.

Eliza s'avança sur sa chaise. L'air chaud était brumeux. Elle cessa de concentrer son regard, attentive désormais aux mouvements plus qu'aux détails. Obscurément, elle avait conscience de la présence de ConaLee qui tendait le petit miroir à sa poupée, mais elle perçut un murmure d'alerte, et elle recommença à surveiller la forêt en contrebas, de clairière en clairière, le fusil à l'épaule. Elle était nerveuse, se dit-elle, et elle avait mal dormi à cause de la chaleur, avec ConaLee blottie contre elle et Dearbhla si loin, et à quoi bon ? La vieille femme s'inquiétait toujours de la possibilité d'un incendie, ou de la rumeur d'une bataille ou d'une autre plus au sud, qui circulait en ville. Il était parti avec le nom qu'il s'était inventé, engagé comme tireur d'élite dans l'armée de l'Union, et il faisait déposer ses lettres dans une boîte à la poste du village au pied de la montagne, pour n'attirer l'attention sur aucune adresse. Mais il n'avait pas écrit depuis très longtemps. Dearbhla affirmait qu'elle connaissait parfaitement les signes de la mort, ces odeurs et ces sons fugitifs qui traversent les airs pour prévenir ceux qui sont restés sans nouvelles. Contrairement à ce qu'on racontait, elle ne jetait pas de sorts, expliquait-elle, ce n'était pas dans sa manière, mais elle savait faire parler les pierres. Et elle s'en était allée avec le cheval et le chariot.

– Maman, c'est quoi ce bruit ?

– Une chouette qui a perdu la boussole et qui chante le jour.

Le ululement aigu, sinistre et inquiétant, se réverbérait dans la vallée.

Eliza n'avait pas parlé à sa fille de la chouette qui était venue s'installer sur le plus haut des conifères, un sapin-ciguë dont les branches gigantesques marquaient la limite de la clairière et assombrissait le sentier presque invisible qui reliait les crêtes. L'oiseau de nuit au visage blanc criait comme un fantôme affamé, et lui tenait compagnie quand la petite dormait. Ces derniers temps, ConaLee avait pris l'habitude d'aller jouer sous cet arbre, avec ses coquilles de noix et ses dominos, sur un tapis d'aiguilles.

Eliza se releva. Oui, là, juste en contrebas. Un frisson parcourait les cimes des châtaigniers rouges et des chênes jaunes, où fourmillaient des écureuils. Mais elle sentit aussi monter une tache sombre et humide qui gagnait peu à peu du terrain. Un éclair lui zébra la joue. Elle se retourna et vit que ConaLee capturait les reflets du soleil dans son miroir et les projetait sur les arbres qui se mouchetaient d'éclats de lumière vive. Mais soudain, elle entendit un roulement de pierres. Elle saisit la petite si violemment par le bras que l'enfant en eut le souffle coupé et laissa tomber son miroir. Elles dévalèrent les marches du perron et elles avaient déjà gagné l'arrière de la cabane quand ConaLee, à force de gigoter, réussit à lui échapper pour retourner finir de fabriquer sa poupée. Eliza lui ceintura les genoux mais lâcha son fusil en courant vers le roncier qui dissimulait l'entrée de leur abri souterrain. Elle y fit descendre l'enfant en lui chuchotant *Des étrangers, tiens-toi tranquille*, puis elle referma la trappe et se précipita pour récupérer son arme.

Mais quand elle revint sur ses pas, ils étaient déjà là, à côté du porche, et avaient attaché leurs chevaux à la balustrade. Le plus grand avait l'air de l'attendre, le fusil d'Eliza sous le bras, l'air satisfait et moqueur. L'autre était un Yankee barbu, à moitié chauve, petit et malingre, ce qu'il lui restait de cheveux lui tombant dans le dos en une longue natte fine. Un manteau en cuir fauve lui tombait plus bas que les genoux, et les franges qui pendaient des épaules et des bras voletèrent quand il bondit pour la rejoindre, le pistolet au poing. Il la fixa en bavant, une lueur de folie dans les yeux, et il se jeta sur elle.

Elle s'enfuit en courant vers le poulailler où elle cachait un couteau bien aiguisé qui pouvait découper la volaille aussi facilement qu'une motte de beurre. Mais il allait falloir qu'elle le laisse s'approcher. Baissant la tête, elle s'engouffra à l'intérieur et les poules s'envolèrent en piaillant. Elle l'entendit et sentit son odeur dans cet espace confiné. Il était tout près mais il dut esquiver les poules qui fondaient sur lui et lâcha un juron.

Le grand l'appela du dehors.

– Bart, dit-il, on dirait que t'as fait le vide dans le poulailler.

– Cette fille est pour moi d'abord, Reb, gronda le Yankee en l'entendant approcher.

– Vas-y alors, je la tiens bien en joue.

Elle se retourna pour leur faire face et longea lentement le mur, le Yankee maigre au nez busqué s'avançant toujours plus à l'intérieur. L'autre, goguenard, lui donnait des conseils :

– Va falloir que tu joues des bras et des jambes pour la plaquer au sol, Bart. Commence par retirer ton tablier si tu veux pas qu'il soye tout crépi de fiente de poule.

Celui qu'il appelait Bart se débarrassa de sa longue veste mais fit quelques pas de plus en tirant sa sacoche de selle derrière lui. Un matelas hors d'usage rembourré d'épis de maïs était plié contre le mur du fond et couvert de sacs de farine. Eliza se glissa jusqu'à un coin d'où elle savait pouvoir attraper le couteau. Le maigrichon posa son pistolet sur une cage à poules à mi-hauteur et se jeta sur elle. Il la saisit par les chevilles et la fit retomber à plat sur le matelas, qui se déplia d'un coup. Il l'immobilisa en pesant de tout son poids et lui enfonça un genou entre les jambes, tout en relevant ses jupes jusqu'à son cou, avant de baisser non sans mal son pantalon. Elle tendit la main derrière elle comme si elle voulait agripper le matelas et referma les doigts sur l'étroit manche du couteau. La lame, longue et fine, allait percer le sternum sans difficulté. Elle s'imagina le cœur, un vieux muscle ratatiné, qui battait dans sa poitrine, et calcula son coup en approchant le couteau de son propre thorax. La couture du matelas lui brûlait la main comme une flamme. Elle sentit qu'il baissait sa culotte, dénudant son entrejambe et son ventre, et entendit l'autre homme se rapprocher. L'instant d'après, il se tenait à côté d'eux et la fixait du regard, un sourire à ses lèvres contusionnées. Ses yeux bleus étaient clairs et impassibles, comme si rien ne pouvait les émouvoir.

– Te gêne pas, Reb, dit l'autre. Je sais que t'aimes te rincer l'œil.

Le plus grand appuya le canon du fusil d'Eliza contre la tête de la victime. Il se pencha pour saisir son pied gauche de sa grosse patte et faire complètement glisser sa culotte, avant de le poser sur sa poitrine. Il força son genou à plier pour qu'elle écarte davantage les jambes.

– Je veux juste lui ouvrir plus les cuisses, dit-il. Pour pas perdre une miette du spectacle.

– C'est mieux comme ça, grommela l'autre en se caressant, son pantalon maculé de boue descendant jusqu'à ses genoux.

Le fusil s'éloigna. Elle s'empara du couteau et le fit disparaître rapidement sous sa robe tirebouchonnée. L'homme ferma les yeux et se laissa tomber sur elle, s'enfonçant la lame jusqu'à la garde dans la poitrine au moment même où il la pénétrait. Un grognement s'échappa de sa gorge et il se releva à demi, agrippant le couteau à deux mains, et son comparse le saisit alors par les cheveux pour l'éloigner de sa proie. Le tissu de sa robe, coincé entre la lame et la chair perforée, se déchira sur toute sa longueur. Le presque chauve au nez busqué retomba à genoux, et le grand gaillard le secoua comme un prunier avant de le tirer jusqu'au sol par sa queue de cheval miteuse.

– Je peux pas voir les violeurs en peinture dit-il. Surtout pas un bon à rien de Yankee.

Entre deux râles, des bulles de sang éclatèrent entre les lèvres du blessé.

– Elle t'a pas raté, Bart. Vaut mieux pas faire trop de bruit maintenant.

Le dénommé Reb laissa l'agresseur retomber face contre terre. Il retourna le fusil pour le saisir à deux mains par le canon et lui abattit la crosse sur la tête.

Elle entendit les os du crâne craquer. Le corps bascula en avant. Prenant appui sur ses pieds, elle tenta de se relever.

– Toi, tu restes couchée, ordonna-t-il, tu te rhabilles, la petite dame, et tu prends cette sacoche.

Il s'empara du pistolet qui était resté sur la cage à poules, le fourra dans la poche de sa veste courte et lui lança la sacoche en question.

Elle entendit son pouls battre à ses oreilles.

– Rendez-moi mon couteau.

– Pour quoi faire ? Je suis pas un violeur, ma petite dame. Mais j'hésiterais pas à te tuer.

Elle tendit la main vers la lourde sacoche qui gisait par terre et tira à elle l'épaisse sangle de cuir pour la ramasser. Il faisait sombre et l'air était fétide. Elle se dit qu'elle avait la vue voilée par une sorte de crise d'hystérie et elle s'appliqua à réguler sa respiration. Les poules s'étaient échappées, elle apercevait leurs silhouettes qui battaient des ailes devant le rectangle de lumière. Le ciel était maintenant d'un gris plombé, comme si le crépuscule était arrivé très vite, alors qu'il n'était pas plus de 15 heures. Elle ouvrit la sacoche. Les billets étaient soigneusement roulés à l'intérieur et sur le rabat on pouvait lire : « First Exchange Bank of West Virginia ». Ces types avaient dû galoper sans relâche durant un jour et une nuit pour venir de Weston.

– Sors le fric, dit-il, et planque-le dans la doublure du manteau en cuir que tu vois là. Tu l'insères doucement, là où il y a des espaces dans la couture. Merci, Petite Madame. C'est pas la première fois que tu caches de l'argent. Maintenant, tu te relèves et tu me rapportes le manteau et la sacoche.

Elle traversa la surface inégale du matelas tout bosselé en lui tendant les deux.

– Suspends cette sacoche à son cou.

Seule la longueur du canon les séparait. Ils étaient assez proches pour qu'elle sente une odeur fleurie et elle comprit qu'il avait dû se parfumer. Une nouvelle frayeur l'envahit, comme de la glace brûlante derrière ses yeux.

– Maintenant, va me chercher une pelle pour que je creuse un trou à ce salopard, et une corde pour t'attacher pendant que je m'y colle. Tu reviens avec quelque chose d'autre et je te tire une balle dans le crâne.

Il appuya le canon de son fusil contre la gorge de la jeune femme.

– Tu m'entends ?

Elle acquiesça de la tête.

– Comme je vois les choses, je t'ai fait une faveur. Je t'ai aidée à abattre ce cochon avant qu'il te saute. C'est puni de pendaison, de tuer un soldat yankee en mission. À moins que ça soye nous qu'on gagne la guerre, bien sûr. Dans tous les cas, s'ils le déterrent un jour avec cette sacoche, ils vont te poser des questions sur le fric de l'Union que les Rebelles ils ont volé. Moi, ce Bart, il m'avait arrêté. Mais le Lieutenant Witcher risque pas de me trouver dans un camp de prisonniers yankee et Bart, là où il est, il a plus besoin d'argent. Pourquoi les Bleus viendraient fouiller par ici ? À moins que quelqu'un leur donne un tuyau. Maintenant, file !

Elle passa devant lui en courant pour aller chercher la pelle. Les anneaux d'une corde pendaient d'un clou à tête carrée juste au-dessus de sa tête. On aurait dit la nuit tant il faisait sombre. Elle sentait la tempête approcher : il y avait comme un courant froid qui parcourait la terre qu'elle foulait. Si Dearbhla avait été là, Eliza aurait pu lancer vers les sommets un cri aigu de faucon pour lui adresser un signal d'alerte, mais Dearbhla était partie. Partie pour rien et ne retrouver personne. Eliza en était sûre, elle le savait et elle reconnaissait qu'elle le savait. Il n'était pas prisonnier, rien ne l'empêchait de revenir, il n'en avait simplement aucune envie. Il ne pensait plus à elles. C'était lui qui les avait amenées jusque-là, dans ces monts Allegheny, au fin fond de la Virginie-Occidentale. Des habitations abandonnées, perchées sur les crêtes. Comme un frère pour elle durant son enfance d'orpheline, mais elle l'avait redécouvert, ce garçon qu'elle connaissait pourtant aussi bien qu'elle se connaissait elle-même. Elle avait fait de lui son amant, et aujourd'hui, il était son mari. Ils avaient été si longtemps tellement proches qu'elle avait soudain compris qu'il était parti sans réfléchir, et surtout sans jamais penser à revenir. Il s'était perdu en mer ou bien s'était enlisé dans la boue d'une rivière ou enfoncé dans une forêt profonde, ou encore laissé ensevelir dans un champ, tel un soldat inconnu sans nom et sans sépulture, six pieds sous terre. Elle sentait sa propre fin approcher comme une fumée s'élevant de cette dépouille, et quand elle s'arrêta dans l'appentis et décrocha la pelle, un vertige la saisit. Elle reposa l'outil et se pendit de tout son poids à la corde pour faire céder le clou. C'était le seul assez gros. Elle tira de toutes ses forces mais c'est à peine s'il bougea. Elle enroula la corde sur son épaule et coinça le godet de la pelle sous le clou. Un pied appuyé contre le mur, elle fit levier pour l'arracher. Lentement, elle parvint à ses fins, le clou céda et elle referma ses doigts dessus. Puis elle repartit en courant vers le Rebelle.

– Ben t'as pas tardé, dit-il.

Il avait sorti le corps du poulailler et se tenait devant, son fusil tourné vers elle.

– Lance-moi la pelle. Maintenant, la corde. Et puis couche-toi, face contre terre, là, à mes pieds.

Elle s'allongea et il se laissa tomber sur elle, lui enfonçant un genou dans le dos et lui tirant les bras en arrière. Il noua la corde au-dessus de ses coudes, puis la retourna et la fit asseoir avant de lui attacher aussi les mains devant. Elle le regarda faire un nœud coulant et donner du mou à la corde pour l'enrouler autour de ses genoux, en en laissant pendre une bonne longueur.

– Je pourrais te faire faire un petit tour de piste en te forçant à sauter en l'air, mais on a pas le temps. Tu crois pas ?

Il tira sur la corde et la fit tomber le nez dans la poussière.

– Réponds-moi !

– Pas le temps. Vous avez raison.

– Au fait, c'est pas mon nom, Reb, dit-il en souriant. Tu peux m'appeler Papa. Dis-le et je t'aide à te redresser. Dis-le donc !

– Papa, murmura-t-elle, puis, plus fort : Papa !

Il la fit asseoir devant lui, à moins d'un mètre, et il déroula la longueur de corde restante. Il appuya son pied dessus, dominant sa prisonnière de sa haute taille, et il retira sa veste et sa chemise qu'il plia soigneusement et posa sur le manteau en cuir. Puis il s'empara de la pelle et se mit à creuser, rapidement et avec adresse, une longue tranchée régulière pas plus large que ses hanches.

– Tu verras que je suis assez utile, fanfaronna-t-il. Pour tuer les crapules et leur creuser des tombes.

Eliza le regardait s'activer. Il était musclé et bien nourri, son épaisse tignasse brune zébrée par le soleil de mèches plus claires. Son pantalon provenait des manufactures de la Confédération, le rabat était fermé par des boutons en laiton. On aurait dit une seconde peau. Comme s'il l'avait volé à un homme de sa taille un peu plus maigre ou à un mort. Elle s'appliqua à ne pas regarder en direction du roncier et du sentier, pas même un rapide coup d'œil, et se concentra sur le dôme du ciel au-dessus des pics. À l'est, des nuages s'étaient amoncelés et déferlaient en vagues de gris, illuminées de derrière par des lueurs verdâtres. Elle priait pour qu'il creuse plus vite et chercha quelque chose à lui dire. Non, mieux valait le laisser parler. Plus elle en dirait, moins elle aurait de chances. Mais il fallait que ConaLee entende sa voix.

– Eh, Monsieur, lança-t-elle. Elles sont trop serrées, ces cordes.

– À qui tu parles, Petite Madame ? L'orage va pas tarder. Faut que je me grouille.

Il leva les yeux vers elle sans cesser de pelleter et grimaça un sourire.

– C'est à Papa que tu causes ?

– C'est à vous que je parle.

Il pinça ses lèvres roses et balaya les alentours du regard. Il enroula l'extrémité de la corde autour de son poignet et sauta dans la tranchée, où ses jambes disparurent des pieds aux genoux. Il continua à creuser sans la quitter des yeux.

– Faut que je sorte de ce trou avant l'orage, expliqua-t-il. La pluie va dévaler tous les sentiers. Toi t'es peinarde, là-haut.

Au fait, tu sais qu'on t'aurait jamais repérée sans les rayons de soleil dans ton miroir ? Je suppose que c'est pas à nous que tu faisais signe comme ça.

Les mottes de terre volaient et s'empilaient en ordre le long de la fosse au fur et à mesure qu'il fouillait plus profond.

ConaLee avait fait tomber le miroir sous le porche. Eliza croyait se rappeler qu'il était en train de le ramasser quand elle était revenue chercher le fusil et que le barbu l'avait poursuivie.

– Où qu'il est passé, ton homme ? demanda-t-il d'un air affligé. Il t'a laissée toute seule. Pas de marmot, pas de cheval. Exposée à la vermine et au mauvais temps. C'est franchement triste. Mais c'est la fin du monde de toute façon…

Il marqua une pause et leva les yeux vers le ciel, de plus en plus couvert.

– L'orage va pas tarder, à mon avis. Mon manteau, il est en peau de cerf, mon fric sera bien au sec. À moins que je m'installe chez toi un jour ou deux ?

– Vous pouvez rester dîner, dit-elle assez fort pour être entendue de loin. Vous avez fini de creuser.

– Je peux pas, Petite Madame. Mais on pourrait peut-être s'amuser un peu ensemble avant que je m'en aille, dit-il en levant les yeux vers elle. Après ça, faudra que je décampe. Je te laisse reboucher le trou.

Un éclair traversa les bancs de nuages. Eliza se sentait égarée, elle s'imaginait morte et ConaLee trop petite pour ne pas se noyer si la tempête se prolongeait et que l'eau envahissait la cave. Une fois seulement par le passé, le déluge avait inondé et détruit toutes leurs réserves. Mais cet abri creusé à la pelle ne pouvait pas cacher la petite si elle réussissait à ramper vers l'extérieur à sa guise. D'ordinaire, la pente empêchait l'eau de monter jusqu'aux rayonnages de pierre où s'alignaient des jarres de pommes de terre, de pommes, d'oignons, de légumes séchés, de viande salée, aux couvercles scellés par de la cire. Tout de même, s'il ne la tuait pas, Eliza construirait un muret de pierres sur tout un côté, pour qu'un intrus éventuel ne puisse repérer aucune présence. Il valait mieux donner toutes ses chances à la petite, quoi qu'il arrive. Elle lui avait répété de nombreuses fois de ne jamais sortir de la cave avant que Maman vienne la chercher, mais si ses mains n'étaient pas en mesure de se tendre vers sa fille…

Eliza regardait les pelletées de terre voler sous ses yeux. Il était maintenant enfoncé jusqu'à la poitrine, c'était un homme robuste, rien à voir avec les vagabonds à demi morts de faim contre lesquels elle s'était défendue dans le passé. Il avait su tirer parti de la guerre. Pourquoi l'avait-il attachée pour la forcer à le voir creuser ? Il avait enterré son comparse pour lui prendre l'argent qu'ils avaient volé et ne laisser aucune trace, mais la tombe lui était peut-être aussi destinée. Il voulait quelque chose d'elle d'abord et il fallait qu'elle soit encore vivante pour ça. Elle serra le clou dans sa main, réfléchit à la façon dont elle allait devoir feindre de l'admirer, ce qui lui paraissait presque impossible pour l'instant. Il l'avait vue poignarder l'autre, même si c'était lui qui l'avait achevé. Comment pourrait-elle l'attirer suffisamment près pour lui planter le clou dans le cou ? L'enfoncer assez loin dans l'artère pour que rien ne puisse plus empêcher le sang de couler. Il faudrait qu'il soit face à elle et qu'elle ait les mains libres. Elle se rappela la façon dont il avait encouragé son agresseur et joué les voyeurs. Les avait laissés aller au bout des choses. Il avait volé l'argent du Yankee, certes, et s'était débarrassé de lui au moment opportun, ayant sans doute prévu de l'éliminer depuis le début. Elle n'avait été que le moyen d'exécuter son plan, une sorte de diversion. Papa. Ce qu'il voulait, c'étaient des marionnettes. Un frisson la parcourut. Pour lui, elle n'était qu'un lapin, hébété par le souffle du renard. Elle resserra plus fort les doigts sur le clou.

Il venait de sortir de la fosse. Il redressa le cadavre, lui arracha de la poitrine le couteau qu'il essuya dans l'herbe, et fit rouler le corps sur le côté. Brandit triomphalement le fusil d'Eliza avant de le jeter dans la tombe.

– Tu pourras toujours le récupérer plus tard, dit-il en remarquant ses yeux écarquillés de surprise. Tu vas crever de faim si tu peux même pas t'abattre un cerf.

Elle vit qu'il tenait la corde dans sa main. Il s'approcha d'elle, l'ombre bleue de sa barbe tel un masque d'animal posé sur son visage, et la tira jusqu'à la fosse. Il laissa tomber la corde derrière lui et la toisa du regard en époussetant ses épaules et son torse. Il reprit sa chemise et sa veste et les enfila, laissant par terre le manteau en peau de cerf avec l'argent dans la doublure. Le couteau d'Eliza était posé dessus. Sa chemise ouverte pendait sur son pantalon. D'un bond, il s'accroupit et lui libéra les chevilles. Il frotta les marques rouges qu'avait laissées la corde. Prenant soin de sa proie, pensa-t-elle, avant de la dévorer.

– Je me demande pourquoi tu t'es pas servie de ce fusil. Je suis sûr que t'es une bonne gâchette. Tu nous avais sans doute repérés dans la forêt, mais t'as dû te dire qu'on allait passer notre chemin. T'as arrêté de bouger, en espérant que je croirais que ces éclairs de lumière venaient de plus haut.

Il se releva pour la remettre sans ménagement sur ses pieds et l'obligea à se retourner en plaquant ses fesses contre lui et à poser ses pieds nus sur ses bottes. Il la fit avancer jusqu'au bord de la tombe, lui libéra les poignets mais garda ses bras attachés.

– Je pourrais te balancer dans ce trou avec lui, souffla-t-il dans son cou.

Elle baissa les yeux vers le cadavre couché sur le flanc dans la tombe étroite. Ses bottes en piteux état gisaient à ses pieds, et son pantalon délavé toujours baissé sur ses flancs décharnés laissait voir la courbe blanche de l'os de sa hanche. La sacoche de selle pendant à son cou avait été placée de façon à ce qu'on puisse lire le logo de la banque. Il relevait la tête vers elle comme pour la surveiller du fond de son trou. Des traînées sales lui marquaient le visage, il avait la bouche ouverte, à moitié pleine de terre. Le fusil d'Eliza était couché contre lui, la poudre paraissait encore sèche. Les mains coincées contre sa poitrine, les poings toujours serrés, elle s'imagina comme dans un rêve bondir dans la fosse au moment où la corde se desserrait et retombait, se laisser rouler pour saisir le fusil et tirer entre les deux yeux du Sudiste. Elle sentait déjà avec joie le contact de la détente et le recul de l'arme après le coup de feu.

– Lâche tes cheveux, ordonna-t-il en se pressant contre ses fesses.

Les bras ligotés jusqu'aux coudes, elle dut se pencher en avant pour faire ce qu'il demandait, les doigts toujours crispés sur le clou. Poussant de son poing contre sa colonne vertébrale, il lui fit complètement ployer le dos.

– Balance donc tes épingles à cheveux sur ce pauv' Bart, ordonna-t-il.

Elle eut du mal à les atteindre. Ses cheveux retombèrent et les épingles s'éparpillèrent. Il la fit se relever et elle put apercevoir, de l'autre côté du terrain, l'étroit sentier bordé de pins et de ronces. Elle connaissait par cœur la colline qui s'élevait au-delà des broussailles, les buissons épineux qui ployaient sous les mûres, les rameaux de pin verts qu'elle avait jetés sur le toit en pente de la cave. L'enfant ne pouvait pas voir ce malfrat. Ni rien entendre, à moins que quelqu'un ne parle vraiment fort, vocifère ou tire un coup de feu. Elle ne saurait rien de ce qu'il se passait sauf si Eliza ne parvenait pas à s'empêcher de crier. Tout bruit serait assourdi par la distance, les rameaux de pin et la trappe en bois.

Il balada une main sur son corps, tout en la tenant solidement de l'autre par la taille.

– Je t'ai expliqué que j'étais pas du genre à violer une femme. Je suis un voleur, ça, d'accord. Écoute bien ce que je te dis, repenses-y et enfonce-le-toi dans le crâne. T'as qu'à faire ce que je te demande. Maintenant, penche-toi en avant et remonte tes jupes. Tu sais que j'ai commencé à renifler ton odeur quand j'ai vu ce miroir qui brillait au soleil. Penche-toi, j'ai dit. Remonte encore ta jupe et garde-la bien en l'air. Tiens-la contre toi.

Elle devina qu'il changeait de position et que ses doigts se refermaient maintenant sur l'étoffe pour relever la jupe plus haut encore.

Il avança une main pour la presser contre son entrejambe, refermant le poing pour l'empêcher de bouger.

– Fais comme je te dis, lui siffla-t-il à l'oreille. Ou tu pourrais aussi aller tirer ta gamine de sa cachette. Là-bas au bout de ce chemin.

Un son lui échappa, comme un souffle d'angoisse.

– Mais oui, je t'ai vue de loin t'enfuir avec elle et la faire descendre par la trappe. On a déjà débusqué des gens planqués dans des caves. Au nord et au sud, et on leur a pris tout ce qu'ils possédaient de précieux. Mais les gosses, c'est pas mon truc. Tu vas faire exactement comme je te dis. Tu te laisses faire, d'accord ?

Elle ne réussit pas à répondre.

– Tu sens mon bras sur tes côtes ? C'est comme un étau. Tu essaies de remuer et tu vas voir comme il se resserre. Vas-y, essaie un peu. Maintenant je vais relâcher un peu la pression pour te laisser respirer.

Il approcha les dents de son oreille, et explora avec sa langue le pavillon de cartilage et le lobe.

Elle sentit qu'il farfouillait dans sa veste déboutonnée pour en tirer son pistolet. Il le fit remonter lentement le long de ses côtes, déplaçant le bras qui la maintenait prisonnière pour passer l'arme dans son autre main et la lui enfoncer sous le sein.

– Tu m'entends ?

Il arma le pistolet.

– Tu t'avises de gigoter ou de faire le moindre mouvement, et une balle t'explose le cœur. Vu où t'es, tu vas tomber droit dans la tombe. Toi et Bart ensemble sous la pluie, avec tes jolies boucles noires tout autour de sa tête. Mais je veux que tu fasses les choses bien, ma petite dame.

Il posa sa main libre sur son pelvis, suivant le contour des muscles qui se raidissaient pour la repousser. Puis il la glissa sous le tissu distendu de sa culotte jusqu'à atteindre l'arrière de ses cuisses pour les caresser.

– Pas la peine de me menacer avec un pistolet, dit-elle dans un souffle.

– Moi je pense que si.

– On peut s'allonger.

– Je suis pas comme les autres gars. Moi ce qui me fait plaisir, c'est de faire de toi ce que je veux. Te manipuler comme une poupée. Alors, tiens-toi bien tranquille. C'est moi qui tire les ficelles.

Il lui pétrit le ventre et s'arrêta pour passer le bout de ses doigts juste à l'intérieur du sous-vêtement qu'il lui avait fait remonter.

– Ton homme, si j'ai bien compris, il t'a fait une fille et il est parti jouer les braves à la guerre. Parti pour de bon. Et il t'a laissée là pour moi. Ah faut qu'on ait une petite pensée pour lui !

Il plaqua la paume sur ses cuisses nues, les frottant sur un rythme rapide, arc-bouté contre elle, passant seulement le tranchant de la main sur son pubis. Puis il l'empoigna et referma ses doigts sur l'étoffe, suivant la fente de son index.

– Ah la motte et la toison ! s'exclama-t-il avant de l'enfoncer à l'intérieur.

– Non, supplia-t-elle avec un cri guttural et étouffé.

Il continua de frotter jusqu'à sentir sa main se mouiller.

– T'as les lèvres bien moites, Petite Madame.

Il baissa encore un peu la culotte et fit courir ses doigts humides entre ses cuisses.

– Écarte les jambes, commanda-t-il en l'agrippant avec force, ce qui lui coupa complètement le souffle. Encore plus ! C'est ça. Et voilà que tes larmes me dégoulinent sur le bras. Quelqu'un a dû t'apprendre à pleurer en silence. Si seulement tu pouvais les lécher, ces larmes-là...

Ses cuisses et son ventre se crispèrent, mais toute la main réussit à se frayer un chemin.

– Tu me le donnes, ton bouton ?

Il trouva ce qu'il cherchait et se mit à frotter.

Le petit grain de chair, encapuchonné, secret, telle une larme pulsatile, se mit à battre comme le cœur d'un vairon. Affolé. Il se rétracta vivement. Elle sentit qu'il le touchait encore, qu'il le faisait rouler jusqu'à s'en saisir d'un geste doux et violent à la fois, et la douleur l'irradia. Il l'emprisonna et continua à le titiller. *Non, non, non.* Son refus lui traversait la tête comme une anguille se faufile dans une crevasse, mais soudain tout changea, son corps prit le rythme et se mit à trembler. Un caillou brûlant de la taille du gosier d'un oiseau s'enfonça dans sa gorge. Elle aurait voulu hoqueter et le recracher, mais un reflux lui déchira l'œsophage et la força à ouvrir la bouche en une terrible grimace. Elle lâcha un petit cri. Il la serra plus fort et la souleva jusqu'à ce qu'elle ne touche plus le sol. Ses pieds pendillaient.

– Une seconde, Petite Madame.

Elle comprit que d'un mouvement rapide il ouvrait sa braguette et baissait l'arrière de sa culotte.

– Fendue comme une pêche, haleta-t-il.

Il glissa une main entre ses fesses, et fit courir un doigt le long du sillon.

– T'as déjà été prise par-derrière ? Y'en a qu'aiment ça, et pas seulement ces messieurs.

Folle de panique, elle sentait toujours la bosse dure du pistolet contre ses côtes, et elle se débattit alors qu'il tentait de l'immobiliser. Du bout de ses orteils, elle effleura le sol, écarta peu à peu les pieds, et recula son pelvis pour s'éloigner autant que possible de lui. Il promena sa main mouillée d'avant en arrière, s'arrêta sous son pubis, et enfonça deux doigts comme un crochet pour la ramener à lui de l'intérieur.

– Comme un clou qu'est attiré par un aimant, dit-il en pressant son érection contre elle. Oh je pourrais facilement, Petite Madame, mais je suis pas ce genre d'homme. Pas aujourd'hui. T'as rien à craindre, mais je vais quand même te faire monter au ciel. Rien qu'avec ma main. Et tout le monde sera content. Allez, toi d'abord !

Et ses doigts se mirent à décrire des cercles au fond d'elle, jouant de son corps tout en soutenant son poids, l'écrasant presque alors qu'elle relevait les hanches pour calmer la tension provoquée par ses caresses et les pressions qu'il exerçait sur sa chair. Mais cela ne fit que l'encourager. Il était partout : autour d'elle, en elle, contre elle, la bouche collée à son oreille, il suçait voracement le dernier rempart qui les séparait encore. Volontairement aveugle et sourde, elle fit prendre à son cœur le chemin bordé de ronces jusqu'à la cave creusée à flanc de colline et traverser les branches de pin qui dissimulaient la trappe, et une fois parvenue là, elle se maudit de toutes ses forces.

– Je veux plus t'entendre, maintenant, grommela-t-il.

Il saisit le bouton de chair palpitante dans sa grosse patte, le recouvrit et pressa dessus, darda ses doigts, à la recherche de l'endroit où le pouls battait le plus fort. Tout son corps se raidit. Comme projetée hors d'elle-même par une crise d'épilepsie. Une traînée liquide lui coula le long des cuisses comme de petits ruisseaux avant qu'il ne la force à se relever, pétrifiée contre le talon de sa main, et à toucher le sol. Elle prit d'abord conscience de la plante de ses pieds qui heurtait la terre qu'elle aimait et qui était la sienne. Il ne la lâcha pas pour autant, comme si c'était le regard de la jeune femme qui les maintenait tous deux debout, et il entreprit de se caresser. Ses grognements signifiaient qu'il aurait bientôt fini. Elle sentit qu'il étendait la main pour lui essuyer le ventre et la poitrine, et que de l'autre, il déplaçait la corde encore enroulée autour d'elle, toute souillée d'un épais liquide poisseux. L'odeur âcre de cet homme se mêlait à celle du cadavre dans la fosse étroite et aux senteurs métalliques de l'air. Elle ouvrit les yeux pour plonger le regard dans le ciel qui s'assombrissait. Une rafale de vent enveloppa la cime des arbres et retourna leurs feuilles. Le tonnerre grondait dans le lointain. Elle avait desserré les mains et laissé tomber le clou. Il était là, tout près de son pied.

– Bon sang, Petite Madame ! s'exclama-t-il en la jetant à terre derrière lui, avant de reboutonner son pantalon et sa chemise et de passer devant elle pour reprendre son manteau en cuir.

– Mon fusil, dit-elle.

– Faudra que t'ailles le repêcher.

– Détachez-moi, alors.

Il ramassa le couteau à la lame encore tachée de sang, et fit mine de la soulever en tirant sur la corde qui la ligotait toujours. Il la coupa en deux.

– Tu vas bien te débrouiller pour te dégager, dit-il. Je te laisse la jument à Bart. Pas question de la tirer derrière moi, avec cette tempête. Et puis, il va me falloir un peu de temps pour me débarrasser de toi.

Le regard d'Eliza ne se posa pas sur lui, il se perdit dans le lointain.

– J'y vais, Petite Madame. Mais je connais le chemin. Et je suis sûr que je suis pas le seul.

Elle se rassit et l'entendit s'éloigner en direction de la cabane et des chevaux attachés à la balustrade du porche. De petits bruits lui échappèrent alors qu'elle tordait la corde et la desserrait jusqu'à en atteindre l'extrémité du bout des doigts, et à la faire glisser jusqu'à terre en tortillant ses bras et ses épaules. Elle perçut le martèlement des sabots du cheval qu'il poussait à descendre tout droit la pente de la montagne. Il est parti, se dit-elle avant de vomir plusieurs bordées d'un liquide clair.

– ConaLee, Maman arrive tout de suite.

Elle s'essuya la bouche et se releva pour se débarrasser des anneaux de la corde.

Le sentier qui menait à la cave traversait un espace défriché. Les ronces qui le bordaient semblaient chatoyer d'un reflet mauve, mais même si on n'y voyait plus très clair, elle s'agenouilla pour ramper jusqu'au bord de la tombe. Le fusil gisait à côté du cadavre, mais la fosse était trop profonde pour qu'elle puisse l'atteindre. Personne n'était là pour lui tenir les chevilles et elle ne supportait pas l'idée de laisser ConaLee seule plus longtemps. L'homme dévalait le versant de la montagne aussi vite que le pouvait sa monture. Si seulement elle avait pu récupérer le fusil ! Si elle pouvait se précipiter sous le porche et le mettre en joue ! En reculant le long de la fosse, elle aperçut le clou et le ramassa. Un sentiment de honte l'envahit alors qu'elle courait vers le sentier et le roncier qui dissimulait l'entrée de la cave, vers le parfum sucré de la voûte végétale. Un éclair puis un autre zébrèrent le ciel. Les premières gouttes commençaient à tomber quand elle s'agenouilla pour ramper sous les buissons et écarter les branches de pin. Elle saisit la poignée en bois de la trappe rectangulaire et l'ouvrit à la volée. Face à elle, entre deux zones d'ombre, elle découvrit le visage pâle et lumineux de la fillette. Les petites mains se tendirent vers elle. Eliza les prit dans les siennes et l'attira d'un coup entre ses bras.

– ConaLee, ma courageuse petite fille. Tout va bien ?

– Maman, j'ai fait dodo. J'ai rêvé que...

– Il ne faut pas croire les rêves... Mais ma jolie, j'ai laissé tomber mon fusil dans un trou et il va bientôt pleuvoir très fort. On pourrait faire un jeu. Je vais te bander les yeux et tu vas fouiller jusqu'au fond et me ramener le fusil quand je te le dirai. Après ça, on rentrera à la maison pour te sécher et te mettre au chaud, et moi, j'irai m'occuper des bêtes. Tu veux bien m'aider, ConaLee ? On doit faire vite, d'accord ?

– Je veux bien.

Reposant l'enfant à côté d'elle, Eliza referma la lourde trappe et remit les branches de pin en place. Encore à l'abri des ronciers, elle déchira une bande de tissu de sa jupe en lambeaux qu'elle plia soigneusement.

– Voici ton bandeau, ConaLee. On va bien l'attacher pour qu'il ne glisse pas et gâche notre petit jeu. Comme ça. Maintenant, retourne-toi. Est-ce que tu me vois ?

– Non, je vois rien, Maman.

– Ni par au-dessus ni par en dessous ? Tu es sûre, mon bébé ?

– Oui, Maman.

La petite éclata de rire et plaqua ses mains sur le visage de sa mère.

– Tu reconnais ta maman, hein ? Que ce soit avec tes yeux ou tes mains. Tu sens les gouttes de pluie ? Il faut qu'on se dépêche.

Elle la prit dans ses bras et se hâta de suivre le sentier bordé de ronces jusqu'à la clairière où se trouvait la fosse. Eliza s'agenouilla au bord et posa l'enfant par terre.

– ConaLee, allonge-toi à plat ventre et tends bien les mains. Moi, je vais te tenir par les chevilles et je te dirai où fouiller.

– Ça sent mauvais, Maman.

– Oui. Il y a des eaux sales dans cette fosse. *Elle ne peut rien voir. Elle ne verra rien.* Il faut qu'on récupère notre fusil avant qu'il pleuve trop fort ou que toutes ces saletés mouillent la poudre. Tu sens comme je te tiens bien fort ? Tes genoux sont bien enfoncés dans le sol ? C'est un trou trop profond pour que Maman puisse attraper ce fusil toute seule. Laisse-toi glisser. Ce trou, c'est comme le puits profond où habite le Roi Grenouille. Je vais te faire descendre un peu plus.

Le fusil était couché dans le sens de la longueur, la crosse posée sur la sacoche de selle. Les petites mains de la fillette qui plongeaient de plus en plus profond paraissaient presque translucides. Eliza avait l'impression de voir à travers. Elle enfonça ses genoux dans la terre pour prendre plus solidement appui et avança le haut de son corps au-dessus du vide, en resserrant les doigts autour des chevilles de la petite. Elle la fit descendre encore un peu.

– Maintenant, ConaLee, tends les mains devant toi. Tu sens le fusil ?

Elle regarda l'enfant toucher la crosse en bois.

– Je l'ai trouvé, Maman.

– Maintenant, remonte le long du métal, encore un peu, plus haut que la détente. Ensuite, tu serres fort le canon à deux mains. Tu le tiens bien ?

– Oui, Maman.

– N'essaie pas de le soulever. Tu l'agrippes seulement bien fort et moi, je te tire en arrière.

Eliza fit doucement reculer la petite jusqu'à pouvoir atteindre le fusil et le jeter à terre par-dessus sa tête. Puis elle reprit sa fille dans ses bras et pivota sur ses talons en répétant son nom. À ce moment précis, une rafale de vent s'abattit sur le monticule de terre à côté de la tombe. Elle tendit la main vers le fusil, qui était tombé à sa droite. Sentir le poids de l'arme la rasséréna, elle reprit ConaLee dans ses bras et passa en courant devant la jument attachée à la balustrade. L'animal hennit, les yeux affolés, quand un éclair illumina le perron.

– Maman, c'est quoi ce bruit ? demanda la fillette en commençant à retirer son bandeau.

– C'est une surprise, ConaLee, ne regarde pas !

Eliza claqua la porte derrière elles, posa son fusil, porta la petite dans son lit et remonta les couvertures. Elle jeta un coup d'œil à sa jupe maculée de boue et à ses pieds sales qui laissaient des traces sur les lattes du plancher. Elle était enfin dans sa maison, où ces hommes n'avaient pas pénétré, avec sa fille qu'ils n'avaient pas touchée et à peine entrevue.

– Eh bien, ConaLee, est-ce que tu as froid ?

– Maman, je voudrais pouvoir voir, maintenant.

– Pas encore ! Et tu ne bouges pas de ton lit jusqu'à ce que je revienne.

Elle desserra légèrement le bandeau et approcha son visage de celui de la fillette.

– Je te regarde, ConaLee ! Allez, reste bien sous les couvertures. C'est un cheval que tu as entendu. Quelqu'un nous en a laissé un qui n'avait plus de maison. Mais la tempête approche. Il faut que j'aille le mettre à l'abri dans la grange.

– Je veux le voir. Qu'est-ce qu'on va lui donner à manger ?

– Pour l'instant, de la paille, jusqu'à ce qu'il arrête de pleuvoir. Après tu pourras aller prendre une pomme dans le cellier, et tu la lui donneras. Tu restes sage dans ton lit jusqu'à ce que je revienne allumer le feu. Promis ? Tu me le promets ?

– Je te promets ! répondit ConaLee en faisant de petits bonds dans son lit. Un cheval !

– Tu ne bouges plus. On dit que ton bandeau, c'est un masque de fée, et toi, tu fais vite dodo.

Eliza se retourna et passa la porte. Elle alla chercher la jument et la conduisit sous l'appentis, où elle arrima la longe à un anneau de fer fixé au mur. La vache, attachée dans l'autre coin, releva sans meugler sa tête hirsute. Eliza s'empressa de retirer le mors du cheval, puis elle dessangla la selle, retira la couverture et les mit de côté. Il n'y avait pas de box à proprement parler mais elle empila de la paille et des herbes qu'elle gardait pour les poules et la vache. La jument baissa la tête et commença à renifler le tas en remuant ses narines soyeuses. Puis, armée d'une cruche au col évasé, elle courut vers la fosse. Ce trou serait désormais une tombe anonyme et oubliée. Elle laissa le récipient se remplir d'eau sous la pluie dont les gouttes, encore éparses mais qui lui paraissaient aussi grosses que des œufs de poule, crépitaient. Elle s'empara de la pelle alors qu'elles se mettaient à tomber plus dru. Le long remblai de terre bordait la fosse. Elle le fixa pour éviter de regarder à l'intérieur et entreprit de reboucher le trou, en poussant sur sa pelle. La tranchée était plus profonde que nécessaire et la pluie rendait déjà la terre plus lourde. À mi-ouvrage, elle releva la tête pour découvrir un rideau de pluie oblique qui s'abattait sur les contreforts de la crête la plus proche, pareil à un sombre store en acier qui obstruait la vue. Elle recommença à pelleter, en déplorant une fois de plus l'absence de Dearbhla. La fosse était déjà à moitié comblée quand la pluie, poussée par des rafales de vent, décupla. Eliza ramassa son couteau et laissa la tempête la pilonner, les yeux rivés sur ce tourbillon aveuglant de vent et d'eau. Au-delà de la clairière, elle distinguait les grands arbres qui ployaient d'un côté puis de l'autre. D'instinct, elle sut retrouver son chemin et se précipita dans l'appentis avec sa pelle et la cruche presque déjà remplie à ras bord. La porte s'ouvrit d'un coup en manquant de lui heurter le visage, mais elle réussit à entrer et posa la cruche près de la jument. Malgré le tumulte de la tempête, celle-ci y enfouit le museau pour boire. Eliza posa la pelle contre le mur, et en s'arc-boutant contre le vent, elle rouvrit la porte, qui claqua violemment, et elle la referma en fixant solidement l'anneau de cuir à son clou. Le vent soulevait maintenant des déferlantes de pluie. Un bon pouce de boue couvrait déjà le sol. Elle se dirigea à l'aveuglette vers le poulailler, tendant les bras, paumes ouvertes, jusqu'à ce que la porte à moitié dégondée vienne se cogner contre ses poignets. Une fois à l'intérieur, le battant soigneusement refermé, elle sentit sous ses pieds le plancher ruisselant d'eau comme le pont d'un navire. Elle parvint peu à peu à distinguer les poules dans leurs cages alignées sur le mur du fond et empilées les unes sur les autres. Le matelas bourré d'épis de maïs gisait par terre, informe et taché de sang. Eliza le tira par un bord sur toute la longueur du plancher pour le déplier sous la pluie. Elle ferma le volet de la porte pour ménager ses charnières parce qu'elle savait qu'elle ne pourrait pas les remplacer. Les rouleaux de nuages criblaient la terre de copeaux et de billes de glace.

Cette nuit-là, Eliza ne put se résoudre à laisser son couteau dans le poulailler, même si l'avoir caché là où elle l'utilisait le plus souvent l'avait sauvée. Pendant des années, elle allait le garder à portée de main la nuit, et contre sa hanche la journée, dans une gaine suspendue à une courroie de cuir qu'elle portait en bandoulière. Elle conserva aussi le clou qu'elle décapa de sa rouille, en aiguisa la pointe, pour sillonner la peau de ses cuisses et laisser des zébrures rouges sur le corps qui l'avait trahie. Elle ne pouvait plus supporter de se toucher ou de se donner du plaisir, parce qu'elle repensait à l'homme que Dearbhla était partie rechercher, celui dont le cœur et l'esprit d'Eliza avaient oublié le nom si bien que seuls ses os se souvenaient de lui. Il les avait trahies deux fois, une première pour rejoindre les adversaires des esclavagistes, et une deuxième quand il avait fait venir Dearbhla pour le retrouver, Dieu sait à quelle distance d'elles. À chaque jour qui passait, le temps qu'il restait pour que la vieille femme puisse revenir, pour que le chariot puisse emprunter les routes de montagne permettant de franchir les cols diminuait comme une lune décroissante. ConaLee baptisa la jument Dearbhla parce que la grand-mère l'apprendrait et reviendrait pour la voir, et aussi parce que personne d'autre ne portait ce nom. Il pourrait être celui d'un sommet dans les plus hautes chaînes de leurs montagnes, d'un sentier caché qui zigzaguait entre elles ou encore d'une des forêts qui couvraient leurs flancs à l'infini.

Dearbhla

UNE PARMI TANT D'AUTRES

28 septembre 1864

Elle se réveilla à la première lueur du jour, au son d'un cours d'eau qui coulait tout proche et à grand bruit, et elle s'imagina le chariot progresser plus doucement, comme ralenti par une crue. Elle s'empressa de détacher les sangles de cuir qui maintenaient la bâche serrée, et elle découvrit la présence du Marsh Tacky qui s'était approché comme s'il voulait la réveiller. Un torrent gonflé dévalait une ravine en contrebas. Des branches de pin arrachées par le vent durant la tempête gisaient sur le sol. Elle mit pied à terre, alla chercher de quoi nourrir son cheval, et réfléchit au moyen de le faire tourner sur lui-même sur ce sol spongieux pour qu'il reparte vers la route. Elle lui retira son mors et arrima le sac avec le licou, puis ramassa des rameaux parmi les plus larges et les plus plats pendant que le cheval mangeait. Elle tira aussi des branches jusqu'au sentier, disposant leurs épaisses couronnes d'aiguilles détrempées de part et d'autre pour créer un vaste chemin qui remonterait par degrés jusqu'à la route. Le Marsh Tacky trouva peu à peu son équilibre et Dearbhla lui fit remonter la pente en le flattant et en l'encourageant. Le poids de leurs pas libérait un frais parfum de pin qui s'accrocha aux roues, à la crinière et aux sabots de l'animal. La terre humide de la route, retournée par la pluie, exhalait une senteur de sous-bois. Dearbhla se laissa guider par elle. Une longue histoire de murmures, d'âmes en peine, de larmes et d'absence l'accompagnait. Une brume d'odeurs et de sons l'enveloppait, parce que le passé était présent.

On frappait à la porte. Pas les coups discrets de Leena, une main plus grande, à la paume plate, qui cognait désespérément. Pas Leena, morte des années plus tôt, mais son plus jeune fils, un homme qui avait déjà la cinquantaine. *Elle m'a dit que tu me planquerais jusqu'à ce qu'ils me tuent.* Dearbhla avait quelquefois caché des hommes ou des femmes dans l'espace où on pouvait se glisser en rampant, sous sa misérable cabane, jusqu'à ce qu'ils puissent reprendre leur route, mais pas depuis que le Maître avait surpris Eliza zyeuter le garçon d'écurie qui tenait son cheval de l'autre côté de la cour. Plus un adolescent, désormais un homme plus grand que ses propres fils, un va-nu-pieds de la famille de cette nourrice irlandaise que feue sa femme avait insisté pour engager, cette espèce de sorcière qui avait aidé à mettre au monde ses fils et Eliza. Il avait toujours refusé de la rémunérer autrement qu'en nature et en la logeant dans la grande maison. Dearbhla était retournée vivre dans sa bicoque quand Eliza avait neuf ans, mais elle avait tellement pleuré que l'Irlandaise avait continué à s'occuper d'elle. Il avait observé Eliza traverser la cour, et ne manifester aucun signe de protestation quand ce garçon d'écurie l'avait hissée en selle, mais il avait clairement vu les mains robustes du garçon qui se refermaient sur sa taille, ses épaules larges, ses boucles noires, et il s'était arrangé pour qu'il se fasse arraisonner le soir même par quelques nervis à son service, qu'on lui bande les yeux et qu'on le marque à la poitrine au même fer rouge qu'il utilisait pour les chevaux de la plantation. Avec en prime une volée de coups de fouet assénée sur la plaie par un contremaître. Pour lui apprendre quelle était sa place, et à Eliza la sienne, jusqu'à ce qu'elle aille vivre chez une tante à Charleston l'automne venu.

La cicatrice boursouflée de la brûlure, dûment soignée et enveloppée dans un cataplasme, guérissait, mais Dearbhla savait que ces deux-là étaient toujours plus proches. Ils projetaient de s'enfuir, et lui proposaient de venir avec eux pour qu'on ne l'accuse pas de complicité.

Ce jour-là, le fils de Leena s'était à peine caché que le contremaître et deux de ses sbires débarquèrent à la tombée de la nuit. Eliza et le fils de Dearbhla, revenant du petit bois dissimulé aux regards près de la rivière où ils se retrouvaient parfois le soir, virent les hommes traverser le champ au galop et se diriger vers la cabane au milieu des bois. Le contremaître et les deux autres avaient déjà sauté à bas de leurs montures, tiré de sa cachette le fils de Leena qui se débattait, et jeté Dearbhla à terre. Elle entendit une pierre fendre les os d'un crâne, sentit le contremaître s'affaler sur elle comme un poids mort. Son comparse gisait à côté de lui, la tête écrasée par la même pierre. Le troisième décampa sans demander son reste. Le fils de Leena s'enfuit sur le cheval du contremaître, fouet et pistolet dans les sacoches, non sans leur avoir fait signe qu'il allait filer son chemin tout seul. Il leur allait falloir prendre une autre route, en emportant toutes les provisions qu'ils pourraient, non sans s'être emparés des armes de poing de l'agresseur et d'un cheval pour Dearbhla, et disparaître tout de suite. Des semaines passées à se cacher et à galoper de nuit jusqu'à être suffisamment hors de portée. Son fils était accusé de meurtre, de vol de chevaux et de rapt, se lamenta Dearbhla, jusqu'à ce qu'Eliza lui rappelle que les hommes n'étaient pas seuls responsables. Elle aussi avait frappé. Elle s'était retrouvée avec la pierre dans la main et l'avait abattue sur sa victime à deux mains. L'agresseur qui avait réussi à s'enfuir en avait témoigné.

Le voyage vers l'est n'avait rien à voir avec celui qu'ils avaient entrepris vers le nord cinq ans plus tôt. La guerre avait divisé le temps en deux époques distinctes, elle les avait alors aidés à se cacher au moment même où le massacre faisait d'innombrables victimes. Si Dearbhla se hâtait aujourd'hui, c'était pour lui, pour le retrouver, qu'il soit sérieusement blessé ou complètement transformé. Elle dormait le moins possible, ne s'arrêtant qu'à la nuit noire, et pour quelques heures seulement. Biscuits salés et viande séchée en chemin, l'eau de son seau fermé par un couvercle qu'elle remplissait à chaque torrent ou rivière. Les forêts qui bordaient la voie avaient laissé place à quelques rares fermes et habitations. Une futaie, un verger, des carrefours sans poteau indicateur, de petits hameaux. Pour l'essentiel, la route était droite et plane. Deux jours. Trois. Quatre. Halte au clair de lune, près de minuit. Surtout pour que le cheval se repose, le sortir des brancards, le brosser et curer ses sabots. Par deux fois, elle avait trouvé des ruisseaux abrités et peu profonds, et elle avait pu lui rafraîchir les jambes avant de l'attacher à un pieu, de retirer ses vêtements et de se baigner. Avait ensuite étendu sa paillasse sur le plateau du chariot, sous le scintillement des étoiles. Mis à part l'orage un peu plus tôt, le temps restait clément et sec, l'air rafraîchissant et vif. Elle luttait contre la montre pour se rapprocher de son but, comme si une force obscure menaçait de s'emparer de lui et de l'emporter avant qu'elle ait pu le retrouver. Elle commença bientôt à distinguer dans le lointain de plus grandes villes et des colonies de peuplement. Des voitures et des diligences au toit chargé de malles fermées par des cordages la dépassaient maintenant de temps à autre. Une fois, elle offrit de prendre au passage une femme noire de peau qui portait un énorme panier de provisions. Celle-ci la fixa sans bouger jusqu'à ce que Dearbhla lui adresse la parole, et alors seulement grimpa sur la banquette. Dearbhla l'interrogea sur Alexandria. Deux jours de route ? Un seul ? Pour toute réponse, la passagère hocha la tête. Un jour. Elles poursuivirent leur chemin sans un mot, à leur aise mais respectant chacune la solitude de l'autre, jusqu'à ce que la femme lui indique un sentier qui croisait leur route. Avant de descendre et de disparaître, elle se tourna vers Dearbhla, prit une petite tourte dans son panier et la lui offrit.

– J'avais cru que vous étiez un homme, c'est pour ça que j'ai hésité à monter, au début.

– Faut savoir se méfier, répondit Dearbhla, je vous remercie.

La tourte, en pâte feuilletée, était encore tiède.

Beaucoup plus tard, elle s'arrêta pour la déguster derrière un bosquet d'arbres qui cachait la route, tandis que le cheval broutait dans le champ au bout de sa longe. Une tourte aux pommes, sucrée à la mélasse, quelques raisins secs épicés et une goutte de sirop d'érable. Elle avait perdu l'habitude de la compagnie désormais, et elle n'en ressentait pas le besoin. Trop habitée par ses propres créatures. Ses intimes : les chevaux, ses chiens, les poules et la vache de la cabane d'en bas. Et puis, les animaux sauvages qu'elle reconnaissait aux cris qu'ils poussaient la nuit, leurs déjections et leurs traces sur le terrain partagé. Les cimes de leurs montagnes, regorgeant de racines et de plantes, de nids d'abeilles et d'oiseaux. Eliza, elle aussi une intime, qui l'avait accompagnée d'une vie à l'autre. ConaLee, pareille à une constellation d'étoiles, les yeux de son père. Ils auraient eu plus d'enfants, sans cette satanée guerre. Des fils, d'autres filles, qui ne verraient jamais le jour, comme ce fils qu'Eliza avait perdu durant leur fuite vers le Nord. Le temps était maître de tout. La petite assiette en fer-blanc qui contenait la tourte une fois lavée dans l'étroit ruisseau refléta un carré de ciel de nuit plus clair que la terre. Alexandria, avait dit Eliza, une ville de plus de douze mille âmes, pas aussi importante et de loin que Charleston en Caroline du Sud, mais qui abritait tant d'hôpitaux de l'Union : ses églises, ses écoles, ses plus vastes demeures, même ses hôtels accueillaient les blessés. Des chariots-ambulances sillonnaient les rues dans un bruit de ferraille de jour comme de nuit. Il fallait que Dearbhla le rejoigne avant la fin de l'après-midi, quand les bureaux étaient encore ouverts, et que les hôpitaux donnaient encore des renseignements à ceux qui les demandaient.

Elle n'était qu'une parmi tant d'autres dans les rues de la ville à conduire un véhicule tiré par un cheval. Le bruit des chariots, des charrettes, des buggies et des voitures diverses était infernal. Certaines voies étaient pavées de briques, fendues et usées, mais la plupart n'étaient que de larges chemins de terre. Elle avait demandé à un domestique noir en livrée qui attendait dans un cabriolet comment se rendre dans le plus grand des hôpitaux.

– Celui qui est en briques ? Un hôtel autrefois, c'est ça ? Avec des rangées de fenêtres qui donnent sur la rue ? Tout droit, en direction de North Fairfax.

Elle repartit lentement, en se serrant sur la droite. Des véhicules la doublaient à toute allure. Elle reconnut l'hôpital depuis le bout de la rue et elle freina encore en s'en approchant. Une belle bâtisse, aux fenêtres encadrées de bordures de pierre, et sur le toit, une immense balustrade en pierre elle aussi. Elle paraissait avoir connu des jours meilleurs. Une haute haie de poteaux de bois brut avait été édifiée à la hâte pendant la guerre, son portail ouvrait sur une cour destinée aux livraisons, aux ambulances et aux chariots qui amenaient les blessés. Des hommes en uniforme fourmillaient devant l'entrée ou étaient postés sur le balcon qui surplombait les quatre colonnes du porche. Ses frères yankees, songea-t-elle, et elle l'imagina prisonnier d'une solide forteresse, sous traitement parce qu'ils avaient réussi à le garder en vie, mais à l'écart, ignorant désormais qu'elle existait.

Elle fit avancer lentement le chariot, jusque sous les vastes fenêtres, si larges qu'un homme aurait pu les traverser comme un esprit. Elle sentait qu'il était là, de l'autre côté de la rue, et elle poursuivit son chemin et tourna au coin du pâté de maisons. Elle revint en sens inverse, et jeta un coup d'œil par les vitres du rez-de-chaussée. Elles brillaient, impénétrables, réfléchissant la lumière oblique d'une fin d'après-midi sans nuage.

Hôpital Mansion House, Alexandria, vers 1864.

On devait être début octobre, calcula-t-elle, elle avait passé six jours sur la route et il s'était écoulé cinq mois depuis ce jour de mai où elle avait deviné qu'il était blessé. Pourquoi l'avait-on gardé là si longtemps, s'il n'était pas prisonnier ou inconscient ? Elle ne le voyait pas à l'intérieur mais peut-être que lui la voyait. S'il dormait, il rêvait peut-être de sa présence. Étranger à lui-même, pouvait-il se lever, marcher, parler ? À plusieurs reprises elle ralentit devant l'entrée et fit à nouveau le même circuit.

Un soldat de garde la repéra et lui fit signe de s'arrêter. Il inspecta le chariot presque vide.

– Je vous ai vue passer plusieurs fois, dit-il. Quelque chose vous amène ?

Elle tira sur les rênes et se leva pour lui mettre sous le nez les papiers militaires.

– C'est pour un soldat, Monsieur. Qu'on a transporté ici, à Alexandria.

Le planton la dévisagea longuement.

– Dans cet hôpital ? Quelqu'un vous a fait savoir qu'il était là ?

– Non, personne. Vous voyez son nom, là, sur cette feuille.

De nouveau, elle exhiba le contrat d'engagement.

– C'est son père qui m'envoie.

Le soldat secoua la tête.

– En ce moment, on parle d'une épidémie de rougeole. Je peux pas laisser entrer qui que ce soit dans les services, même pas la famille. C'est interdit pour tout le monde.

– Il a le catarrhe, le père au petit. Franchement malade. Il peut pas venir. Alors il m'a envoyée, pour que je retrouve son fils avant qu'il meure.

Le soldat prit les papiers.

– Tireur d'élite, lut-il à haute voix, 7e bataillon de cavalerie de Virginie-Occidentale. Vous êtes venue de là-bas avec ce chariot ?

– Oui, M'sieur. Une sacrée trotte.

– Attendez ici. Je vais me renseigner sur ce nom.

Elle se rassit, les épaules affaissées, mais elle baissa un peu son col et le bord de son chapeau pour montrer son profil. Si par hasard il regardait par-là, est-ce qu'il la reconnaîtrait ? Sous ses vêtements, elle serra fort contre elle la bourse en peau de cerf qui contenait les cendres de liane de feu brûlée au printemps dernier, et elle l'appela dans sa tête. Elle n'attendait ni son ni parole en retour, elle ne voulait qu'avoir le sentiment de sa présence. Elle songea à l'air mélancolique qu'il jouait le soir sur l'harmonica qu'il avait toujours aimé, même enfant. Les notes qui s'égrenaient, lentement d'abord, puis plus vite, jusqu'au refrain. Elle tira de sa poche la petite photographie où on le voyait en uniforme, la sortit de son enveloppe en tissu, l'inclina et la brandit en direction des immenses fenêtres du rez-de-chaussée, comme si elle voulait qu'on distingue nettement son image, de l'autre côté des vitres.

Le soldat revint, les documents à la main.

– Désolé, Madame, dit-il respectueusement. On a personne à ce nom. Ils ont vérifié deux fois. Une liste de pratiquement cinq cents militaires. Et le 7e bataillon de cavalerie de Virginie-Occidentale existe plus. Il a été intégré à d'autres régiments depuis 1861. Il y a des centaines d'hommes qui arrivent ici et qui repartent, mais le vôtre, en tout cas, il est pas là. Pas dans cet hôpital.

Dearbhla leva les yeux par-dessus la tête du planton et promena son regard sur les fenêtres des premier et second étages. Elle sentait sa présence, par-delà des kilomètres et des mois de distance, derrière chaque panneau de verre opaque vacillant.

– J'ai fait tout ce que je pouvais pour vous et le papa de ce garçon. Vous m'écoutez ?

Elle ne répondit pas, ne donna aucun signe d'avoir entendu.

– Bon, maintenant, vous allez reprendre ces papiers !

Et il les lui agita sous le nez.

Mais en reprenant les documents gondolés, elle brandit le cliché tout près du visage du soldat.

– Il est peut-être quand même là. Sous un autre nom. S'il a pas pu se rappeler comment…

– Je vous ai dit qu'ils sont des centaines ici, et on a trouvé aucune trace de lui. Vous comprenez ?

– C'est lui, là, le grand, dit-elle en lui montrant son portrait.

Le plus grand des quatre soldats se trouvait à l'extrême gauche de la photographie, les trois autres à sa droite. Ils tournaient tous les yeux vers le même point, comme s'ils s'étaient fixés un objectif commun.

Le planton secoua la tête en regardant le cliché, mais il refusa de le prendre.

– Il date de quand, ce portrait ?

– On l'a reçu en 62. Depuis on attend, on…

– Son père, hein ? Vous dites que c'est son père qui a envoyé une vieille dame comme vous par les temps qui courent ? Drôlement risqué, même avec des vêtements d'homme.

Comme s'il était en colère par procuration, le soldat se retourna et héla des éclopés qui déambulaient derrière lui, et d'autres, certains couverts de pansements, debout ou assis contre le mur, les jambes écartées.

– Il faut peut-être que je pose la question à cette bande de feignants ?

Il se retourna vers elle.

– Moi, je le vois pas, votre homme. Vous oui ?

Elle leva à nouveau les yeux par-dessus la tête du soldat vers les larges fenêtres aveugles derrière lui. Il se rapprocha et baissa la voix :

– À mon avis, vous devez plus rien à personne, même si tout ça remonte à loin. Vous avez fait tout ce que vous pouviez.

Elle ne parut pas l'entendre. Lentement, résolument, elle remisa le petit cliché carré dans son enveloppe en tissu. Et le glissa avec le contrat d'engagement bien roulé sous ses vêtements.

– On a abusé de vous en vous envoyant jusqu'ici, lui dit-il en lui tendant une besace pleine de provisions. Prenez ça et filez avant que la nuit tombe et que ces ivrognes de marins du port viennent faire leur chahut dans les rues. C'est pas des endroits où il faut s'attarder quand il fait noir.

Dearbhla le regarda bien en face. Le sac contenait sans doute des biscuits salés et du maïs desséché, une ration abandonnée par un soldat mort. Des aliments contagieux – les maladies tuaient plus d'hommes que les combats. Mais elle toucha le bord de son chapeau pour le remercier et poussa son cheval vers la chaussée.

– T'en veux pas ? lui cria-t-il alors qu'elle s'éloignait. Eh bien crève de faim, la vieille !

Elle poursuivit son chemin comme si le planton avait cessé d'exister dès qu'il était sorti de son champ de vision, si blessée au fond d'elle qu'elle ne voyait même plus la rue. Elle roula jusqu'aux faubourgs de la ville sur une voie étroite, signalée comme Washington Street, et s'arrêta en bordure de route sur une vaste étendue d'herbe verte. Il y avait moins de circulation par-là, tout était plus calme. Les arbres agitaient leurs branches et leurs feuilles jaunies tournoyaient lentement jusqu'à terre. La main sur la tempe droite, elle essayait de faire taire une douleur si vive qu'elle en avait du mal à respirer. Les larmes lui montaient aux yeux, mais elle distingua tout de même de l'autre côté d'un muret tout proche un champ en friche, envahi de broussailles et hérissé de stèles en bois. Des monticules de pierres s'empilaient sur plusieurs tombes – tout un cimetière illégal d'affranchis anonymes, connu seulement de ceux qui y avaient cherché repos.

Au milieu du champ, un cortège s'avançait. Des femmes noires en pleurs et un vieil homme tirant derrière lui un chariot à bras foulaient lentement le sol irrégulier. Le groupe s'arrêta, suffisamment près de Dearbhla pour qu'elle entende les murmures de leurs lamentations et quelques bribes de cantique. La fosse, déjà creusée, était ouverte. Le vieillard se tourna vers le chariot et souleva une forme enveloppée dans un suaire, si frêle que Dearbhla n'avait pas remarqué sa présence. Un pan de drap plissé retombait comme une traîne. L'homme répartit doucement le poids entre ses bras, et la petite tête sombre émergea de l'étoffe, renversée en arrière, le menton en l'air. Un enfant de huit ou dix ans, tout au plus. Le fossoyeur s'agenouilla au bord du trou et une vieille femme se précipita vers lui. Pour l'aider à faire descendre le corps, songea Dearbhla, mais elle la vit soudain se jeter sur lui et tenter de tirer l'enfant à elle dans une dernière étreinte. Le fils de Leena avait-il réussi à s'enfuir ? Ce n'était plus un petit garçon à l'époque, mais un homme presque de l'âge de Dearbhla, robuste et couvert de cicatrices. Dans le cimetière, la vieille femme eut l'air de sentir le poids du corps basculer dans ses bras, et elle laissa la forme enveloppée de son drap glisser vers la fosse. En poussant des cris déchirants, elle s'aplatit au sol en tendant les deux mains. Dearbhla, saisie de vertige, eut l'impression de lever les yeux du fond de la tombe vers le ciel paisible et bleu – mais la vieille femme, dont elle ne pouvait pas entendre les lamentations, et dont elle ne parvenait pas à saisir les mains, n'était plus Leena mais Eliza. Effrayée pour la petite, Dearbhla fit repartir son cheval. Elle savait maintenant que celui qu'elle était venue chercher était perdu pour toujours, l'âme de l'homme qu'il avait été réduite en cendres dans une liane en flammes.

Le tireur d'élite
APRÈS LA BATAILLE DE LA WILDERNESS
Mai à octobre 1864

Le chirurgien de la tente-infirmerie comprit que son patient était un homme jeune au corps sain et robuste, qui apparemment ne souffrait de rien d'autre que de sa sérieuse blessure à la tête. Il avait aussi sûrement perdu un œil, mais le sang coagulé et les cheveux noirs emmêlés dissimulaient la profondeur de la fracture. Il lui banda solidement la tête et expédia le soldat, toujours couvert d'une bâche maculée de sang, par la dernière ambulance qui allait évidemment manquer le train sanitaire en route vers Fredericksburg mais devait rejoindre à temps un transport de blessés par bateau qui l'amènerait à Alexandria. L'Union avait réussi à garder inviolé Washington et ses environs durant toute la guerre. Des navires défendaient les abords du Potomac et les blessés étaient déposés directement sur les quais réservés aux hôpitaux.

Et c'est ainsi qu'un chirurgien d'Alexandria, trop vieux pour servir sur les champs de bataille mais qui avait reçu le grade de lieutenant pour ses services au sein du plus grand complexe médical de l'Union, dans une ville où des dizaines d'entrepôts, de locaux commerciaux, de banques et de vastes demeures privées avaient été réquisitionnés pour accueillir les blessés, fut le premier à nettoyer la plaie d'un soldat qui lui arriva toujours enroulé dans sa bâche maculée de sang. Il fit observer à l'infirmière qui lui tendait un plateau que ce bandage de tête était le plus réussi qu'il ait jamais vu, en pensant par-devers lui qu'il maintenait sans doute solidement tout ce qui menaçait clairement de s'éparpiller. Il coupa ras les cheveux qui tombaient sur la tempe et rabattit précautionneusement le lambeau de chair dissimulant la fracture. Il ne tenta pas de fouiller ni même de toucher la plaie, et se contenta de retirer les esquilles d'os et les fragments de crâne, dont l'un formait un triangle si parfait qu'il le conserva dans un bocal comme spécimen. Bien qu'il portât l'uniforme de l'Union, il préférait qu'on s'adresse à lui comme le Dr O'Shea et parlait avec le doux accent du Piémont de Virginie. L'Union déchirée était pour lui pareille à son propre enfant qu'on aurait mutilé, tout comme ce soldat, ni décharné ni famélique, mais qui avait subi une blessure telle qu'elle laisserait son cerveau irrémédiablement endommagé si elle ne le tuait pas. Il avait perdu l'œil droit, mais l'os de l'orbite restait intact. Le médecin fit couler des gouttes d'alcool et d'eau tiède sur les tissus qui entouraient la plaie, nettoya un grand lambeau de peau encore mouillé de sang, puis il le repoussa doucement de la pointe de ses ciseaux pour qu'il vienne recouvrir le trou foré dans le crâne. Il bourra précautionneusement la cavité d'une compresse qu'il prit dans un bocal et lui banda de nouveau la tête. O'Shea ignorait complètement si le cerveau allait enfler ou se contracter, parce qu'il n'avait jamais vu personne dont le crâne était fracturé de cette façon. Il édifia une sorte de tente de gaze autour d'une armature pour immobiliser la tête. L'homme était jeune et son pouls, bien que faible, était régulier.

– Vous êtes ma meilleure infirmière, dit O'Shea à la matrone qui l'assistait. Mrs Gordon, c'est bien ça ? J'ai besoin de votre aide.

O'Shea lui demanda alors d'aller lui chercher une paire de bons ciseaux. Il attendit, conscient maintenant d'une odeur de suie persistante. La bâche et le soldat lui-même sentaient la fumée et le pin brûlé. L'infirmière revint et il lui fit observer qu'à son avis, il avait dû y avoir un feu ou une explosion sur le champ de bataille. Ensemble, ils découpèrent lentement la toile raide : il maniait les ciseaux et elle soulevait le tissu du mieux qu'elle pouvait. Quand ils en eurent terminé, ils échangèrent un regard.

– Passez de l'autre côté et soulevez la bâche tout doucement, dit O'Shea. Je ferai pareil de mon côté et on peut espérer que la chair ne s'en aille pas avec.

Elle ne cilla pas mais fixa son attention sur les gestes du médecin pour l'imiter.

– Tout va bien, j'arrive à voir sous la bâche. Maintenant il faut dégager complètement la partie sur laquelle il repose.

Comme il l'avait deviné, il n'y avait pas d'autres plaies ouvertes. Ce corps et cette tête mutilée ne semblaient pas appartenir au même homme. Il était grand, musclé, et tous les poils de son torse et de ses cuisses avaient été calcinés.

– On lui a retiré ses vêtements au bon moment, dit O'Shea. Il y a des rougeurs et des traces de brûlures, mais la peau n'est pas déchirée. Eau fraîche et savon doux pour les bains.

– Mais c'est quoi, ça ? demanda l'infirmière en augmentant l'intensité de la lampe à gaz.

O'Shea remarqua alors sur la poitrine du blessé des traînées violacées qui se prolongeaient jusqu'à l'abdomen. C'étaient des cicatrices chéloïdes, longues et étroites, d'un rose foncé qui tirait sur le bleu.

– On dirait qu'il a été marqué au fer rouge et fouetté. Ce sont des cicatrices anciennes, déclara O'Shea, mais il était déjà adulte quand on les lui a faites. Il a dû être capturé plus tôt durant la guerre par des bourreaux qui ne souciaient pas des sympathies pour l'Union de certains Sudistes, si vous voulez mon avis.

Les lèvres pincées par la colère ou la résignation, l'infirmière ne baissa pas les yeux.

– Plus rien ne me surprend aujourd'hui, reprit O'Shea. Aurait-on un urinal par ici ?

Il prit celui qu'elle lui faisait passer sous le lit, et y plaça le sexe du soldat, avant de coincer l'étroit récipient en fer-blanc entre ses cuisses. La toison pubienne ne montrait aucune trace de brûlure.

– Il est 21 heures, dit-il à l'infirmière. Vous venez juste de prendre votre service, n'est-ce pas ?

– Oui, Docteur O'Shea.

– J'ai soixante-quatorze ans et je suis ici depuis 6 heures ce matin. Je veillerais volontiers ce patient mais il faut que je rentre sinon ma femme va venir me chercher.

– Bien sûr, opina-t-elle. Allez-y, Docteur. Donnez-moi seulement vos instructions.

– Je souhaite m'occuper personnellement de ce cas, Mrs Gordon, et je vous saurais gré de votre discrétion. Lavez-le devant tout doucement, sans déplacer sa tête. Couvrez-le avec une blouse d'hôpital. Prenez son pouls toutes les demi-heures. Il fait plutôt bon, mais si la température baisse, apportez-lui autant de couvertures que nécessaire.

– Bien, Docteur O'Shea.

– Il faut aussi lui parler, ajouta-t-il. On sait si peu de choses sur le cerveau, et son état de semi-coma va sans doute persister, avec une blessure pareille. Il doit entendre votre voix, et la mienne. Ne le bousculez pas et ne laissez jamais la chambre ouverte. Il n'est pas contagieux, bien sûr, mais mettez tout de même une pancarte d'isolement sur la porte, et exigez le port du masque quand vous ne serez pas seule avec lui. Un demi-verre d'eau toutes les heures que vous verserez doucement à la pipette à la commissure des lèvres. Parlez-lui, donnez-lui un sentiment de paix et de sécurité. Exactement comme si…

– Comme s'il était de ma famille, compléta l'infirmière

– Vous avez des enfants ?

– J'avais deux fils. Ici au moins, je sers à quelque chose.

Le Dr O'Shea aurait voulu lui prendre la main mais il n'avait pas encore lavé les siennes.

– Mes condoléances. Essayons de sauver ce fils-là. Je vais faire limiter votre service à cette aile pour la nuit. Espérons qu'il sera encore en vie dans douze heures.

– Il n'y a pas de nom sur la fiche d'admission, dit-elle. Rien que « Union ».

– Nous n'avons ni nom ni documents. Il est arrivé dans l'état où vous le voyez. Il faudra qu'il nous dise comment il se nomme.

– Docteur O'Shea, je ne vous ferai pas appeler si une crise survient…

– Ce serait inutile. J'ai fait tout ce que je pouvais. Vous me direz tout ce qui s'est passé. Un cas pareil peut nous servir à en traiter un autre. Mais pour ce qui est de ce soldat…

– Je lui parlerai.

– Partagez vos souvenirs de vos fils, quand ils étaient petits. Ou de votre propre enfance. Tout ce qui vous viendra à l'esprit de réconfortant, comme s'il n'y avait aucun problème.

Sa conscience allait et venait, comme s'il flottait en aveugle sur une rivière brûlante. Il entendait des voix, en évaluait le ton, mais il ne captait aucun mot. Il ne sentait pas ses membres, et donc il ne savait pas se repérer dans l'espace. Il lui semblait rouler ou glisser sans effort, mais à l'intérieur d'une bulle sans rêves. Il n'était peut-être pas encore né. Quand la douleur revenait, il respirait pour la contrôler, il remontait à la surface et la douleur reculait. Au bout d'un certain temps, il put sentir ses bras et retrouva le sens du toucher. Une main prenait la sienne, la lâchait et la saisissait à nouveau. Un doigt lui tapotait la paume, un ongle l'effleurait sur toute la largeur, puis de bas en haut. Il ne lui venait pas à l'esprit de réagir. Il se laissait dériver mais

Bataille de la Wilderness, illustration de l'artiste de guerre Alfred R. Waud, Département des Estampes et de la Photographie de la Bibliothèque du Congrès.

sa conscience lui revenait de plus en plus souvent. Il essayait de bouger la tête et n'y parvenait pas, comme si quelque chose entravait le mouvement, mais ses jambes étaient parcourues de contractions, et il ne pouvait pas remuer les pieds. Il entendit la voix d'un homme, âgé manifestement, aimable et plein de sollicitude. *Soldat*, disait-il, *OK*. Ça voulait dire quoi, « OK » ?

Il se représenta les deux lettres, tournoyant l'une autour de l'autre. Une voix de femme. Elle semblait parler toute seule : *C'est le premier jour de juin aujourd'hui*. C'était elle qui lui faisait sa toilette et lui donnait à manger. Une bouillie chaude qui avait un goût de… maïs. Il sentit qu'on le relevait, inerte, dans son lit. Il faisait jour. La lumière qui filtrait à travers la fenêtre fermée lui réchauffait le bras, une sensation de jaune éclatant. Il savait ce qu'était ce jaune et il entendit une cuiller cliqueter contre un bol. Il tendit la main et elle la prit en exerçant une légère pression. Il devina qu'elle se penchait sur lui et il lui serra les doigts en retour.

– Mon garçon, dit-elle. Vous m'entendez ?

Il ne pouvait pas hocher la tête. Sans réfléchir, il répondit :

– Je vous entends.

De surprise, elle porta la main à son visage, près de sa bouche.

– Bien sûr que vous m'entendez, articula-t-elle lentement pour s'assurer qu'il comprenne.

Sa main retomba et se posa sur les épaules et la gorge du soldat, avant de prendre sa mâchoire au creux de sa paume. Ses doigts remontèrent lentement vers la tempe en suivant le bord du bandage.

Brusquement, la lumière se fit : c'était un bandage qui empêchait sa tête de bouger. Il posa la main sur son torse, et celle de l'infirmière rejoignit la sienne. Il prit alors conscience qu'il était vivant : ses mains lui appartenaient. Il ne se rendait pas encore compte qu'il ne savait pas grand-chose d'autre, mais il entendait maintenant ses paroles d'une manière différente. Il distinguait des groupes de mots dans ce qu'elle disait.

– Vous êtes à l'hôpital. Je suis votre infirmière. Vous n'êtes plus en danger et vous allez vous remettre. Vous voulez que j'appelle le médecin ?

– Non, répondit-il parce que la surprise était trop grande et qu'il sentait qu'il perdait connaissance.

– Très bien. Vous me direz quand vous voudrez que…

Mais quand il revint à lui, le médecin était à son chevet.

– Je suis le Dr O'Shea. OK, vous êtes là avec nous ?

OK…

– Oui, répondit-il.

– C'est un miracle ! Je suis votre chirurgien. Et je vous présente Mrs Gordon, votre infirmière.

Il ne réussit pas à le voir mais il eut l'impression qu'ils joignaient leurs mains par-dessus son lit, comme pour intégrer la bonne nouvelle sans besoin de mots. Il faisait nuit, se dit-il.

L'hôpital était silencieux. Il se demanda s'il avait perdu la vue. Sous le bandage, il ne sentait rien.

– On vous a amené ici après la bataille de la Wilderness, en Virginie, reprit O'Shea, et nous sommes à Alexandria. Vous avez reçu une blessure grave à la tête, c'est pour cette raison que le bandage et le carcan vous empêchent de la bouger. La blessure est en cours de cicatrisation. Si vous permettez, je voudrais changer votre pansement pendant que vous êtes réveillé. Nous allons vous soutenir avec des oreillers. Le carcan maintiendra votre tête immobile pendant que nous vous aiderons à vous pencher en avant.

– Oui, répondit-il.

Donc ils avaient changé le pansement pendant qu'il dormait ou qu'il était inconscient, dans cette bulle de plus en plus étroite où il flottait et qui lui laissait de moins en moins d'espace. Il ne se rappelait rien.

– Mrs Gordon, si vous voulez bien approcher le plateau. Là, Monsieur, ce sont mes mains que vous sentez. Je vais retirer le carcan qui repose sur vos épaules. Je vais le laisser sur la table de chevet. Vous avez été blessé à la tempe droite, juste ici. L'infirmière est en train de poser le plateau sur vos genoux et nous sommes chacun d'un côté du lit – Oui, maintenant, Mrs Gordon – et nous allons lentement défaire le bandage. Quand on vous aura enlevé ce poids, vous éprouverez une sensation de froid, et même de picotement.

De fait, le bandage s'allégea une couche après l'autre, et la main de la femme retira des morceaux de coton ou de ouate. Libéré de ces entraves si pesantes, il eut l'impression de décoller, comme si, tel un bouchon qui saute, il allait monter d'un coup vers le plafond, et il posa les mains à plat sur le lit pour se préparer à affronter la douleur.

– Vous sentez ma main sur votre œil gauche. Nous avons baissé la lumière.

Qu'est-ce que ce médecin allait lui faire ? Il aurait préféré rester seul avec l'infirmière. Mais la main se déplaça et il ouvrit l'œil. Les murs devinrent peu à peu plus nets. La chambre était petite, la porte fermée, le store de la fenêtre sur sa gauche baissé. Le médecin se tenait face à lui, c'était un vieil homme aux cheveux et à la moustache encore blonds. L'infirmière, plutôt corpulente, la cinquantaine, restait en retrait et lui souriait. Ses cheveux gris étaient relevés en chignon sous sa coiffe, et elle avait les yeux marron. Elle l'avait appelé « mon garçon », et il gardait en mémoire jusqu'au timbre de sa voix.

– Bon, maintenant, est-ce que vous pouvez suivre mon doigt ?

Le médecin déplaçait son index de gauche à droite et de haut en bas.

– Bien. Essayez de tourner la tête lentement. Oui, très bien. Pouvez-vous décrire votre vision ? Est-elle claire ? Brouillée ? Différente d'avant votre blessure ?

– J'y vois bien, répondit-il, et il sentit l'infirmière s'approcher pour prendre son pouls. Il croisa son regard et distingua derrière elle un nuage de lumière : l'applique à gaz.

– Voulez-vous nous dire votre nom ? Quel est votre régiment ?

– Mon nom ? Je sais pas.

– Ce n'est pas grave. N'essayez pas de vous le rappeler. Il vous reviendra tout seul. Vous êtes un garçon solide, très solide, sinon vous n'auriez pas survécu. Vous avez été blessé il y a un mois, vous êtes resté dans le coma pendant une semaine, et ensuite, à l'aide de la morphine, vous avez dormi, mais nous l'avons presque complètement arrêtée maintenant. Il faut nous dire tout ce que vous ressentez, douleurs et autre. Avez-vous des vertiges, des moments de confusion ? Des migraines ?

– Non, mais je suis… fatigué.

Son regard se fixa sur les lunettes à monture métallique du vieil homme, qui réfléchissaient la lumière et il crut apercevoir une réplique partielle mais parfaite de la petite applique à gaz. Il aurait voulu que le médecin le laisse tranquille. Il fallait qu'il ausculte lui-même son visage et sa tête pour découvrir ce qui lui était arrivé.

– Bien sûr, répondit O'Shea. Nous allons panser la tempe droite, qui est en bonne voie de guérison mais qui a besoin d'être protégée. Ce bandage vous permettra de voir, mais il faut que votre œil gauche se repose, dormez autant que vous pourrez. Concentrez-vous sur les tâches simples que vous pourrez accomplir à l'aide de votre infirmière : vous nourrir, remuer vos bras et vos jambes, tenir un crayon – qui ne sont pas si simples pour un cerveau en voie de récupération. Aucune inquiétude, nous sommes là pour vous. Voulez-vous qu'on augmente un peu la lumière ?

– Non. Sauf si vous en avez besoin.

Mais ils avaient déjà commencé à lui bander la tête, recouvrant complètement la tempe droite, et la gauche en partie. Le pansement était moins lourd, et du nez au bas de la pommette droite, il ne cachait plus que la moitié du visage. Il sentit qu'ils remettaient le carcan en place et l'arrimaient à la tête du lit.

– Attendez, dit-il en levant la main. On peut pas se passer de… ce truc.

O'Shea marqua une pause.

– C'est gênant, je sais. Mais il vaut mieux le porter encore un peu quand vous êtes seul. Si votre infirmière peut rester auprès de vous quelque temps – Mrs Gordon ? Vous pouvez ? – elle le remettra en place avant que vous vous endormiez, et moi, je repasserai vous voir demain matin. Jeune homme, je suis heureux de voir vos progrès. C'est un jour à marquer d'une pierre blanche.

Il s'efforça de croiser le regard de O'Shea, surpris de s'apercevoir que le vieil homme avait les larmes aux yeux. L'infirmière avait déposé le carcan sur le lit, en équilibre sur les genoux de son patient, alors que le médecin quittait la chambre. Il le soupesa entre ses mains : de courts barreaux sur trois côtés, un peu comme un pupitre de bibliothèque, avec un couvercle en bois massif qui se soulevait à l'aide d'une charnière. Le socle qui reposait sur ses épaules était tapissé de feutre.

– Vous voulez que je le retire ?

Elle déplaça le carcan et lui tendit un verre d'eau.

– Utilisez vos deux mains, conseilla-t-elle.

Il prit le verre et but à petites gorgées.

– Votre nom, c'est bien Gordon ?

– Oui, Agatha Gordon, répondit-elle en reprenant le verre.

– Mon œil, de ce côté-là…

Il porta la main à sa tempe droite. Elle lui prit doucement le poignet.

– Il ne faut pas toucher ni tirer sur votre bandage. On n'a pas pu sauver votre œil droit. Mais votre vision reste bonne, c'est une chance, un grand avantage.

– Je vois plus rien de cet œil ou je l'ai perdu ?

Elle s'assit et approcha sa chaise du bord du lit.

– Vous l'avez perdu, c'est une conséquence de la blessure. Je suis désolée, mais nous pouvons nous estimer heureux que vous soyez en vie et capable de vous exprimer. Quelle est la dernière chose dont vous vous souvenez ?

– Vous parliez… d'une maison de poupées. Un de vos fils, John, disait à l'autre… J'ai pas tout entendu.

– Vous vous rappelez mes bavardages ? dit-elle en riant. Voilà que vous souriez un peu. C'est aussi bien de ne pas vous remémorer votre traumatisme, surtout quand vous allez recouvrer vos forces… Peut-être ne vous souviendrez-vous jamais de… certaines choses. Il y a sans doute une bonne raison de les oublier.

Quelle bonne raison ? se demanda-t-il. Ils avaient prononcé les mots « soldat » et « bataillon ». Il savait ce qu'était un soldat

– une image lui vint à l'esprit, une petite figurine en fer-blanc, comme une illustration dans un livre. Mais « bataillon », ça ne représentait rien pour lui, seulement un son, et un son qui ne l'intéressait pas.

– Madame, vous voulez bien m'écrire votre nom sur un bout de papier ? Avec une question ?

– N'importe quelle question ? Je vais en trouver une simple.

Elle ouvrit le tiroir de la table de chevet, qui contenait des papiers épars et un livre. Elle griffonna quelques mots avec le crayon attaché au tableau de soin, et lui tendit la feuille. Il lut à haute voix :

– « Agatha Gordon. Comment allez-vous ? »

– Très bien, Monsieur, répondit-elle. Et vous ?

Il ne parvenait pas à se montrer aussi enjoué qu'elle.

– Je m'occupe de vous depuis plusieurs semaines. Vous pouvez me poser toutes les questions qui vous viennent en tête.

– Est-ce que je vais être un monstre, maintenant ? demanda-t-il. Infirme pour toujours ?

Elle marqua une pause.

– Vous ne serez certainement pas un monstre. Sauf si vous choisissez d'en être un. Mais je ne crois pas. Tant d'hommes ont été blessés dans cette guerre. Comme j'aimerais avoir encore mes fils auprès de moi, invalides ou pas. Aujourd'hui, je vis avec ma fille. Nous sommes toutes les deux veuves. Là, rallongez-vous. Vous voulez que je vous fasse un peu la lecture ?

– Vaudrait mieux que ça soit moi qui vous lise quelque chose, Agatha.

– Il y a une bible là, dit-elle en sortant le livre du tiroir. Ils en mettent dans toutes les tables de chevet. C'est écrit tout petit, je vais monter un peu la lumière.

Il la vit se lever, faire le tour de son lit, et augmenter la flamme de l'applique à gaz. Sa démarche, le bruissement de ses jupes, l'éclairage nocturne, tout lui semblait familier mais il ne savait ni comment ni pourquoi. Elle avait peut-être souvent fait le tour de son lit pendant qu'il dormait ou était dans le coma. Il lui prit le volume des mains et l'ouvrit. Le bord des pages fines était doré.

– C'est la version King James, imprimée à Boston.

– Oui, confirma-t-elle en regardant par-dessus son épaule.

– « Au commencement, Dieu créa les cieux et la terre. La terre était informe et vide... »

Il marqua une pause, lut les mots et s'aperçut qu'il pouvait les réciter sans quitter l'infirmière des yeux.

« Il y avait des ténèbres à la surface de l'abîme... »

Là, il s'arrêta pour de bon.

– Beaucoup de gens savent ce texte par cœur, je suppose.

– En tout cas, ça suffit pour aujourd'hui, décida-t-elle en lui reprenant la bible des mains. Maintenant, nous savons que vous pouvez parfaitement lire, et que vous vous rappelez même les versets. Je laisse le livre sur cette table, et je peux vous en apporter d'autres, si vous voulez. Pour l'heure, vous devez vous reposer et il faut que j'aille m'occuper d'autres patients.

Elle passa de nouveau devant le pied de son lit et baissa la lumière. L'applique s'obscurcit jusqu'à ne plus diffuser qu'une faible lueur. Elle retapa ses oreillers et remit le carcan en place.

– Même à moi, ce jour a semblé long. Comment vous sentez-vous ?

– Presque humain, à part cette cage sur mes épaules.

– Vous ne la porterez plus très longtemps, je pense.

Après son départ, il observa sa chambre, en mémorisant chaque recoin. Il avait tellement envie de voir qu'il ne put se détendre avant d'avoir posé une main sur l'œil qui fonctionnait encore. Il rêva qu'il ne parvenait pas à s'endormir, qu'il n'avait jamais dormi, mais il ne voyait pas sa propre image, ni forme ni contours. Il était l'abîme lui-même et se déplaçait d'un bord à l'autre.

Il s'entraîna à s'asseoir, à manger ce qu'on lui apportait sur un plateau, en rejetant ses épaules en arrière et en maintenant la tête droite, malgré son envie de la tourner pour mieux voir de son œil unique. Un garçon de salle le veillait à côté du lit et il dormait désormais sans le carcan. Dûment assisté, il réussit à se lever. Durant quelques jours, il s'entretint tous les matins avec O'Shea et Agatha Gordon. Ils devaient sans doute discuter de ses différentes observations et des réponses qu'il apportait à leurs questions. Ils essayaient de l'amener à se souvenir de détails qui pourraient les aider à retrouver son nom. Non, il n'était pas question de le renvoyer au combat, mais ils tentaient de remonter jusqu'à son régiment, l'endroit où il s'était engagé, sa famille. La bataille de la Wilderness. L'Union. L'armée du Potomac. Le bivouac d'hiver depuis lequel l'Union s'était élancée se trouvait à Brandy Station. On l'avait tiré d'un incendie sur le champ de bataille, sans son uniforme. Il était arrivé à l'hôpital par bateau-ambulance le 7 mai, mais la Wilderness avait fait tant de blessés, plusieurs milliers rien qu'en comptant les soldats de l'Union, et les mouvements de troupes étaient si rapides…

Il finit par baisser les bras.

– Tout ça, c'est du passé.

– Mais votre famille, lui dit Mrs Gordon, est sans nouvelles de vous. Ils en attendent sans doute désespérément.

Elle laissa passer quelques secondes avant d'ajouter :

– Vous pouvez vous imaginer une chose pareille ?

– Si c'est ma famille, moi, je les connais plus. Et je vois pas à quoi je pourrais leur être bon.

– Croyez-moi, insista Mrs Gordon. Eux voudraient vous venir en aide et savoir qu'ils ne vous ont pas perdu pour toujours.

– Il n'est pas perdu pour tout le monde, dit O'Shea, avec une nuance de reproche. Il est ici, avec nous. Jeune homme, vous vous êtes battu pour le Nord, vous savez pourquoi ?

Et il posa la main sur le front de son patient, juste au-dessus de l'œil, à travers le bandage.

– J'en sais rien. Mais ça me paraissait sans doute juste.

– Assez ! s'impatienta O'Shea. Vous parlez avec un léger accent, qui ressemble un peu au mien. Dans les États frontaliers, beaucoup se sont engagés pour l'Union. Je ne crois pas que vous soyez originaire de New York ou de Boston. À part ça, est-ce que je peux vous faire apporter quelque chose ?

– J'ai besoin d'une glace. Et puis, je voudrais me dégourdir les jambes et sortir de cette chambre. Est-ce que je peux aussi avoir un cahier ? Pour écrire.

– Bien sûr, répondit O'Shea. Je vais vous apporter un petit miroir. Mrs Gordon, prenez ses mesures pour qu'on lui confectionne un cache-œil. Et vous, Monsieur, vous pouvez vous choisir un nom en attendant que le vôtre vous revienne. Il nous en faut un pour les registres de l'hôpital, et si vous commencez à fréquenter les autres patients, ils auront besoin de vous appeler d'une façon ou d'une autre.

– John, répondit-il, si Mrs Gordon y voit pas d'inconvénient.

– Aucun, dit-elle, ravie.

– Quant au nom de famille, déclara O'Shea, je vous prête le mien avec joie. À moins que vous ne vouliez pas être associé à un quaker irlandais.

– Je vois pas ce qui me dérangerait là-dedans.

– Vous comprendrez peut-être pourquoi un jour, répondit O'Shea. Mais il est à vous tant que vous voudrez le porter. En tout cas ici à l'hôpital, vous n'aurez pas à en rougir, parce que je crois qu'il jouit d'une bonne considération.

– C'est certain, commenta Mrs Gordon.

Il se répéta plusieurs fois le nom en se levant et en faisant le tour de sa chambre, s'appuyant lourdement aux trois murs que n'occupaient pas le lit, la table et la chaise. Son équilibre variait d'un jour à l'autre, ainsi que la force de ses mains, sa coordination, et l'impression d'un poids énorme qui lui lestait la tête. On lui disait que c'était une forme de douleur, mais il refusait tout médicament. Il appréciait le médecin et l'infirmière, et il était conscient de la perte qu'elle avait subie, mais il ne parvenait pas à attacher la moindre importance aux mots « John O'Shea ». Mrs Gordon lui avait apporté un cahier et une plume, ainsi qu'un petit dictionnaire. Il lisait facilement, mais avait du mal à écrire. Il recopiait assidûment des mots puisés dans la Bible, dans une entrée du dictionnaire ou une autre, d'une écriture oblique qui ressemblait à des capitales d'imprimerie tracées par un enfant. Il était certain que ce n'était pas la sienne d'autrefois, même s'il n'avait aucune idée de ce à quoi ressemblait alors son écriture. Il dénicha une petite règle en bois dans le tiroir de la table de chevet, et il tenta de comprendre les chiffres. Il les recopiait dans l'ordre puis au hasard, mais leurs formes ne signifiaient rien pour lui. Il commençait toujours par lire un passage de la Genèse au réveil, rien que pour retrouver des mots familiers – « le premier jour », « le deuxième jour », « le troisième jour », qu'il comprenait. « Un », c'était une chose, et « deux », deux choses : cela faisait deux jours que le Dr O'Shea lui avait promis un miroir. Mais le tracé des chiffres n'avait aucun sens pour lui. Il notait les mots qui lui passaient par la tête : « L'arbre fruitier produit du fruit selon son espèce, ayant sa semence en soi sur la terre » et il se rendait compte le lendemain qu'il les avait trouvés dans la Genèse. Il gardait son store ouvert, et la fenêtre aussi, même si elle ne donnait que sur un terrain vague et un mur à l'arrière de l'hôpital. Une nuit, il fut réveillé par un orage. Il se releva et se hissa à grand-peine jusqu'au rebord de la fenêtre, sur lequel les gouttes crépitaient, et il offrit ses bras au torrent de pluie, convaincu que s'il était faible aujourd'hui, il avait dû être fort auparavant.

Le Dr O'Shea lui apporta le miroir.

– Difficile, dans cette ville en guerre, d'en dénicher un que quelqu'un soit prêt à vous céder. Celui-ci nous est prêté par Mrs O'Shea, ma généreuse épouse, qui aimerait vous rendre visite si vous le permettez. Maintenant, John, Mrs Gordon me dit que vous voulez voir votre blessure – je peux vous appeler John ?

Contenant à grand-peine son impatience, il acquiesça d'un signe de tête.

– Je veux d'abord vous décrire ce que vous allez découvrir. L'orbite, l'os qui forme le tour de l'œil, est pratiquement intact, sauf sur le bord supérieur droit. Vous avez reçu un coup violent, sans doute dû à une explosion, à cet endroit – O'Shea montra l'étendue de la cicatrice sur sa propre tête, du front à la tempe et au-dessus – où une étroite partie de votre crâne a été fracturée. J'ai dû retirer les fragments d'os, qu'un bandage serré avait fait adhérer à la plaie. J'ai doucement repoussé votre peau dans la cavité, et je suis satisfait du résultat. Il n'y a plus aucun œdème et la blessure s'est refermée sans besoin de points de suture. Il demeure une cicatrice, une décoloration permanente, et un creux. Laissez-moi retirer votre bandage. Je vous ai apporté un cache-œil que vous pourrez porter à la place.

– Docteur O'Shea, est-ce que je vais avoir un œil de verre ?

– Je ne pense pas, répondit le médecin en ôtant le pansement. Le verre, c'est lourd. Les tissus, c'est-à-dire l'os lui-même, sont en voie de guérison, mais je ne suis pas sûr qu'ils puissent jamais supporter le poids d'un œil de verre. J'ai mis en place le cache-œil. Et voici le miroir.

Il vit d'abord son œil valide, l'arête de son nez, son arcade sourcilière et le cache-œil, découpé dans du cuir marron souple. Apparemment cet homme avec un cache-œil, c'était lui. Son reflet ne lui était pas complètement familier, mais pas tout à fait étranger non plus. Toutefois, lorsqu'il leva le miroir pour découvrir cette tête à moitié chauve et la cicatrice enflammée qui s'enfonçait dans une tranchée ovale de la taille d'un demi-œuf, allant du front à la tempe et remontant jusqu'au crâne, il ne reconnut plus cette créature.

– En repoussant, vos cheveux cacheront une partie de la marque, dit le médecin. Je sais que vous faites déjà quelques pas dans votre chambre. Il faut toujours vous reposer après l'effort, mais aujourd'hui j'aimerais que vous sortiez sur la véranda avec votre infirmière, en surveillant votre équilibre et en prenant appui sur des cannes. On doit absolument éviter une chute.

– Mrs Gordon a rien d'autre à faire ?

– Si. Nous espérons vous transférer dans son service. J'ai laissé le bandage intact, et vous pouvez le porter quand bon vous semblera.

– Mais il faut que je m'habitue à ma nouvelle tête. Ici, dans ce service. Et vous m'avez pas dit ce qu'il y a sous le cache-œil. Est-ce que j'ai encore une paupière ? Je la sens pas.

– Je n'ai pas pu vous reconstruire une paupière, John. C'est en dehors de mes capacités, ou de celles de qui que ce soit, pour ce que j'en sais. Du tissu cicatriciel a recouvert la cavité oculaire. Vous avez un miroir, maintenant. Il vaudrait mieux regarder pendant que je suis là, au cas où il vous viendrait des questions.

Il s'était imaginé un trou noir, comme un tunnel qui s'enfoncerait dans son crâne vers tout ce qu'il avait oublié. Mais le creux de cet ovale scarifié quand il souleva le cache-œil lui fit horreur.

Ça ressemblait à une anfractuosité peu profonde, concave et vide, bleuâtre et rose à l'intérieur.

– Et les autres marques ? Sur ma poitrine et le ventre ? demanda-t-il au médecin en faisant glisser sa blouse d'hôpital de son épaule à sa taille.

– Une blessure plus ancienne, répondit O'Shea, en palpant la peau. Quelqu'un qui s'en serait pris à un soldat de l'Union, on dirait, il y a quelques années. Vous n'en avez aucun souvenir ?

– Non, si c'était pas la guerre et si je voulais me venger, je pourrais reproduire la marque et fouiller tout le Sud à la recherche de l'homme et du domaine qu'elle représente. Et demander des comptes aux bourreaux qui m'ont fait ça.

Il leva un regard paisible vers le médecin, songeant qu'il s'était peut-être déjà vengé, qu'il avait sans doute tué ceux qui lui avaient laissé ces cicatrices. Ils devaient s'y être pris à plusieurs. L'idée le laissait froid. À haute voix, il ajouta :

– Je suis un monstre, vous diriez ça, Docteur ?

O'Shea secoua la tête.

– Je ne suis pas sûr que vous méritiez ce terme davantage que ceux qui vous ont marqué la poitrine au fer rouge. S'il y a quelque chose de monstrueux, c'est cette guerre. De mon point de vue, votre récupération au fil des semaines est un des rares points positifs. Vous n'avez pas l'air convaincu…

– Ah non ? Je suis pourtant reconnaissant que vous m'ayez rendu un semblant d'expression.

Le médecin haussa les épaules.

– Nos vies sont courtes et nos victoires plus insignifiantes encore. C'est le genre de choses que ma bonne épouse ne peut pas accepter. Mais il faut que vous portiez ce cache-œil pour que la cavité reste propre, jusqu'à ce que je vous fasse fabriquer un autre dispositif qui vous offre une plus grande protection, couvrant aussi le dessus de l'œil. L'hôpital travaille avec un excellent prothésiste… J'entends venir Mrs Gordon.

Elle frappa un coup à la porte avant d'entrer.

– Je vous ai apporté vos cannes, une blouse à votre taille et un sac pour ranger vos affaires – votre bible et vos dictionnaires. Nous allons vous aider à traverser la galerie. Il y a un lit libre et déjà prêt, avec juste en face une fenêtre qui donne sur la rue. Je vais aussi vous montrer la véranda. C'est un très beau jour de fin juin, il ne fait pas encore trop chaud.

Il enfila la blouse d'hôpital et sortit lentement avec eux dans la galerie, appuyé sur ses deux cannes. Cette salle toute en longueur aurait pu paraître encombrée, avec ses lits étroits alignés contre les deux murs et séparés seulement par un petit mètre, si les fenêtres qui touchaient presque les hauts plafonds n'avaient donné une impression d'espace. Le médecin commença sa ronde en s'arrêtant devant chaque lit. Mrs Gordon continua d'assister son patient. Il marchait à son côté, appuyé sur ses cannes, honteux d'avoir profité du luxe d'une chambre individuelle toutes ces semaines oubliées et de se trouver au milieu de vrais militaires alors qu'il ne se sentait pas l'âme d'un soldat. Beaucoup d'hommes avaient été amputés d'une jambe ou des deux, et des cerceaux placés sous les draps permettaient à leurs moignons de cicatriser. Certains gémissaient, d'autres criaient. Mrs Gordon lui demanda de prendre son bras, et lui expliqua sur le ton de la conversation que les galeries situées à l'avant de l'hôpital étaient autrefois le grand hall d'un hôtel qui donnait sur North Fairfax Street. Elle marqua une pause devant un lit vide aux draps blancs impeccablement tirés, déposa dessus le sac contenant ses rares effets personnels et en sortit la bible. Ils poursuivirent leur chemin, dépassant les petits chariots de médicaments arrêtés à intervalles réguliers au centre de la salle, pour emprunter un large couloir bordé de placards de rangement. La véranda fermée courait sur toute la longueur de la façade arrière et donnait sur un jardin en friche bordé par une haute clôture. Le bâtiment, expliqua Mrs Gordon, avec sa double véranda – il y avait la même juste au-dessus, au premier étage –, était autrefois le plus bel hôtel d'Alexandria. Le vaste espace de la galerie était occupé par des hommes assis sur des bancs ou des chaises ; d'autres déambulaient de long en large, et d'autres encore se postaient devant les vitres. Elle entreprit de faire des présentations avant qu'il ait pu reculer.

– Messieurs, voici John O'Shea, répétait-elle à l'envi, un soldat de l'Union qui se remet d'une blessure à la tête, en s'arrêtant devant chaque groupe jusqu'à l'extrémité de la véranda.

Là se trouvaient plusieurs fauteuils en rotin ; certains, montés sur roulettes et rembourrés de couvertures, étaient disposés en demi-cercle. Des soldats muets exhibant différents bandages s'appuyaient sur des coussins. Ils semblaient les moins mobiles parmi les patients que leur santé autorisait à sortir de la salle. D'autres, sur d'étroits fauteuils roulants, fumaient ou écrivaient des lettres. Mrs Gordon prononça son nom une fois de plus.

– Bienvenue, O'Shea, dit un soldat en lui tendant la main.

Elle brandit la bible.

– Voudriez-vous qu'il vous fasse un peu la lecture, Messieurs ? Nous sommes dimanche, après tout.

Il s'entendit maugréer qu'il n'était pas religieux.

– Et alors, lança un jeunot avec un bandage qui lui ceignait la poitrine et le ventre en approchant un siège. Tiens, assieds-toi.

O'Shea s'exécuta. Il lut les premiers versets de la Genèse. « Au commencement… La terre était informe et vide… des ténèbres à la surface de l'abîme… » Il n'entendait que quelques mots parmi ceux qu'il prononçait en s'efforçant de les rythmer, mais il alla jusqu'au bout.

Quelques semaines plus tard, il ne savait pas exactement combien, il se trouvait dans la grande salle au chevet d'un jeune lieutenant, face à une des larges fenêtres donnant sur la rue.

L'officier avait passé une nuit agitée, à délirer, le visage crispé de contractions. O'Shea desserra ses sangles mais, sachant qu'il fallait le surveiller, il resta assis près de lui. Désormais officiellement garçon de salle et rétribué comme tel, il occupait des fonctions qui ressemblaient davantage à celle d'un garde-malade. Il avait de longues heures de service, parce que son médecin jugeait qu'être infatigablement occupé constituait une poursuite du traitement. Le vieil homme qui avait donné son nom à O'Shea le logeait depuis un certain temps chez lui, dans une chambre aménagée au sous-sol. Sa femme et lui n'étaient plus très jeunes et ils profiteraient ainsi de l'aide ponctuelle d'un solide gaillard, avait-il alors expliqué. Ils ne pouvaient lui offrir que le gîte et le couvert, mais il mangerait mieux là qu'à l'hôpital et il jouirait à sa guise du petit jardin derrière la maison. Encore une faveur qu'il ne méritait pas, mais O'Shea avait dit oui.

Au début, il trouvait difficile de faire l'aller-retour dans la rue entre la maison du médecin et l'hôpital, difficile de parler avec la si gentille épouse de son bienfaiteur, qui insistait pour qu'il dîne avec eux afin qu'il continue à reprendre des forces. Il se sentait déjà revigoré, mais elle entendait d'autres choses par là – réapprendre à s'asseoir à table en faisant la conversation, se retrouver au milieu de gens qui n'étaient pas des blessés de guerre, écouter des anecdotes et y réagir, parler de la pluie et du beau temps. Il accepta avec joie le modeste uniforme de l'hôpital, plus médical que militaire, qui lui évita de devoir acheter des vêtements et lui permit de prendre ses distances avec une vie de soldat dont il n'avait aucun souvenir. Son service et le personnel étaient pour lui des repères essentiels. Il pouvait se montrer utile dans ce cadre, et de fait, il l'était. Des bribes de cauchemar lui révélaient qu'il avait vu et fait des choses terribles, qu'il était aussi atteint que les patients dont il s'occupait, mais il avait soif de se perdre dans une activité humaine qui ne soit pas la guerre.

Ayant passé plusieurs semaines en soins dans ce même hôpital, chancelant sur ses cannes, il savait que le problème venait de son cerveau et pas de ses membres, et il se forçait à accomplir une tâche après l'autre. Il avait commencé par rendre de menus services : remplir les pichets d'eau, lire leur courrier à des malades en trop piteux état pour y parvenir eux-mêmes, faire la lecture aux soldats paralysés que les infirmières installaient sur leurs fauteuils au bout de la véranda. Chacun savait que O'Shea refusait de lire le journal ou les bulletins d'information diffusés par l'armée, mais les chapitres de romans reçus en donation comme *La Case de l'oncle Tom* ou *De Grandes Espérances* étaient très populaires. Mrs Gordon disait qu'il s'était trouvé un public. Plus tard, ayant recouvré des forces, il put se passer de ses cannes et améliora son équilibre au point de distribuer leurs plateaux aux patients. Il portait des malades du lit au fauteuil, poussait les brancards avec les infirmiers, empilait le bois derrière l'hôpital. Un peu plus tard encore, il put adopter un cache-œil en fer-blanc doublé de feutre qui protégeait sa cicatrice et sa tempe perforée. Il était maintenu serré par de fines lanières de cuir, et il pouvait sans danger fendre des bûches à l'aide d'un poinçon et d'une hachette, deux ou trois heures par jour dans la chaleur de l'été. Il empilait ensuite les rondins parfaitement coupés à destination des cuisines extérieures, constituant des réserves pour l'hiver prochain. Il savait s'occuper d'un patient confus ou délirant, et il était assez fort pour contenir même les hommes les plus vigoureux quand les infirmières devaient boucler leurs sangles de retenue. Elles le déchargeaient de ses tâches habituelles pour qu'il calme ce genre de patients ou qu'il passe du temps à consoler ceux qui ne pouvaient s'empêcher de pleurer. Il leur demandait de pétrir la grosse balle en caoutchouc des Indes qu'il avait lui-même utilisée pour raffermir ses propres muscles. Ils devaient ouvrir et refermer les doigts en comptant, et de sa robuste main il enveloppait la leur s'ils manquaient de force. Lentement, il dépliait les doigts des patients, aplatissait la paume, et remettait la balle en place. C'était une ruse dont le rythme régulier les apaisait et qui donnait de bons résultats, même avec ceux dont O'Shea soupçonnait qu'ils ne recouvreraient jamais la raison. Le jeune lieutenant en faisait partie, assailli qu'il était par des crises de panique démente qui survenaient et disparaissaient comme des accès de fièvre.

La raison de O'Shea lui-même était fiable, bien que limitée, comme la vision d'un cheval qui porte des œillères. Il voulait qu'on lui confie plus de tâches ; il ne voyait pas comment ou à quoi d'autre occuper ses journées. Il était physiquement résistant, mais incapable d'établir une suite logique de nombres, de compter sa monnaie les rares fois où il avait fait des courses dans un magasin, ou d'envisager l'avenir à plus de deux jours. Avec une concentration excessive, il se fixait des objectifs restreints, et trouvait un réconfort dans les besognes répétitives qui exigeaient de gros efforts physiques. Couper du bois, charrier du charbon. Et pourtant, il était capable d'apaiser un soldat perturbé. Tout en regardant par la grande fenêtre qui faisait face au lit, assis sur une chaise au chevet du lieutenant endormi, il était plongé dans ses pensées.

De l'autre côté de la fenêtre, l'été s'était lentement écoulé. La petite cour devant l'hôpital, adjacente à la rue, n'était que plus que pavés et poussière entassée, et elle s'emplissait périodiquement de blessés allongés sur des brancards qui attendaient d'être admis et transportés à l'intérieur. On était début octobre. Les deux arbres solitaires et grêles qui ombrageaient une partie de la cour avaient déjà perdu presque toutes leurs feuilles. On voyait toujours quelques hommes assis ou allongés à leurs pieds, des vétérans trop confus pour s'en aller quand on les laissait sortir et que l'hôpital nourrissait encore pendant un certain temps. La rue regorgeait d'ambulances, de voitures tirées par de vieilles rosses, de chariots croulant sous des piles de marchandises. La fenêtre à demi ouverte laissait entrer les bruits et la poussière, et North Fairfax était une artère principale très fréquentée.

O'Shea se rendit compte qu'il voyait passer et repasser dans la rue une étrange carriole vide conduite par une silhouette solitaire. Penchée sur les rênes, elle tournait la tête en direction des fenêtres de l'hôpital et jetait vers l'intérieur des regards perçants, tout en longeant la façade qui occupait presque toute la longueur du pâté de maisons, avant de rouler en sens inverse quelques minutes plus tard. Une fois de plus, O'Shea la suivit des yeux alors qu'elle s'éloignait de l'autre côté de la chaussée pour la voir reparaître à l'angle de la bâtisse. Il ne parvenait pas à distinguer le visage du conducteur, dissimulé par un chapeau à large bord, lors de ces multiples allers-retours. Il continua néanmoins sans réfléchir à suivre le manège. Le chariot finit par s'arrêter devant l'entrée de l'hôpital. Le conducteur, grand et maigre, fut aussitôt accosté par une sentinelle postée devant l'allée. Ils semblèrent échanger des papiers et le soldat s'éloigna. Il était rare qu'une famille qui avait les moyens ou des relations vienne chercher les siens sur place. Le conducteur, qui devait être un domestique ou un intermédiaire, se pencha en avant en tenant fermement les rênes pour que son cheval ne bronche pas. O'Shea devina à la position inclinée de la tête le regard de revendication ardente qu'il devait lancer sous le bord de son chapeau. Les bruits de la rue montaient toujours : le grondement des roues des chariots et le martèlement des sabots, le claquement d'un fouet qui pressait un cheval d'avancer, les couinements et les gémissements des essieux sous les chargements. Le brouhaha n'était jamais plus intense qu'une heure avant la fermeture des magasins et des bureaux.

Le conducteur se leva au retour du soldat, qui lui rendit le document, en l'agitant sous son nez pour faire valoir son point de vue. O'Shea n'entendait pas leur échange. Puis le planton fit demi-tour et cria quelque chose aux hommes qui se trouvaient dans la cour. Il ne perçut que « pose la question… » et « bande de feignants ». Le ton était amer. Le soldat tenta de faire accepter au conducteur un sac de provisions, apparemment récupéré près d'une victime. Mais déjà, l'inconnu reculait, et poussait cheval et chariot dans le chaos de la rue.

TROISIÈME PARTIE

1874

Weston, Virginie-Occidentale, vers 1870.

Dearbhla

UNE TRANSACTION PRIVÉE

Mars 1874

Dissimulée par la vigne vierge et les clématites, Dearbhla était à mi-chemin sur le sentier menant à sa cabane, et elle regardait ce qui se passait en contrebas. Cela faisait des semaines qu'elle ne l'avait pas aperçu. Papa, comme il se faisait appeler, partait tôt et rentrait tard, tant il était sûr d'être le maître des lieux. Pour aller et venir, il enfourchait son propre hongre, mais ce jour-là, il avait attaché la jument d'Eliza au chariot et fait grimper ConaLee à côté de lui sur la banquette. Elle le vit tituber en chargeant un tas d'écureuils qu'il avait abattus et les œufs que ConaLee avait sans doute collectés et empaquetés pour les troquer. Elle avait enroulé son châle autour du petit garçon de façon à ce que, assis sur ses genoux, il puisse regarder vers l'avant. Il agrippait les cheveux de sa sœur dans un poing et tendait l'autre vers elle. Il devait avoir dix-sept mois, alors que les jumeaux restés dans la cabane n'avaient que six ou sept semaines. Une fois nourris, ils s'étaient endormis. Papa les avait tous faits prisonniers, aussi sûrement qu'un shérif. Il allait faire des courses en ville et pensait sans doute que ConaLee était reconnaissante de l'accompagner, et plus chanceuse encore qu'il lui ait permis d'emmener son petit frère – elle ne pouvait guère le laisser seul avec leur mère alitée. Il avait fait de cette gamine sa boniche. Elle avait douze ans maintenant, les joues creuses et toute maigre de devoir s'occuper des trois marmots, faire la cuisine et tout le reste à la maison. Eliza ne sortait plus jamais, recluse en elle-même pour ne plus entendre ni sentir la présence de cet homme. Il se hissa tout près de ConaLee et cria « Hue ! » au cheval. Il fit claquer son fouet pour se donner de l'importance, et le chariot s'ébranla.

Dearbhla recula d'un pas et s'enfonça entre les fleurs violettes des clématites. Leurs tiges épaisses partaient à l'assaut des ronces et autres buissons, elles s'élançaient d'un arbre au suivant et formaient des arceaux au-dessus de sa tête. Autrefois, en septembre, en écrasant leurs baies amères, elles faisaient de l'encre dont ConaLee avait besoin pour l'école, mais ce temps était révolu. La lumière mouchetée du soleil bordait les plantes plus basses : l'agératine au parfum musqué, la morelle noire à l'odeur boisée et constellée de petits boutons roses, le fenouil sauvage couvert de fleurs jaunes. Le chariot descendait maintenant le chemin et le vacarme de ses roues s'estompait. Il était déjà en route pour la ville avec ConaLee, mais Dearbhla était restée à l'écart de peur que le gamin ne trahisse sa présence. Elle devait se contenter de guetter de loin pour ne pas déchaîner sa colère contre Eliza et ConaLee. Il appelait Eliza « Petite Madame », comme pour se moquer du mari qu'elle avait perdu à la guerre. La guerre, finie depuis neuf ans, continuait à tout brouiller.

Dearbhla tira à elle une brassée de fenouil sauvage. Fraîches, ces longues feuilles protégeaient des piqûres et des morsures, et elle se frotta contre elles avant de les arracher à la terre. Ensuite elle les plia, les attacha avec une tige et essuya les racines contre sa manche. Des tubercules de l'épaisseur de son pouce, qui avaient le pouvoir de cicatriser les plaies. Bouillis dans une infusion d'orge, ils redonnaient des forces aux mères qui allaitaient. Elle cacherait ces racines à un endroit où ConaLee saurait les trouver. Mais est-ce qu'ils avaient de l'orge ? Et ConaLee se rappellerait-elle ce qu'elle l'avait vue faire quand le petit garçon était né ? L'homme avait demandé à Dearbhla de venir aider à l'accouchement pendant qu'il irait boire un coup en ville. Mais depuis, il s'était arrangé pour qu'elle sache qu'il leur en coûterait s'il trouvait des signes de sa présence chez eux.

Dearbhla continua à remonter le sentier, prit son cheval par la bride, entreposa le fenouil et glissa les racines dans une besace. Elle allait à pied au marché du samedi une ou deux fois par mois, tirant derrière elle son cheval qu'elle chargeait de sacs en toile de jute emplis de racines et de plantes médicinales. Papa ne faisait jamais de troc au marché, mais au grand magasin qui vendait toutes sortes de denrées non périssables, parce qu'il pouvait marchander pour obtenir de l'alcool. Il avait pris possession de tous les biens d'Eliza, et il aurait même volé le vieux cheval de Dearbhla si elle ne l'avait pas mis à l'abri chez elle dès la première semaine où il avait débarqué. C'était il y a un peu plus de deux ans – elle avait marqué chaque mois à l'aide d'une encoche sur la porte de sa cabane, et on venait de passer le vingt-huitième. Elle voulait tenir le compte des jours et des semaines qu'il leur avait dérobés. Avant ça, elles s'étaient débrouillées tant bien que mal. À l'abri de leurs sommets durant les années de guerre. Au contraire des gens des villes, elles n'avaient jamais connu la faim. Elles avaient échangé leurs produits contre davantage de volaille quand les restrictions s'étaient adoucies, et Dearbhla vendait désormais leurs œufs au marché. Eliza, que la guerre avait complètement transformée, croyait que son mari était mort et ne voulait plus parler de lui. Il avait fait d'elle sa femme sous une fausse identité, disait-elle, même s'il avait affirmé que l'acte de mariage signé par le pasteur prouvait que ce nom était bien le leur. L'avoir laissée seule était une trahison. Elle parlait moins, cependant elle conservait un don pour s'occuper des plantes et du potager et elle avait appris à ConaLee à lire presque aussi bien qu'elle-même. Ensuite, ce mercenaire avait fait son apparition, comme s'il avait des droits à faire valoir. Dearbhla venait de rentrer du marché avec son chariot chargé de provisions. Il s'était campé face à elle quand elle avait fait halte devant la cabane, et avait empoigné les rênes du cheval dont elles disaient que c'était celui de ConaLee.

– Ma foi, je le connais, ce cheval, avait-il dit en grimaçant un sourire et en se couvrant la bouche, comme s'il venait de laisser échapper un secret. Descends de là, la vieille. Je vais m'occuper moi-même de mon chariot et de mes provisions. Toi, tu passes le seuil, tu fais coucou et tu te casses en emmenant la petite fille avec toi. Madame et moi, on a des choses à faire.

Il parlait avec un accent chantant de Géorgie. Dearbhla s'exécuta. Le fusil d'Eliza n'était plus accroché au râtelier au-dessus de la porte, et la jeune femme était prostrée dans son fauteuil à bascule, le regard vide, ConaLee serrée contre elle. La petite avait dix ans, mais elle dormait la tête sur l'épaule de sa mère comme un nourrisson.

– Il t'a pris ton fusil, Eliza ?

– Oui, et mon pistolet en prime, répondit-elle sans lever les yeux. On était allées pêcher à la rivière, c'est pour ça que je ne l'ai pas entendu remonter le chemin. Il a gardé les deux armes.

– Qui c'est ?

– Il ne me l'a jamais dit. Mais il est déjà passé par ici une fois, pendant la guerre. Il était reparti comme il était venu, et il finira sans doute par s'en aller à nouveau. Mais il faut que tu prennes ConaLee avec toi.

– Mon Unique, dit Dearbhla en se penchant vers Eliza. Il y a une bouteille d'alcool dans les provisions. Débrouille-toi pour le saouler et rejoins-nous dès qu'il fera nuit. Il saura pas trouver le chemin.

Mais déjà, l'étranger apparaissait devant la porte, il l'ouvrait à la volée, et éclatait de rire en brandissant la bouteille de whisky.

– « Mon Unique » ! Tu crois qu'elle est à toi, cette belle ! Emmène la gamine. La Petite Madame te fera savoir quand on voudra la récupérer.

Dearbhla avait fait se lever ConaLee et elle attendait qu'il s'écarte de son chemin pour décamper avec l'enfant. Elle s'était dit alors que c'était un rebut de la guerre, un escroc, un vagabond, avec ses longs cheveux bruns et ses yeux de silex au regard froid. Elles n'avaient aucune famille, ne connaissaient aucun homme de loi qui puisse les défendre contre cet individu. Dearbhla soupçonnait qu'il n'était pas le seul déserteur à avoir menacé Eliza pendant la guerre, mais apparemment elle avait réussi à protéger sa fille, qui n'avait rien vu ni rien su. Celui-ci avait profondément blessé Eliza et voilà qu'il était de retour. Dearbhla passa devant lui. Élancé et robuste, l'air d'un type qui vivait à la force de ses poings et par la ruse, on aurait dit que des frelons en flammes bourdonnaient dans sa poitrine. Il claqua la porte de la cabane derrière elle, et le bruit lui perfora les oreilles comme une aiguille. Elle tira ConaLee derrière elle sur le sentier escarpé, jusqu'à gagner l'abri de sa cabane sur la plus haute corniche.

Elle ne jetait pas de sorts, elle savait seulement voir, sentir, prendre le pouls d'une personne ou d'un lieu. Lui pensait pouvoir tout contrôler. Si on résistait à sa volonté, ou s'il était ivre, il devenait fou de rage.

Maintenant, Dearbhla descendait le sentier vers la clairière de la cabane d'Eliza en tirant son cheval par la bride. Toute une partie du potager non cultivée et désormais envahie de mauvaises herbes, toute cette poussière qui s'accumulait au pied du perron. Dearbhla s'avança jusqu'au porche et enjamba la barrière rudimentaire que l'homme avait clouée là pour interdire le passage. La porte était fermée par un cadenas – encore une idée de Papa, évidemment – comme si quelqu'un pouvait vouloir lui voler son bien le plus précieux ou si Eliza retrouvait ses esprits et tentait de s'enfuir de sa cage. Il avait emporté la clef et fermé de l'intérieur, puis verrouillé les volets des deux fenêtres en façade. Dearbhla sentit l'air qu'il avait emprisonné dévaler les marches du perron, s'infiltrer sous le plancher de la cabane pour les soulever et les mettre hors de sa portée.

Elle conduisit son cheval derrière la maison et entra par une fenêtre dont le papier huilé mal fixé qui lui servait de vitre tremblait sous un souffle de brise. Il faisait sombre, l'atmosphère était confinée, un murmure montait du lit installé dans un coin de la grande pièce. Elle s'approcha d'Eliza et resta quelque temps à regarder la jeune femme endormie sur l'édredon de plume.

Dearbhla ne l'avait pas vue depuis l'automne – l'ombre d'elle-même, le ventre gonflé par la grossesse, alors que ConaLee lui faisait faire quelques pas sous le porche. On aurait dit une somnambule. Mais plus aucune promenade depuis la naissance des jumeaux en février. Maintenant, Dearbhla n'apercevait plus que ConaLee, qui berçait un bébé ou l'autre sur le vieux fauteuil à bascule du porche, pendant que le petit garçon jouait par terre à côté d'elle. Il se relevait de temps à autre en babillant. Il croyait sans doute que ConaLee était sa mère. Une compagnie pour elle au moins, alors que les bébés n'étaient qu'une charge. Vu son état, Eliza allait demeurer incapable de la moindre tâche pendant encore tout l'hiver, elle devrait même sans doute bientôt arrêter d'allaiter. Dearbhla s'assit près d'elle sur le lit et la tira doucement à elle.

Toute tremblante, la malade se raidit.

– Eliza, tu me reconnais ?

Dans le dos de la jeune femme, Dearbhla sentait son pouls battre très fort. Elle devait donc cacher sa force, et s'opposer à lui de la seule façon possible. Dearbhla l'aida à se rallonger et lui caressa le front.

Elle ouvrit les yeux en battant des paupières.

– Eliza, il n'est pas là.

Elle saisit la main de Dearbhla et murmura :

– ConaLee.

– Elle est descendue en ville. Il l'a emmenée avec lui.

– Il l'a emmenée ?

– Je veille sur elle, du mieux que je peux. Elle s'occupe des petits et on est toujours très proches. Elle venait me voir de temps en temps avec le plus grand. Mais pas depuis que les jumeaux sont nés et que tu es tombée si malade.

– Fais-le partir, Dearbhla.

– Il t'a piégée, mon Unique. Mais aujourd'hui, il faut qu'il se décide à partir dans son propre intérêt. Eliza, je t'ai conseillé de garder le silence quand il est là, mais maintenant, parle-moi. Dis-moi…

– Il faut que tu aides ConaLee, Dearbhla…

– Elle partira jamais sans toi et ces bébés. Au moins, il restera plus longtemps loin de la maison s'il pense que tu as perdu la tête et que tu es devenue muette. Parle-moi, mon Unique, retrouve tes forces. Tu m'entends ?

Mais Eliza ferma les yeux et se retourna.

Dearbhla craignait que l'homme ne s'empare de l'esprit d'Eliza au point de finir par creuser sa tombe. L'allaitement allait sans doute l'empêcher de retomber enceinte, mais jusqu'à quand ? Il utilisait ConaLee comme une menace pour soumettre à sa volonté Eliza, qui était devenue docile, pour ne pas dire servile. Parce qu'il l'avait abusée et s'était servi d'elle les premières semaines après son retour. Eliza en avait honte, mais surtout elle le craignait et ne voulait pas le provoquer. Elle lui avait fait croire que Dearbhla n'était qu'une voisine qui aimait beaucoup ConaLee, et la fillette s'était mise à passer parfois plusieurs jours chez celle qu'elle appelait sa « Mamie d'à côté ». Eliza était tombée enceinte presque tout de suite. Il exigeait de toutes qu'elles l'appellent Papa, comme pour marquer son autorité, mais il était absent la plupart du temps. Dearbhla demandait à ConaLee de faire la lecture à sa mère ou de lui brosser les cheveux tandis qu'elle s'occupait du potager et des repas. Peu de temps après, elle trouva un jour Eliza seule et prostrée près de la porte du poulailler. Il avait cloué des peaux de serpent sur le battant oblique, des mues de mocassins à tête cuivrée – les fermiers en exposaient en général une ou deux pour éloigner les vipères de leurs poules, mais lui en avait couvert toute la porte. Les têtes des reptiles, attachées entre elles, formaient des boules sombres. Dearbhla entra pour prendre un œuf et Eliza la suivit. Les poules, affolées, se rassemblèrent les unes sur les autres dans un coin quand la jeune femme s'avança d'un pas mal assuré en tirant sur ses vêtements. Dearbhla lui tâta le ventre et releva ses jupes. Elle ne portait rien en dessous qu'une solide corde qui lui enserrait les hanches, avec un gros nœud juste au niveau de l'entrejambe.

Dearbhla coupa la corde avec le couteau qu'Eliza gardait toujours dans le poulailler et la jeune femme s'effondra contre elle.

– C'est pour quoi faire, ces entraves ? demanda Dearbhla.

– Pour que je reste là, près du poulailler, en attendant son retour.

– Mais c'est rien qu'un bout de corde, protesta la vieille femme en le roulant dans sa poche. Pas de quoi te retenir ici. Et tu as peur de la couper toi-même. Je vais l'emporter, moi, il a qu'à venir me demander où elle est passée. Viens maintenant, mange ce que je suis en train de préparer, prends un bain et repose-toi. S'il te pose des questions, tu diras que tu sais pas comment tu t'es retrouvée dans ton lit. Ou alors, tu lui réponds pas.

Accablée, Eliza hocha la tête.

– Il ne faut pas que je parle en sa présence.

– Ni devant ConaLee, l'avertit Dearbhla. Cette petite en a trop sur les épaules, et elle est trop jeune pour garder un secret. Ton silence peut être une façon de la protéger.

Cet homme ne vivait que pour distribuer punitions et faveurs, pour empoisonner la vie des autres et les pousser à bout, mais sa cruauté pourrait bien un jour se retourner contre lui. Ce même soir, son cheval, effrayé par un serpent, le jeta à terre. Dearbhla l'aperçut le lendemain, en contrebas sur le sentier. Il boitait et il avait de profondes estafilades au visage et à la tête. Il se dit que Dearbhla était une sorcière et qu'elle lui avait jeté un sort. Écumant de rage, il fouettait son cheval. Sa colère représentait un danger supplémentaire. À l'époque, quand il s'absentait, Dearbhla leur apportait de quoi manger et des potions fortifiantes, elle aidait ConaLee à découper des couches et des langes dans des sacs à farine. Plus la naissance approchait, et plus le triste sire passait de temps en ville. ConaLee vint la chercher quand les contractions commencèrent et se tint à son côté pendant tout l'accouchement. Ce fut la fillette qui aida Dearbhla à couper et à nouer le cordon ombilical, puis à laver le bébé si chétif dans de l'eau qu'elles avaient fait bouillir puis mise à refroidir. Eliza refusait de prendre l'enfant dans ses bras, mais acceptait de lui donner le sein si ConaLee le tenait contre elle. L'allaitement soulagea ses seins gonflés, mais Eliza semblait seulement capable à ce stade de prendre soin d'elle-même.

Des semaines et des mois plus tard, elle ne se levait de son lit que quand Papa tournait les talons, ou quand il l'habillait pour faire quelques pas. Il sembla d'abord plutôt excité par son état comateux qui lui permettait de faire d'elle ce qu'il voulait. Il avait installé un fauteuil près des ronces, à côté de la cave, hors de vue de la maison, et il la tirait à lui, jouant avec elle comme avec une poupée, la faisant tourner sur elle-même comme les aiguilles d'une horloge. Dearbhla apercevait leurs silhouettes indistinctes entre les arbres, elle l'entendait lui, mais Eliza gardait le silence. ConaLee, devenue la mère de sa mère, avec Dearbhla si rarement chez eux, était suivie à la trace par le petit garçon qui la pourchassait en babillant. On aurait dit qu'elle n'avait apparemment jamais connu d'autre vie, et un beau jour, elle débarqua chez Dearbhla avec le bambin pour annoncer que sa mère était à nouveau enceinte et déjà bien grosse. Les jumeaux vinrent au monde trois mois plus tard. Depuis leur naissance, l'accouchée ne quittait plus son lit.

Dearbhla se releva. Elle posa légèrement les mains sur Eliza, effleurant de ses paumes la tête et les épaules, avant de glisser au-dessus de la poitrine soulevée par une respiration lente, modelant peu à peu une forme au-dessus du corps de la jeune femme en utilisant sa propre chaleur. Le souffle d'Eliza se ralentit encore jusqu'à ce qu'elle sombre vraiment dans le sommeil, et Dearbhla se retourna pour regarder les bébés. Ils étaient allongés côte à côte dans des tiroirs tapissés de couvertures, posés sur une large commode. Repus et bien au sec, ils dormaient. ConaLee faisait de son mieux, mais ce n'était jamais assez. Une planche à laver et une lessiveuse à moitié pleine d'eau savonneuse où trempaient des couches trônaient au milieu de la pièce. Il y avait aussi des sacs à farine qu'elle avait découpés, lavés et cousus – depuis qu'on lui avait montré la technique, la fillette s'en souvenait. Elle savait comment les rincer dans de l'eau vinaigrée, les faire sécher à l'extérieur sur la corde qu'elle avait suspendue d'une poutre à une autre sous le porche. Un tabouret bas, sans doute celui sur lequel elle travaillait, avait été approché de la lessiveuse. Dearbhla se l'imaginait assise dessus, occupée à frotter, tandis que le petit garçon à côté d'elle tapotait la surface de l'eau et que Papa allait et venait. Elle craignait qu'il ne s'en prenne à ConaLee si Eliza ne le satisfaisait plus.

– Il faut que je le fasse décamper, se dit Dearbhla à haute voix.

Elle se rendit compte que la petite jumelle avait le large front de sa mère, et elle étendit une main au-dessus de chaque bébé. Elle ne sentait rien en eux qui vienne de leur père. Il avait coupé leurs cordons ombilicaux mais n'avait pris aucun soin d'eux depuis. C'était ConaLee qui s'occupait des bébés, du petit garçon, et qui soignait et nourrissait leur mère. L'homme, lui, passait son temps à vagabonder, à chasser, à se promener, s'intéressant parfois à Eliza ou à ConaLee, mais trouvant manifestement que tous les petits étaient un fardeau. Il allait sans doute chercher un moyen de disparaître pour ne pas se retrouver là l'hiver prochain, coincé par les pluies, la boue, la neige, dans l'impossibilité d'emprunter le sentier qui menait aux villes des environs pour aller boire et jouer en bonne compagnie. Et puis Eliza, fantôme d'elle-même, n'avait plus grand-chose à offrir. Mais ce moyen de le faire déguerpir, il fallait le trouver. Et s'arranger pour qu'il croie le devoir à sa propre ruse ou à sa bonne étoile.

Dearbhla, une fois en ville, commença par se rendre au grand magasin où on trouvait de tout. L'impasse qui longeait la boutique permettait toutes sortes de transactions privées. Depuis des années, elle troquait ses racines et ses plantes médicinales contre ce dont elle avait besoin. Le gérant, attentif à ne jamais même effleurer la guérisseuse ni à croiser son regard, menait l'affaire le plus vite possible pour qu'il n'y ait aucun témoin. Il tenait ses herbes et ses racines à disposition des clients, mais personne ne savait où il les dénichait. Il les enveloppait dans du papier kraft et rédigeait lui-même les étiquettes en suivant les instructions de Dearbhla : « Pour la goutte », murmurait-il tout en écrivant, ou « Pour la digestion », « Pour les indispositions des femmes ». Il revendait avec un gros bénéfice, ce qui lui permettait de s'offrir tapis et lampes pour l'appartement qu'il occupait au-dessus du magasin, et des vêtements à la dernière mode pour sa jeune femme. Elle déambulait en ville, un sourire avenant aux lèvres, faisant peu de cas de cette vertu qu'il avait conquise à grand prix, jusqu'à ce qu'il finisse par lui interdire de sortir dans la rue.

Dearbhla s'approcha de la porte dérobée et frappa au battant.

Le gérant lui ouvrit, le visage empourpré, les yeux injectés de sang, le crayon coincé derrière l'oreille.

– Faisons vite, sorcière, j'ai la migraine !

Dearbhla commençait à dresser la liste de ce qu'elle voulait qu'ils troquent quand elle vit sa femme, manifestement surprise, s'approcher de lui par-derrière, en faisant tournoyer une clef accrochée à une ficelle au-dessus de sa tête grisonnante, comme si elle voulait le prendre au lasso. La clef lui heurta violemment l'oreille, et elle lâcha un rire moqueur pareil aux petits cris d'un écureuil.

– Femme, donne-moi cette clef ! Ah si je t'attrape ! Je te fais enfermer tout de suite !

Le gérant se retourna et, sur le seuil, son épouse esquiva ses attaques, de droite puis de gauche, en essayant de se faufiler à l'extérieur. En poussant des cris, toujours en chemise de nuit et les cheveux en bataille, elle bondit en arrière dans l'ombre de la boutique.

– Attendez-moi là, dit-il à Dearbhla en refermant à demi la porte.

Dearbhla recula. Cette femme était jeune, on aurait dit une adolescente avec ses pieds si minces, en l'occurrence, nus et sales. Il l'avait sûrement trouvée au saloon, entourée d'hommes et peu farouche. Mais maintenant, son manège se calmait peu à peu, Dearbhla la voyait de moins en moins sauter sur place. Chaque fois qu'elle réapparaissait derrière l'épaule de son mari, elle semblait former des mots avec sa bouche et pointer les doigts dans différentes directions comme si elle voulait faire passer un message secret. Son mari l'attrapa au vol entre deux bonds, lui ligota les bras avec sa ceinture et referma la boucle. Elle cessa de piailler quand il l'eut bâillonnée avec un morceau de tissu et jetée sur son épaule.

– Attendez-moi, cria-t-il de nouveau à l'adresse de Dearbhla avant de disparaître avec son fardeau en direction de leur appartement.

L'escalier se trouvait près la porte arrière qui donnait sur l'impasse, et Dearbhla entendit son pas pesant sur les marches et la jeune femme qui martelait le mur de coups de talons.

Dearbhla garda le dos tourné à la rue en serrant son gros sac contre elle. Elle avait coutume de vendre ses plantes médicinales au marché du samedi : ginseng, racines de théier, lavande séchée, teinture de menthe pouliot, bouquets de sauge retenus par des cordelettes d'herbes tressées. Sacs de nœuds de bois macérés dans de l'urine de renard pour éloigner les cerfs et les lapins des jardins. Elle savait que la vieille femme taciturne qui s'habillait comme un homme faisait jaser, mais les histoires qu'on colporte vous évitent des ennuis. Ces rudes montagnards ne comprenaient rien à sa façon d'être ni à ce qu'elle disait. Mis à part les moments où ils troquaient leur son ou leur farine contre ses herbes, elle les tenait à distance. Les Blancs les plus pauvres, trop épuisés pour fournir l'effort d'aller battre la campagne et déterrer eux-mêmes des racines, échangeaient leurs produits contre ceux que proposait Dearbhla. Elle marchandait aussi avec le gérant à l'arrière de son magasin. Il organisait tout un trafic secret avec ceux qu'il recevait dans cette sombre impasse. Des bouilleurs de cru, vu l'allure du bonhomme.

Dearbhla s'enfonça son chapeau de fermier sur la tête et jeta un coup d'œil en direction de la rue.

Dans cette ville, pas de flèches d'église ni de portails ouvragés, pas de balcons ou de forêts de mâts se balançant au vent, mais des chaussées non pavées bordées de planches de bois alignées en guise de trottoirs, des bâtiments délabrés, des cochons et des chiens errants partout dans les rues. Au début, quand elles s'étaient installées dans la montagne qui surplombait la bourgade, elle ne s'aventurait qu'exceptionnellement à en redescendre, et Eliza jamais. Son fils de cœur n'était plus un gamin, il avait vingt-deux ans, et Eliza dix-sept. Il avait décidé qu'ils resteraient cachés dans leur nid d'aigle et qu'ils en descendraient aussi rarement que possible pour se ravitailler. Aujourd'hui, c'était différent. La population s'était accrue avec la fin de la guerre. Depuis, des étrangers allaient et venaient. Des Noirs affranchis, des Italiens, des journaliers allemands affluaient du nord. Des scieries rivales élaguaient les forêts alentour, abattant les gros arbres dont les troncs flottaient sur le fleuve pour approvisionner les grandes villes du Nord et de l'Est. Des droits d'exploitation forestière, comme on les appelait, qui aidaient les paysans miséreux à survivre.

Le gérant du magasin était de retour et il repoussa violemment la porte à moustiquaire.

– Voilà votre lot habituel, dit-il en lui tendant un cageot de provisions et en lui faisant signe d'approcher. Écoutez-moi, la guérisseuse. Je la garde enfermée, mais elle est maligne, elle a réussi à me voler la clef de sa chambre quand j'étais... indisposé. Elle tourne comme un lion en cage tout la nuit. Vous n'auriez pas une teinture, une poudre de racine ou une potion quelconque pour la calmer ?

Dearbhla changea son sac d'épaule.

– J'ai ce qu'il vous faut, mais ça coûte cher.

– Faites votre prix. Ensuite, je payerai ce qu'on me demandera à l'asile de Weston. Ils accueillent des gens riches là-bas. Elle pourra se donner des grands airs ou piquer des rages à sa guise.

– Elle a besoin de repos, dit Dearbhla. Donnez-lui des soupes bien chaudes.

– De la soupe chaude ? Moi, je serais prêt à la balancer par le portail de l'asile en chemise au beau milieu la nuit, comme une miséreuse, pour qu'ils me mettent pas sur la paille. Mais il faut que je paye, et que je la calme pour qu'elle puisse faire le voyage. Qu'est-ce que vous avez à me proposer ?

Dearbhla fouilla dans son sac. Elle en tira une petite bourse, et un flacon de racines macérées dans une teinture de whisky.

– Là-dedans, il y a des feuilles de stramoine réduites en poudre. Versez-en juste une petite cuiller dans un litre d'eau pour faire une espèce de tisane. Vous ajoutez deux gouttes de la teinture, mais pas plus ! C'est de la morelle pliée avec de l'actée à grappes noires que par ici on appelle racine de serpent.

– Ça m'est égal ce qu'il y a dans vos mixtures, femme !

– Vous auriez une feuille de papier et un flacon vide ?

Il fila chercher les deux, et l'observa tandis qu'elle versait un peu de poudre dans le papier plié. Mais il tendit la main alors qu'elle comptait les gouttes de teinture et en fit tomber davantage dans son flacon.

– Donnez-moi ça, grommela-t-il en s'en emparant.

– Cette dose est pour cinq jours, expliqua Dearbhla. Rien qu'avec deux gouttes dans sa tisane, elle va se calmer et dormir toute la nuit. Ajoutez du miel pour enlever l'amertume.

– Qu'est-ce que ça peut me faire que ça soit amer ? Je vous achèterais votre bouteille entière si elle était à vendre.

Il se retourna en entendant tinter la sonnette des doubles portes qui donnaient sur la rue. Un client l'appelait.

– C'est sûrement cette crapule de Sudiste, dit le gérant. Dites-moi votre prix, femme, et dépêchez-vous.

Elle connaissait cette voix. Papa était venu négocier lui aussi. Les marchandises qu'elle allait obtenir, elle pourrait au moins en faire profiter ConaLee.

– Remplissez-moi un peu ce cageot, dit-elle au gérant. Ajoutez deux livres de farine de maïs, une livre d'orge, une bonne tranche de viande séchée, et une autre de lard. Un litre de vinaigre. De la mélasse de sorgho. Et des sucres d'orge à la menthe.

Elle le fixa en plissant les paupières. Il la craignait et elle savait utiliser sa peur chaque fois qu'elle le pouvait.

– Et vous avisez pas de me rouler, reprit-elle. Vous avez pas intérêt.

Le commerçant la fusilla du regard.

– Après, donnez le tout à cet homme là-bas. La crapule.

– Vous voulez que je lui en fasse cadeau ?

– Comme je vous le dis. Contre ce qu'il est venu troquer, comme si vous vouliez lui faire un bon prix. Et dites-y aussi que vous voulez pas de ses œufs.

– Mais pourquoi ça, vieille femme ?

– Sa femme et ses gosses crèvent de faim et lui, il va se saouler au saloon. Donnez-y tout. Tout, je vous dis.

Le gérant se contenta de secouer la tête en lui prenant des mains le papier plié et la teinture. Puis il se retourna vers Papa, qui l'appelait à grands cris et, les provisions de Dearbhla entre les bras, il referma la porte.

Dearbhla fit le tour du magasin en longeant le mur, tirant son cheval par la bride. Elle vit le chariot arrêté devant, ConaLee et le petit garçon assis à l'arrière. Bientôt Papa revint pour charger son butin, satisfait d'avoir dupé le commerçant qui lui avait cédé un vrai trésor contre quelques écureuils morts. Il passa le panier d'œufs à ConaLee ainsi qu'un sucre d'orge et se dirigea vers le saloon. Dearbhla attendit quelques minutes, puis se hâta de s'approcher du chariot.

P'tit Gars était concentré sur son sucre d'orge. ConaLee faillit se relever de surprise, mais Dearbhla lui fit signe de se taire.

– Tiens, ma fille. Prends cette poudre de racines de fenouil et fais-la bouillir dans une infusion d'orge, tu te rappelles ? C'est une potion pour ta mère.

– Oh Dearbhla, elle va tellement mal !

– Prépare ta mixture quand il aura le dos tourné, ConaLee. Ce mélange va lui redonner de l'appétit. Gruau d'orge, œufs durs, galettes de farine de maïs arrosées de molasse. Lard et œufs sur le plat pour toi et le petit. Tu dois te nourrir comme il faut pour pas tomber malade toi aussi. Et s'il a un coup dans le nez quand il sortira du saloon, attache le petit sur tes genoux, et propose-lui de conduire le chariot pour qu'il puisse se reposer.

– Je sais. C'est pour ça qu'il m'amène avec lui, répondit ConaLee en serrant Dearbhla contre sa poitrine. J'entends ton cœur qui bat.

– C'est le cœur à ta mère que tu entends, il bat bien fort, même si elle a l'air très faible.

Dearbhla plongea son visage dans le parfum des boucles noires de la fillette.

– Et toi aussi, tu es forte. Tu te rappelles, j'étais même pas là pour t'aider.

ConaLee la laissa reculer.

– Tu viendras nous voir ? Il est presque jamais là de la journée.

– Petite, il s'en apercevrait. Mais je te vois, ConaLee. Je suis près de toi.

Dearbhla s'éloigna rapidement, le cheval tirant sur ses rênes comme pour la faire ralentir à chaque pas.

Une semaine plus tard, ses provisions presque épuisées, Dearbhla retourna en ville. Une couronne de crêpe noir ostentatoire était accrochée sur la porte principale du magasin. C'était la coutume, tout comme dans le Sud, pour rendre hommage à un défunt. La couronne était ornée de nœuds de satin noir, de papillotes de ruban noires elles aussi, des roses en soie, noires également, que le gérant ne manquerait pas de revendre bientôt comme accessoires de déguisement. Dearbhla se dirigea vers la porte de derrière. Sans frapper, elle posa la main sur le battant.

Elle attendit, parce qu'elle savait qu'il l'avait vue passer dans la rue.

Il lui ouvrit, vêtements impeccables et cheveux bien peignés, lunettes bien en place.

– Quoi ? J'ai un commerce à faire tourner, moi !

– Vous lui avez fait boire le flacon entier, alors. Vous me l'avez acheté et vous lui avez tout donné ?

– Taisez-vous, la vieille ! Et vous vous présentez à cette porte seulement quand je vous le demande, gronda-t-il à voix basse en lui jetant un regard furieux et menaçant. Prenez donc sa malle, des vêtements. Ses peignes et ses babioles.

– Ce type qui est entré et vous a appelé quand je vous ai donné la teinture…

– Lui ? Une crapule sudiste. Tenez, prenez tout ça, puisque vous lui aviez donné toutes vos provisions.

– Mettez-donc les plus beaux vêtements et les affaires personnelles de votre femme dans sa malle. La prochaine fois que vous le voyez, donnez-y donc. Dites que vous voulez vous débarrasser de tout ça, parce qu'elle en aura plus besoin pour l'asile. Que vous vouliez en faire cadeau à quelqu'un et que comme il passait par là…

– Attendez un peu ! Pourquoi lui ? Je pourrais revendre ses épingles et ses broches, au bout d'un moment.

– Dans cette malle, rien que les plus beaux vêtements à votre femme – une jaquette en soie, des jupes, des dessous, des bas. Et des chaussons. Des bottes en cuir aussi. Un filet et des peignes à cheveux.

– Et si je refuse ? demanda-t-il en ricanant.

– Alors quelqu'un risquerait d'apprendre notre petit troc.

– Sorcière de malheur, personne te croira !

– Mais ça jaserait… Sa mort tellement subite, et puis toutes ces menaces de l'envoyer à l'asile. Elle en avait sûrement parlé à d'autres.

– Et comment elle aurait fait ? Elle était enfermée dans sa chambre.

– La nuit, elle appelait les passants par sa fenêtre, quand vous étiez complètement saoul. Elle leur disait qu'elle avait peur de l'asile et que vous lui tapiez dessus. Elle criait tout ce qu'elle savait. Elle chantait et elle gémissait.

Il rougit, parce que ce n'était effectivement pas impossible. La sueur inonda son large front.

– Décanille tout de suite !

– C'était votre femme, la sorcière ! dit Dearbhla. Vous sentez pas comme elle vous donne chaud en ce moment ?

– Elle était folle. Elle est morte, maintenant. Morte et enterrée.

– Et qu'est-ce que vous avez raconté au pasteur et à toute la ville ? Qu'elle a perdu la tête et avalé du poison ?

Il détourna le regard.

– Qu'elle a raté une marche. Elle avait une bosse sur le crâne.

– Vous avez attendu qu'elle s'endorme et vous l'avez poussée dans l'escalier. Elle est furieuse contre vous. Vous dites qu'elle était folle ? Les malades mentaux, ils ont la force de dix. La force de vous hanter, de vous rendre chèvre.

Il leva les yeux pour regarder dans l'ombre derrière Dearbhla, comme si un démon le guettait.

– Débarrassez-vous de ce que vous voulez, mais vous lui donnez à lui. Cette grande gueule de « crapule sudiste », comme vous dites. Parlez-y de l'asile. Racontez que votre femme avait besoin de repos et de soins, mais que vous avez trop attendu, et que maintenant, vous voulez donner ses affaires. Comme ça, c'est lui qui héritera du pouvoir qu'elle a sur vous.

Une grosse libellule passa entre eux en bourdonnant. De peur, le gérant recula en titubant.

– Faites sa malle, reprit Dearbhla. Et suspendez la clef à la serrure avec un ruban. Donnez-lui, à cette crapule. S'il veut voir ce qu'il y a à l'intérieur, dites-y qu'il peut l'ouvrir et fouiner dedans. Vous, vous touchez à rien. Expliquez que c'est de la soie, les vêtements d'une dame de qualité. Il emportera la colère à votre femme avec lui. Et si vous ajoutez ses bijoux, il l'emportera encore plus vite. Loin d'ici. Vous le reverrez plus jamais.

Le gérant s'essuya le front du revers de sa manche.

– D'accord. Je vais le faire.

– Alors vous serez sauvé, répondit Dearbhla en refermant la porte.

Depuis son poste d'observation sur la corniche, elle attendit d'apercevoir Papa, comme il s'appelait lui-même, mais elle ne réussit à lire aucun signe. Il s'avançait entre les arbres comme un vent de tempête, et elle se tint à l'écart. Elle perçut plusieurs allées et venues, puis le silence retomba. N'y tenant plus, elle descendit le sentier. La porte de la cabane était grande ouverte. Ils étaient tous partis. Tous. Les réserves avaient disparu du cellier, tout comme les marmites, l'édredon en plume, les couvertures – il ne restait plus que le sommier du lit. La paillasse de ConaLee, envolée elle aussi, mais ses vêtements étaient encore là. Par la fenêtre de derrière, elle découvrit la vache morte, couchée sur le flanc, la panse enflée comme sur le point d'éclater.

– On a pas osé la mettre en quartiers, parce qu'on savait guère ce qui l'avait tuée, cette bête, dit quelqu'un derrière elle.

Dearbhla se retourna et vit la veuve qui habitait la ferme un peu plus à l'est sur la crête. Elle se balançait sur ses talons pour bercer le bébé qu'elle portait emmailloté dans son châle.

– J'aurais peut-être pu la sauver, dit Dearbhla.

– Je vous reconnais, c'est vous la guérisseuse qui vit dans la cabane juste au-dessus, pas vrai ?

Elle s'approcha pour lui montrer le bébé endormi.

– Moi, j'ai pris la petite jumelle. J'ai jamais pu avoir d'enfant, alors c'est une bénédiction pour moi. Et il a dit de prendre tout ce qu'on voulait, pour que ça se perde pas. Il m'a même donné la jument à Eliza, je suis venue avec.

– Elle était tellement malade qu'elle pouvait plus monter en selle ?

– Elle tenait plus debout. Et elle avait perdu la parole, on aurait dit une statue. Il l'a emmenée à l'asile sur le chariot, il y a trois jours. Il dit que c'est comme un hôtel. On se repose et ils vous soignent. Elle était rudement bien habillée, des vêtements qu'il avait trouvés en ville. Moi, je l'ai coiffée, comme une dame sur un magazine qui plaisait à sa fille. La vieille veuve, par là-bas, elle a pris les deux garçons. Elle a perdu ses fils, vous savez, pendant la guerre.

– Où elle est passée, ConaLee ?

– La fille ? Elle est partie avec, pour aider à s'occuper de sa mère.

– Il est parti avec une gamine de douze ans ?

– C'est son père. Elle l'appelle Papa. Comme nous tous, d'ailleurs. Il me donnait un coup de main de temps en temps à la ferme, vu qu'il était le seul homme dans les parages.

Dearbhla la regarda dans les yeux. La veuve n'était plus très jeune mais elle aurait encore pu porter des enfants. Sûr qu'ils avaient dû coucher ensemble et qu'il avait pas eu besoin de la forcer.

– Vous aussi vous l'appeliez Papa ? interrogea Dearbhla. Il vous a jamais dit son nom ? Un honnête homme, ça cherche pas à cacher son nom !

La femme haussa les épaules.

– Je vois pas où que vous voulez en venir.

– C'est pas grave. Vous voilà avec un beau bébé. En bonne santé. Je suis sûre qu'elle vous dira la bonne aventure quand elle sera grande. Quand je pense à sa pauvre mère, qui a tout perdu.

– Il paraît que ça se soigne, il a dit. Mais la vie est trop dure par ici pour quelqu'un comme elle. Cette petite avait pas d'autres vêtements que ceux qu'elle a sur le dos. Je vais y en coudre, moi.

Elle écarta le châle du visage de l'enfant et lui caressa le front du bout de l'index.

Dearbhla la contourna pour s'approcher du vieux coffre où était rangé du linge de maison. Elle l'ouvrit et repoussa les couettes pour atteindre les affaires de ConaLee. Elle en tira une petite couverture en laine qu'Eliza avait tricotée l'hiver où sa première fille était née.

– Prenez donc ça, dit-elle à la veuve. Doublée en peau de cerf. C'est pour l'hiver. On s'en servait pour sa sœur.

La femme prit la couverture et la montra au bébé.

– Oh ! murmura-t-elle, je vous remercie.

– J'espère qu'Eliza reviendra chez moi un jour si elle va mieux, répondit Dearbhla. Mais je pourrai jamais m'occuper d'un bébé. Vous, vous garderez la petite, et vous l'élèverez comme si c'était la vôtre.

– Oh oui ! Je l'ai promis à Eliza, même si elle avait pas l'air de m'écouter.

La veuve détourna le regard et sembla réfléchir à quelque chose.

– Vous savez, j'ai déjà deux chevaux, et j'aimerais autant pas en avoir un troisième à nourrir. Pourquoi vous la prenez pas chez vous, la jument ? Comme ça, si Eliza revient…

– Si vous voulez.

– Ça va nous faire une balade agréable, de rentrer à pied par si beau temps. Désolée que vous avez pas su qu'Eliza était plus là. Tout s'est fait tellement vite…

Dearbhla hocha la tête.

– Tout est pour le mieux.

Elles quittèrent la cabane ensemble. Dearbhla la suivit du regard jusqu'à ce qu'elle disparaisse. Puis elle s'approcha du cheval, ajusta la selle et les sacoches vides. La veuve n'aurait eu aucune utilité des livres de ConaLee qui appartenaient autrefois à Eliza, et Dearbhla en prit la plupart, ainsi que la petite assiette en porcelaine au motif bleu que son Unique avait déjà dans sa chambre quand elle était enfant, une pièce plus vaste que cette cabane entière. Eliza n'avait que trois ans quand elle avait demandé si Dearbhla pouvait être sa maman. En apprenant que sa mère était morte, la fillette avait zézayé « Alors, Dearbhla, dis que je suis ton Unique à toi », et Dearbhla avait acquiescé, même si en vérité, son Unique à elle, c'était ce garçon qui se tenait près d'elles et brossait les cheveux d'Eliza.

Dearbhla entra dans la cabane et souffla sur le petit miroir accroché au mur, mais la vapeur disparut presque aussitôt alors qu'elle espérait voir l'image de ConaLee y vaciller, courant dans un champ en appelant sa mère, non pas effrayée mais la suivant tout simplement. Si Papa avait gardé l'enfant auprès de lui, Dearbhla se dit qu'elle le sentirait. Ce vaurien, désormais libéré de tous, avait sûrement laissé mère et fille devant le portail de l'asile et détalé, s'enfuyant avec les bijoux de la veuve et la carriole. Il l'avait probablement vendue, ainsi que le cheval, pour partir au plus loin, en utilisant l'argent pour monter dans des trains et des diligences. Il n'était pas impossible que l'animal qu'il avait fouetté si cruellement reprenne le chemin de la maison, s'il en trouvait l'occasion. Dearbhla referma les volets de bois et barricada les vitres à l'aide des planches. Elle attrapa les vêtements de ConaLee et en fit un ballot avec la couverture abandonnée par terre. La clef du cadenas toujours ouvert et jeté au bas du perron était encore dedans. Elle verrouilla la porte d'entrée et garda la clef – pour sauver, au moins, ce qui pouvait l'être. Il avait empoisonné la génisse, Dearbhla le savait, pour perturber ConaLee, mais la bête n'aurait de toute façon pas survécu à sa mère. Plus tard, quand la vache ne serait plus qu'un squelette érodé par les intempéries, Dearbhla suspendrait les ossements à la balustrade du porche et fixerait le crâne à un pieu sur le perron. Non pas pour conjurer les esprits, mais pour protéger la maison. Comme un avertissement à ceux qui voudraient s'approcher.

Puis elle tourna les talons. À califourchon sur sa selle, elle poussa son cheval à remonter le sentier. Elle sentit un cornet de papier empli de grains coincé sous le pommeau. Certaines poules avaient dû s'échapper et la veuve avait sans doute essayé de les attirer. Dearbhla en sema derrière elle jusqu'en haut du chemin. Elle se retourna et vit que six ou sept poulettes, parmi les plus jeunes et les plus agiles, sortaient des bois en sautillant et en voletant pour la suivre. Elle les installerait dans l'appentis qui jouxtait sa cabane et profitait de sa chaleur, leur fabriquerait des nids sur l'étagère, et les ferait garder par deux de ses chiens. Elle avait de la paille et du grain en abondance, et les œufs lui seraient utiles pendant l'hiver. Elle vit en une série d'images fugitives que Papa ne les tenait plus en son pouvoir. ConaLee et sa mère n'allaient mourir ni de faim ni de froid. Une force au-delà des sortilèges les avait placées en un lieu plus sûr que tous ceux que Dearbhla aurait pu trouver pour elles.

« Certains patients affectés de maladies chroniques... sont parmi les plus faciles et les plus agréables... Il est toujours quelque peu présomptueux d'affirmer que toute rémission est impossible... Quand un malade ne peut pas être guéri, il doit tout de même être considéré comme en traitement, jusqu'à la fin de sa vie. »

Dr Thomas Story Kirkbride, 1854

ConaLee
LE TRAITEMENT MORAL

La clef a tourné dans la serrure. L'infirmière, plus âgée que moi mais plus jeune que Maman, ne portait ni bague ni bijou d'aucune sorte. Aucune n'en portait. Son uniforme était tout simple – petit calot blanc amidonné à la lisière des cheveux, blouse noire à manches longues, ample tablier blanc à larges bretelles et haut plastron. Son trousseau de clefs a disparu dans sa poche. J'ai eu soudain honte de mes vêtements.

– Bonjour, Mesdames, dit-elle. Veuillez me suivre à la consultation du Dr Story s'il vous plaît. Nous allons traverser l'aile B, descendre l'escalier pour rejoindre la rotonde et le hall d'entrée de l'hôpital.

– Je vous remercie. Je suis Miss Eliza Connolly, et voici Miss Janet, dont je prends soin.

Sans un mot, elle a reculé d'un pas et nous a fait signe de sortir.

Maman souriait comme si elle était ravie. J'ai franchi le seuil après elle. L'infirmière, si c'en était une, a refermé la porte à clef et s'est retournée sans nous accorder un regard.

J'ai pris le bras de Maman et j'ai suivi le mouvement. Il y avait un bruit de fond et un certain chahut, comme un orchestre qui jouerait faux. L'hôpital s'était réveillé et on aurait dit une sorte de ville dont tous les quartiers s'agitaient en même temps. Nous avons croisé une file de patientes qui marchaient dans la direction opposée derrière une autre infirmière. D'autres étaient assises sur les canapés et les fauteuils à bascule tout le long du couloir, elles lisaient ou effectuaient des travaux d'aiguille. L'une d'elles, qui avait accroché des plumes à ses cheveux relevés, nous a regardées passer de derrière le feuillage d'un haut palmier. J'ai continué à regarder droit devant moi. Maman semblait plutôt calme. Apparemment, tout le monde était sorti de sa chambre – les portes avaient été refermées et la vaste galerie bourdonnait comme une ruche. Nous étions entourées de voix de femmes, pareilles à des cris d'oiseaux aveugles virevoltant dans un tunnel. Les rayons du soleil pénétraient par la grande fenêtre au bout de la galerie et l'éclairaient tout entière, et j'avais l'impression de passer au beau milieu de conversations animées dont le volume montait avant de redescendre. Soudain, le silence est revenu. Notre infirmière avait refermé les portes du service derrière nous et nous nous sommes retrouvées dans l'escalier.

Le Dr Story, ayant congédié l'infirmière, se tenait debout devant nous. Il n'était ni beau ni imposant, pas très âgé non plus, mais il avait l'air paisible d'un vieux monsieur. Ses cheveux bruns étaient partagés par une raie sur le côté, et ils lui descendaient sur la nuque. Des sourcils épais, très noirs. Les yeux, enfoncés, paraissaient presque tomber sur les côtés, ce qui lui donnait un air patient ou triste. Il portait des favoris, un col blanc amidonné, une cravate en soie bleue et un complet tout simple. Il sentait le savon. Sa bouche n'était pas contractée et il avait la voix chaude, comme si le temps n'existait pas dans cet hôpital et que rien n'aurait pu précipiter le débit de ses paroles. Je savais que les quakers étaient surtout des Nordistes et que tous étaient abolitionnistes. Ça devait le distinguer des autres dans cette région. Tout là-haut dans nos montagnes, la nourriture était rare, Maman et moi étions les esclaves du temps et des sautes d'humeur de Papa depuis qu'il nous avait trouvées. Personne ne nous avait jamais poursuivies comme Eliza dans *La Case de l'oncle Tom*, ni même fouettées. Pourtant, Papa faisait de nous ce qu'il voulait, et à sa façon, il nous avait vendues.

– Je vous en prie, dit le Dr Story en nous montrant les fauteuils capitonnés face à son bureau.

Nous nous sommes assises. Je me suis imaginé qu'on allait nous servir le thé dans des tasses en porcelaine, comme si nous étions en visite, jusqu'à ce qu'il reprenne :

– Mrs Bowman m'explique – et là, il se tourna vers Maman – que vous nous avez été amenée par un inconnu de passage et que Miss Connolly vous a accompagnée durant votre voyage.

Maman a levé vers lui des yeux attentifs mais elle n'a pas eu un regard pour moi.

Il est venu s'asseoir plus près et s'est penché vers elle. On aurait dit qu'il allait lui prendre la main. Mais j'ai senti qu'il ne le ferait pas.

– Le voyage a été pénible ?

Elle aussi s'était penchée en avant et elle a hoché la tête, plusieurs fois. Elle semblait sur le point de lui répondre. Je l'espérais presque.

– Quelqu'un vous a-t-il fait du mal en chemin ?

Le Dr Story marqua une pause.

– Ou avant ce voyage ?

J'ai retenu mon souffle, craignant qu'elle ne réponde. À mon avis, Papa lui avait fait du mal tous les jours, il ne la battait pas, ni elle ni personne d'ailleurs, mais tout était dans sa façon de nous regarder ou de nous toucher, il nous serrait la bride. Qu'elle soit debout, assise ou couchée sous lui, inconsciente, il prenait un malin plaisir à tirer d'elle de petits bruits. Qu'allait-elle pouvoir répondre ? Son regard s'est perdu dans la pièce. J'espérais qu'elle prendrait la parole pour lui confirmer mon récit.

– Miss Janet. Je veux croire que peu à peu, vous accepterez de me parler. Nous nous retrouverons un jour sur deux, ici dans ce bureau, pour vous aider à vous adapter. Vous allez rester chez nous un certain temps. Voulez-vous que nous chargions une infirmière de faciliter la transition ? Ou bien préférez-vous que Miss Connolly reste auprès de vous, vous accompagne durant votre traitement et vos activités quotidiennes…

Maman s'est tournée vers lui.

– Oh ! Oui.

Elle avait parlé d'une voix douce, sa nouvelle voix, qui ne me rappelait rien. Me revenait le souvenir des moments où nous avions chanté, crié et ri ensemble. Des soirs où elle me lisait des histoires, si longtemps que je finissais par m'endormir. Ces années où nous vivions seules, au rythme des saisons, avec nos bêtes, Dearbhla, et d'autres voisines, plus nombreuses à l'époque…

– C'est parfait. Alors, pardonnez-nous, je dois m'entretenir avec Miss Connolly maintenant, mais j'espère que vous n'hésiterez pas à nous dire ce que vous en pensez.

Maman a porté sa main à sa bouche et a hoché la tête.

Une vague de chaleur m'a enveloppée quand le médecin s'est tourné vers moi.

– Miss Connolly, depuis combien de temps connaissez-vous la patiente ?

– Environ deux ans, ai-je répondu avec prudence. Mais je l'ai rarement entendue parler – pas vraiment plus qu'avec vous à l'instant.

– Mrs Bowman m'a transmis les renseignements que vous lui avez donnés.

– Je n'ai pas pu répondre à beaucoup de ses questions.

– Mrs Bowman ne participe pas aux décisions d'ordre médical, mais elle me livre ses propres observations. Connaissez-vous la cause de l'incendie qui a détruit la maison de Miss Janet ?

Il paraissait bienveillant, mais je savais qu'il lisait en moi à livre ouvert.

– Cette cause a-t-elle été découverte ? a-t-il insisté.

– C'était la nuit. Certains ont dit que c'était la foudre, ou bien que quelqu'un avait dû renverser du pétrole. Personne ne sait vraiment. Mais les gens chez qui je travaillais sont partis pour le Nord le lendemain, rejoindre leur famille, parce qu'on… avait tué toutes leurs bêtes – les poules, les vaches, leurs deux chevaux –, la nuit de l'incendie.

J'en avais trop dit. Maintenant, il allait sans doute me demander des noms, comment s'appelait la ferme, la famille, la ville. En fait, non.

– Nombreux sont ceux qui ont souffert, et souffrent encore, en particulier ici, dans cet État à la frontière du Nord et du Sud. Le combat a pris fin, mais il reste le chagrin.

Il semblait deviner mes pensées mieux que je me les formulais moi-même. Mais je lui ai caché les battements de cœur du lapin dans les hautes herbes, et le cri de la chouette qui battait des ailes et tournoyait dans le ciel pour repérer sa proie et la déchirer de ses serres.

– Que pouvez-vous me dire de Miss Janet ? a-t-il demandé. Ses intérêts, ses distractions ?

– Elle avait beaucoup de livres, et elle en choisissait souvent un pour que je lui fasse la lecture. Elle aimait Wordsworth, les *Sonnets* de Shakespeare, parfois aussi quelques pages d'un roman. Ou d'un livre pour enfants. Elle avait *Bébés d'eau,* tout illustré.

– Vous lui lisiez du Shakespeare ? Vous avez reçu une éducation ?

– Seulement à la maison. Mon père était instituteur, très strict sur les études, jusqu'à ce qu'il parte se battre. Mes frères aussi sont partis. Personne n'est revenu. Ma mère… est décédée, après la fin de la guerre. Je n'ai plus de famille, et je me suis placée toutes ces dernières années. Miss Janet avait aussi un piano, et un jardin qui avait l'air presque entretenu même quand il est redevenu sauvage. Oui, je dirais qu'elle aime les livres, et parler… de ses lectures.

Il tournait fréquemment les yeux vers Maman, comme pour l'inclure dans la conversation.

– Et Miss Janet n'a pas de famille non plus ? Pas d'enfants ? J'ai remarqué qu'elle ne porte pas d'alliance.

Où était donc passée son alliance ? D'aussi loin que je m'en souvienne, elle avait toujours eu au doigt un simple jonc d'or. J'ai senti la chouette blanche fondre sur sa proie, les serres ouvertes au-dessus du lapin qui détale. Les enfants de Maman étaient mes enfants, alors même que j'en étais une.

– Miss Connolly ? Tout ce que vous pouvez nous apprendre de la patiente nous sera d'un grand secours.

– Elle n'a pas d'enfants, ai-je réussi à articuler. Pour autant que je sache. Personne n'a jamais parlé d'aucun. On l'a toujours appelée Miss Janet. Il est possible qu'elle ait été fiancée, mais beaucoup d'hommes sont partis se battre. Il y avait des tableaux, des portraits de ses parents, de ses grands-parents accrochés aux murs – c'était une maison de famille.

– Et pourquoi Miss Janet n'avait-elle pas engagé de domestique ? Comme vous l'étiez vous-même ? Mais vous ne possédez peut-être pas les réponses à ces questions.

– Non, Monsieur. Elle n'avait peut-être pas les moyens. Elle sortait rarement. Ma maîtresse me demandait de lui porter à souper, et parfois, des paniers de victuailles. J'allais chez Miss

Janet tous les soirs et on dînait ensemble – la famille qui m'employait avait connu la sienne, son père était juge, je crois, mais ça, c'était bien avant que…

Il m'a interrompue.

– Miss Connolly, vous êtes manifestement très liées. Je souhaiterais vous engager à son service, que vous partagiez sa chambre, que vous vous occupiez d'elle et l'accompagniez aux activités qui lui seront prescrites. Mais je ne peux vous offrir que le gîte et le couvert – pour l'instant, c'est-à-dire jusqu'à ce que nous puissions nous assurer de l'effet bénéfique de votre présence. Vous pourriez vous informer de nos méthodes et rendre compte à Mrs Bowman des progrès de Miss Janet.

– Docteur Story, je veux vraiment rester auprès d'elle.

– Considérez cela comme une période d'essai. Il faut que ce soit clair entre nous. Vous voyez, Miss Connolly, les livres sont certainement une très bonne chose. Miss Janet et moi en parlerons sans doute – il hocha le menton en direction de Maman – mais nous paraît essentiel un traitement strict, comprenant des activités physiques, avec entre autres, la marche de quatre à sept kilomètres par jour, le croquet ou les cerceaux sur la pelouse, les promenades en calèche en fin d'après-midi. Nous encourageons les divertissements sérieux tous les matins, la stimulation mentale en compagnie, les conversations sur les sujets importants, ainsi que toutes les activités utiles. Pour les femmes, la couture et la broderie, le dessin au pastel, afin qu'elles puissent tout simplement s'exprimer et se distraire agréablement. Le soir, des conférences et des spectacles ouverts à tous ceux qui peuvent en profiter.

J'ai opiné du chef tout en me demandant s'il serait capable de découvrir qui était vraiment ma mère. Je ne savais plus très bien moi-même distinguer la réalité présente de mes souvenirs. Elle avait chassé, tué et dépecé des cerfs, toujours en compagnie de Dearbhla. Je me les rappelle, avec leurs chapeaux à large bord et des gants de cuir qui montaient jusqu'aux coudes, découpant et arrachant les quartiers de viande, les entrailles encore fumantes qui glissaient jusqu'au sol, et les carcasses suspendues à leurs crochets. J'entendais le claquement d'un fusil dans la forêt, le martèlement précipité des pas près de ma cachette, l'odeur de la terre battue dans le cellier. Je me revoyais plaquée contre les pierres froides enchâssées dans les murs et je ne savais pas pourquoi. Mais le Dr Story continuait à parler. Sa voix m'a ramenée sur terre.

– Vous verrez, Miss Connolly, disait-il. Nous offrons une structure solide et accueillante, une nourriture saine, un air pur, un refuge loin de la famille et des vicissitudes de la vie. Nous recommandons la prise de responsabilités et la participation. Notre approche s'appelle « le traitement moral ». Beaucoup peuvent être guéris par un traitement humain, et les incurables doivent être approchés avec humanité.

J'avais l'impression d'une énigme à résoudre mais l'entretien était terminé. Le Dr Story avait pris ma mère par le bras et il nous montrait le chemin de la salle d'attente. Mrs Bowman était là, sans doute pour discuter avec lui de notre cas. Elle l'a suivi dans son bureau et elle a refermé la porte derrière elle.

J'avais presque le vertige. Mes pensées étaient confuses et j'avais du mal à me rappeler exactement ses paroles ou les miennes. Il avait dit que je pouvais rester. Était-ce bien vrai ? Mrs Bowman allait sûrement s'y opposer. Le plancher semblait chavirer sous mes pas comme les blocs de glace sur la rivière d'Eliza alors que ses ennemis lancés à sa poursuite criaient et brandissaient leurs fouets sur la berge gelée. J'avais rencontré si peu d'hommes qui m'avaient vraiment regardée : les pillards que je n'avais en fait jamais vus pendant la guerre et que je ne connaissais que par la terreur qu'ils m'inspiraient, toute petite et recroquevillée dans ma cachette. Et Papa, ce brigand qui n'était resté que pour mieux abandonner ensuite la progéniture dont il avait ruiné l'existence. Les bébés, sevrés maintenant, devaient être grincheux et souffrir de maux d'estomac dus au lait de vache ou de chèvre dont on les nourrissait. Les deux garçons au moins seraient ensemble, et l'aîné avait été placé suffisamment près de notre cabane, de l'autre côté de la corniche, pour que quand il serait un peu plus vieux, il puisse y retourner à pied et constater qu'elle avait été saccagée. Je me suis demandé combien de temps encore il se rappellerait les histoires que je lui racontais, les moments où nous jouions aux gendarmes et aux voleurs, les comptines que nous chantonnions, la tasse en bois rigolote avec son anse en forme de queue d'écureuil que je lui réservais toujours. Il refusait de faire la sieste ou de s'endormir le soir si je ne lui lisais pas quelques pages de *Bébés d'eau.* Je me moquais toujours des questions que posait le héros, Tom – « C'est quoi, les abeilles ? C'est quoi, le miel ? » – parce que notre P'tit Gars, lui, connaissait les réponses et qu'il zézayait en les donnant. Je lui racontais que des êtres vivants qu'il ne voyait pas le faisaient grandir. De même, c'étaient peut-être des fées qui faisaient tourner la Terre : Tom, dans le livre, se changerait peut-être en bébé d'eau, aussi petit qu'un alevin, et il rêverait de devenir une libellule. Le cœur du gamin battait si près du mien – je le portais toujours dans un châle serré contre ma poitrine à chacun de mes déplacements, même quand il a commencé à marcher tout seul. Nous étions seuls au monde, jusqu'à l'arrivée des jumeaux. Si seulement il pouvait se rappeler que quelqu'un l'avait tenu dans ses bras, l'avait nourri, lui avait parlé avec tendresse, je me disais que ça serait déjà quelque chose.

Maman a tendu la main pour prendre la mienne, comme si elle m'avait sentie vaciller. Surprise, j'ai serré ses doigts fins dans les miens. Son alliance avait effectivement disparu, mais j'ignorais depuis quand. *Je suis pas ton père, je l'ai jamais été. Je vous avais jamais vues, ni toi ni ta mère...* Il la lui avait sans doute prise pour la vendre et payer les frais de sa nouvelle aventure. Alors, j'ai fermé les yeux pour repenser à mes *Poètes*. Je faisais la lecture à Maman le soir à la maison quand il n'était pas là et que les petits dormaient déjà. J'étais sûr que ça lui faisait du bien et que ça la réconfortait quand elle craignait le retour de Papa, d'un moment à l'autre ou au lever du jour, ivre mort. Depuis l'arrivée des jumeaux, j'étais fatiguée, et je choisissais des recueils de poèmes que je pouvais ouvrir à n'importe quelle page. Des mots comme « l'âme, étoile de la vie » de Wordsworth me revenaient maintenant en mémoire. Mais ensuite des voix me sont parvenues depuis le bureau. La vitre au-dessus de la porte était ouverte – une négligence, sans doute. Je ne pouvais pas le leur dire, par peur d'être accusée d'écouter, et je n'osais pas remuer, parce qu'alors ils s'apercevraient que je voulais mémoriser chaque phrase de leurs échanges. Mrs Bowman semblait pleine de réprobation. Je l'ai entendue marquer une pause. Elle devait faire la moue.

– Et vous voulez engager cette Miss Connolly, cette… Eliza ? Nous ne savons rien d'elle.

– Si ce n'est qu'elle a reçu une certaine éducation, répliqua le Dr Story, et qu'elle semble avoir toute la confiance de la patiente. Et puis, que savons-nous vraiment du reste du personnel ? Ce sont de jeunes gens, qui viennent de Weston ou des environs. Nous serions dans l'impossibilité de licencier qui que ce soit, parce que nous sommes des étrangers, ici, de même que Mr O'Shea, qui est arrivé deux ans seulement avant nous. Il a reconnu avoir pris le nom du médecin quaker qui l'avait sauvé durant la guerre, et nous a fourni un dossier médical et une lettre de recommandation émanant du même praticien. O'Shea est un excellent veilleur de nuit. On ne saurait jamais tout prévoir.

Je l'entendais marcher de son pas lent devant les fenêtres. Mrs Bowman était assise près de la porte, sur le siège que j'avais occupé. Sa voix résonnait haut et clair.

– Mr O'Shea a dépassé ses attributions, dit-elle. Il leur a donné du café et des galettes, et à l'aube de surcroît, comme si nous étions censés nourrir tous ceux qui se présentent sur le seuil de l'hôpital quelle que soit l'heure. Je l'ai sévèrement réprimandé.

– Mrs Bowman, mon oncle nous a demandé de venir ensemble de Pennsylvanie il y a plus de deux ans. Nous avons tout appris sur le tas, de la bouche même de celui qui a inventé le « traitement moral », et je me réjouis chaque jour que Dieu fait de votre présence.

– Mais, Docteur Story, O'Shea les a fait entrer de son propre chef.

Je me suis imaginé le médecin levant la main, gentiment, pour réclamer le silence.

– En de rares occasions, Mrs Bowman, les employés en lesquels nous avons confiance doivent pouvoir exercer leur propre jugement et nous informer aussitôt. Rappelez-vous que mon prédécesseur était un religieux de Weston qui avait passé du temps dans les prisons de l'Union. Weston nous apparaît peut-être comme une simple clairière au milieu des forêts et des champs, mais c'était une ville de la Confédération, occupée par les troupes de l'Union durant la plus grande partie de la guerre. Notre vaste pelouse accueillait jusqu'à deux mille fantassins. Leurs tentes blanches ont disparu, mais nous devons garder des liens d'amitié avec la ville. La bienveillance de O'Shea, en particulier à l'égard d'une personne aussi distinguée que Miss Janet, sert le bien commun. D'ailleurs, je vais le lui dire.

– Je vois, maugréa-t-elle.

– Je suis convaincu qu'il s'agit d'un incident isolé. Quant à Miss Connolly – Eliza, n'est-ce pas ? –, Miss Janet, sans doute pas son nom de famille, pourrait bien ne jamais se souvenir de qui elle était, mais elle finira peut-être par accepter qui elle est aujourd'hui. À l'évidence, elle souffre de mélancolie et de traumatisme, mais elle ne montre aucun signe d'hallucinations ou de manie. Elle occupe une chambre double, et je suggère qu'elle y reste avec cette jeune fille comme accompagnatrice personnelle jusqu'à ce que son état s'améliore – d'ici quelques semaines, je pense, si elle suit son traitement. Je n'en ai pas parlé et je n'ai pas fait de promesses, mais si Miss Connolly apprend vite et s'adapte bien, elle pourrait s'occuper d'autres patients qui souffrent d'affections comparables à celle de Miss Janet.

Le souffle coupé, j'ai parcouru la salle d'attente du regard. Est-ce que j'aurais moi aussi droit à cet uniforme, si propre, si...

– Cette patiente est accueillie ici par charité, dit Mrs Bowman, malgré « sa délicatesse ». Et s'il nous faut prendre en charge un salaire supplémentaire...

– J'ai négocié les termes du contrat, Mrs Bowman. La jeune fille a accepté de se contenter du gîte et du couvert, jusqu'à ce que nous soyons satisfaits de l'évolution de la patiente. Ensuite, si elle commence à s'occuper d'autres malades, la décision vous appartiendra. J'ai toute confiance en vos critères.

Le silence est retombé.

– Faites-la suivre une de nos meilleures jeunes infirmières, a repris le Dr Story, quand elle s'occupe d'une patiente bavarde, une personne de nature à encourager la conversation. Miss Connolly assimilera d'autant mieux nos méthodes qu'elle prendra part aux soins. Je lui ai dit que je serai attentif à vos rapports et que je m'entretiendrai régulièrement avec elle dans ce bureau pour analyser les progrès éventuels. Donc, nous sommes d'accord, Mrs Bowman ?

Le plancher a craqué quand elle s'est levée de son siège. J'ai entendu le Dr Story s'empresser de lui ouvrir la porte en murmurant ses remerciements, et je me suis hâtée de remettre en place une mèche de cheveux de Miss Janet. Mrs Bowman a traversé la salle d'attente comme un navire lourdement lesté.

– Suivez-moi, Eliza, avec Miss Janet, bien sûr. Il faut que nous discutions de ce que souhaite le médecin.

– Le cabinet de consultation du Dr Story se trouve au deuxième étage. C'est une sorte de salon, avec un bureau de bois sombre et des classeurs, des cartes géographiques encadrées accrochées aux murs, et un globe terrestre fixé à une table basse en laiton.

Elle dodelinait de la tête, comme si elle était ravie de nous donner ces détails.

Un globe terrestre ? Je me demandais s'il tournait sur lui-même comme un ballon. Le bureau de Mrs Bowman était austère. Une table avec deux chaises devant, et des placards fermés derrière.

– Désormais, nous allons avoir des relations professionnelles, a commencé Mrs Bowman. Vous devez m'appeler « Madame la régisseuse » et vous serez « Miss Connolly » pour le personnel et les patients. Nous appelons tous nos soignants « infirmiers », même si vos tâches ici ne sont pas d'ordre thérapeutique. Toute question médicale doit être rapportée à la régisseuse générale – moi-même – et dans les services réservés aux hommes à mon homologue masculin. Vous contribuerez à maintenir le calme dans l'aile où vous serez employée, vous observerez comment déplacer les patients aux horaires prévus, vous communiquerez avec le personnel chargé du ménage et de la lessive.

C'était comme si je voyais enfin le bout du tunnel. De soulagement, les larmes me sont montées aux yeux.

Elle a marqué une pause pour nous fixer d'un œil sévère, moi d'abord, puis Maman.

– Pour l'heure, la seule patiente à votre charge est Miss Janet, quel que soit son véritable nom…

J'ai hoché la tête, comme si je reconnaissais qu'un doute planait sur l'identité de Miss Janet.

– Ses progrès décideront de votre embauche. Vous ne devrez pas la quitter une seconde, à moins qu'elle ne soit occupée et surveillée par quelqu'un d'autre. Vous la suivrez quotidiennement dans le traitement prescrit, y compris les repas. Sa chambre est suffisamment spacieuse pour accueillir une garde-malade personnelle. De fait, la famille de la dame qui nous a quittés – des gens haut placés – avait engagé pour elle sa propre infirmière.

J'ai jeté un coup d'œil en direction de Maman, qui portait si bien son élégante tenue.

Mrs Bowman a détourné le regard.

– Je vais faire rapporter un lit d'appoint et des draps, m'a-t-elle expliqué.

– Merci, Madame la régisseuse.

Sur le bureau qui nous séparait, elle a ouvert un registre à la page de la répartition des services. J'ai aperçu des colonnes et des chiffres, mais n'ai rien pu distinguer de plus.

Elle a refermé le registre, s'est levée et m'a tendu une pile de vêtements.

– Voici deux uniformes. Vous avez accepté pour salaire le gîte et le couvert jusqu'à ce que vous ayez fait vos preuves. Vos vêtements doivent être impeccables et repassés, et votre calot amidonné. La plupart des femmes qui travaillent ici logent dans des chambres au dernier étage. Des uniformes propres sont distribués le mercredi et le samedi. Pour l'instant, ils seront apportés dans votre chambre.

– Je vais me changer tout de suite, Madame la régisseuse.

– Vous allez devoir observer comment nous travaillons avec nos malades et encourager Miss Janet à participer. Vous suivrez une infirmière en particulier, Miss Blevins, dans les soins qu'elle prodigue à sa patiente, Mrs Kasinski. Durant quelques semaines, le traitement quotidien sera identique. Mrs Kasinski est une dame… expressive, ce qui pourrait inciter Miss Janet à communiquer. Miss Blevins frappera à votre porte d'ici une heure. Avez-vous des dons particuliers, Miss Connolly ?

– Je sais très bien faire la lecture à haute voix. Je peux réciter… des poèmes ou…

– Vous ne jouez d'aucun instrument ? Vous chantez ?

– Je joue de l'harmonica.

– L'harmonica n'est pas un instrument, a-t-elle répliqué en me jetant un regard torve.

– Je pourrais aussi chanter, avec d'autres.

– L'asile a un chœur pour le service religieux du dimanche, et une chorale ouverte au personnel et aux patients. Elle propose des récitals de chants connus de tous deux fois par semaine. Votre participation serait la bienvenue. Nous organisons aussi des conférences sur les sujets d'intérêt général, des représentations données par les acteurs du théâtre municipal ou des troupes itinérantes. Le club de débats et l'ensemble musical de l'école voisine se produisent aussi dans notre auditorium. Certains patients peuvent profiter de promenades en calèche à l'intérieur du domaine et sous la surveillance du personnel, bien entendu.

– Quelle chance ils ont ! me suis-je exclamée.

Je n'étais jamais montée dans une calèche mais j'en avais vu en ville, les fois où Papa m'avait emmenée pour l'aider à charger le chariot. Maman savait certainement tout des voitures à chevaux – elle possédait tellement de livres, au moins trente ou quarante, et elle n'avait pas toujours vécu dans nos montagnes. Elle savait évidemment beaucoup de choses. Si seulement elle pouvait m'en parler ! Mais depuis l'arrivée de Papa, elle avait de moins en moins ouvert la bouche, jusqu'à se taire complètement, même quand il n'était pas là.

Mrs Bowman s'est tournée vers Maman :

– Miss Janet, vous pourrez vous aussi profiter de la calèche, si vous suivez sérieusement votre traitement. Et que vous nous communiquez ce qui vous intéresse.

– Oui, ai-je répondu. Miss Janet est heureuse d'être ici à l'hôpital. Et elle s'intéresse à beaucoup de choses.

Madame la régisseuse a claqué dans ses mains.

– Vous pouvez vous retirer, maintenant.

PROGRAMME D'ORGANISATION GÉNÉRALE ET TAUX DE RÉMUNÉRATION.
« La liste suivante inclut seulement selon nous tout le personnel indispensable à la bonne marche d'un Hôpital psychiatrique public accueillant 250 patients. Toute tentative de faire fonctionner pareille institution avec des moyens humains insuffisants représenterait une déperdition de qualité pour les patients et la communauté entière. »

Dr Thomas Story Kirkbride, 1854

Un Médecin-Chef..1 500 $ par an,
logement meublé, gîte et couvert
pour la famille.
Si logé à l'extérieur, frais de transport
pour rejoindre son domicile........................1 000 $ supplémentaires.
Un Premier Assistant....................gîte et couvert et 500 $ par an

Un Second Assistant	//	300 $	//
Un Intendant	//	500 $	//
Une Régisseuse	//	300 $	//
Un Surveillant	//	250 $	//
Une Surveillante	//	175 $	//
Un Instituteur	//	200 $	//
Une Institutrice	//	150 $	//
Seize Infirmiers	//	168 $	//
Seize Infirmières	//	108 $	//
Un Veilleur de nuit	//	168 $	//
Une Veilleuse de nuit	//	108 $	//
Deux Couturières	//	96 $	//
Un Fermier	//	200 $	//
Deux Garçons de ferme	//	144 $	//
Un Jardinier	//	200 $	//
Un Aide-Jardinier	//	144 $	//
Un Mécanicien	//	240 $	//
Deux Pompiers	//	144 $	//
Un Boulanger	//	150 $	//
Un Charpentier	//	240 $	//
Un Cocher	//	168 $	//
Un Homme à tout faire	//	144 $	//
Une Cuisinière	//	150 $	//
Deux Aides-Cuisiniers	//	100 $	//
Quatre Femmes de chambre	//	80 $	//
Une Laitière	//	100 $	//
Trois Lavandières	//	100 $	//
Trois Repasseuses	//	100 $	//

« Le Personnel soignant offrant une disposition enjouée et affectueuse peut veiller au respect du programme des patients... se joindre à eux lors des promenades à pied ou en calèche. Participer à des conversations judicieuses, les accompagner lors de marches rapides au grand air, ou simplement attirer l'attention des patients sur de nouveaux objets. Il peut ainsi prévenir des surcroîts d'affliction ou des accès de violence. »

DR THOMAS STORY KIRKBRIDE, 1854

ConaLee
UNE MARCHE RAPIDE

Nous avons attendu devant la porte verrouillée de notre chambre. J'ai fouillé dans la pile de vêtements et j'ai trouvé un anneau porte-clefs dans une poche. Il n'y avait qu'une seule clef. *La seule patiente à votre charge est Miss Janet.* Un jour, j'espérais bien en avoir plusieurs, comme les autres infirmières. Pour l'heure, je nous ai ouvert et j'ai refermé derrière nous. Il m'a semblé magique que la clef puisse fonctionner des deux côtés de la porte. Je me suis tournée vers Maman mais elle s'est laissée tomber sur le lit, comme épuisée par les deux trois mots qu'elle avait prononcés. Tout de même, elle avait parlé. On m'avait apporté un lit pliant et des draps. J'ai aidé Maman à se déshabiller jusqu'à la ceinture, et j'ai utilisé un drap pour tirer son lait. La serviette de toilette posée à côté de la cruche et de la bassine m'a servi à lui bander les seins.

– Ce ne sera plus très long, Maman, bientôt tu n'auras plus de montées de lait. Repose-toi, maintenant.

Elle a fait oui de la tête et s'est étendue sur le lit.

– Dr Story, a-t-elle murmuré, comme dans un rêve éveillé.

– Il a l'air patient, Maman. Et toi, il faut que tu lui parles mais tu dois t'en tenir à *notre* histoire. Allez, redresse-toi et répétons ensemble.

J'ai approché l'unique chaise et je me suis assise à son côté, dans la position qu'elle adopterait dans le bureau du médecin.

– On dit que je serais lui, et que je te demande : Miss Janet, quels sont vos livres favoris ?

– Mr Dickens.

– Tu pourrais aussi mentionner les *Sonnets* de Shakespeare.

– Les *Sonnets* de Shakespeare, a-t-elle répété comme si elle se parlait à elle-même.

– Maman, tu me les récitais autrefois. Tu en savais plusieurs par cœur. Tu m'as appris celui sur « le Jouet du temps » et « Jamais écrit ».

– Le sonnet 116.

– Tu te rappelles les vers ? Moi non. Mais si tu commences à réciter, le reste va te revenir. Il pourrait te prêter le recueil et on les lirait ensemble.

– Vous pourriez me prêter… a-t-elle commencé, les *Sonnets* ?

Pendant que je me changeais, je l'entendais qui continuait à murmurer. J'ai retiré mes vêtements sales et les ai posés par terre pour me laver. J'ai rempli la bassine avec la cruche, me suis nettoyée avec l'éponge et de l'eau froide, en m'appliquant à faire mousser un morceau de savon à lessive. J'avais envie de me sentir propre et je me suis bien frottée partout, avant d'entrer dans le cagibi pour sécher ma peau mouillée aux draps que j'avais mis à sécher.

– Maman, ils m'ont donné un uniforme ! Ne regarde pas avant que je te le dise…

Elle a hoché la tête tandis que je continuais à babiller, parce que j'avais besoin de parler à quelqu'un et que, maintenant, elle m'écoutait vraiment. Dans les plis du tablier, j'ai trouvé une chemise de corps et des sous-vêtements. Mrs Bowman exigeait certaines tenues, même en matière de lingerie intime. J'ai enfilé la longue robe grise par la tête, et boutonné le tablier blanc amidonné, bien serré autour de la taille. Le col dur en toile de lin était amovible. Il s'attachait sous un ourlet à l'aide de crochets et d'œillets. Quant à la coiffe en organdi de coton, comment se fixait-elle ? J'ai cherché des épingles à cheveux et un peigne dans le sac de Maman. Il y avait bien une brosse, marquée d'un « P », mais pas d'épingles à portée de main. J'ai dénoué ma tresse et relâché mes boucles et, en penchant la tête, je me suis vigoureusement brossé la tignasse. Il restait sans doute entre les poils des cheveux de la défunte, soyeux ou rêches comme ils devaient l'être de son vivant. Je me suis efforcée de ne pas y penser, et me suis assise devant le miroir pour me faire une longue natte que je pourrais ensuite attacher et cacher sous la coiffe.

– ConaLee, a chuchoté ma mère, en tendant la main vers moi au-dessus du lit.

– Oh Maman, ai-je répondu en me rapprochant. Tu vas déjà mieux. Mais tu ne dois pas prononcer mon nom ailleurs qu'ici. Je suis ton infirmière, comme à la maison, et tu dois m'appeler « Mademoiselle » ou « Miss Connolly ». Toi, tu es Miss Janet, maintenant…

Elle n'a pas répondu, mais elle a continué à serrer mon poignet entre ses doigts. Ensuite, elle a détourné le regard et fermé les yeux. Que fallait-il dire et quand ? Si le Dr Story ou cet endroit pouvaient l'aider, peu importait sans doute quelle vérité elle dévoilait. Nous pourrions repartir, si elle se rétablissait, et aller retrouver Dearbhla. Papa avait sûrement quitté les lieux et filé très loin. Qu'est-ce qu'il pourrait bien vouloir de nous, maintenant ? Il avait cédé ou vendu tout ce qu'on possédait.

Je suis retournée prendre ma coiffe d'organdi sur la chaise. En tissu très léger et amidonnée pour lui donner forme, elle ne pesait rien. Je me la suis posée sur la tête et je me suis regardée dans le miroir bordé de roses en stuc. Mon reflet, avec ce couvre-chef à la naissance des cheveux, m'a abasourdie. L'uniforme, cette coiffure sévère – ce n'était pas ConaLee que je voyais dans cette glace. J'ai tenté de me rappeler l'histoire de Connolly, l'infirmière, telle que je l'avais racontée : un père et des frères emportés dans la tourmente de la guerre, une mère décédée. Ç'aurait presque pu être la mienne, même si de la guerre, je n'avais connu que les conséquences. L'alliance disparue, mon père, qui qu'il soit, envolé, les bébés séparés, la cabane désertée, sans doute déjà ou bientôt reprise par des inconnus – ils étaient si nombreux à errer, jusque sur les hauteurs de nos montagnes. Mais les voisines récupéreraient les poules, elles prendraient tous les outils et les réserves de nourriture qu'elles voudraient, abandonneraient la vache malade aux coyotes ou aux lynx. À la fin de l'automne, me disais-je, Dearbhla viendrait chercher les ossements. Elle devait connaître le nom de famille de Maman et le mien. Je ne savais même pas le prénom de ma mère. Papa avait affirmé qu'il n'était pas mon père, et au fond de moi, je sentais que c'était la vérité. Il appelait Maman « Petite Madame », ou alors il ne l'appelait pas du tout. Dearbhla la surnommait « mon Unique ». Comment Dearbhla pourrait-elle découvrir ce qu'il avait fait de nous ? Elle ne fréquentait pas les voisines, et personne d'autre n'aurait pu le lui apprendre – sauf si elle faisait apparaître l'image du chemin que nous avions suivi jusqu'ici, mais elle m'avait toujours dit que la magie noire n'était pas dans ses cordes. Le miroir rond de Maman s'est couvert de buée à ce moment-là. Je venais de pousser un gros soupir.

On a frappé à la porte. *Tic tic toc.* Bien dans la manière vive et rapide de Miss Blevins, l'infirmière, avais-je appris. Je suis restée à écouter derrière le battant. Une étroite latte de bois s'est brusquement ouverte à hauteur de mon visage, j'ai vu ses yeux et elle, les miens.

– C'est Miss Blevins et Mrs Kasinski, a-t-elle dit.

J'ai déverrouillé la porte et elles sont entrées. Notre vasistas était ouvert ainsi qu'une des fenêtres, mais on aurait dit qu'elles remplissaient l'espace de la chambre comme une bourrasque. La patiente de Miss Blevins, une petite femme potelée, a fait le tour de la pièce en auscultant les murs et en marmonnant dans sa barbe. Elle sentait le patchouli et elle portait le deuil. Mais ce n'étaient pas de vrais habits. Son bonnet était retenu par un foulard noir, elle disparaissait sous plusieurs couches de châles de laine et des petits napperons au crochet étaient attachés à ses cheveux. Un vieux ruban qui devait commémorer quelque chose était épinglé sous son col.

Maman s'est redressée sur le lit et je me suis campée près d'elle. Miss Blevins s'est approchée pour me tendre la main.

– Eira Blevins. Vous devez être Miss Connolly. Présentez-moi.

– Voici Miss Janet, ai-je répondu en rougissant comme une pivoine, alors que j'avais été à deux doigts de dire : Voici ma mère.

Eira Blevins a fait une petite courbette, comme devant une dame. Elle avait le visage poupon et une poitrine généreuse, des anglaises blond cendré s'échappaient de part et d'autre de sa coiffe.

– Et voici Mrs Kasinski, qui adore chantonner presque autant que parler. N'est-ce pas, Mrs Kasinski ?

La vieille femme a fredonné une triste mélopée en lissant le ruban décoloré qu'elle portait comme une médaille. Mais elle s'est vite interrompue pour s'asseoir sur le lit et caresser la main de ma mère.

– La malheureuse petite. Est-ce qu'elle a perdu son Abraham ? Elle l'a vu se faire assassiner sous ses propres yeux ?

Comme saisie de panique, ma mère a reculé brusquement. Avait-elle assisté à une telle scène ? Je savais qu'elle ne m'en aurait jamais parlé, et je me suis encore rapprochée d'elle.

– Il ne faut pas faire peur à Miss Janet, me suis-je empressée de dire pour éloigner l'intruse.

Les yeux bleus d'Eira Blevins ont semblé jeter des éclairs.

– Allons, allons ! Comme je viens de le dire, vous êtes Ruth Kasinski.

La patiente s'est relevée et a détourné le regard avant de se lancer dans une nouvelle triste mélopée :

– *Ils l'ont emporté dans la maison des Peterson*[1] *et ils m'ont forcée à sortir de la chambre ! Est-ce si étonnant que je ne puisse plus trouver le sommeil ?*

– Mrs Kasinski, a protesté Eira Blevins en l'éloignant avec fermeté du lit de Maman. Venez donc voir ce joli petit miroir. Regardez un peu ces roses moulées sur le cadre. Vous pourriez peut-être les reproduire demain à votre cours de dessin avec Mrs Morrison.

La vieille dame s'est approchée pour sourire à son image dans le miroir que lui tendait l'infirmière. Elle a continué à chantonner en se regardant de près, un peu plus fort, puis à voix presque basse.

Eira Blevins l'a conduite vers la fenêtre.

– Voyez donc, Mrs Kasinski. Un temps superbe pour une bonne marche, comme ils disent. Sur la colline, la cime des arbres est d'un vert magnifique.

1. Maison où fut transporté le président Abraham Lincoln après avoir été mortellement blessé par son assassin le 14 avril 1865.

Je me suis avancée pour regarder moi aussi, mais ce qu'elle appelait la colline n'était qu'un petit tertre de l'autre côté d'une prairie.

Mrs Kasinski a poursuivi son monologue en s'adressant à son reflet dans la vitre et en appuyant de temps à autre un mot ou deux :

– *... ni PRIS le train pour accompagner le cortège funèbre jusqu'à Springfield*[1]*, les FLEURS jetées en cascades si abondantes que mon Robert les foule aux pieds tel un tapis sous la pluie, toutes les couleurs écrasées virant au noir...*

– Oh non, Mrs Kasinski, est intervenue Eira Blevins. Vous allez trop loin.

Maman a cherché mon regard et s'est levée pour défroisser ses jupes.

– Miss Janet, il faut que je coiffe vos cheveux et les miens avant que nous y allions.

La voix de Mrs Kasinski n'était maintenant plus qu'un murmure de lamentation.

– *Pendant qu'ils façonnaient la bière, des COUPS DE FEU partaient de chaque fusil...*

Eira lui a énergiquement saisi le bras en lui fredonnant un air familier à l'oreille, que Mrs Kasinski a repris en chantonnant de concert.

Moi, je ne me rappelais pas l'assassinat de Lincoln, mis à part les vociférations de Papa pour le saluer et la photographie découpée dans un journal montrant le président étendu dans son cercueil, qu'il conservait précieusement. J'avais peur de Papa, et donc je pensais que Lincoln devait être quelqu'un de bien.

– Comme c'est triste pour cette dame. Elle est dans cet état depuis l'assassinat du président il y a neuf ans ?

1. Ville de l'Illinois où est enterré Abraham Lincoln.

Eira Blevins a secoué la tête et posé un doigt sur ses lèvres. Je devais apprendre plus tard à ne jamais donner de légitimité aux délires d'un patient, mais au contraire, à recentrer son attention en parlant du présent.

– Mrs Kasinski a un bon mari qui l'attend ici à Weston, a expliqué Eira Blevins. N'est-ce pas, Mrs Kasinski ?

– Oh oui, a répondu la malade. Je fais semblant d'y croire pour son bien.

– Mais vous savez que c'est la vérité. Il est receveur des Postes et il rend fidèlement visite à Ruth tous les dimanches. N'est-ce pas, Mrs Kasinski ?

Eira Blevins a tendu la main vers ma coiffe. Elle en a enroulé un coin autour de son doigt en adressant un clin d'œil à Mrs Kasinski, qui gardait le silence.

– Je me suis fait des tresses mais je n'ai pas d'épingle pour attacher la coiffe.

– Oh moi, j'en ai beaucoup. Asseyez-vous devant le miroir, a-t-elle suggéré en extirpant deux épingles de son chignon. Vous avez de très jolis cheveux, je trouve. Voilà. Celles-ci sont un peu fines, les épingles à chapeau font mieux l'affaire. Je cache les miennes dans mes cheveux. Je vous dirai pourquoi en marchant et vous en donnerai une ou deux…

– Est-ce que ma tenue convient ? ai-je demandé en me levant et en faisant bouffer ma jupe.

– Vous êtes parfaite ! Et assez grande pour ne pas avoir besoin d'un ourlet. Allons, venez, maintenant. Nous allons marcher jusqu'à la prairie et profiter de ce qu'il est tôt et que la plupart des patients sont occupés à leurs cours pour nous enfoncer un peu dans la forêt.

Mrs Kasinski a fait mine de prendre Maman par le bras, mais je me suis interposée tandis que Miss Blevins poussait sa patiente vers la porte. Elle continuait à fredonner l'air entraînant que lui avait suggéré son infirmière. J'ai reconnu « Camptown Races », chanté sur le rythme rapide qui convient.

Nous sommes sorties par la grande porte et avons traversé la Grande Pelouse, comme on l'appelait. Eira Blevins voulait nous montrer l'ensemble du parc.

– C'est une faveur que nous devons à la ville et à l'État. Plus de quatre hectares à l'intérieur, plus de neuf cents fenêtres, et des ailes qui mesurent plus de quatre cents mètres de long.

J'ai repensé à l'enfant qui nous avait vues arriver, Maman et moi, et au veilleur de nuit, aux premières lueurs du jour.

– Ce garçon aux longs cheveux blonds qui porte une blouse de femme ? Comment s'appelle-t-il ?

– Oh, m'a répondu Miss Blevins. C'est Chiendent, comme l'a baptisé la cuisinière. C'est un vrai toutou pour elle. Une petite bille de vif-argent. Il est libre d'aller là où il veut.

– Chiendent ? Il a les yeux de deux couleurs, non ? Il est de la famille de la cuisinière ?

– De Mrs Hexum ? Ni de près ni de loin.

Eira s'esclaffa comme si elle avait fait une bonne plaisanterie.

– Entre nous, on l'appelle « Chiendent le Borgne ». Il fait la pige à Mr O'Shea, notre veilleur de nuit. Mais O'Shea a perdu son œil à la guerre, et tout le monde le respecte. Alors que Chiendent est sans doute un vaurien.

– Mais alors, c'est qui, ce garçon ?

Eira Blevins a haussé les épaules.

– Mrs Hexum le laisse monter dans les wagonnets du train qui passe sous les cuisines entre les réfectoires, pour qu'il aide au service.

– Un train ? Au sous-sol ?

– Pas vraiment un train. Quelques wagons qui font des allers-retours sur un rail étroit pour porter les plats chauds jusqu'aux réfectoires de chaque aile. On les pose sur les wagons et on les hisse à l'aide d'un monte-plats.

Je n'ai pas compris ce qu'elle voulait dire mais je me suis tue. J'avais déjà vu des rails de chemin de fer en ville et des trains qui passaient. Je ne voyais pas comment tout ça pouvait tenir dans une cave.

– Il y a beaucoup de gens qui viennent de la ville pour travailler ici, continuait de m'expliquer l'infirmière. Le Dr Story a donné le ton, il a de l'influence vu ses liens avec le grand homme, et l'Hôpital de Pennsylvanie.

– C'est qui, le grand homme ?

– Mais, le Dr Thomas Story Kirkbride ! Cet hôpital est une institution Kirkbride, comme beaucoup d'asiles. Le Dr Story est le neveu du Dr Kirkbride, savez-vous ? Nous ne sommes pas aussi en pointe que l'Hôpital de Pennsylvanie – on m'a dit qu'eux avaient un petit train sur la pelouse devant le bâtiment. Il tourne en rond pour distraire les patients quand il fait beau le soir ! Mais le Dr Story est arrivé en calèche, et la régisseuse dans une autre, tirée par quatre chevaux, de beaux étalons, pas des bêtes de trait. Alors nous avons gardé les calèches. Et les patients qui se comportent comme il faut, pas ceux qui fredonnent au lieu de parler, font de belles promenades avec. N'est-ce pas, Mrs Kasinski ?

La vieille femme, accrochée au bras de ma mère, a continué de l'ignorer. Sur l'allée pavée, nous avons contourné la fontaine à côté des parterres de fleurs. De basses bordures de buis entourant des campanules et des azalées. Des buissons arachnéens d'hamamélis jaune que j'avais déjà vus dans le jardin de Dearbhla. L'asile était composé de longues ailes qui partaient dans trois directions différentes, chacune en retrait du bâtiment central pour mieux capter la lumière. J'ai perçu des bruits, comme de faibles gémissements mais aussi des cris en provenance du fond de l'une des ailes quand nous l'avons contournée.

– Ceux-là sont ceux qui vont le plus mal, a expliqué Eira Blevins. Nous n'avons pas affaire à eux. Ils ont leurs propres surveillants.

Mrs Kasinski et ma mère nous distançaient un peu. Eira Blevins m'a poussée à garder le rythme. La vieille dame avait changé de mélodie. Elle fredonnait maintenant « Darling Nelly Gray », comme si elle voulait faire une sérénade à Maman. Nous venions de traverser les pelouses latérales pour rejoindre les sentiers balisés derrière les ailes des femmes. Une haute haie les séparait de ceux réservés aux hommes. L'un de ces chemins, où on voyait les traces laissées par les calèches, était aussi large qu'une route. J'ai rejoint Maman pour voir si Mrs Kasinski ne l'importunait pas.

– Miss Janet, ai-je demandé, cette promenade vous plaît ?

Miss Blevins s'est rapprochée.

– Laissez-les tranquilles, m'a-t-elle chuchoté.

J'ai été surprise d'entendre Maman chantonner tout doucement de concert. Après tout, il n'était pas impossible que le Dr Story connaisse bien son affaire : cette vieille dame allait peut-être nous aider.

– Par ici, Mesdames, a indiqué Eira Blevins.

Elle nous a fait traverser une clairière où sans doute les calèches devaient faire demi-tour, pour suivre un sentier plus étroit qui escaladait le flanc de la colline. Il était bordé d'arbres si hauts qu'ils obstruaient complètement la vue de toutes parts, sauf dans le lointain quelques images fugitives des montagnes couvertes de forêts. Des oiseaux voletaient en chantant, et l'air de ce printemps était aussi chaud que celui de l'été. De hautes herbes, jaunes et roses, fleurissaient par bouquets. Ici et là, notre chemin, balisé par des rochers moussus, passait par des escaliers de pierres empilées, dotés de rambardes en bois.

– Ça semble si facile de disparaître dans ces bois, ai-je dit à Eira Blevins. Est-ce que beaucoup de patients s'enfuient ?

– Pas du tout. S'il arrive à certains de fuguer, et ce sont toujours des hommes, c'est pour aller en ville. Ils reviennent tout seuls à l'heure du dîner. Sinon, un citoyen nous les ramène. Rien qu'à les voir, on les reconnaît, même s'ils sont complètement inoffensifs. Les plus perturbés, ceux qui sont placés dans les services des ailes du fond, n'ont pas le droit de sortir dans le parc. Jusqu'à ce qu'ils méritent la permission, comme dit la régisseuse. Les patientes qui vivent dans les ailes des femmes situées au-dessus des cabinets de consultation jouissent toutes de certains privilèges. Les dames de bonne famille, surtout les plus jeunes comme votre Miss Janet, adorent les promenades en calèche, l'après-midi ou le soir, accompagnées par la régisseuse ou les médecins.

Je me suis étonnée de voir ma mère décrite comme une des « plus jeunes ». Apparemment, ils la croyaient plus jeune qu'elle n'était.

– Nous organisons des représentations certains soirs dans les salons des étages. Le personnel y prend part. Nous avons un pianoforte. Un jour, si elle le souhaite, Miss Janet pourrait chanter ou nous jouer quelque chose. Vous pourriez l'accompagner.

– Oh, je n'oserais jamais... Je n'ai jamais pris de leçons, et elle...

– Je sais, elle ne parle pas. Peut-être par choix, mais elle est loin d'être insensible et elle s'entend bien avec Ruth, en si peu de temps. Notre Mrs K. a besoin de raisons de se contrôler. Elle en est capable, quand elle veut.

Les frondaisons des arbres se rejoignaient au-dessus de nos têtes et quelques feuilles vertes tombaient lentement à terre. Le chemin s'est élargi et nous avons débouché sur une prairie de hautes herbes. La grande haie qui séparait les sentiers des hommes de ceux des femmes était déjà loin en contrebas, on apercevait un verger et un terrain plat entouré d'un muret de pierre. Là où l'herbe avait été fauchée, un homme se tenait près d'une charrette sans bâche, son cheval attaché à un arbre. Il creusait le sol à l'aide d'une longue pelle et jetait des volées de terre sur le côté. Le monticule montait à vue d'œil. Mrs Kasinski a cessé de fredonner. Le silence était total, mis à part le souffle de la brise dans les branches.

– Qui est cet homme ?

– Oh, c'est le fossoyeur. Et ça, c'est le cimetière de l'asile.

– Il vient de la ville ?

– Non, il était soldat mais il a perdu la tête, on l'a envoyé ici pendant la guerre, déjà plus très jeune, et il est franchement vieux aujourd'hui. Il s'est remis, mais il n'a plus voulu partir et il a commencé à entretenir le cimetière. Maintenant, il creuse même les tombes.

– Et le verger qui nous sépare, c'est une pommeraie ?

La cime des arbres au tronc tordu plantés en rangées régulières oscillait dans le vent. Plus tard au cours du printemps, ils se couvriraient de fleurs blanches. Si nous étions encore là pour les voir.

– Eh oui, a répondu Eira Blevins. Nous avons de la compote fraîche toute l'année et des tartes aux pommes très souvent, parce que nous en faisons des conserves – Oh, Miss Janet, attendez un peu…

Déjà elle se précipitait vers ma mère, qui descendait si rapidement vers le verger qu'Eira Blevins a dû retrousser ses jupes et se mettre à courir pour la rattraper. Mrs Kasinski en a eu le souffle coupé et elle s'est péniblement hâtée de les suivre, battant des bras pour ne pas perdre l'équilibre, les diverses couches de ses châles noirs flottant au vent.

– Miss Connolly ! ai-je entendu Eira Blevins s'écrier, épuisée de pourchasser ma patiente.

Heureusement, je portais encore mes propres chaussures. J'ai relevé mes jupes et je me suis mise à courir. Elles avaient déjà atteint le milieu de la prairie. Maman semblait flotter dans un nuage d'herbes jaunes qui lui montaient jusqu'aux hanches, sa jaquette d'un jaune encore plus vif. Eira Blevins a crié encore une fois : « Miss Janet, arrêtez ! » Mais ma mère s'était déjà retournée pour nous attendre.

L'infirmière haletait encore quand je les ai rejointes.

– Miss Janet, protestait-elle, s'enfuir en courant comme ça n'est pas autorisé !

– Elle ne courait pas, ai-je dit, hors d'haleine. Elle allait vite, mais elle marchait pour qu'on puisse la suivre.

– C'est moi qui dirai qui courait ou pas ! a rétorqué Eira Blevins.

J'ai passé le bras autour de la taille de Maman.

– Miss Janet, il faut que vous écoutiez Miss Blevins. Prévenez-nous quand vous voulez changer de chemin, pour rendre cette course équitable ! Mais regardez, nous sommes presque arrivées au verger. Est-ce qu'on pourrait se promener tranquillement entre les pommiers ?

– Eh bien, a repris Eira Blevins. Nous aurions simplement pu suivre le sentier, au lieu de nous précipiter à travers cette prairie.

– Allons au verger ! a lancé sa patiente.

– Entendu, si je ne vous entends pas chanter, Mrs Kasinski, et que nous marchons bien toutes ensemble. Nous sommes d'accord ? Miss Janet ?

Ma mère a opiné du chef.

– C'est une réponse, Miss Janet ? Est-ce que nous sommes parfaitement d'accord ?

– Oui, a articulé ma mère.

Miss Blevins a tourné vers moi des yeux brillant de son triomphe. Je sentais que Maman aurait pu en dire plus mais Mrs Kasinski s'est approchée et a gentiment glissé le bras de ma mère sous le sien. Nous nous sommes tournées vers le verger et sommes reparties d'un pas digne et lent.

– Ne les perdez pas de vue une seconde, m'a chuchoté Eira Blevins. Votre Miss Janet est imprévisible. Soyez sur vos gardes.

– Je suis désolée. Mais c'est quand même bon signe. Elle parle plus, surtout quand nous sommes seules, et Mrs Kasinski divague moins.

– Nous verrons combien de temps Ruth reste calme.

– Est-ce qu'elle est... incurable ?

– Oh oui. Elle délire sans arrêt sur « le démon qui a attaqué le malheureux par-derrière et lui a fait exploser la cervelle ». Mais elle est inoffensive. Et elle continue à rentrer chez elle de temps en temps, le plus souvent pendant les vacances. Même si je crois qu'elle préfère largement être ici avec nous.

– Et c'est quoi, ce ruban qu'elle porte ?

– C'est un fragment de carte ferroviaire qu'on a offert à ceux qui ont assisté au départ en train du cercueil de Lincoln. Elle l'a monté sur une broche et ajouté un ruban de deuil, et elle fait un scandale si on ne la laisse pas le porter. Sa belle-famille et elle ne s'entendent pas, alors qu'elle est obligée de vivre avec eux. On peut comprendre. Elle les embarrasse et elle aime se donner en spectacle ; eux ne sont pas vraiment des grands admirateurs de Lincoln.

– Ils étaient sécessionnistes, vous voulez dire ?

– La plupart, oui, plus ou moins.

– Pourquoi, vous croyez ?

– Pas pour défendre leurs plantations, ils n'en possédaient aucune ! Mais ils se sont sentis obligés de se précipiter pour s'enrôler en Virginie et se battre pour ceux qui les traitaient de « cowboys » et de « pionniers attardés ». Trop entêtés pour accepter les ordres des Nordistes qui les considéraient comme des arriérés, ou parce que leurs familles étaient originaires du Sud avant de s'installer ici. Au nord et à l'est, la plupart des comtés étaient de farouches partisans de l'Union, mais les gens de Weston considéraient que c'étaient les Nordistes qui leur avaient fait le plus de mal, et ils ont la mémoire longue. J'étais contente pour ma part de voir un quaker prendre la direction de l'asile et mettre fin aux contentions.

Contentions ? Qu'est-ce qu'elle voulait dire ? J'aurais voulu poser la question, mais nous étions arrivées dans le verger et ses rangées régulières de troncs noueux. J'ai vu Maman se diriger aussitôt droit vers le cimetière, l'air de rien, comme si elle voulait seulement se balader. Mrs Kasinski la suivait.

– Apparemment, elles s'entendent bien, ai-je dit à Eira Blevins.

– Un peu trop bien, peut-être. Mesdames, a-t-elle crié, ne quittez pas le chemin. Il faut que nous soyons de retour pour le déjeuner.

Nous n'avions pas pris de petit déjeuner – une lacune dans le programme, à moins que Mrs Bowman n'ait eu l'intention de nous faire mourir de faim. Au retour, nous aurions finalement parcouru une distance deux fois plus longue que prévu. Soudain, nous avons entendu un terrible fracas juste derrière nous. Eira Blevins m'a tirée sur le côté et a posé la main sur ma bouche. Là, entre les arbres, deux énormes cerfs, tête baissée, entrecroisaient leurs bois et luttaient pour chaque pouce de terrain. Dans le feu de l'action, ils brisaient et mettaient en pièces de grosses branches et de la bave blanche s'échappait de leurs mâchoires. L'un d'eux a réussi à précipiter l'autre contre un tronc déchiqueté. Embroché, prisonnier, il est parvenu à rester sur ses pattes, mais son adversaire a continué à pousser toujours plus fort pour qu'il s'enfonce davantage contre le pieu et l'a immobilisé tandis qu'une écume rouge bouillonnait entre leurs corps enchevêtrés. Soudain, un jet de sang écarlate a giclé et a éclaboussé leurs deux têtes, aveuglant presque les combattants.

Eira Blevins me tirait lentement en arrière, hors du sentier, pour traverser le verger. Nous nous sommes retournées pour nous mettre à courir, et on aurait dit qu'une déferlante de rouge incandescent nous poursuivait. J'ai revu le chemin qui m'avait conduite jusque-là, le chariot branlant arrêté sous le hêtre géant. Des ombres m'ont entourée mais j'ai aperçu la jaquette de ma mère, puis la forme obscure et massive de Mrs Kasinski, dans le champ plat au-delà du muret. Nous avions atteint le cimetière. Mais je n'ai vu aucune lumière, ne me suis pas sentie sombrer dans un sommeil profond. J'ai respiré à grands coups et me suis penchée pour retrouver mon équilibre en m'appuyant sur les pierres fraîches de l'enceinte du cimetière.

– Allons, allons ! m'a encouragée Eira Blevins à mon côté. Vous êtes toute pâle. Attention, votre coiffe est tombée.

Elle me l'a tendue, ainsi que le mouchoir qu'elle avait utilisé pour s'essuyer le visage. Je l'ai pressé contre mes yeux, puis j'ai recherché les épingles dans la masse de mes cheveux et j'ai fixé ma coiffe du mieux que j'ai pu.

– C'était horrible ! me suis-je exclamée.

– Mais ça va nous faire du bon gibier pour le dîner – trois cents livres, au bas mot. Il faut qu'on rentre très vite pour le dire à la cuisinière. Elle enverra les garçons de ferme pour rapporter la bête et l'équarrir. Passez par-dessus le muret, maintenant, et dépêchez-vous. Vous voyez ? Elles se dirigent vers le fossoyeur ! Ah ces deux-là !

Nous avons franchi l'obstacle. Maman et Mrs Kasinski s'avançaient lentement sur le tapis d'herbes rases. L'homme, debout dans la fosse maintenant, les yeux rivés sur sa pelle, n'a pas interrompu son travail, il creusait, creusait toujours.

– Est-ce qu'on devrait les arrêter ?

– Non, c'est trop tard. Nous allons les suivre. Pour je ne sais quelle raison, Miss Janet paraît très intéressée, et de cette façon, Ruth prend un peu d'exercice.

– Mais la régisseuse a dit que les hommes et les femmes doivent être strictement…

– Ce n'est pas vraiment un homme, c'est le fossoyeur, et il sait y faire. On dit qu'il a appris pendant la guerre. Vous voyez cette cabane à l'ombre du peuplier ? C'est lui qui l'a bâtie et il y vit quand il ne fait pas trop froid. Il creuse aussi des tombes pour la ville et on le paye pour ça, mais il aime rester dans les parages de l'asile et se faire servir ses repas.

– Il n'y a pas de pierres tombales, ai-je observé.

– Les sépultures sont numérotées. Pour épargner les familles.

J'ai effectivement aperçu les écriteaux fichés dans le sol, de petits insignes en métal plantés à intervalles réguliers.

– Personne ne souhaite lire son nom de famille dans le cimetière d'un asile. Beaucoup sont ici secrètement, même de leur vivant, comme la dame si élégante qui occupait votre chambre.

– Mrs Bowman semblait la tenir en haute estime.

– Évidemment, la famille se montrait très généreuse pour s'assurer de notre discrétion et d'un traitement de faveur.

Je me suis demandé combien de temps Miss Janet jouirait elle aussi de privilèges mais j'ai continué à fixer les tombes, sans toutefois lire les numéros. Il y en avait des rangées et des rangées. Et de la place pour beaucoup d'autres encore. Nous sommes passées devant la charrette du fossoyeur et l'échelle qui y était appuyée. Un cercueil en osier était posé par terre, en attendant l'inhumation.

Nous nous sommes arrêtées au bord de la tombe. Seuls la tête et le haut du tronc du fossoyeur dépassaient du trou. Petit et chauve, il avait les épaules et les bras musclés, et des sourcils blancs broussailleux. Une moustache fournie lui tombait sur les lèvres, si bien que sa bouche ressemblait à une simple fente. Son chapeau melon démodé l'attendait sur l'herbe. Une épaisse planche de bois, souillée de la boue de ses bottes, était posée à une extrémité de la fosse, et il creusait à l'autre. Maman s'était penchée au bord pour le regarder. Juste en face, Mrs Kasinski l'observait elle aussi. Il a relevé la tête vers elles et j'ai pu voir qu'il était âgé, ses yeux bleus n'étaient plus que de petits points brillants.

– Bonjour, lui ai-je lancé.

Eira Blevins a pris fermement sa patiente par le bras.

– Il faut y aller, maintenant.

Mais la vieille dame était occupée à déverser quelques mots dans la tombe sur un rythme martial :

– *Ne cherche pas ton fils parmi les morts, il n'y est pas, c'est au Paradis que désormais il vit.*

– Mrs Kasinski, a insisté Miss Blevins. Nous partons.

– *Nous avons expédié le cercueil de Willie avec celui de son Père chéri,* a-t-elle continué à fredonner, *soigneusement gardé de train en train.*

Du doigt, elle a désigné la fosse boueuse, emplie d'un ou deux pouces d'eau stagnante.

– *Et voici le ruisseau qui borde le caveau d'Oak Ridge*[1].

Le fossoyeur ne lui a accordé aucune attention et il a continué à patauger au fond du trou, consolidant les parois du plat de sa longue pelle. Il semblait avoir oublié le cercueil en osier, concentré qu'il était sur la forme qu'il entendait donner à la fosse. Ensuite, il a posé son outil dans un angle, et il a entrepris de mesurer en étendant ses paumes, une main après l'autre, la profondeur exacte de son excavation. L'eau montait plus haut à un bout qu'à l'autre, elle formait des flaques et des remous, comme si la peine sourdait de la terre elle-même, qu'elle jaillissait à travers les prairies et les champs, et même atteignait nos montagnes si abruptes qui s'élançaient vers le ciel.

– *Le combat a pris fin, mais il reste le chagrin.*

Je ne me rappelais pas tout de suite où j'avais entendu ces paroles, mais je me suis souvenue plus tard que c'était le Dr Story qui les avait prononcées.

1. Nom du cimetière où est enterré Lincoln.

À une cadence de plus en plus rapide, Mrs Kasinski continuait à psalmodier, expulsant certains mots avec force comme pour les cracher dans la terre.

– *Nous avions rejoint nos sièges dans la loge et le spectacle a commencé. MON CHER MARI m'a pris la main. Je lui ai demandé : MAIS QUE VA PENSER MISS HARRIS SI JE ME SERRE AINSI CONTRE VOUS*[1] *?*

Eira Blevins l'a tirée par la manche pour la faire reculer. Mrs Kasinski a résisté, comme oppressée par un poids terrible, et elle s'est mise à verser des torrents de larmes silencieuses.

Mais Maman lui a tendu la main au-dessus de la tombe.

– Et après ?

Les pieds dans la boue, le fossoyeur a interrompu sa tâche. Il semblait attendre la réponse.

Cette fois, Mrs Kasinski n'a pas fredonné. Elle s'est contentée de parler :

– Il a dit qu'elle n'en penserait absolument rien. Et c'est la toute dernière chose qu'il m'ait dite.

– Ah ! a répondu ma mère.

1. Clara Harris, invité par le couple présidentiel, fut un témoin direct de l'assassinat de Lincoln au théâtre Ford à Washington. L'histoire veut que Mrs. Lincoln ait adressé à son mari la phrase que cite Mrs. Kasinski, et que la réponse du président soit la dernière qu'il prononça : « Elle n'en pensera absolument rien. »

MOTIFS D'ADMISSION
1864 À 1889

Intempérance et problèmes au travail
Coup de sabot de cheval à la tête
Prédisposition héréditaire
Mauvais traitements par le mari
Troubles féminins imaginaires
Hystérie
Vie immorale
Incarcération
Jalousie et religion
Paresse
Mariage du fils
Masturbation et syphilis
Masturbation pendant 30 ans
Médication anti-contraceptive
Menstruation irrégulière
Excitation psychique
Lecture de romans
Nymphomanie
Addiction à l'opium
Hyperactivité cérébrale
Obsession pour les études religieuses
Pouvoirs psychiques envahissants
Parents cousins
Crises périodiques
Tabac et masturbation
Agitation au sujet de politique
Politique
Enthousiasme religieux
Fièvre et procès perdu
Crise et abandon du domicile conjugal
Asthme
Mauvaises fréquentations
Mauvaises habitudes et excitation politique
Whisky trop bon marché
Dysenterie
Fièvre cérébrale
Anxiété liée au travail
Gaz carbonique acide
Congestion cérébrale
Mort de fils à la guerre
Enrôlé de force dans l'armée
Masturbation frénétique
Abandon par le mari
Vie dissolue
Désespoir conjugal
Problèmes domestiques
Hydropisie
Égotisme
Crises d'épilepsie
Abus sexuels excessifs
Perte de contrôle dans les fonctions d'officier
Exhibition et hérédité
Exhibition et charlatanisme
Exhibition à l'armée
Fièvre et jalousie
Lutte contre un incendie

Masturbation réprimée
Arrêt des menstruations
La guerre
Vieillissement
Problèmes utérins
Excès vénériens
Vices caractérisés
Problèmes féminins
Superstition
Fille assassinée
Petite vérole
Chique depuis deux ans
Irritation de la moelle épinière
Confusion mentale
Voracité
Chagrin excessif
Blessure par balle
Études intensives
Rumeur de l'assassinat du mari
Armée du Salut
Scarlatine
Séduction et déception
Automutilation
Abus sexuel et substances excitantes
Désordres sexuels
Isolement volontaire
Faiblesse intellectuelle
Chute de cheval pendant la guerre
Maladie féminine
Perte de vitalité nerveuse

« De nombreuses positions dans un hôpital pour malades mentaux exigent des personnels présentant des qualifications particulières... Leur exemple ne manque jamais d'exercer une influence bénéfique sur ceux qui montrent un caractère moins affirmé... le recrutement d'un soignant paresseux, malveillant ou incroyant peut se révéler plus dommageable qu'une absence de recrutement. »

Dr Thomas Story Kirkbride, 1854

ConaLee
LES AFFAIRES DE MRS HEXUM

Les tables de la salle à manger étaient dressées avec soin : nappes blanches, serviettes pliées dans le verre à eau. Les files d'attente se sont mises en marche. Le bruit de nos pas et le frémissement des robes des dames entre les rangées régulières de chaises étaient apaisants. Par la fenêtre, j'ai vu Eira Blevins face à une grosse femme au visage rougeaud avec une masse de cheveux roux grisonnants empilée sur la tête comme une volumineuse couronne. C'était sûrement la responsable des cuisines, qui régnait sur les sous-sols et les parterres d'herbes aromatiques et de lavande qui bordaient l'enceinte du potager. Il y avait des murs de briques et à l'arrière de chaque aile des portes cadenassées : les patients qui n'avaient pas le droit d'aller se promener dans les bois ou la prairie pouvaient flâner sans danger dans cet espace clos. Le potager cependant, qui ouvrait sur le parc, les granges et les champs au-delà, était réservé au personnel. Eira Blevins s'est éloignée tandis que la cuisinière dévalait à toute allure l'allée pavée qui descendait vers la porte des cuisines, battant l'air de ses bras aussi potelés que des jambons. Ensuite, j'ai repéré la présence d'un petit garçon qui se précipitait en sens inverse dans la direction d'une des dépendances devant laquelle nous étions passées le matin. C'était Chiendent, comme tous l'appelaient, dans cette blouse à capuche qui lui tombait jusqu'aux cuisses – le même garçon que j'avais rencontré avec O'Shea, le veilleur de nuit, à notre arrivée à l'asile. Il courait d'une manière enfantine, en levant haut les genoux. Il avait dû entendre parler du cerf. La première grange servait sans doute d'écurie, on y rangeait les calèches et les chariots. Les garçons de ferme s'y trouvaient certainement.

Eira Blevins nous avait pressées sur le chemin du retour, et elle avait annoncé à Mrs Kasinski qu'elle serait privée de sortie le lendemain parce qu'elle avait trop chanté – elle prendrait son repas dans sa chambre, pour s'apaiser après son « agitation ». Elle paraissait tellement calme cependant aux côtés de ma mère que j'avais demandé si nous ne pourrions pas revenir sur ces décisions. C'est ainsi que nous étions remontées dans le service et, après avoir déposé nos châles, nous avions pris notre place

dans la file d'attente, parmi les femmes qui attendaient le déjeuner. Eira Blevins venait de nous rejoindre, elle s'était assise à ma droite dans le réfectoire.

– L'hôpital, m'a-t-elle rappelé, mesure plus de quatre cents mètres de long. Vous avez remarqué ce cornet en cuivre sur le mur d'en face, près du bureau du personnel ? Il est à côté du monte-plats, par où ils arrivent tout chauds, couverts d'une cloche. Une fois vides, on les fait redescendre. Je vous ai parlé du chemin de fer souterrain. Chiendent, le protégé de Mrs Hexum, évite à une pauvre fille de cuisine de devoir se faire assez petite pour grimper dans le wagonnet et se charger de remplir le monte-plats. Lui, je suppose que ça l'amuse. Drôle qu'elle l'appelle Chiendent – mais évidemment, il n'a rien d'une fleur exotique.

Dans un brouhaha de chaises qu'on déplaçait, je me suis penchée vers elle :

– Vous avez raison, je pense. Mais où est-ce qu'il habite ?

– Quelques enfants vivent dans la lingerie sous le rez-de-chaussée, a-t-elle chuchoté. Il fait suffisamment chaud dans les séchoirs, même en hiver, et assez frais en été. Ils peuvent jouer dans le potager, derrière le bâtiment. C'est mieux que ça en a l'air. Le sous-sol en fait est presque entièrement au-dessus du niveau du jardin, et il est bien éclairé. Seule la cave est vraiment sous terre, avec les conduits d'aération et le petit chemin de fer.

– Mais, ces enfants ?

Elle a haussé les épaules.

– Il se peut qu'une patiente soit enceinte quand elle est admise, ou qu'elle ait un bébé que sa famille refuse de prendre en charge. Ou encore qu'un patient, un gardien, un employé parvienne à ses fins. Oh ça arrive… Ou du moins, ça arrivait avant que le Dr Story prenne la direction. Parmi ces gamins qu'on ne réussit pas à placer, certains sont confiés à la charge de Mrs Hexum.

– À sa charge ? Mais ils sont combien ?

– Ça, ce sont les affaires de Mrs Hexum, a répondu Eira Blevins en baissant la voix. Ici, on pense que c'est elle qui commande, même si elle n'est pas médecin. Moi, j'essaie toujours qu'elle m'ait à la bonne. Une cuisinière peut être un sacré appui, du fond de son sous-sol, et je ne le dis pas seulement parce que c'est elle qui nous nourrit.

J'ai songé à P'tit Gars et aux jumeaux. J'aurais tellement aimé qu'ils soient près de moi.

– Et ceux qui ne restent pas là ? On les place en ville ?

– Non, personne, ici ou ailleurs, ne voudrait adopter l'enfant d'un malade mental ! S'ils ont l'air normaux, on les emmène plus loin, dans des orphelinats à Washington ou à Pittsburgh. Un chat dans un sac ! Moi, je n'élèverais jamais l'enfant d'un autre. Et je compte bien ne pas trop attendre pour les miens.

J'ai repensé à ce gamin, désormais hors de ma vue, qui remontait en courant les marches de la cuisine, comme un épouvantail en mouvement.

– Et la cuisinière, ai-je demandé, enfin, Mrs Hexum, est-ce qu'elle traite gentiment les orphelins à sa charge ?

– Apparemment oui. On dirait des poussins autour de leur mère et ils lui obéissent, vous le voyez. Elle les surveille de près, à part Chiendent, qui peut vagabonder comme il veut.

– Je l'ai vu qui courait vers la grange. Pourquoi est-ce qu'il porte une blouse de fille ?

Mais Eira Blevins s'était déjà tournée vers les patientes assises à notre table, elle dépliait sa serviette d'un geste théâtral.

– Regardez ! Voici le potage ! Et c'est le préféré de Mrs Kasinski. N'est-ce pas, Ruth ?

– C'est vrai, a reconnu la patiente, frottant de nouveau ce qui aurait pu être une tache sur la nappe.

Ces dames ont posé leurs serviettes sur leurs genoux, tandis que les filles de cuisine apportaient le repas dans des bols ou des plats métalliques couverts. Elles ont commencé à servir, faisant des allers-retours entre les rangées de tables : du potage à l'oseille, épaissi de purée de carottes. Ma mère, assise à ma gauche, s'est mise à manger comme les autres et, la soupe terminée, elle a soigneusement pris sa fourchette et son couteau pour découper de petits morceaux de mouton ou de pommes de terre. Elle ne parlait à personne, hochait la tête en souriant, apparemment d'accord avec les remarques de ses compagnes.

Je n'avais jamais été à table avec autant de gens. Une femme de l'autre côté de l'allée agitait les bras, une autre se levait et se rasseyait sans arrêt, mais la plupart des autres se tenaient aussi tranquilles que si elles avaient déjeuné au restaurant. Toutes paraissaient joyeuses. À la maison, je mangeais seule avec le petit garçon sur mes genoux pour l'aider à se servir de sa cuiller. Je n'avais aucun souvenir de repas partagés. Je savais que la plupart des familles avaient abandonné leurs fermes sur les hauteurs durant la guerre et étaient parties vers les villes. Ces dernières années, certaines avaient choisi de rester et s'étaient réfugiées dans les cabanes. J'avais fini par comprendre que nous aussi, nous nous cachions, vu la façon dont Maman, alors que j'avais quatre ou cinq ans, se tenait immobile sous le porche pour surveiller les chemins qui serpentaient entre les collines vertes jusqu'à la route en lacets qui descendait vers la vallée. Elle gardait son fusil à portée de main et je me revoyais, comme dans un rêve déjà ancien, en train de compter les haricots à son côté, ou d'écrire à la craie sur le plancher de bois brut.

– C'est du mouton des environs, m'a expliqué Eira Blevins. Mes futurs beaux-parents, et Dieu sait que j'espère qu'ils le seront bientôt, vendent de la viande et du maïs à l'hôpital. Ils ont des cochons et des moutons, et aussi des poules, et des hectares de maïs…

Un rayon du soleil de midi m'est tombé sur le visage à ce moment-là et j'ai relevé la tête en plissant les yeux vers les hautes fenêtres du réfectoire. Des rideaux blancs descendaient à mi-hauteur, qui m'éblouissaient. Dans un éclat de lumière, j'ai eu l'impression de tenir en main le petit miroir rond que Papa avait voulu que j'utilise pour vérifier de quoi j'avais l'air, le premier matin où nous étions arrivés à l'asile. J'ai compris tout à coup que ce miroir m'appartenait, et non pas à lui. Maman me l'avait sans doute donné comme jouet très longtemps auparavant. Ce que j'avais oublié m'est revenu comme des images sur un rouleau qui se dévide : mes mains, si petites à ce moment-là que le miroir tient à peine entre mes paumes. Je m'amuse avec les reflets du soleil en orientant la glace de droite et de gauche, mais ma mère m'arrache soudain à mon jeu et me force à traverser le jardin en courant jusqu'à ce que j'en perde haleine. J'entends encore le martèlement de ses pas sur le sol, le bruissement des branches de pin qu'on soulève, des aiguilles vertes qui sentent la résine. Elle les écarte pour découvrir la trappe carrée qui mène à la cave. Un abri, creusé à flanc de colline, d'un mètre vingt de profondeur. Elle m'y fait descendre les pieds d'abord, me tenant par les poignets, avant de me lâcher. La trappe claque en se refermant.

– Où êtes-vous donc, Miss Connolly ? m'a demandé Eira Blevins. Voulez-vous que je vous montre mon épingle à chapeau ?

– Quoi ?

Ses mots semblaient filer sous mes yeux, aussi compacts que des gouttes de pluie écrasées. Je me suis sentie tomber, de plus en plus profond.

Maman m'a saisie par le bras. J'ai cru l'entendre murmurer « Eh, ConaLee ! » Un carillon enveloppait sa voix comme si elle me parlait depuis l'au-delà. Mais c'étaient les filles de cuisine qui produisaient ce bruit : une au bout de chaque table, elles faisaient tinter des clochettes d'argent. Miss Janet a reculé sa main.

– Le dessert ! a annoncé Eira Blevins. Seulement pour les ailes A et B, a-t-elle ajouté à voix basse.

C'était une génoise, nappée de confiture de fraises.

Dearbhla

UN RETOUR

Elle avait vendu ses stocks d'œufs et de racines médicinales, empli ses besaces et sacoches du produit de ses échanges, et elle quitta le marché. La route qui conduisait aux chemins de montagne fut bientôt déserte. Les sons de la bourgade laissés derrière elle, les grincements des roues d'un chariot et les aboiements d'un chien estompés. Quand elle eut atteint le sentier qui s'élevait entre les arbres, elle marqua une pause pour réfléchir avant de monter en selle. Elle avait beaucoup de choses en tête, mais elle voulait prendre le temps d'imaginer le moment où elle s'arrêterait devant la cabane abandonnée en contrebas de la sienne. Depuis combien de temps Eliza était-elle partie, et ConaLee avec elle ? Trois... quatre jours ? Dearbhla avait barricadé de son mieux la maison, qui semblait attendre le retour de ses occupantes. Si elles ne pouvaient pas rentrer, elles ne pourraient pas non plus venir la retrouver. Une ville ou une autre, avec ses rues innombrables, un hameau où les commérages vont bon train : tout ça n'était pas pour elle. Si elle se rapprochait de Weston, elle ne se sentirait plus en sécurité, elle perdrait l'intimité dans laquelle elles avaient vécu ensemble sur les crêtes. Neuf ans après la fin de la guerre, peu importait qu'on retrouve leurs traces, mais les sommets de ces montagnes, avec leurs promontoires rocheux inaccessibles, étaient son domaine. Ils continueraient à être un refuge tant qu'elle vivrait. Elle avait cependant besoin de savoir ConaLee et Eliza en sécurité à défaut de les voir rentrer au bercail.

Elle n'entendit pas les bruits assourdis qui montaient sur sa gauche, là où les routes se croisaient et où le chemin qui mène à Weston bordait les pentes de la forêt. Mais une ombre fugitive passa juste au-delà de son champ de vision, comme un oiseau invisible dans le ciel, ou le bourdonnement des ailes d'un insecte qui vole à proximité avant de disparaître. Le cheval, quand elle l'aperçut sur la piste vallonnée, marchait tête baissée entre les brancards, tirant derrière lui le chariot sans conducteur dont les roues gémissaient dans les ornières. L'apparition vacilla. Dearbhla attacha sa monture à un érable qui surplombait la végétation des sous-bois alentour et s'approcha. Il lui fallut poser les mains sur l'animal en sueur pour mesurer toute sa force. Le maintenant par sa muselière, elle lui tâta le cou et les oreilles, et vit de longues herbes enchevêtrées dans son mors – des débris de la végétation que l'animal avait réussi à brouter entre les brides de son harnais.

– Eh bien, on dirait que tu as réussi à boire, chuchota-t-elle, mais pas à manger grand-chose. Tu l'as laissé dans un bar ou un autre, pas vrai ? Allons, avance.

Elle attacha l'animal en nage à l'ombre du talus, assez loin à couvert pour retirer le mors de sa bouche tuméfiée et dételer le chariot. Vraisemblablement, cette crapule avait trouvé un moyen de transport mieux adapté à un homme de son opulence. Le vieux cheval de Dearbhla aurait su retrouver son chemin, mais ce hongre appartenait à Eliza, il n'avait pas deux ans quand elle l'avait trouvé sellé et fourbu sur la corniche, racontait la jeune femme, et son cavalier devait être un blessé de guerre ou avoir été fait prisonnier. À moins que ce ne soit un voleur, avait songé Dearbhla à son retour, en trouvant le cheval dans son appentis, après l'échec de sa mission manquée à Alexandria. Un échec parce qu'elle avait lancé toutes les questions qui lui tenaient tant à cœur à travers les murs et les fenêtres de cet hôtel transformé en hôpital et qu'elle n'avait reçu aucune réponse. ConaLee avait appelé le cheval Dearbhla en son honneur, comme pour la faire revenir, mais la grand-mère n'aimait pas qu'on donne des noms aux animaux. Aucun numéro d'identification de l'armée n'étant gravé sur ses sabots, il était resté dans leurs collines, particulièrement attaché à ConaLee qui le nourrissait, le caressait, le montait dès qu'elle eut huit ou neuf ans, quand elles partaient toutes les trois en expédition ou à la chasse loin de leurs cabanes – jusqu'au jour où cet escroc avait débarqué. *Pourquoi j'ai l'impression de reconnaître ce cheval ?* ConaLee avait dix ans. C'était la fin de l'été 1872.

– Sage maintenant, sage, murmura Dearbhla.

Elle attela son vieux cheval au chariot, mettant en place le harnais, les brancards et le timon, puis elle retira au hongre tout son équipement à l'exception de la bride. La chair était marquée et striée, pas déchirée cependant, mais elle n'avait pas d'eau à lui offrir. Le cheval la connaissait, ces lieux aussi lui étaient familiers. Délivré du poids de sa charge, il remonta le sentier derrière le chariot en suivant sa lente progression vers les hauteurs. Le grincement des roues et le martèlement sourd des sabots sur la terre poudreuse parurent résonner plus tristement encore à l'oreille de Dearbhla quand ils atteignirent la cabane abandonnée d'Eliza. Elle fit le tour de l'appentis, qui était à peine assez long pour dissimuler le chariot. Elle déposa ses provisions et les couvertures avant de déharnacher les chevaux, puis elle les mena tous deux vers le ruisseau. Le torrent se déversait en cascade depuis la corniche où se trouvait sa propre cabane, mais derrière celle d'Eliza, il n'était déjà plus qu'un serpent d'eau ondoyant, moins impétueux et moucheté de quelques feuilles par ce printemps qui ressemblait à l'été. À force de ruse et de mensonge, Eliza avait finalement réussi à s'enfuir de sa prison. À qui appartenaient ces crêtes désormais ? Ces bois, ces forêts et ces montagnes qui s'étendaient jusqu'à l'infini. La cabane aux volets clos, autrefois si bien entretenue, les jardins en jachère, tout ce labeur en pure perte, les bienfaits de la terre et de la rivière, les produits de la chasse, il avait tout sacrifié pour une Union qui ne tenait que par la force de la mort. Pourtant, même s'il était revenu, bien qu'il y ait toujours là de quoi se nourrir et subsister, le poison que distillaient les villes au pied des collines aurait quand même tout souillé, malgré la victoire. La vérité de sa naissance, qu'elle ne lui avait jamais révélée, taraudait Dearbhla et seule demeurait la douleur de l'avoir perdu, une douleur que rien n'apaisait. C'est tout ce qu'il lui avait laissé, et elle la ressentait plus fort que jamais à cet endroit.

Les chevaux s'avancèrent prudemment dans l'eau et s'abreuvèrent, flanc contre flanc.

ConaLee
UN PROTECTEUR

Le lendemain matin, j'ai conduit Maman à son rendez-vous avec le médecin. La vitre de la porte du bureau était fermée et je n'ai rien entendu que des murmures, mais j'ai vu le Dr Story lui serrer la main en lui disant qu'il avait beaucoup apprécié leur conversation. Et donc, elle avait « conversé », me suis-je dit en rejoignant Eira Blevins et Mrs Kasinski pour notre programme commun. D'abord la lessive, où nous formions des équipes pour plier les draps. Puis, le cours de dessin où Mrs K. restait immobile devant sa toile mais où Maman a réussi à peindre une rose acceptable, avec beaucoup de feuilles vertes. Le professeur a dit qu'elle était « pleine de vie », et j'ai entendu ma mère la remercier comme une vraie dame. Après déjeuner, Mrs Kasinski s'est remise à chantonner, et Eira Blevins a proposé qu'on se retrouve une heure plus tard pour des jeux de société, mais il fallait laisser à Ruth le temps de se calmer. Je lui ai demandé si Maman et moi pouvions aller nous promener seules.

– Tâchez d'être discrètes, m'a conseillé Eira Blevins.

– Entendu, ai-je répondu.

Et donc, par une belle après-midi ensoleillée, nous nous sommes retrouvées sur le chemin balisé qui s'enfonce dans les bois. Elle m'a pris le bras comme elle le faisait autrefois, et je lui ai demandé comment s'était passé son entretien avec le Dr Story.

– Il ne m'a pas posé beaucoup de questions. Il m'a… fait la lecture.

– Qu'est-ce qu'il t'a lu ? Dickens, ou…

– Je lui ai demandé de me lire le sonnet 116. Ensuite, nous l'avons relu.

– Ensemble ?

– Oui. Il avait l'air content que je… le récite aussi bien.

– Tu t'en es souvenue, Maman ?

Elle a marqué une pause pour que nous puissions regarder la prairie au pied d'une petite éminence.

– Oui, au bout d'un moment. Il a l'esprit fin.

– J'espère bien. Mais est-ce qu'il est gentil ?

– Oui, m'a-t-elle répondu, en lâchant une larme. C'est tellement… surprenant.

Je lui ai enlacé la taille.

– Tu as trouvé un médecin, un protecteur. Mais il faut qu'on rentre, maintenant, pour respecter le programme. C'est le Dr Story qui l'a conçu, après tout.

La pelouse derrière le bâtiment était pleine de patientes qui jouaient à différents jeux, notamment aux cerceaux, tandis que les messieurs utilisaient la Grande Pelouse pour pratiquer le croquet et la course à pied, quand ils ne faisaient pas de parties de dames, de dominos ou de palets sous les tonnelles.

– Demain, ce sera le contraire, m'a expliqué Eira Blevins.

Après ces divertissements, les dames rentreraient pour coudre ou broder, assises en cercle. Pour l'heure, elles faisaient rouler des dizaines de cerceaux en bois à l'aide de baguettes ou de bâtons. Les jeux qui nécessitaient un terrain plat ne pouvaient pas se pratiquer, sur nos crêtes – je n'avais aucun souvenir de distraction, à part apprendre à lire à des poupées fabriquées avec des écorces et de la ficelle. Notre seul passe-temps était les livres, et le travail que Maman savait rendre ludique. Ici tout le monde devait jouer, et les patientes les plus jeunes faisaient des nœuds à leurs jupes pour courir à côté de jolis cerceaux de couleurs vives. Mrs Kasinski a posé le sien pour expliquer les règles du jeu de volant, où il fallait utiliser de petites raquettes rondes tendues de parchemin. Elle en a manié une sous nos yeux pour frapper une espèce de bouchon garni de plumes qui a volé jusqu'à la raquette de Miss Blevins, avant de se retourner vers Miss Janet en s'exclamant avec enthousiasme : « Et *bing*, dans les airs ! »

Eira Blevins s'est écartée d'un pas tandis que sa patiente tenait le volant suspendu devant la raquette de ma mère.

– Miss Janet a l'air surprise, a-t-elle dit. Elle a pourtant déjà dû pratiquer des jeux de ce genre.

– Bien sûr, ai-je répondu.

Comme pour confirmer mes dires, Maman a reculé pour accroître la distance et a réussi ce petit coup de poignet qu'attendait Mrs Kasinski. Le bouchon s'est envolé et les plumes cousues à une extrémité m'ont fait penser à un oiseau capturé ou à un petit animal malmené. Mrs Kasinski s'est mise à courir de long en large pour le frapper de sa raquette, tandis que Miss Janet se contentait d'orienter le bras pour répondre à chaque lancer.

– Elle réussit très bien les volées. Je n'avais jamais vu Ruth se démener autant à ce jeu. Nous allons organiser des parties régulièrement !

Miss Janet était grande et on aurait dit qu'elle cherchait à viser son adversaire, mais Mrs Kasinski, plus trapue, savait bondir à temps. C'était sans doute comme ça qu'elle a fini par tomber, mais je n'ai pas vu sa chute, parce que je m'étais retournée pour admirer les cerceaux de bois colorés qui roulaient entre toutes ces paires de bottines.

Eira Blevins a appelé Mrs Hexum à la rescousse. Et la cuisinière, bien en chair et plantureuse, sans doute deux fois plus corpulente que Mrs Kasinski, trois fois plus que Miss Blevins, et quatre fois plus que ma mère si mince, est apparue en brandissant un cataplasme à la moutarde. Son long tablier était maculé de farine qu'elle époussetait en traversant toute la largeur de la pelouse de son pas pesant. Je m'attendais à ce qu'on appelle un médecin, mais apparemment, c'étaient surtout les accidents plutôt que les vicissitudes des maladies qu'on reprochait au personnel, et Mrs Hexum était aux commandes. Elle est sortie précipitamment de ses cuisines, et l'étrange petit garçon la suivait en sautillant. Il s'est accroupi à proximité tandis qu'elle prenait le pied nu de Mrs Kasinski entre ses grosses mains. « C'est pas une entorse, et elle a même pas de bleu ! » Elle a exigé le silence de tous, y compris de la blessée qui n'avait pas l'air rassurée quand elle lui a enserré la cheville dans le cataplasme. Elle lui a demandé de « se tenir tranquille comme une bonne petite et de faire une partie de cartes ». Ensuite, elle a promené un regard sur l'assistance, qui souriait et même n'a pu s'empêcher de s'esclaffer, parce que tout le monde savait que les jeux de cartes étaient rigoureusement proscrits par ce quaker de Dr Story. Elle a levé ses gros bras, déployé son tablier et le garçonnet s'est amusé à se glisser dessous à quatre pattes et à réapparaître plusieurs fois. Son corsage s'était desserré au niveau du cou et sa poitrine s'est soulevée quand elle s'est penchée avec effort pour attraper le garnement et le remettre sur ses pieds avant de le chasser. Il s'est enfui, dans le tourbillon de ses longs cheveux blonds et de l'étoffe pâle de sa blouse, et elle l'a suivi du pas pesant de ces bœufs ou ces taureaux qu'on engraisse. Son cœur devait pomper l'air comme un soufflet alors que déjà elle s'éloignait. Mais elle a aperçu Miss Janet et s'est arrêtée pour l'observer. J'ai murmuré un rapide « Bonjour » pour détourner son attention. Elle a coulé un regard vers moi et a cligné lentement d'un œil. « Faites-les rentrer », l'ai-je entendu dire à Eira Blevins. J'ai eu l'impression que le sol tremblait quand elle m'est passée devant, à pas mesurés et précautionneux. Elle laissait dans son sillage une odeur de sucre caramélisé et de transpiration.

Dearbhla disait qu'il ne faut pas croire aux esprits, même s'ils vous embrouillent le cerveau et vous donnent des visions. Comme si les distances étaient modifiées, que les ombres ou les pans d'obscurité se rapprochaient. Eira Blevins nous a effectivement dit de rentrer tandis que les autres restaient « prendre l'air » et que Ruth laissait reposer sa cheville – mais je ne suis pas sûre que personne à part moi ait entendu l'ordre de Mrs Hexum. Ou que quiconque ait vu ce lent clignement de son œil gauche alors que le reste de son visage demeurait complètement figé. Dearbhla appelait ça « l'œil magique », qui apparaissait au moment même où il disparaissait. Mrs Hexum avait la haute main sur nous, sur les repas qu'elle préparait ou supervisait, sur sa cuisine que des fils invisibles reliaient au jardin, à la laiterie, au verger, au champ – tous n'étant que les rayons d'une roue qu'elle seule faisait tourner.

Nous avons fait mine de prendre le chemin du bâtiment, de monter les marches conduisant à l'étroite galerie qui borde l'arrière de l'asile, mais j'ai tiré Maman sur le côté. J'étais effrayée et j'avais besoin d'un moment tranquille, comme une pause durant laquelle personne ne m'observerait, où je resterais à l'écart. À l'abri d'une tonnelle de tubéreuses et de vigne vierge, nous avons soulevé le filet tissé qui recouvrait un réservoir d'eau où les ouvriers et les jardiniers venaient se désaltérer. Nous avons bu tout notre saoul et j'ai pressé ma main mouillée et fraîche sur le visage et les cheveux de Maman, heureuse de cette occasion de lui parler seule à seule. Au bout d'à peine plus d'une journée passée dans ce refuge, elle paraissait déjà mieux à même de me comprendre.

– Tu veux bien qu'on reste ici, dans cet hôpital ? lui ai-je demandé.

– Oui, il le faut.

– Cette femme, la cuisinière – Mrs Hexum. Ne l'approche pas de trop près. Elle a vu clair en moi.

Je te vois, ConaLee, a résonné dans ma tête.

Maman m'a regardée avec patience et pris la main.

– Ne crains rien, ConaLee.

Beaucoup poseront l'œil sur toi, ConaLee. Tu dois apprendre à déjouer les regards. Dearbhla me l'avait répété de nombreuses fois. Je l'entendais comme si elle était là, toute proche. Je me suis demandé si je devrais prendre garde à Eira Blevins.

– Eira Blevins a dit qu'elle me montrerait son épingle à chapeau, ai-je déclaré. Je me demande si elle en utilise une pour…

Ma mère a haussé les sourcils comme si j'allais dire une bêtise.

– … pour piquer sa patiente ? Mrs Kasinski t'en a parlé ? Elle n'est pas si folle, alors.

– Non, a répondu Maman. Ruth sait très bien ce qu'elle fait.

– Comme toi, Maman ? Tu pouvais parler, mais tu ne le faisais pas, par peur de Papa ?

– Je ne sais pas. C'est tout ce que j'avais trouvé pour… le tenir à distance.

Elle a pris mes mains dans les siennes et m'a tirée à elle.

– Pardonne-moi, ConaLee…

– Oh Maman, la seule chose qui compte, c'est que tu ailles mieux. D'ailleurs, tu *vas* déjà mieux.

Elle s'est tournée vers la galerie, où se profilait la partie supérieure des hautes fenêtres de la cuisine. Cette dernière devait être très vaste – six fenêtres, sans compter la double porte vitrée qui ouvrait sur le jardin. Mrs Hexum avait sans aucun doute quelque chose à voir avec les épingles à chapeau, elle aussi. À moins qu'elle n'en ait pas besoin.

– Tu ne peux en aucun cas te retrouver sans moi ici, ai-je expliqué à Maman. Tu ne dois jamais être seule.

Elle m'a regardée fixement.

– C'est ici que nous sommes le plus en sécurité, ConaLee.

– Viens, remontons dans notre chambre. Je voudrais me reposer dix minutes.

Nous sommes entrées dans le bâtiment et, depuis le hall situé à l'arrière, nous avons perçu des bruits de chahut. J'ai essayé de ralentir notre allure mais Maman ne voulait pas attendre. Elle semblait attirée par ce raffut et me tirait pour que j'avance. Il fallait qu'on traverse la grande rotonde pour rejoindre l'escalier de l'aile des femmes, et là, nous avons assisté à un spectacle étonnant. Un homme portant une jaquette élégante et un haut-de-forme digne de Lincoln qui nous tournait le dos s'en prenait rageusement à ceux qui l'entouraient. En nous rapprochant, nous avons entendu un chapelet de cris et d'injures. Nous n'y étions pour rien, me suis-je dit, et personne n'a remarqué notre présence. Les quatre ou cinq infirmiers étaient absorbés par leurs tentatives d'esquive et de retraite. L'un d'eux était tombé à genoux et lançait un appel que je ne comprenais pas, tout en essayant de saisir la queue de l'habit de l'agité, qui tournoyait comme un derviche en frappant de ses poings ceux qui essayaient de s'avancer. Il a jeté son joli haut-de-forme à la tête d'un autre infirmier, qui s'est effondré comme si on l'avait assommé. « Maudit chien de l'enfer ! Suppôt de Satan ! Dépravé de Nordiste ! » Le forcené semblait avoir une injure pour chacun de ses adversaires. Un soignant, sans doute un médecin assistant, l'a approché par-derrière en se servant d'une pile de papiers comme bouclier. Le dément s'est alors tourné vers nous et j'ai vu que ce n'était autre que Papa, mais élégamment vêtu, les cheveux coupés et la barbe taillée à la mode. Les yeux fous, il était en proie au délire. Il écumait littéralement, comme un animal atteint de la rage, et il ne semblait pas nous avoir reconnues. J'avais tellement peur que j'osais à peine respirer et je me suis blottie contre Maman. Sans un regard, ni pour moi ni pour les autres, il a arraché la pile de documents des mains du médecin, faisant voler les papiers dans les airs, puis en a fait des boules qu'il s'est enfournées dans la bouche pour les mastiquer avant de les recracher. Le médecin a reculé en criant « Ne bougez plus ! Ne bougez plus ! » tandis que deux autres hommes, des infirmiers vêtus de pantalons et de gilets noirs, les manches de leurs chemises en mousseline roulées au-dessus du coude, baissaient la tête pour charger. L'un d'eux s'est jeté sur l'enragé et l'a précipité à terre, mais Papa s'est facilement dégagé de sa prise et, à deux mains, il a saisi son adversaire au collet.

Le veilleur de nuit a émergé des portes qui conduisent à l'escalier de l'aile des hommes. J'ai compris alors que les cris de l'infirmier que je n'avais pas saisis étaient en fait adressés à O'Shea. Ils n'avaient en réalité pas cessé de l'appeler à la rescousse, alors que ce n'était pas la nuit et qu'il n'était pas de service. De plus haute taille que tous les autres, il s'est avancé rapidement, les bras le long du corps. Deux infirmiers le suivaient, portant un lit-cage doté d'un capot et de barreaux serrés. Ensuite, Mrs Hexum a fait son apparition, comme si c'était elle qui avait eu l'idée de ce lit. J'ai cru apercevoir Chiendent, le petit garçon blond, virevoltant alentour. Mais le tourbillon pâle qui escortait la cuisinière n'était peut-être qu'un mouvement de ses jupes. Son pouvoir s'étendait sans doute à l'infini, jusque dans l'aile réservée aux hommes. Surpris dans un moment d'intimité, O'Shea ne portait ni la redingote noire qui lui tombait jusqu'aux genoux ni son éternelle casquette. Il paraissait terrifiant. Les lanières de cuir qui maintenait son cache-œil en place se distinguaient clairement : l'une d'elles lui encerclait la tête, et l'autre lui passait sur le crâne, comme de minces courroies dotées de petites boucles. Le cône du cache-œil saillait comme une étrange visière. Ses boucles noires en désordre cachaient en partie sa cicatrice et il se tenait immobile au milieu de la mêlée comme pour défier son adversaire.

Jusque-là je m'accrochais à ma mère, mais elle s'est dégagée au moment où Papa s'est retourné pour faire face à O'Shea. « Chien galeux et cornu ! La Bête est devant moi ! » Grondant des imprécations contre les démons, il s'est lancé sur le veilleur de nuit pour l'empoigner d'une main par la tignasse et arracher sa chemise de l'autre. Le tissu s'est déchiré au moment où O'Shea le saisissait sous les aisselles et le soulevait du sol, mais toutes dents dehors, Papa lui a sauté à la gorge. Les infirmiers avaient ouvert le capot du lit-cage. Tous s'activaient du plus vite qu'ils pouvaient, mais Maman s'est précipitée par-derrière pour emprisonner le forcené de ses deux bras par la nuque, le forçant à reculer au dernier moment et nous avons entendu sa mâchoire se refermer sur le vide en claquant. O'Shea l'a jeté par terre et a serré Maman contre sa poitrine. Les infirmiers se sont rués sur Papa et lui ont ligoté les mains et les pieds. O'Shea s'est aperçu de ma présence et il m'a rejointe en quatre enjambées.

– Pourquoi l'avez-vous amenée ici ? a-t-il vociféré, en la faisant passer de ses bras aux miens.

– Je ne l'ai pas amenée, ai-je bredouillé. On nous a ordonné de rentrer...

Je me suis interrompue, interloquée par la vue de son torse dénudé. Une cicatrice, tout un cercle d'épaisses zébrures enchevêtrées, marquait sa peau rose et tannée sur tout le pectoral droit. Ma mère a posé la paume sur cette poitrine scarifiée alors qu'il essayait de se couvrir avec sa chemise déchirée. Il s'est détourné brutalement et Maman est retombée sur moi, tandis que les infirmiers attachaient Papa sur l'étroit lit-cage, qui avait peine à le contenir. Solidement ligoté, il ne pouvait plus bouger que la tête, qu'il agitait de gauche à droite en hurlant. Le médecin a crié « Verrouillez le capot » et ils ont fermé les cadenas avant de soulever le lit et de l'emporter. Je me suis tournée vers Maman pour qu'elle me réconforte et que je l'apaise, je ne savais pas très bien, mais je me suis entendue fondre en larmes et j'ai couvert ma bouche de mes deux mains. Pendant ce temps, les infirmiers s'éloignaient, des malédictions de détresse et des rugissements s'échappant de la cage. Mrs Hexum s'est campée face à nous tandis que le médecin et le veilleur de nuit se glissaient derrière elle. J'ai vu à nouveau son œil sombre cligner lentement. Elle a esquissé un sourire et nous a adressé un signe de tête, comme pour saluer un travail bien fait.

Ma mère me tenait par la taille quand nous avons pris l'escalier qui conduisait à notre chambre. Une fois la porte refermée, j'ai essayé de reprendre ma respiration.

– Maman, il est de retour ! Qu'est-ce qu'il va nous faire ? Il va nous emmener ?

Elle m'a serrée dans ses bras comme autrefois, quand j'étais sa seule enfant.

– *Chut, chut,* ConaLee.

Elle a écarté mes mains de mon visage en parlant.

– Tu as vu, ma petite. Ils ont compris à qui ils ont affaire. Il est prisonnier, nous non.

J'aurais presque pu la croire. Elle semblait si convaincue.

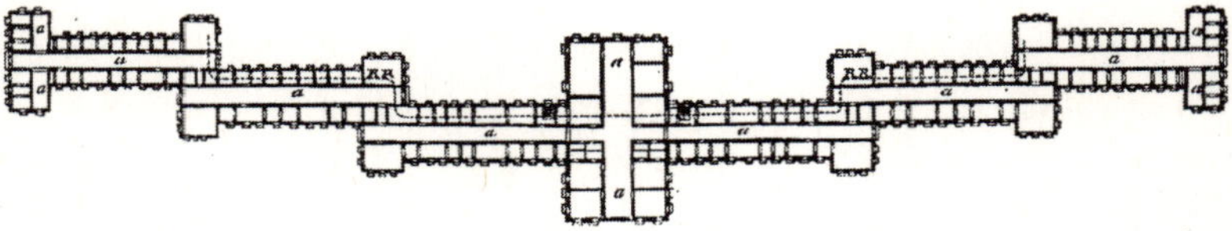

N 1. PLAN DE LA CAVE

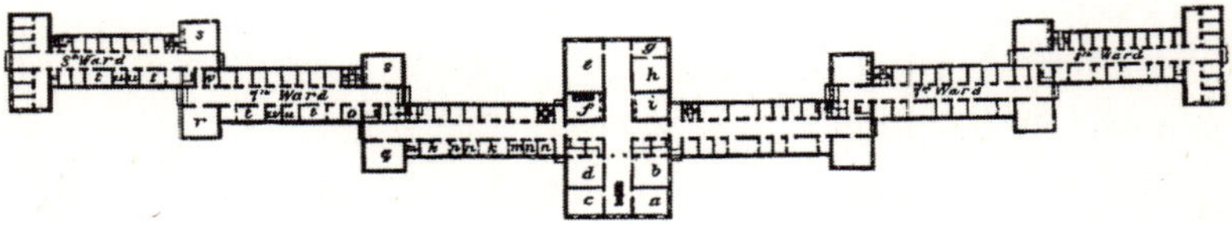

N°2. PLAN DU SOUS-SOL ET DU REZ-DE-CHAUSSÉE

« La planche n° 1 représente la cave creusée sur toute la longueur jusqu'à une profondeur de plus de deux mètres sous le rez-de-chaussée.

Le passage central (a) est la chambre à air chaud qui s'étend sous l'ensemble du bâtiment.

De part et d'autre se trouvent les réservoirs à air froid… Au milieu de l'un d'eux passe un rail sur lequel circulent les plats en provenance de la cuisine jusqu'aux différents monte-plats entre cet espace central et les ailes les plus distantes… Les plats, préparés dans la cuisine du sous-sol, sont placés encore chauds dans des récipients en fer-blanc hermétiques et disposés de façon à passer devant la base de chaque monte-plats. Ainsi, la nourriture est distribuée rapidement, et sans risquer de refroidir, jusqu'à chaque partie du bâtiment. Chaque étage doit être doté d'une cloche et d'un cornet acoustique… permettant de réclamer chaque article sans que les employés aient besoin de quitter leur service ou le réfectoire pour se rendre aux cuisines, dont l'accès leur est interdit. »

Dr Thomas Story Kirkbride, 1854

Chiendent
BRANLE-BAS DE COMBAT

Il creuse et creuse encore avec sa cuiller ronde en plomb, il creuse aussi avec ses mains et ses pieds jusqu'à l'endroit où la terre semble fraîche, à l'ombre de la grange où tous sont au travail. Il creuse tous les jours, un abri de la forme d'un chausson où il peut tenir. La bonne odeur de glaise, le goût des graviers sombres, la terre qu'il saisit, qu'il extirpe, qui file entre ses doigts. Une enveloppe de velours douce, fraîche et moelleuse où il se glisse. À l'abri des chariots et des sacs de toile, derrière le box où Zef et Dib étrillent les chevaux. On déplace les tas de paille. Couché dans son nid de terre, il tend l'oreille. Un fétu après l'autre retombe dans un murmure. Il se couvre la tête avec un sac, il respire par les mailles et les trous, il regarde à travers les croix et les carrés. Une souris trottine, on dirait une pluie de riz. Un rat martèle le coin d'une planche en bois noueux. Le gros chat de la grange guette, sa queue se balance et fouette l'air chargé de poussière. Et puis, plus aucun son. Un rayon de soleil, chaud et aérien, à peine une chatouille qui vient le caresser. Il reste roulé en boule, sans faire de bruit, tel le bras silencieux d'une immense créature invisible.

Dans les cuisines de Hexum flotte une vague de chaleur qu'elle emplit et soulève : la longue et vaste pièce, la fenêtre en « V » qui luit au-dessus de la double porte donnant sur le jardin, l'énorme fourneau noir avec ses deux antres obscurs, l'immense table striée de marques sur laquelle on découpe, on bat et on plie la pâte, les femmes au coude à coude, et le bac à farine au-dessous avec son couvercle hermétiquement clos. Le long d'un des murs, une rangée de fenêtres au-dessus des deux hommes qui apportent des bidons de lait encore tiède de l'étable. À l'aube, Zef et Dib arrivent en poussant leur lourd chariot. Chiendent s'assied entre les bidons plus hauts que lui, et il cogne dessus avec sa cuiller en plomb. « La vieille Hexum va te tanner le cuir si tu fais tomber les couvercles, gamin », mais il colle quand même son oreille contre la paroi pour entendre le lait clapoter. Il dévale la pente en zigzag tandis que Zef et Dib portent leur fardeau à quatre mains, chacun s'en tenant aussi loin que possible, comme s'il pouvait les mordre. Hexum renifle et goûte le lait et emplit des pichets en étain pour qu'on les remise dans les glacières. Les autres cuisinières plaquent des bols à large bord contre leur ventre et certaines commencent déjà à baratter le lait avec des spatules ou des fouets. Le matin, aux cuisines, les petits se blottissent sous la longue table pendant que les femmes s'affairent au-dessus de leurs têtes. Hexum remplit leurs assiettes : morceaux de lard maigre, galettes de sarrasin ou de maïs tout droit sorties du four. Lui, elle, lui, elle, et puis Chiendent, le chouchou de Hexum, qui reste là quand les autres ont déjà décampé.

– Allez me remplir ces paniers de myrtilles, leur dit-elle, cueillez ce qu'il reste de fenouil et de moutarde, et apportez-moi les bocaux pour qu'on les fasse macérer.

Chiendent ne bouge pas. Elle ne lui assigne qu'une seule tâche, au petit déjeuner, au déjeuner et au dîner, et seulement à lui.

– Comment je vais me débrouiller quand tu auras trop grandi ? Sans toi, comment ils feront pour manger ? Plus jamais à l'heure, plus de plats bien chauds, comme ces beaux messieurs-dames croient que c'est leur dû !

Chiendent est le plus petit, le plus vif aussi. Dans le noir, il grimpe sur l'étroit wagonnet du chemin de fer souterrain parce qu'elle lui dit de le faire et qu'elle affirme qu'il en est capable. Elle lui accroche un sifflet au cou et attache elle-même ses mitaines de cuir. Comme ça, les couvercles en fer-blanc ne le brûlent jamais quand il les glisse un par un sur les planches des monte-plats. Il souffle dans l'embouchure des tubes lorsqu'il arrive sous chaque réfectoire. La corolle du cornet métallique, de la taille de son poing, luit dans la cave même s'il n'y a pas de lumière. Il souffle deux fois pour dire qu'il a fini de décharger, puis il continue son circuit. D'abord les ailes des femmes, A et B dans le bâtiment central, puis la suivante, la suivante encore et enfin la plus éloignée. Ensuite demi-tour pour que Hexum charge les plats des hommes, elle s'en occupe elle-même, puis c'est au tour de Chiendent, accroupi sur un wagonnet, avant de passer de l'un à l'autre aussi facilement qu'un alevin traverse un ruisseau. Le reflet des lueurs, le roulement et le claquement des essieux qui se réverbèrent dans toute la cave, le rail étroit, et même le gravier qu'on aperçoit entre les traverses – tout ce monde d'ombres et d'échos est à lui. Les grondements sourds, les couinements étouffés et les tintements plus aigus du métal n'ont pas encore cessé de lui résonner aux oreilles chaque fois qu'il les retrouve.

Le matin, une lumière pâle filtre par les petites lucarnes de la cave. Hexum ouvre la double porte du monte-plats de la cuisine pour remplir les wagonnets. De bas caissons à lattes montés sur un train métallique, qui cliquettent à moins de dix centimètres du mur.

– Surtout, mets-y jamais la main, mon Chiendent, la glissière aurait vite fait de t'arracher les doigts. Allez, petit, tu sais ce que tu as à faire.

Vingt-neuf minutes du début à la fin. Elle le chronomètre, l'attendant durant tout son circuit, pendant qu'au-dessus de leurs têtes les filles de cuisine arpentent le carrelage, suivant ses instructions.

Lui chevauche les petits wagonnets au long des rails étroits. Les ailes des femmes, celles des hommes, celles qui se trouvent en bout de course. Par le puits du monte-plats lui parviennent le bourdonnement des femmes affairées, le léger bruit de leurs semelles qui glissent, et le chuchotis plus grave des bottes des hommes raclant le carrelage. De moins en moins d'échos au fur et à mesure qu'il s'éloigne du bâtiment central, les sons furtifs qui descendent des réfectoires ou de ces services où il n'y a pas de véritable salle à manger, rien que les auxiliaires qui soulèvent les couvercles métalliques et font s'entrechoquer les cuillers et les plateaux. De temps à autre un hurlement, comme si un loup blessé à mort avait passé la tête dans le puits, un cri étranglé. Chiendent fait machine arrière, le moment qu'il préfère, rien que lui et les wagonnets vides qui cliquettent en glissant sur les rails et le ramènent vers Hexum. Elle le prend dans ses bras et le jette sur son épaule comme un sac de pommes de terre pour remonter l'escalier des cuisines.

– Voilà, Chouchou, prends ta baguette à bulles et ton bol d'eau savonneuse, file profiter un peu du soleil !

Et il souffle les bulles qui s'envolent avant d'éclater, trouve une fourmi qu'il fait courir sur son doigt, la repose gentiment pour l'emprisonner dans un globe irisé. Hexum l'appellera bientôt pour faire le circuit en sens inverse et ramasser les restes des repas dans les plats en fer-blanc : morceaux de pain détrempés, cartilages et bouts de gras, jamais d'os.

– Les os, ça peut couper comme des couteaux, Chouchou, quand ils se brisent. Donc pas d'os, rien que la viande qu'on détache, et avec le reste des détritus, ça fait une bonne bouillie pour les gorets.

– Ils ont bien de la chance, ces cochons, de récupérer ce que les toqués mangent pas, dit Zef.

Les porcs couinent dans leur enclos, derrière l'étable. Ils grognent pour appeler Zef en clignant de leurs petits yeux. Les truies s'approchent, les nouveau-nés accrochés aux mamelles, leurs corps tachetés de la taille d'un petit écureuil sans poil.

– Ces cochons, ils sont plus malins que la plupart des humains, gamin, ils ont toujours de quoi bouffer même quand les temps sont durs ! T'avise pas de passer la main par la barrière !

Chiendent glisse sa cuiller par un trou de la clôture en murmurant *Pan pan pan*. Le groin humide et tremblotant, le plus gros des porcs le fixe de ses yeux minuscules, s'avance d'un pas lourd, et charge tête baissée. Chiendent recule en attendant le choc. L'animal, aveuglé de colère, se cogne contre l'obstacle, il renifle, grogne, et les moignons de ses défenses broient le bois. Son groin frémissant, hérissé de poils raides et dégoulinant de bave, s'enfonce entre les barreaux. Chiendent pose sa cuiller en plomb juste au-dessus des naseaux crasseux et humides, il le caresse doucement en la faisant glisser de haut en bas. Le cochon renifle. Il grogne. Moins longtemps, plus doucement.

– Ben mon garçon, tu l'as envoûté ? Allez, recule maintenant, laisse-le tranquille. Si tu arrêtes, il va repiquer une crise de rage. Vas-y, je te dis. On peut jamais savoir pourquoi ces bêtes se mettent à vous aimer.

Chiendent aime les ailes centrales réservées aux dames, et il se cache pour observer les messieurs sur la pelouse. Un jour, il sera un monsieur lui aussi, et s'assiéra sous la tonnelle de la Grande Pelouse les beaux jours d'automne, il portera des chaussures avec des guêtres blanches, il aura un monocle et il feuilletera le journal que Dib ou Zef lui auront spécialement apporté de la ville. Il n'a pas le droit de s'approcher d'eux, il les regarde de là où il ne peut pas être surpris. Hexum dit que les hommes sont comme ça, qu'il faut se tenir loin d'eux, même s'ils portent un beau manteau ou un col élégant. Ne lui a-t-elle pas montré des patients en plein délire, bien habillés ou pas, qu'on maintenait ligotés dans un lit-cage comme des bêtes en furie ? Il ne faut pas qu'il s'éloigne des ailes des femmes, ou de ses quartiers à elle, il doit coucher sur son canapé ou se glisser dans son lit la nuit, blotti contre elle comme un animal domestique. Il dort souvent à l'écurie, près de Zef et Dib, dans leur chambre derrière les box, sur leurs paillasses rembourrées d'épis de maïs, suspendues par des cordes et tapissées de couvertures récupérées dans les services.

– Ils te feront aucun mal, Chouchou. C'est des Noirs libres qui sont payés pour leur travail. On a jamais trouvé leurs pareils, en ville ou à la campagne. Ils te diraient la même chose que moi, gamin, reste près des dames qui te donnent des bonbons ou des babioles. Mais tout ce qui brille, tu l'apportes à la vieille Hexum, d'accord, mon Chiendent ? Les bijoux et les petits trésors.

Et elle ouvre le tiroir de son secrétaire, qui ferme à clef, en tire une bourse en velours : des boucles d'oreille scintillantes, des broches et des boucles qui étincellent, des bagues serties de pierres chatoyantes. Elle le laisse prendre sa loupe, avec son manche en bois qui claque quand on le déplie. Il regarde à travers le rond de verre : les yeux verts de la vieille femme, et le point lumineux au centre.

La nuit venue, il aime suivre O'Shea dans les vastes couloirs éclairés. Le veilleur fait sa ronde, comme il dit, dans les services A et B de l'aile des hommes. Il tend l'oreille, observe les patients de son œil unique par les étroits guichets bien huilés des portes. Mais O'Shea se rend seul dans les services à l'autre bout du bâtiment. « C'est pas la place d'un gosse », dit-il. Chiendent court alors se réfugier dans la chambre de Hexum ou à l'écurie pour dormir tandis que le veilleur de nuit arpente les galeries fermées à double tour, de long en large, et parle en chuchotant avec les infirmiers de garde. Hexum dit que les patients de ces services s'agitent par vagues, ça monte et ça redescend, ils peuvent être aussi déchaînés que des loups à la pleine lune. La nuit, c'est le jour pour O'Shea, mais Chiendent fait de petites siestes entre ses tâches, ses explorations et ses guets, enveloppé par la terre fraîche et sa toile à sac dans l'écurie. Il se balance doucement sur la paillasse désertée par Zef, ou sur la couette en plume de Dib, quand les deux hommes sont au travail. Des espaces vides, l'absence, l'attente. Zef et Dib. Dib et Zef. Le soir, à la lumière interdite d'une chandelle ou d'une lampe à pétrole. Le dimanche, jour de repos, mais où il faut tout de même traire à l'aube. Le lait qui coule à flots dans le petit matin.

– Pas vrai, Dib ? Toujours cette corvée de lait, comme avant quand il fallait qu'on en tire pour nourrir les bébés dans les langes. Mais pas toi, hein mon garçon ? T'es pas mal ici. On te traite comme un roi. Va donc nous chercher un broc d'eau et installe le damier. Approche un peu, je vais t'apprendre un truc ou deux. Un jour, tu finiras par battre le veilleur de nuit à plate couture. Tu sautes par-dessus ces pions et tu les envoies valser. Tu comptes aller suivre O'Shea ce soir ? Enfile donc ces vieilles chaussettes, comme ça tu feras pas de bruit.

Hexum tient à avoir Chiendent auprès d'elle durant les branle-bas de combat. Elle utilise cette expression quand elle est appelée d'urgence ici ou là. Elle aime le voir courir, sauter ou simplement être présent quand elle entre en action, apaise, met fin à un chahut ou un accrochage. Elle le trouve invariablement qui la suit du regard de l'autre côté de la pelouse parmi les jeunes filles et les femmes, les cerceaux, les bâtons, les chapeaux et les voilettes. Elle est son propre voile : elle sait se resserrer, se déployer et se ramasser sur elle-même comme une étoffe. La vieille Mrs Kasinski toute fripée est allongée à terre avec sa raquette du jeu de volant, le pied aussi nu que ceux de Chiendent. Effrayée, elle détourne le regard tandis que la cuisinière lui emprisonne la cheville dans sa grosse main et qu'elle lui applique un cataplasme tiède qui sent la moutarde forte. Hexum réussit à faire rire les spectatrices mais Chiendent sait que l'aiguille à chapeau de Blevins pique les larges épaules de Kasinski quand la patiente ne peut s'empêcher de fredonner. Les femmes se déplacent et forment un cercle, elles se rapprochent puis s'éloignent de Hexum. Si rapidement que personne ne le remarque, il s'empare du bas de soie de Kasinski qu'on a jeté à terre. Il le serre doucement dans son poing alors qu'il emboîte le pas de Hexum en sautillant comme un cabri. Elle rentre dans sa cuisine et le renvoie.

Il se précipite vers l'écurie pour étendre le bas ; à travers ses mailles il regarde les chevaux dans leurs box, la cour, les murs interminables de l'asile qui vacillent sous ses yeux. Des pierres taillées rectangulaires montent des arcs-en-ciel pareils à ceux qui se forment dans les bulles de savon. Il glisse un bras puis l'autre dans le bas en écartant les doigts. L'enfile sur sa jambe, et étend son pied qui luit sous le fourreau de soie. Puis, il s'en fait un bandeau et tourne sur lui-même jusqu'à en avoir le vertige, trébuchant sur le pan de sa longue blouse, et il chancelle entre les box et la cour, au-delà de l'abreuvoir. Il revient à lui dans l'enclos du poulailler, de la sciure de bois lui maculant les pieds, et il pense aux poussins qui viennent de naître. Les poules paradent en caquetant. Il tire de sa poche les miettes de pain qu'il a ramassées à la cuisine, presque réduites en poudre maintenant, et il les disperse autour de lui. Les poussins envahissent ses orteils, escaladent ses chevilles, leurs petits ergots le griffant comme les ongles d'un bébé. Il entend Hexum qui sonne sa cloche et cache le bas sous une couveuse. C'est pour lui qu'elle retentit. Ce n'est pas encore l'heure du dîner, mais elle l'appelle pour qu'il sorte du poulailler et elle lui annonce qu'ils vont rendre visite à O'Shea.

– Pas vrai, Chouchou ? On l'a eu, notre branle-bas de combat, ça on peut le dire, et t'es un bien meilleur infirmier que tous ceux qu'on paye pour ça.

Le couloir qui mène à l'appartement de l'intendant, à celui de l'assistant du médecin, avec la loge du veilleur de nuit tout au bout, est si étroit qu'ils ont peine à y avancer de front. Chiendent marche sur les jupes de la cuisinière. Elle lui tend un bras dodu pour qu'il escalade sa cuisse monumentale et se juche sur sa hanche. Elle s'arrête au fond du couloir, devant le logement du veilleur de nuit, une chambre avec cabinet de toilette, et elle gratte à la porte tout doucement.

– O'Shea, dit-elle, vous avez de la visite.

– Pas aujourd'hui, Mrs Hexum.

– Il faut que je le case quelque part tout de suite. Vous avez quelqu'un d'autre chez vous, Veilleur de nuit ? Une lavandière ? Une infirmière ?

– Je ne veux aucune visite, Mrs Hexum.

– Tirez seulement ce verrou, et je le ferai entrer.

Ils entendent O'Shea se lever lentement de son lit et traverser la pièce. Hexum dessine un cercle du bout du doigt autour du verrou en roulant des yeux impatients à l'adresse de Chiendent, et finalement le barillet tourne. La porte s'entrouvre. Chiendent descend de son perchoir et se faufile promptement à l'intérieur.

– Débrouille-toi pour revenir à temps pour la cloche du dîner, Chouchou, dit-elle ensuite. Notre veilleur de nuit va avoir besoin d'un moment de repos, vu comment qu'il a été tiré du lit tout à l'heure.

O'Shea referme la porte. Ils entendent le parquet craquer, gémir à chaque pas tandis que Hexum s'éloigne.

La pièce est sombre. Le jour et la nuit sont inversés, pour le veilleur.

– Excuse ma tenue, dit O'Shea. On m'a réveillé en sursaut et un fou furieux a arraché ma chemise.

Il ne porte qu'une combinaison en coton blanc sur une culotte courte, et il se retourne pour soulever du pied la chemise inutilisable. Elle vole dans les airs et atterrit un peu plus loin, les manches écartées, tandis que Chiendent suit le veilleur jusqu'à un lourd fauteuil à accoudoirs. Velours usé et rapiécé, épais coussins, gros repose-pieds assorti, piqué de boutons-pression et bordé d'une frange de glands en tissu. Une petite table de jeu, et un tabouret qu'il invite Chiendent à rapprocher. Un lit à cadre en fer derrière le rideau, un secrétaire à dos-d'âne et pas de miroir. À un valet devant le placard d'angle sont suspendus sa veste d'uniforme, son pantalon plié, sa casquette. Sur un plateau, posé comme une offrande, son cache-œil avec ses lanières de cuir. Sa courte cravate noire.

O'Shea ne semble pas disposé à sortir les pions du tiroir de la table de jeu. Il observe le garçon du fond de son fauteuil.

– Tu es Chouchou ou Chiendent, aujourd'hui ?

Le garçon le fixe avec un demi-sourire.

– Je crois que je vais t'appeler James. Et qu'est-ce que c'est que ces cheveux, James ? Hexum ne compte jamais te les couper ? Elle veut te faire porter des rubans et des tresses ?

Chiendent secoue la tête. Hoche le menton. Secoue la tête à nouveau. Il ouvre l'étroit tiroir et tend la main vers les pions peints de deux couleurs. Les siens sont noirs. Ceux de O'Shea rouges.

– On est d'accord, alors. Je te laisse choisir toi-même ton nom.

Il grimace et se penche en avant pour s'étirer le dos.

– Je crois que je me suis fait mal, mon garçon.

O'Shea tourne péniblement son cou. Sa combinaison flottante et échancrée souligne sa grosse tête et ses boucles brunes, son visage et ses joues mal rasées, son œil unique couleur noisette, ses longs cils noirs.

Chiendent, campé devant lui, le regarde en fronçant les sourcils.

– Dis ce que tu penses, Chiendent, ici tu peux. Dis-moi à quoi tu veux jouer.

– Aux dames.

Il sort les pions en bois du tiroir.

– Dispose-les, dit O'Shea. Je n'ai pas vraiment envie d'une partie de dames aujourd'hui. Tu vas jouer pour nous deux.

O'Shea se passe la main entre les boucles indisciplinées qui couvrent à moitié la cicatrice boursouflée de sa tempe droite. Il remonte sa combinaison et tend au gamin un minuscule flacon d'onguent.

– Tiens, mon garçon. Frotte un peu là où il m'a labouré la peau.

Chiendent prend le flacon et s'approche tandis que O'Shea se retourne pour lui tendre son dos nu. Les petits doigts du garçon effleurent les stigmates, en relief maintenant comme des marques laissées par les griffes d'un chat. Il étend lentement le baume gras sur et entre les stries rouges.

O'Shea lui reprend le flacon et le rebouche puis s'assied en se penchant en avant pour laisser l'onguent pénétrer. Chiendent examine attentivement la cicatrice sur le torse de O'Shea, des zébrures rosâtres aux bords enflés, de la largeur d'un pouce. Il étend les paumes pour couvrir entièrement le vaste cercle de meurtrissures et la peau violacée au-dessous.

– On m'a marqué, mon garçon. Comme du bétail, ou les esclaves d'un maître impitoyable. Je suis une bête curieuse, tout comme toi.

Chiendent ouvre la bouche pour répondre mais aucun mot ne s'en échappe.

– Tu t'appelles Chiendent, dit O'Shea, pas James, pas plus que moi je ne suis un homme entier. Tu veux savoir comment on m'a fait ça, ou pourquoi ? C'est pour cette raison que tu dois parler. Il faut que tu te serves des mots.

– Comment tu as eu ça ?

– La guerre, peut-être. Avant qu'on me défonce le crâne. Mais mon médecin pense que non. Il m'a dit que c'étaient des cicatrices, pas des blessures. Une violence plus ancienne qu'il a mieux valu oublier. Le vieux Dr O'Shea m'a adopté comme un fils, enfin presque, en me donnant son nom. Il fallait un nom pour l'hôpital et je ne me rappelais pas le mien. Ils ont étudié mon cas parce que j'étais un survivant. Ils m'ont fait faire ce cache-œil, et puis ils m'ont donné du travail à l'hôpital. J'ai transporté les blessés, du quai à l'hôpital en passant par l'ambulance, dès que j'ai repris des forces. Mon médecin m'a suivi pendant près de trois ans. Il m'a écrit une lettre de recommandation à la fin de la guerre et je suis revenu à la vie civile après avoir recouvré la santé, et j'ai débarqué ici. C'est un secret que je te confie, Chiendent.

La tête penchée, le garçon l'écoute.

– Tu pourras choisir ton nom quand tu l'auras décidé. Allez, prépare le jeu.

Chiendent aime la surface ronde des pions en bois qui peuvent s'empiler, et la surface peinte du plateau, des carreaux noirs et rouges encadrés de noir. Il aime faire sauter ses pièces d'une case à l'autre quand le mouvement s'accélère. Il aime les mots. « Avancer, souffler, prendre »… Une fois le plateau prêt, il s'assied sur le tabouret et attend que le veilleur de nuit donne le signal pour commencer à jouer.

– Bon, d'accord, concède O'Shea. Passe-moi mon cache-œil. Il faut que je me concentre, si je ne veux pas que tu me battes.

Le valet en bois est presque aussi haut que Chiendent, avec son cintre et son rouleau articulé pour suspendre le pantalon d'uniforme. Le garçon prend le cache-œil sur le plateau. Il le soulève en laissant les lanières pendre tout droit.

– On est tous les deux borgnes, dit O'Shea.

Chiendent pose doucement son front contre celui du veilleur, son œil voilé en face de l'œil valide de O'Shea. Les lumières diffractées de son orbite plongent dans la cavité livide où devrait se trouver l'œil. Tout au fond, la peau est d'une couleur pâle, mauve comme le bord d'une langue. O'Shea baisse la tête pour que Chiendent ajuste les lanières en maintenant en place le cône doublé de feutrine. La lanière supérieure s'attache à l'arrière du crâne. La seconde suit le même chemin puis oblique sur le devant en diagonale, passe sur la cicatrice et le croissant rouge de peau nue pour aller se perdre dans les cheveux. Chiendent sait que O'Shea saurait le faire plus vite, mais il referme lui-même les petites boucles.

– Allons-y, tu commences. J'ai besoin d'un avantage.

On n'entend plus alors que le *tic-tac* du réveil à deux cloches.

O'Shea lui a mangé plusieurs pions mais Chiendent finit par trouver une ouverture dans la dernière rangée de ceux de son adversaire, et il avance le sien en retenant son souffle.

– Eh bien ? demande O'Shea.

– Dame, murmure l'enfant.

La sonnerie métallique de la cloche du personnel le fait bondir sur ses pieds, sa longue blouse flottant derrière lui, et ses semelles claquent sur le plancher du hall quand il sort de la chambre de O'Shea, traverse la cour et la pelouse, le lopin de terre qui s'étend derrière les cuisines – tout ce chemin qu'il arpente régulièrement pour retrouver Hexum, son large visage plat qui pour lui emplit le monde. Elle le soulève pour le presser contre sa poitrine généreuse et constellée de taches de rousseur, sa gorge et son décolleté qui sentent le talc. Elle a coutume de s'asperger de poudre blanche, sous ses bras massifs et ses replis de chair, et l'odeur aigre-douce de sa transpiration se mêle à l'heure du dîner aux effluves du beurre et du saindoux dont elle a badigeonné le porc avant de le faire frire. Entre les repas, les grosses marmites et les immenses pots vides et nettoyés attendent au milieu de la cuisine, entassés en piles plus hautes que lui quand ses pieds foulent l'impeccable toile cirée qu'on a tendue sur les dalles de pierre. Les poêles à frire et les louches en bois sont accrochées à une grille qui pend du plafond. Le vacarme sourd des préparatifs, les jupes longues qui virevoltent alors que les filles de cuisine s'affairent. Galettes, œufs durs et flocons d'avoine le matin, pain de maïs, ragoût de poulet et gélatine au déjeuner, soupe, sauté de mouton ou de bœuf, maïs, courgettes et pudding pour le dîner. Les ordres fusent, il faut préparer trois repas chauds par jour. Les femmes accélèrent le mouvement quand l'heure approche. Elles le menacent avec un balai si elles le surprennent, recroquevillé dans une immense marmite décapée pour espionner leurs conversations. Hexum se tourne vers ses aides en uniforme, leurs tabliers d'étoffe grossière noués autour du cou.

– Allons, allons, les sermonne-t-elle, il pète la forme, ce gamin. Qu'il grandisse ou pas, on verra, mais il est pas plus aveugle que vous autres. Tiens, mon Chiendent, va donc me laver ce pot, lui dit-elle en lui tendant un chiffon mouillé bien propre. Et les petits que je fais travailler ici, ils sauront gagner leur vie quand ils seront plus vieux. Pourquoi pas engager ceux qu'on connaît ? Ils risquent pas de trouver du boulot si on les laisse partir, quand on saura d'où qu'ils viennent. Pas vrais, mes canards ?

Les autres peuvent toujours s'accrocher à ses basques, c'est lui le chouchou. C'est lui qu'elle soulève du sol pour le bercer dans ses bras.

« Quatre cinquièmes des patients devraient bénéficier de promenades dans la campagne avoisinante… le matin et l'après-midi, en toute saison ; et par beau temps, pour peu qu'on leur fournisse des sièges sous les tonnelles, ils peuvent profiter d'une demi-journée entière au grand air. »

Dr Thomas Story Kirkbride, 1854

ConaLee
UNE RENCONTRE FORTUITE
Décembre 1874

C'était la mi-décembre mais le temps restait clément. Tout le monde disait que cet automne qui n'en finissait pas et ces saisons déréglées étaient mauvais signe, ou un tour que jouait le diable. Aucune trace de neige sur les collines ou les sommets, les animaux étaient perturbés. Le dimanche, les églises étaient pleines, les revivalistes montaient leurs tentes dans les champs. Les feuillages avaient viré à l'orange, au jaune et au rouge pâle, mais la pelouse et les prés étaient encore verts. Les bottines que Maman avait apportées dans son sac de voyage lui allaient plutôt bien. Sa santé s'était améliorée durant l'été, elle parlait presque normalement, et se sentait encore mieux ces temps-ci, où l'automne se prolongeait. Comme j'avais eu peur pour nous deux ce jour d'avril, peu après notre arrivée, de voir Papa précisément à l'endroit qui devait nous protéger de lui. Eira Blevins m'avait rapporté qu'il n'avait jamais voulu donner son nom ni expliquer comment joindre sa famille et qu'on l'avait donc enfermé, depuis ce fameux jour, dans l'aile des hommes la plus reculée. C'était ça ou la prison, s'était-elle esclaffée. Ce cinglé qui se prenait pour Lincoln, complètement ivre et tiré à quatre épingles, était en plein délire : son cheval et son chariot auraient été volés dans une écurie de Weston et il aurait essayé de les reprendre au palefrenier. Un shérif et cinq adjoints avaient dû le ceinturer et le tirer jusqu'à l'asile. Je ne lui avais pas raconté que j'avais assisté au moment où on l'avait ligoté sur le lit-cage, et les rôles qu'avaient joués Hexum et Maman. J'avais cru qu'il était loin, qu'il avait disparu, mais ça lui ressemblait tout à fait d'avoir voulu prendre soin de lui-même avant de s'en aller : il s'était fait raser et lustrer la barbe, s'était acheté des vêtements élégants et un chapeau Lincoln – alors qu'il détestait ce président –, et offert à boire dans un bar avant de prendre sa diligence ou son train. Nul besoin de son cheval et de son chariot, il était seulement contrarié de ne pas pouvoir en tirer profit. J'espérais vraiment qu'il ne bénéficierait pas du « traitement moral » dans cet hôpital, ça l'aiderait seulement à élaborer de nouveaux stratagèmes crapuleux.

Maman semblait ne rien redouter, mais tous les jours, je traçais un itinéraire avec un bâton dans la poussière ou mon doigt sur une page, pour que le cheval et le chariot puissent retourner vers Dearbhla. J'imaginais que leurs traces dessinaient une corde pour ligoter Papa et je puisais un certain réconfort dans cette rêverie. Je ne voulais pas perturber Maman mais j'avais peur et j'y pensais tous les jours. Dans mes cauchemars, Papa pénétrait dans l'aile des femmes, ouvrait la porte de Maman à la volée, ou entrait dans le dortoir que je partageais désormais avec d'autres infirmières au dernier étage : il m'assaillait, me confondant avec ma mère, et m'emprisonnait le visage et les bras dans ma chemise de nuit. Je me réveillais entre des draps trempés et je courais les laver dans un petit cabinet de toilette. Je les plongeais dans la baignoire sabot pour faire disparaître l'odeur d'urine. Après les avoir lavés, en les essorant j'avais l'impression que c'était mon propre corps qu'on tordait. J'imaginais la présence de Papa dans ces lieux, à l'angle d'un couloir, ou m'épiant derrière une fenêtre, ou encore assis, dans une rage muette, en compagnie d'autres messieurs sous une tonnelle, le dimanche sur la Grande Pelouse.

Maman ne parlait jamais de lui. C'était Miss Janet qui conversait désormais, elle jouait même du piano pour les après-midi musicales. Les gens la trouvaient « paisible », mais après neuf mois dans la peau de ce personnage, elle était devenue si évidemment une dame de qualité que je me demandais si ma mémoire me trahissait. Elle avait même de nouveaux vêtements, blancs pour cet été interminable, comme on le qualifiait alors, avec une cape grise et une ombrelle blanche. Elle n'avait jamais porté pareille tenue quand nous vivions dans nos montagnes, à cause des tâches diverses qui lui incombaient, et elle n'avait pas de piano. Entre nous, elle m'appelait ConaLee et elle m'écoutait lui parler de notre maison, mais je savais qu'il valait mieux ne pas lui poser de questions précises. On avait peu d'intimité à l'asile, désormais – nous étions la plupart du temps en compagnie ou à portée de voix d'autres personnes, et elle s'entretenait avec le Dr Story presque tous les jours. Je l'accompagnais à ces rendez-vous, mais je me chargeais d'autres patients pendant ses cours de dessin, son atelier de couture ou sa leçon de musique. L'après-midi, nous continuions nos promenades, laissant derrière nous Mrs Kasinski qui devait se contenter de la cour entourée de murs derrière l'aile des femmes. Elle demandait encore à s'asseoir à côté de Maman durant les repas, mais on le lui permettait rarement, tandis que Miss Janet était invitée à « la table familiale », dans les appartements privés du Dr Story, une ou deux fois par semaine. Ces dîners servis par le personnel pouvaient inclure des médecins assistants et leurs femmes, des mécènes de la ville, des dames de l'administration de l'asile. Maman n'avait pas mentionné ses nouveaux privilèges. Je n'avais pas posé de questions mais j'avais entendu les infirmières en parler ; elles disaient que l'appartement du Dr Story était sobre et élégant, avec des canapés tendus de velours et un clavecin dont Maman jouait tandis que les invités sirotaient leur thé. Ses fenêtres donnaient sur le parc devant le bâtiment, deux étages au-dessus de la vaste porte à laquelle j'avais frappé, ce jour-là, à l'aube, où elle s'était évanouie sur le seuil et où le veilleur de nuit l'avait relevée…

– Tu n'es pas bavarde aujourd'hui, ConaLee, a dit Maman.

Je voulais l'interroger sur le clavecin, mais je lui ai seulement pris le bras en gardant les yeux rivés sur le chemin qui serpentait dans la forêt. Il nous était désormais familier parce que nous le suivions presque tous les jours. Je ne me sentais jamais mieux qu'au milieu des prairies, des champs et des bois, sur ces sentiers et ces pistes qu'empruntaient seulement les patientes à qui on accordait de « se promener librement sur le domaine ». Maman marchait désormais avec entrain. Nous nous éloignions de l'asile de plus de cinq ou six kilomètres. Le silence nous accueillait, interrompu seulement par des chants d'oiseaux et le volettement des insectes, parce que même à cette heure tardive il y avait encore des papillons. Je les regardais en les imaginant déjà morts dans un futur tout proche, jonchant le sol comme des pétales tombés. J'ai résolu de sonder les pensées de ma mère et de lui confier ce qui me préoccupait.

– Maman, comment se fait-il que tu ne sois pas plus inquiète qu'il soit là, si près de nous ?

Elle s'est retournée, surprise.

– ConaLee, je n'ai pas peur de lui. Ça m'a simplement fait un choc… de le voir ici, si transformé…

– Mais tu te rends compte qu'il a seulement fait semblant de ne pas nous reconnaître, Maman, et il va certainement… il est capable de tout…

J'ai vu ses yeux changer d'expression et j'ai couvert les miens, comme une enfant qui se cache au vu et au su de tout le monde, effrayée à l'idée que mes paroles ne le fassent bondir sur nous.

Elle m'a serrée dans ses bras, en murmurant d'une voix apaisante :

– ConaLee, cet homme-là est enfermé dans une cellule plus sûre que n'importe quelle prison. Il simule sans doute la folie – mais pour raconter notre histoire, il serait obligé de raconter la sienne. Et il ne le fera pas.

– Mais quand tu n'étais pas consciente, j'ai expliqué qu'il nous avait amenées ici – il avait dit que c'était moi qui devais rapporter toute l'histoire...

– Et tu l'as fait. Mais lui est un étranger anonyme, alors que c'était ton récit, une histoire que tu as si bien exposée qu'aujourd'hui elle est aussi vraie que n'importe quelle autre. Personne ne l'a vu, le jour où nous sommes arrivées. Personne ne l'a reconnu sous ses vêtements élégants alors qu'il écumait de rage.

Elle a écarté mes mains de mes yeux gonflés de larmes.

– Regarde autour de nous, ConaLee. Cette prairie sous nos pieds. Ces bois et ces sentiers que nous connaissons si bien. Je suis Miss Janet, et toi Miss Connolly, l'infirmière diplômée qui reçoit un salaire pour son travail, et nous...

– Mais tout ça grâce aux faveurs du Dr Story. Qu'est-ce que tu lui as dit, toi ?

– Presque rien. Des choses qui remontent à loin, qui n'ont aucune incidence sur notre histoire. Il est devenu... un ami. Il m'a confié qu'il avait été fiancé mais qu'il ne s'était jamais marié.

– Et toi, Maman ? Tu t'étais fiancée, autrefois ? Tu portais une bague que Papa t'a volée. Il m'a avoué, avant de nous laisser ici, qu'il n'était pas mon père. Qu'il nous avait trouvées un jour sur son chemin. C'est vrai ?

Un frisson l'a parcourue et elle s'est détournée de moi. Des gouttes de transpiration perlaient à son front.

– Il faut que tu parles, Maman. Quand est-ce qu'il nous a trouvées ? Pourquoi ? Toi, tu dois te rappeler, parce que moi je n'ai pas...

Elle s'est retournée et a pris mon visage entre ses mains tremblantes, ses yeux tout près des miens.

– Ce n'est pas ton père, ConaLee. Il n'est pour toi rien qu'une souffrance que je n'ai pas su t'épargner. Je suis désolée, tellement désolée…

– Et les bébés, Maman ?

– ConaLee, je ne me souviens pas d'eux.

J'ai senti mes larmes couler.

– Moi oui, Maman. Les voisines… l'une a pris les garçons, l'autre…

– On ne peut pas s'occuper d'eux, ConaLee.

Elle a retiré ses mains, a semblé s'apaiser et a lissé ses jupes, comme pour retrouver le plaisir de ses jolis vêtements.

– Mais s'ils ont besoin de…

– Ils doivent suivre leur route. Ils ne sont pas seuls.

– Ce sont tes enfants.

– On me les a faits de force. Je ne les ai jamais vus, jamais connus. Tu le sais, mieux que personne… je n'étais pas… là.

Elle a touché mon bras.

– Ils te manquent bien sûr, mais tu n'étais qu'une fillette…

– C'était il n'y a pas si longtemps.

– Pourtant, il semble que…

Sa voix s'est étranglée.

– Pour toi, me suis-je entendue insister, ça peut paraître très loin, mais pour moi…

– Tu as pris soin d'eux et tu les as perdus, je le sais, mais il n'y a plus rien à nous là-bas. Tu l'as dit toi-même, tout a été dispersé. Rien ne nous rattache à cet endroit, et Papa est sous bonne garde ici, prisonnier comme il nous avait faites prisonnières.

– Tu sais de quels stratagèmes il est capable. Est-ce qu'il ne va pas les convaincre de le libérer ?

– Et quand bien même. La vérité ne lui sera pas favorable. Ici, on nous croit et on s'occupe de nous, lui est un criminel violent, fou ou qui fait semblant de l'être. Nous sommes en sécurité entre ces murs, à l'abri de tout besoin. Nous n'avons pas besoin de chasser, de poser des pièges, de cuisiner, de nous battre contre les tempêtes et le froid, de lutter contre de possibles agresseurs. Là-bas, je n'ai pas su te défendre.

– Mais Dearbhla ? Pourquoi elle n'est pas venue nous chercher ?

– Il vaut mieux qu'elle ne vienne pas. Elle ne pourrait pas nous protéger aussi bien que cet hôpital.

– Dis-moi la vérité ! Qui est Dearbhla pour nous ?

J'ai attendu qu'elle me réponde mais j'y avais déjà beaucoup réfléchi.

– Maman, où est Dearbhla ?

– Tout près.

Elle a posé la main sur ma tête et soulevé une boucle de cheveux.

– Aussi proche que ces mèches, ConaLee. Elle est là où elle a toujours été.

– Maman, est-ce qu'on rentrera chez nous un jour ?

– Nous sommes en sécurité ici, ConaLee.

– Dearbhla…

– Il ne lui a rien pris.

– Si, nous. Et tout le reste était à nous. Il y a encore tant de choses… là-bas. La cabane, la cheminée, le porche, la terre. De là-haut on pourrait regarder nos montagnes, voir le vent et les tempêtes se lever, les étoiles que tu m'as appris à reconnaître…

Elle a secoué la tête.

– Je ne peux pas y retourner, ConaLee. Ni moi ni personne d'autre.

– Qui d'autre, Maman ?

Elle s'est contentée de détourner le regard.

– C'est chez moi, ici, a-t-elle dit. Et là où je suis, tu es chez toi.

J'ai reculé d'un pas.

– Chez toi ? Tu comptes rester ici pour toujours ?

– ConaLee, « pour toujours » ne veut rien dire. Pour l'instant, nous sommes en promenade et il fait beau. Il faut que tu penses à chaque jour comme unique, jusqu'à ce qu'un chemin se dessine.

Elle a posé sur moi un regard plein d'amour qui lui ressemblait vraiment. Nous semblions avoir atteint un point fixe, entre les pentes de la prairie qui descendaient vers la vallée et celles de la forêt qui s'élevaient vers l'inclinaison du ciel bleu, au cœur d'un nid de sentiers qui serpentaient lentement autour de nous.

– Maman, qui est mon père ? Où est-il ?

Elle a paru accablée et elle a bredouillé :

– ConaLee, c'est... c'est comme je te l'ai raconté. Il a quitté nos montagnes pour partir à la guerre, plusieurs mois avant ta naissance. Il n'est jamais revenu. On n'a jamais eu de ses nouvelles. On n'a jamais su. Ses lettres... se sont arrêtées.

– Mais son nom ? Comment vous vous êtes connus ? Tu as un portrait de lui ?

– Dearbhla a une petite photographie et ses papiers d'engagement qui datent du début de la guerre – s'il te plaît, ConaLee, ne nous arrêtons pas ; c'est une histoire douloureuse, a-t-elle ajouté dans un souffle, ne me force pas à la revivre.

– Dis-moi seulement qu'un jour je saurai tout, Maman.

– Oui, un jour.

Elle m'a enlacée par la taille et nous avons poursuivi notre chemin. Nous avons marché lentement, jusqu'au sommet de la colline dominant la prairie. Nous avons respiré côte à côte, son flanc ferme contre le mien. Elle avait repris des forces. Je me sentais toute légère à cette idée, comme si j'avais pu m'élancer au-dessus des champs d'herbe jaunie et me mettre à planer, soulevée par les courants. Nous nous sommes arrêtées, bras dessus bras dessous, et j'ai cherché au fond de ma poche le petit miroir que je portais toujours sur moi comme un talisman. Je l'ai pris au creux de ma paume et j'ai attrapé les rayons du soleil, comme de minces lames de lumière en contrebas, qui traversaient la prairie pour gagner l'orée des bois.

– Tu te rappelles ce miroir, Maman ?

– Dearbhla est partie en voyage quand tu avais deux ou trois ans. C'est elle qui te l'a donné. Pour que tu guettes son retour, avait-elle dit.

Et donc ce petit miroir que j'avais cru voler à Papa ne lui appartenait pas, il était à moi. J'avais l'impression qu'en clignant des yeux, je me retrouverais sous le porche de notre cabane, tout là-haut dans les montagnes, bien avant Papa, avant les bébés, au temps où j'étais en sécurité auprès de Dearbhla et de Maman. Dearbhla me manquait et je m'imaginais qu'elle restait en contact avec nous, qu'elle voyait le creux de la prairie, les feuillages touffus qui ombrageaient les herbes ondoyantes, la forêt derrière nous qui montait de plus en plus haut jusqu'à finalement atteindre nos sommets.

– Ce paysage est le nôtre à présent, a dit Maman comme si elle avait lu dans mes pensées.

Nous avions émergé du sous-bois qui bordait la colline. J'en apercevais le flanc en contrebas, et au milieu du champ, la haie de buis touffue et plus haute qu'un homme qui traversait toute la prairie et le verger au-delà, séparant les espaces et les sentiers réservés aux femmes et aux hommes. Entretenue et taillée par le fossoyeur, c'était une frontière dense et drue, mais d'ici elle apparaissait comme une gracieuse vague de végétation sinuant à l'infini.

– C'est bizarre, ai-je dit, que ce soit une haie et pas un mur ou une barrière qui sépare les espaces des hommes de ceux des femmes.

– Si seulement les frontières étaient aussi étanches, toujours et partout !

– C'est vraiment ce que tu voudrais, Maman ?

– J'aurais voulu qu'une force vivante nous ait tous protégés. Des hommes nous ont pourchassés, emprisonnés – ils nous ont asservis, ligotés, ils ont ravagé le pays. Et les justes ont souffert de la cruauté des autres. Les cicatrices laissées par la guerre ne s'effacent pas. Des générations…

– Tu parles de ce genre de choses avec le Dr Story ?

– Oui, et je sais qu'il est d'accord. Ce refuge est une bénédiction pour nous. Non seulement des murs qui nous protègent, mais un parc aux allées bordées de haies, des chemins où nous pouvons marcher, nous soigner et admirer la nature. Tu sais, il y a des poteaux et une clôture à l'intérieur de la haie mais la végétation les a recouverts, aussi haute et épaisse qu'un rempart vivant, si tu veux. Tout cela existait déjà sur le domaine, pour séparer les fermes, bien avant la guerre.

– Qui vous l'a raconté, Miss Janet ? ai-je demandé, souriant pour accompagner ma plaisanterie sur son nom officiel.

– Le Dr Story, évidemment. Il connaît l'histoire de cet endroit aussi bien que s'il y avait toujours vécu.

– Mes collègues m'ont dit que tu te promenais en calèche avec lui. Elles pensent qu'il te fait la cour.

– À sa façon, peut-être. Disons qu'il est… très cordial.

– Je ne les ai pas crues, Maman. Rien que des commérages, je leur ai dit…

Mais elle s'est tournée vers moi, les yeux brillants.

– Tu devrais venir avec nous un soir dans la calèche. Pourquoi pas ce soir, après dîner ?

– Ça ne se fait pas, je ne suis qu'une infirmière.

– Mais si j'insiste…

– Il risque de se demander pourquoi. Ce n'est pas habituel…

– Parce que tu es ma demoiselle de compagnie, mon soutien, et que je veux que tu profites une fois de cette occasion.

Notre point de vue en surplomb m'avait mise de bonne humeur et j'ai acquiescé pour lui faire plaisir. Et puis aussi parce qu'une promenade en calèche me faisait envie. Ces voitures me semblaient tellement romantiques. De là où je me tenais, j'ai eu l'impression que la seule vue du champ en contrebas, de l'autre côté de la haie, venait exaucer un vœu. J'ai vu quelque chose émerger à l'air libre d'un fourré obscur, un chien au poil clair ou un renard à quatre pattes, apparemment. Puis la créature s'est redressée et j'ai reconnu ses longs cheveux blonds, sa silhouette et ses vêtements : c'était Chiendent, le chouchou de Hexum, comme on le surnommait. Je l'ai regardé, plaçant ma main en visière. Il s'est immobilisé lui aussi et a paru lever les yeux vers nous. Peut-être la déclivité était-elle suffisante pour qu'il nous voie, Maman et moi. Ensuite il a repris son chemin en s'élançant rapidement vers la haie. Je l'ai perdu de vue.

– Regarde, Maman. C'est ce garçon que tout le monde appelle Chiendent. Il court vers la haie, du côté des hommes. Je voudrais bien aller jeter un œil de plus près.

– Sur lui ? Tu ferais mieux de te dépêcher. Il semble aussi vif qu'un feu follet.

De là-haut, elle m'a regardée descendre le sentier. En me rapprochant, j'ai remarqué un trou anormal dans la haie, un endroit où la végétation s'était desséchée. Presque circulaire, il se trouvait à hauteur de ma taille, et je me suis penchée pour voir de l'autre côté. Le garçonnet me regardait en souriant, comme s'il avait attendu que j'arrive.

– Bonjour. Tu es Chiendent ? Tu te promènes ?

Il a fait oui de la tête.

– Et comment je peux être sûre que c'est bien toi ?

Je me suis agenouillée pour me mettre à hauteur de son visage.

– Tu peux me dire comment tu t'appelles ?

– Chiendent, a-t-il murmuré.

S'il faisait plus sombre, me suis-je dit, au crépuscule, on pourrait le prendre pour un esprit qui rôderait dans ces champs. Il avait les traits fins, comme si ses sourcils cuivrés avaient été dessinés au crayon, et la bouche rose. J'ai songé au petit frère laissé derrière nous et je me suis rapprochée. De près, même avec ses longs cheveux blonds, il avait bien l'air d'un garçon, haut comme trois pommes et frêle, mais plus âgé que je l'avais cru. Six ou sept ans, peut-être. Il voyait sans doute sa blouse comme une cape plutôt que comme un sarrau de femme. Son œil unique était grand et bleu. L'autre était parfaitement formé mais une taie en voilait l'iris. Le blanc était pur et clair. Certainement aveugle.

– Tu as un œil laiteux, lui ai-je dit. On raconte que c'est le signe d'un don de double vue. Tu sais prédire l'avenir ?

Il s'est détourné et a porté la main à sa bouche ; il a gonflé la joue et produit un son qui ressemblait au gazouillis d'un rouge-gorge.

– Très réussi. Tu en connais d'autres ?

Il s'est contenté de me regarder, apparemment ravi. Grâce à sa petite taille, il s'est penché par le trou rond entre les branches jusqu'à la ceinture, au point que son visage a presque touché le mien. Il a posé les mains sur les feuilles vertes qui nous séparaient encore. La haie épineuse était épaisse d'au moins un mètre, et je lui ai tendu ma paume. Il a effleuré ma main du poignet au bout des doigts. J'ai senti la chaleur de la prairie, un nuage de lumière qui montait de l'herbe ensoleillée et des touffes de trèfle. Au-dessous, une couche de froid ondoyait et persistait en résonnant comme les battements lointains d'un cœur.

– Tu as senti ? ai-je demandé.

J'ai refermé mes doigts sur sa main sans réfléchir. Il a aussitôt baissé les yeux, comme une sorte d'avertissement. J'ai relâché ma prise et ouvert la paume.

Lentement, il a penché la tête et laissé tomber de sa bouche un œuf de rouge-gorge à l'ovale parfait, bleu clair et encore humide.

– Ah ! me suis-je exclamée. Le nid était vide, alors ?

J'ai recueilli au creux de ma main le petit œuf dont j'ai à peine senti le poids.

Il a hoché la tête et saisi mon index comme un bébé aurait pu le faire.

– Tu ferais mieux de le garder comme un bijou plutôt que l'abandonner à une chouette ou un corbeau.

– Pour toi.

Puis, il s'est penché en avant et, si j'ai bien entendu, il a chuchoté :

– Oiseau dedans.

– Oui, il y en a un. Ou il aurait pu y en avoir un si la mère était restée pour le couver.

Il a semblé ne plus y penser et s'est légèrement tourné pour produire le même son qu'auparavant, un petit gazouillis qui s'est transformé en un sifflement grave quand il s'est élancé, tête baissée, vers la prairie. Il s'est retourné une fois, puis une autre, et ensuite je n'ai plus perçu qu'un ondoiement dans les hautes herbes et un son qui s'est peu à peu affaibli, alors qu'il disparaissait sous le couvert des arbres. Sans doute ce son n'existait-il que dans mon imagination. Impossible de l'entendre à une distance pareille.

À notre retour, Maman et moi avons trouvé de nombreuses infirmières de l'aile des femmes en faction sur la pelouse la plus vaste située sur le côté du bâtiment central. De loin, on aurait dit des cloches blanches, avec leurs longs tabliers immaculés, figées sur l'herbe verte, les mains nouées dans le dos si bien que leurs manches noires restaient invisibles. Elles penchaient la tête ou se balançaient sur place en regardant neuf ou dix patients qui faisaient la course sur la pente la plus basse de la Grande Pelouse.

Je ne savais pas que pareille compétition était prévue, mais ces jours encore chauds amenaient leur lot de surprises, et les infirmiers avaient fait sortir tous les messieurs pour qu'ils y assistent. Tirés à quatre épingles, plusieurs d'entre eux sirotaient le thé glacé qu'on leur avait servi sur des plateaux.

– Ces messieurs traitent les gardes-malades comme des domestiques ou des valets, a commenté Maman. Jamais comme des infirmiers.

– Jusqu'à ce qu'ils se rendent compte qu'ils ne peuvent plus se débrouiller sans eux.

– Ah oui. Mais ça doit les décontenancer un peu. Ce serait pourtant une bonne raison de se conduire… en gentlemen. J'ai entendu dire que beaucoup d'entre eux ont besoin d'aide pour passer des tenues plus élégantes, attacher leurs boutons de manchette ou leur col de chemise et leurs guêtres, alors que les dames ne réclament jamais rien, quelle qu'ait été leur position sociale auparavant.

– Et qui te raconte tout ça, Maman ?

Elle s'est contentée de sourire tandis que nous reprenions la marche en suivant la courbe de l'allée qui conduisait vers l'asile, juste au-dessus de la ligne de départ des coureurs.

On aurait dit un tableau. Le soleil était bas et nimbait d'un reflet doré les hauts murs de pierre et les ailes du bâtiment, colorant de jaune les pelouses et les jardins. Les patientes des ailes des femmes, sorties de leurs chambres pour respecter leur programme d'activités, ne pouvaient pas suivre la course, mais les infirmières qui n'étaient pas de service assistaient au spectacle en silence.

– Les coureurs sont en culottes, a observé Maman.

Et de fait, oui. De gros chiffres en papier étaient épinglés à leur maillot, et la plupart allaient pieds nus. J'ai aperçu l'intendant, la version masculine de Mrs Bowman dans les ailes des hommes, qui fumait un cigare sur la ligne de départ. Juste à côté de lui, dépassant de la tête et des épaules cet homme plutôt trapu, se tenait notre veilleur de nuit. Il portait son uniforme mais avait glissé sa casquette dans sa poche, et il semblait à son aise. Une brise légère soulevait ses longues boucles noires, alors qu'il offrait son profil gauche à l'intendant, hochant la tête tout en bavardant. On ne voyait pas son cache-œil et, à cet instant, il ressemblait à un homme ordinaire.

– Ralentis, ConaLee, on va me faire rentrer dès que nous arriverons.

J'ai réglé mon pas sur le sien. Une cloche a retenti et les coureurs se sont élancés dans leurs couloirs. Ils ne couraient d'ailleurs pas vraiment : droits comme des « I », ils marchaient à toute vitesse en déroulant le pied.

– Comme ils sont drôles ! ai-je soufflé à Maman. On ne peut franchement pas dire qu'ils courent !

Je me suis tournée vers elle en riant, mais elle ne regardait pas la course. Elle continuait à fixer la ligne de départ.

– C'est de la marche rapide, en fait, a-t-elle dit en me prenant le bras. Très en vogue ces temps-ci pour les hommes, ce nouveau sport. Nous avons vu une illustration dans le *Harper's Magazine* à mon atelier de lecture.

– Vous regardez des magazines ? Je croyais que vous lisiez les meilleurs romans.

– Oh, la plupart de ces dames préfèrent des choses plus légères, même si nous sommes quelques-unes à…

Elle a marqué une pause, pour me faire face à nouveau.

– Tu sais, ConaLee, je vais demander à ce que tu mènes les débats de temps à autre. Sur Dickens, par exemple, ou ce que tu voudras. Les ouvrages nous sont prêtés par une bibliothèque de Philadelphie.

– Oh, je ne lis plus beaucoup, aujourd'hui.

– Mais il faut que tu lises. Tu étais si bonne lectrice, quand tu étais plus petite.

J'ai senti un voile noir s'abattre sur moi, comme si les branches d'un arbre géant avaient soudain projeté des ombres glacées. Elle ne se souvenait vraiment pas de ma vie – elle n'y songeait même plus – durant toutes les années où elle avait été malade, les tâches que j'avais assumées, le petit garçon que je portais dans un châle sur mon dos ou contre mon ventre jusqu'à ce qu'il apprenne à marcher, que je nourrissais et que je câlinais, les bébés que je mettais à son sein, que je changeais et pour lesquels je chantais ; et elle, que je faisais manger à la cuiller, les bains que je lui donnais, en redoutant à chaque seconde le retour de Papa. Certains jours, j'avais le loisir de lui faire des tresses, mais la plupart du temps, je me contentais d'attacher ses cheveux – la masse de ses boucles brunes sur les oreillers risquait d'attirer l'attention du monstre, peu importe l'heure tardive, aussi ivre qu'il soit, aussi pâle et amaigrie qu'elle paraisse.

– Maman, je crois que je vais rentrer aussi. Mon dortoir sera sûrement vide et je vais… profiter d'un peu de tranquillité.

– Oui, tu en as besoin, repose-toi. Fais un brin de toilette pour le dîner et la promenade en calèche juste après. Oh, j'ai quelque chose pour toi.

De la poche en soie qu'elle portait accrochée à la taille, elle a tiré une petite boîte.

– C'est du rouge à joues, rose pâle. Les dames du club de l'asile font nos petites courses.

Nous avions atteint le parc et nous sommes passées derrière les infirmières qui avaient assisté à la course, pour gagner le porche. Le spectacle devait être terminé. J'ai entendu le personnel applaudir et murmurer avant que Maman ait refermé la porte à moustiquaire et m'ait rapidement embrassée pour me dire au revoir.

J'avais le dortoir du dernier étage pour moi seule, parce que la plupart des autres ne rentreraient qu'après le dîner. Douze infirmières célibataires, jeunes pour la plupart, y logeaient. Des lits étroits séparés par des malles de bateau occupaient chaque aile, six d'un côté, six de l'autre, avec un cabinet de toilette et un petit parloir. Plusieurs lucarnes étaient ouvertes à mi-hauteur pour laisser entrer la moindre brise. De là, on apercevait les jardins et les sentiers situés sur le côté du bâtiment, la Grande Pelouse juste en face, et la longue allée qui conduisait à la route. La portion de chemin de fer était une voie de garage rarement utilisée, sauf pour desservir l'asile, la gare principale se trouvant à Weston. L'étroite rivière ondoyait ; elle scintillait, tout comme la ville dans le lointain et le contrefort des montagnes au-delà. Nous devions éteindre les appliques murales à gaz à 21 heures et retourner les matelas une fois par mois, pour les faire durer plus longtemps, disait Mrs Bowman. Les lits d'angle étaient les plus prisés, et certaines filles installaient des paravents au pied de leur couche, ou entre elles et leurs voisines immédiates. Ces paravents étaient utilisés à l'infirmerie de l'asile et je me demandais bien comment certaines infirmières se les étaient procurés, mais en tout cas c'était bon de jouir d'un peu d'intimité en fin d'après-midi. Les rangées du dortoir semblaient longues et désertes, à cette heure. J'avais l'impression que chaque lit fait au carré chuchotait avec son voisin, un bruit comme un froissement de rideau, mais il n'y avait aucune tenture, rien que des stores qui se baissaient.

J'avais le cabinet de toilette à moi seule et je pouvais y soigner mon apparence pour la promenade en calèche.

J'avais lavé les vêtements de travail apportés de la maison et les avais remisés dans la malle fournie par l'asile. Je n'avais rien d'autre que mes uniformes, mais j'ai choisi un tablier et une coiffe fraîchement repassés, et j'ai laissé quelques boucles sombres m'encadrer le visage. Sorti de sa boîte, le poudrier était un minuscule caisson en alliage d'or et d'étain, de la taille d'une montre à gousset. Le fard qu'il contenait avait sans doute connu de plus beaux jours. Le petit miroir carré accroché au-dessus du lavabo nous servait à toutes, il ne faisait qu'une quarantaine de centimètres de côté et j'ai dû me pencher pour mieux me voir. Je n'avais pas la peau claire et ne craignais pas les brûlures du soleil, mais mes yeux paraissaient fatigués. Les autres filles faisaient souvent des compliments sur mes sourcils épais et mes cils noirs, mais c'était comme si, au cours de ces dernières semaines, Maman avait rajeuni et que j'étais devenue plus vieille ou plus laide. Je me suis frotté les joues avec la poudre rose, par cercles concentriques, et je me suis revue, derrière notre cabane, en train de faire tournoyer le petit garçon à bout de bras – il adorait voler et il s'accrochait à mes mains pendant que je virevoltais sur place. J'étais tout son univers et il me suivait partout, m'aidant à briquer avec un bout de chiffon si je décapais une marmite, dessinant des ronds avec son bâton sur le sol quand je cuisinais, se tortillant dans tous les sens pour me monter sur les genoux et se faire une place entre mes bras quand je portais un bébé ou l'autre. J'étais son Unique. Ici, nous les infirmières, nous n'étions rien, toutes pareilles, et il n'était pas question de se distinguer. J'aimais mes uniformes, heureuse d'être semblable aux autres, mais personne ne m'aimait ni ne s'intéressait à moi. Maman me parlait, bien sûr, mais je la sentais déjà prise par sa nouvelle vie.

J'avais mal à la tête et des pensées confuses m'ont envahie. Par exemple, j'ai entendu la voix de Chiendent – « Oiseau dedans » –, avant de me rappeler son visage qui me faisait face à travers la trouée de la haie. Effrayée, j'ai fouillé la poche de mon uniforme pour en tirer le tout petit œuf bleu que j'avais oublié et je l'ai ramené vers la lumière. Il était encore intact. Comment le garder sans qu'il se casse ? Je l'ai rangé dans la petite boîte qui contenait le poudrier, mais une coquille aussi fragile avait besoin d'un nid. J'ai retiré les cheveux noirs collés à ma brosse et j'en ai fait une torsade pour tapisser le fond. L'œuf tenait parfaitement à l'intérieur, caché dans sa tanière, et j'ai attaché le couvercle de la boîte avec une ficelle.

Chiendent

PETITE EXPLOSION

Chiendent se cache pour voir et reste caché pour guetter.

La porte de la chambre carrée de Hexum au deuxième étage, qui servait autrefois à loger les domestiques de l'intendant, reste toujours entrebâillée. Personne n'ose entrer, à part Chiendent. Elle dort sur deux lits collés l'un contre l'autre, et sa haute fenêtre s'ouvre juste à côté de l'étroit balcon du bureau du Dr Story. Chiendent se glisse par cette fenêtre que ne ferme aucun loquet, il s'avance de quelques pas en équilibre sur la balustrade en bois, atteint le grand arbre dont la cime dépasse le troisième étage de l'asile. À l'abri des regards, il grimpe sur une grosse ramure pour gagner le tronc. S'assied sur un solide entrelacs de branches et de feuilles.

Observe l'allée en contrebas – la haie circulaire et les parterres de fleurs, le bassin au milieu, la Grande Pelouse au-delà, et les tonnelles en treillage de bois où les patients prennent l'air. Il voit le mieux possible parce que personne ne le voit, à l'abri de l'arbre. Peut en descendre pour s'approcher s'il veut. Il pourrait se suspendre à la branche la plus basse, se laisser tomber et se cacher dans une calèche ou une carriole arrêtée là dans l'attente de ses passagers. Mais il reste immobile, il entend les visiteurs parler, chuchoter, sangloter devant la grande porte. Ou bien, il regarde un chariot couvert tiré par un cheval qui remonte l'allée, chargé de troncs, et qui franchit le cercle du jardin. Rarement le véhicule noir du shérif, qui ressemble à une caisse fermée, avec une petite fenêtre ronde. Mais il y a eu un

sacré raffut, le jour où le monsieur délirant a provoqué tout ce branle-bas de combat, des hommes à l'avant pour conduire l'attelage, d'autres s'accrochant à l'arrière, pressant leurs chevaux qui s'ébrouaient, soulevaient la poussière, dans un cliquetis métallique et le martèlement des sabots. La voiture du shérif, les parois de la caisse résonnant de bruits de bousculade jusqu'à ce que les hommes le fassent sortir, bâillonné et les mains liées, se tordant et se débattant comme un forcené. Le shérif criant à l'adresse de Mrs Bowman, *Appelez le veilleur de nuit et d'autres en renfort... un cinglé ivrogne... il a dévalisé des écuries et il m'a assommé trois adjoints. Reculez, femme !* « Et là, que dirait le grand homme ? a âprement murmuré Hexum, qui s'est empressée d'obéir tandis que les imbéciles se jetaient dans la mêlée. Ils comptent peut-être avoir un entretien avec un fou ? Une fois les cordes détachées et le bâillon retiré ! » Hexum sait où sont rangés les lits-cages, les chaînes, les planches et les filets. On s'en sert plus, parce que le quaker l'a décrété ! Qu'il vienne un peu se frotter à Hexum. Chiendent sait où la trouver et elle le laisse suivre les infirmiers jusqu'au sous-sol où elle cache les lits-cages : les hommes en prennent un et s'en servent comme d'un bélier pour pousser les portes, ils suivent les couloirs et remontent l'escalier. Là, dans la rotonde, le monsieur fou, celui, se dit Chiendent, contre lequel Hexum l'a toujours mis en garde, déverse sa rage et des torrents de jurons, son chapeau a volé par terre, et la queue de son habit est en bataille. Le forcené bondit sur le veilleur de nuit, lui bave sur le cou, et la patiente que Chiendent se rappelle avoir vue quand il était caché dans la soupente, comme déchaînée elle aussi, étrangle le monstre entre ses bras. Les hommes se jettent sur le dément quand il tombe et l'enferment dans le lit-cage, tandis que le veilleur de nuit éloigne la patiente et crie sur la fille qui a refusé de s'éloigner. C'est fini, maintenant, on n'entend plus que des jurons et des larmes. Escortant le lit-cage, Hexum se retourne sur elle-même comme une vague qui entraîne dans son sillage tout un courant marin.

Hexum aime que Chiendent soit là durant les branle-bas de combat, mais elle veut qu'il reste à l'intérieur le dimanche quand les gens de la ville viennent en visite et fourrent leur nez partout, comme elle dit : ils se croient au spectacle, ils laissent derrière eux des emballages de friandises et des papiers gras, tout ce qu'ils veulent, c'est de bonnes histoires à raconter – comme s'ils pouvaient croiser autre chose dans cette foule que la fine fleur des patients ! Mais le dimanche, l'asile offre à tous un repas gratuit, et le grand homme fait le beau, grommelle Hexum, qui n'a rien à faire d'autre que préparer les œufs durs du petit déjeuner et réchauffer la soupe du dîner, *alors qu'ils viennent faire un tour si ça leur chante ! Mais toi, mon chou, tu restes planqué, ces gens de la ville y'en a qu'ont rien à envier à nos fous et qui sont aussi secoués que ceux qu'on enferme entre nos murs.*

Perché sur son arbre le dimanche quand il fait soleil, Chiendent épie les visiteurs à l'abri du feuillage : promenades au jardin, pique-niques sur la Grande Pelouse durant tout le printemps, l'été, et tant que le beau temps continue. Des gamins de la ville jouent au volant autour d'un filet qu'ils ont planté dans l'herbe, des dames apportent de la limonade et vendent des tourtes. On entend un accordéon, de la trompette et même un violon. Il est là-haut, tout là-haut sur le grand arbre, il n'a jamais peur. Il observe les messieurs, les dames qu'on a laissés sortir de leur service pour qu'ils puissent jouer et se promener. Voit les longues bulles qui flottent dans leurs cerveaux, l'œil qu'ils ont dans la tête comme celui qu'il a dans la sienne. Différents des gens de la ville, différents comme les oiseaux qui battent des ailes sont différents des cafards retournés sur le dos. Leurs pensées volettent dans tous les sens quand ils déambulent dans les allées avec leurs infirmiers, les messieurs saluant les dames d'un hochement de tête. Les patients parlent avec les gens de la ville, assis sous les tonnelles, où les patientes n'ont pas le droit d'aller le dimanche parce qu'un visiteur pourrait être en train de s'y reposer ou qu'un patient pourrait se mettre à ronronner comme un chat. Hexum dit que quand un homme ronronne, c'est qu'il s'apprête à bondir sur sa proie. Les patientes marchent sans s'arrêter, elles se contentent de dodeliner de la tête sous leurs ombrelles. Leurs infirmières leur disent qu'il fait beau et que les jardins sont bien jolis. Le Dr Story fait le tour du parc, dans son costume noir de médecin, il « fraie avec le beau monde », ricane Hexum, mais les gens que connaît bien Chiendent restent à l'intérieur. Hexum est aux fourneaux, elle donne des ordres aux filles de cuisine, elle pétrit et malaxe des brassées de pâte aussi larges que sa poitrine. Dans la laiterie ou la grange, Zef n'est plus que le glissement de ses lèvres violettes sur l'harmonica qu'il tient entre ses paumes. Plus tard, dans l'obscurité de leur chambre, dans un coin de l'écurie où les ombres dessinent des voûtes, Dib n'est rien d'autre, à la lueur de l'unique lampe à pétrole, que le soupir d'hésitation qu'il pousse au-dessus du damier. O'Shea, lui, est l'essaim de frelons noirs prisonnier d'un nid de boue, qui dort dans sa chambre avant sa veille de nuit. *Évite Mrs Bowman, cache-toi de son cœur qui sait tout. Évite le Dr Story, son regard qui voit et qui plane tout autour. Suis donc le fossoyeur, toujours, plus loin que les pelouses et les prés.* Les cercueils en osier bruissent de chansons qui tourbillonnent, et les tas de terre forment un champ accidenté où on peut charger et gagner la bataille. Le cimetière, c'est des rangées d'écriteaux, et sur la longue colline au-dessus du verger, les vagues dansent, les brins d'herbe bourdonnent de sauterelles et de libellules. Le soir, les chevaux des calèches font rouler leurs yeux jusqu'à ce qu'on leur passe le harnais et qu'on leur mette des œillères, le goût métallique du mors contre les dents. Les vaches sont un chœur de beuglements. Les filles sous les ordres de Hexum ont des gros bras et des pieds lourds. Elles le chassent de leur cuisine, elles disent qu'il est un enfant du diable, avec cette membrane sur l'œil, cette pupille blanche voilée qui ne bouge pas. *Nous jette pas de mauvais sort, fils de Satan, et viens pas nous dire ce que tu vois. Allez, file !* Elles pensent qu'il n'ira pas se plaindre. Elles croient que Hexum ne sait que ce qu'elle voit.

Mais Chiendent les observe toutes de son perchoir, même celles qui se cachent et qui ne sortent jamais pour aller en ville. Il en a assez du dimanche, il se laisse descendre le long d'une grosse branche jusqu'à la balustrade en bois de la fenêtre, il s'accroche au large châssis et se glisse à l'intérieur. Hexum laisse la fenêtre suffisamment ouverte pour qu'il puisse se faufiler, sauf les jours de tempête. *L'air, c'est tonifiant, petit Chiendent, tâche de pas l'oublier, c'est l'air de l'hiver qui tue les microbes et fait tomber la fièvre.* Il passe les doigts sur le bureau de Hexum, aussi haut que sa poitrine, et il caresse les bobines de fil, les rubans, les papiers et les plumes dans leurs encriers, les livres de comptes grands ouverts. Elle a aussi un élégant bougeoir qu'elle a déniché quelque part, avec une grande chandelle toute fine. Aussi élégant que celui qu'une reine mystérieuse pourrait poser sur la table de son dîner, *pas vrai, Chouchou ?* Elle garde aussi des coffrets de babioles dans son tiroir fermé à clef. Elle les lui montre quand il vient la voir la nuit. Ils allument la bougie interdite, jouent avec les bagues et les boucles d'oreille. Sa loupe est posée sur les pages de ses registres, un épais rond transparent avec une poignée qui ressemble à un manche de couteau. Elle lui a dit que c'était du verre si clair que le soleil pourrait brûler du papier à travers, si le rayon tombait sur un des vieux livres du Dr Story. *Sacré bonhomme, pas vrai mon Chiendent ? Il me fait tourner chèvre, avec ses trucs quakers. Moins de levure et de pain, il faudrait. Plus de légumes. Comme si mes laitues, mon persil et mes feuilles de moutarde suffisaient pas ! Et maintenant, il réclame des tomates en grappe ! Quel gâchis d'eau ! Zef et Dib en ont planté tout le long des murs et des terrains d'exercice pour que les patientes qui ont pas droit aux promenades les arrosent et les cueillent, et il faut tout leur apprendre parce qu'elles sont pas habituées à se salir les mains ! On a besoin d'arrosoirs, qu'il dit, et il fait un appel en ville ! Lui et ses vieux bouquins !* Elle exhibe fièrement une boîte en laiton emplie de minces tiges de bois. *Et au bout, mon Chou, un capuchon de soufre, ça prend comme le feu de l'enfer ! Il parade avec sa lampe à gaz devant tout le monde, mais moi je suis pas prête à abandonner ma lampe à pétrole et mes bougies – à tes souhaits, mon vieux !* Mais c'est Hexum qui finit par éternuer, en entraînant Chiendent dans une de leurs rondes frénétiques. Le garçon s'empare du cylindre en laiton qui contient les allumettes et le secoue, puis soulève la loupe. Il ouvre et replie le manche en se demandant comment le soleil peut allumer un feu. Cherche un livre mais ne trouve que des papiers froissés dans la corbeille. Il repose la loupe et fourre dans sa poche des bouts de papier qui vont rejoindre les miettes de pain du matin, puis il se faufile dans le hall et descend l'escalier de service conduisant aux cuisines.

Il l'entend l'appeler ; le dimanche est fini. Les gens de la ville doivent repartir et les filles occupées à touiller des marmites de soupe lui font signe de déguerpir. Hexum a préparé une grande bassine d'eau savonneuse et des anneaux en laine tressée pour les enfants qu'elle appelle ses « cinq petits canards ». L'instant suivant, elle réussit à leur faire souffler des bulles, bien grosses et de toutes les couleurs. Les fillettes les poursuivent et les garçons sautent dessus à pieds joints, pour sentir la petite brume humide qui s'en échappe quand elles éclatent.

Thomas Kirkbride Story

SA PATIENTE PARTICULIÈRE

Il la voyait presque tous les jours et prenait des notes aussitôt après leur entretien, comme s'il avait peu à peu amélioré la technique thérapeutique qu'il pratiquait depuis longtemps – un compte rendu précis des phrases échangées – pour se préparer à aider cette patiente qui avait brusquement fait son apparition dans cet endroit improbable. Relisant les lignes tracées de son écriture soignée, il se disait que la parole, la voix, la confiance et un sentiment de sécurité avaient commencé à la libérer, et à lui permettre d'envisager au bout du compte de se choisir un lieu de vie.

– Comment vous appelait-on quand vous étiez petite, Miss Janet ?
– Janet, je pense.
– Donc, Janet n'est pas votre nom de famille. Vous n'en étiez pas sûre, auparavant.
– « Miss » était la façon polie de s'adresser aux jeunes femmes célibataires, n'est-ce pas, Docteur Story ?
– Un indice, parmi tant d'autres, Miss Janet, sur la société à laquelle vous apparteniez avant la guerre.
– Mais, Docteur Story, une société doit en toute justice respecter n'importe quelle femme. Une forme de traitement moral, vous ne croyez pas ?

Il lui avait donné raison, même si pareil monde n'était pas près d'advenir. Elle le poussait à parler de lui-même durant leurs entretiens et elle lui posait même des questions directes. Plusieurs fois, il avait ressenti en sa présence une sorte de changement – dans l'espace, la lumière ou ses propres perceptions. Il n'en avait jamais fait l'expérience auparavant et il attendait avec plaisir et même une certaine impatience les récitals musicaux qu'elle donnait au club des dames ou chez lui. Ce n'est qu'à ces moments qu'il avait une excuse pour l'observer attentivement en public. Il se disait que ces entretiens n'étaient qu'une façon d'apprendre à se connaître et il ne voyait pas d'inconvénient à lui confier certains épisodes de sa vie, qu'elle commentait avec intelligence. Il lui avait parlé de la façon dont Thomas Story Kirkbride, son oncle, avait mis en place le traitement moral à l'Hôpital de Pennsylvanie. Elle l'interrogeait sur sa famille, son éducation. Sa mère était-elle encore vivante ?

– Non, répondit-il – sa mère, en fait la cousine de son mentor, le Dr Kirkbride, était décédée dix ans plus tôt –, je suis fils unique, et mon père s'est remarié peu de temps après la mort de ma mère.
– Il a commencé une nouvelle vie.
– Je ne lui en ai pas voulu, mais je n'étais pas là. J'étais plongé dans mes études, je vivais chez les Kirkbride, à Philadelphie.

Il devait se rappeler plus tard qu'il lui avait confié que, désormais, son travail était sa seule famille.

– Docteur Story, est-ce que moi aussi je peux vous demander comment on vous appelait, enfant ?
– Thomas.

– Pas Tom. Effectivement, vous n'avez pas l'air de pouvoir être appelé Tom.
– Mon nom complet était Thomas Kirkbride Story. Ma mère avait épousé un cousin Story et m'a donné le nom de mon oncle célèbre, mais dans l'autre sens. Plus exactement, elle considérait le Dr Kirkbride comme mon oncle. Nous nous rendions souvent visite à Philadelphie. Ses enfants étaient mes frères et sœurs, d'une certaine façon.
– La maison de votre oncle était pour vous un foyer où vous étiez heureux. Et le célèbre Dr Kirkbride avait le sens de la famille.
Il avait expliqué que son oncle était veuf, mais qu'il s'était remarié au bout d'un certain temps – avec une ancienne patiente. Une fois guérie, elle avait été pour lui un soutien indéfectible, toutes ces années.
– Il l'a aidée, fit observer Miss Janet, comme vous m'aidez aujourd'hui.
Après une pause, quand elle demanda s'ils avaient eu des enfants, il sentit de l'inquiétude dans sa voix.
– Plusieurs, répondit-il. Sa seconde épouse voulait…
– Moi, je ne pourrais jamais, l'interrompit-elle. Il m'est impossible d'avoir des enfants.
Il remarqua que son regard avait changé.
– Alors, rien ne pourrait vous y contraindre, s'empressa-t-il de préciser.

Il s'était légèrement rapproché d'elle et elle de lui. Leurs genoux se touchaient presque. Ses souvenirs d'enfance, qui normalement occupent l'essentiel du discours des patients, étaient refoulés ou hésitants, mais elle avait une belle conscience sociale et beaucoup d'intuition. Elle était aussi attentive aux autres. Rien que pour ces raisons, il s'était convaincu qu'elle était saine d'esprit même quand elle avait du mal à parler. Néanmoins, il l'interrogeait sans détour durant leurs entretiens. Voulait-elle recouvrer la mémoire ? Se rappelait-elle son enfance ? Elle se contentait de répondre qu'elle était… prisonnière, et qu'elle avait l'impression d'être redevenue une enfant depuis son arrivée. Chaque jour lui paraissait nouveau. Et qu'avait-elle à dire du voyage qui l'avait amenée dans cet hôpital ? Elle répondait que la jeune fille lui procurait de quoi manger. Parlait-elle de Miss Connolly ? La personne qui l'avait accompagnée jusque-là ?

– Comment l'appeliez-vous, avait-il aussitôt demandé, avant votre arrivée ?
– Par aucun nom particulier, avait répondu Miss Janet. Mais ici, j'ai appris à la connaître. Elle est devenue presque une sœur pour moi.
Elle avait alors incliné le buste en souriant, le visage rayonnant, et demandé si Miss Connolly pourrait les accompagner ce soir, lors de leur promenade en calèche.
– Bien sûr, avait-il répondu, en observant que le temps était clément et que ces beaux jours n'allaient sans doute pas durer.

Il pensait que son infirmière était liée au traumatisme de son histoire, mais l'aisance presque familiale qui caractérisait son rapport avec une jeune fille si clairement son inférieure du point de vue social augurait bien de ses capacités croissantes d'attachement. Son amnésie la protégeait encore, mais elle souriait plus facilement en compagnie. Certaines personnes, comme ses collègues et leurs épouses, qui participaient au club des dames, s'informaient régulièrement de ses progrès, en disant qu'elle avait « une présence charmante », « méritant par conséquent une totale guérison ». « Et le bonheur », avait ajouté une bienfaitrice, hochant la tête vers lui en signe d'encouragement. Il était attentif, très attentif à ne rien trahir de ses sentiments lors de semblables réunions, non plus que devant le personnel. Mais quand ils se retrouvaient seuls, il rapprochait leurs fauteuils, suffisamment pour qu'en tendant la main, il puisse toucher la sienne. Mais non. Même maintenant, il continuait de montrer la même réserve. Les rares souvenirs d'enfance qu'elle avait évoqués révélaient une certaine stabilité dans les relations. Sa circonspection en public, ses regards parfois affolés, ses irrépressibles mouvements de surprise avaient reculé. Elle ne tordait plus ses mains et ne les joignait plus convulsivement. Ses réponses courtes avaient cédé la place au dialogue et à de vraies conversations. Elle parlait d'ouvrages qu'ils avaient lus tous les deux, rappelait certains détails de leurs premiers entretiens, lui faisait le récit de ses longues promenades avec Miss Connolly. Il sentait que s'étaient réveillés en elle des élans de générosité et le goût de vivre, et il ne pouvait s'empêcher, dans l'intimité, de plonger les yeux dans les siens, comme on admire dans l'âtre les flammes maîtrisées qui montent et vacillent. Ce jour-là, alors que leur entretien touchait à sa fin, elle l'avait poussé à parler, avec l'adresse d'un médecin :

– On raconte que vous ne vous êtes jamais marié.

– Effectivement. J'ai été fiancé, en d'autres temps, et j'ai tissé quelques liens, avant d'arriver ici il y a quatre ans. Mais rien de comparable à ce que je ressens aujourd'hui.

Ses propres mots le surprirent. Elle écarquilla les yeux, mais rien ne sembla indiquer qu'on venait de lui faire une déclaration. Des ombres se glissèrent dans la pièce et les derniers rayons du soleil filtrant par les fenêtres lui mouchetèrent le visage. Toutes ces dernières semaines, il s'était surpris à songer à elle par intermittence : son image lui apparaissait avec une insistance tranquille avant de brusquement s'évanouir, mais en laissant dans son sillage toute la question du bonheur – une question dont il avait cru qu'elle ne se posait plus pour lui. Elle avait penché la tête dans sa direction, l'invitant au silence. Il se rendit compte que ce qu'elle lui révélait ou choisissait de lui cacher n'avait plus d'importance.

– Docteur Story, vous ne pensez pas que peut-être, quand nous sommes seuls, nous pourrions utiliser nos prénoms ? Je pourrais vous appeler Thomas.

– Et je vous appellerais… Janet.

– Oui. Pour vous, je serai Janet.

Il lui sembla avoir gagné tant de terrain qu'il ne s'était pas interrogé tout de suite sur la réponse qu'il avait notée. Il la relut attentivement. *Il est possible qu'elle ne donne à voir qu'une version acceptable d'elle-même.* Peu importe. Ce soir, la promenade en calèche, avec son infirmière. Ils reprendraient la conversation, à son rythme. Ses qualités séduisantes, son éducation raffinée, l'aide qu'elle pourrait lui apporter dans son travail… Il se laissa aller à imaginer sa guérison complète, une nouvelle vie s'offrant à elle, vêtue de sa chemise de nuit blanche face au miroir de sa coiffeuse. Sans l'avoir prémédité, il sentit la caresse de sa peau nue entre ses bras.

Il a quarante-cinq ans. Des années plus tôt, alors qu'il commençait à se faire un nom à l'Hôpital de Pennsylvanie, il avait courtisé les demoiselles quakers qui lui correspondaient. La jeune femme à laquelle il songeait réfléchissait à sa demande quand la sœur aînée de celle-ci, déjà mariée, lui avait fait comprendre que « leur amie commune » s'intéressait davantage à un autre soupirant. Il rédigea un message pour la libérer de tout engagement et lui adresser ses vœux de bonheur. Quelques semaines plus tard, la sœur fit à Thomas une proposition aux termes soigneusement pesés. Il était déjà son médecin de famille et il leur fut facile de se fréquenter. Plus âgée que lui, elle avait épousé un riche marchand quaker de plusieurs décennies son aîné. Elle ne voulait pas risquer d'être enceinte, et elle sut lui donner toutes sortes de conseils en matière d'intimité et de précautions indispensables, interdisant lettres, billets, cadeaux, serments ou déclarations, alors même qu'elle continuait à se rendre disponible pour son mari – parce que c'était son devoir, disait-elle. Ses enfants, déjà grands, auraient vu la naissance d'un rejeton supplémentaire d'un mauvais œil, et elle-même considérait la grossesse comme « cette roulette russe que les femmes doivent supporter ». Riche, elle n'attendait de lui que fidélité et discrétion. Il se croyait aimé et amoureux, et leur liaison aurait pu durer indéfiniment si le mari, à l'âge de soixante-cinq ans, n'avait soudain insisté pour partir installer sa famille en Europe.

Alors que la quarantaine approchait, il se retrouva totalement désœuvré, et il se mit à écrire le récit de la mort de sa mère, tout en se forçant à assister à des dîners, des soirées, des conférences. Étendant son champ de responsabilités, il s'associa à son oncle dans sa pratique hospitalière désormais florissante à Philadelphie et accepta davantage de patients privés. Une veuve séduisante lui confia que la dépression nerveuse de son jeune adulte de fils était due aux mauvais traitements que lui avait fait subir feu son père, un tyran domestique qui les avait opprimés tous les deux. Sans jamais devenir sa patiente, elle lui demandait régulièrement des conseils, pendant que son fils recouvrait peu à peu la raison grâce au traitement. Elle finit par lui avouer qu'elle serait heureuse qu'ils deviennent amis. Commença alors une liaison aussi agréable que discrète. Il se concentrait sur sa carrière et chacun vivait chez soi. Mais il avait tout abandonné pour venir là. Son poste de médecin-chef à l'Hôpital psychiatrique de Trans-Allegheny rénové constituait un nouveau départ ambitieux. Le plus jeune praticien jamais promu à pareilles fonctions, il se consacrait depuis, dans ces montagnes si éloignées des villes, au succès du traitement moral.

Quatre ans plus tard, Miss Janet est sa patiente. Dûment rétablie par ses soins, elle pourrait devenir davantage. Le remariage réussi de son oncle Kirkbride constitue une preuve indubitable que le traitement moral, associé au repos et à un environnement rassurant, peut guérir même ceux auxquels leurs traumatismes ont fait perdre la parole. La gratitude que provoque la survie, croit fermement Story, a des effets plus durables que l'amour.

« Les sources habituelles de divertissement… ne doivent pas être négligées… tandis que les possibilités de promenades en calèche sont indispensables pour beaucoup. »

Dr Thomas Story Kirkbride, 1854

ConaLee
UNE PROMENADE EN CALÈCHE

En ce début de soirée, peu nombreuses étaient les patientes qui attendaient les calèches. Mon tablier était repassé de frais et Maman m'avait fait des compliments sur ma coiffure et les effets du fard, mais j'étais presque tentée de faire demi-tour vers le bâtiment. L'air avait encore un léger parfum de lilas même si les hampes dentelées étaient tombées depuis longtemps. Mais Maman s'est rapprochée, exhalant la même senteur et portant un petit sac à franges et un nouveau foulard de soie – autant de cadeaux qu'avaient dû lui offrir les habituées du club. Ces dames de la ville étaient pleines d'attention pour elle, alors que je ne devais me montrer ni trop familière ni trop affectueuse. *Toi, t'es pas une parente, t'es sa bonne,* avait dit Papa sur la carriole le matin à l'aube où nous étions arrivées. Mais il croupissait maintenant dans l'aile la plus reculée, et Maman s'apprêtait à m'emmener faire une promenade en calèche. Elle se tenait une marche plus bas que moi, ses cheveux relevés en un chignon de boucles. Je me suis demandé où elle avait appris cette coiffure à la mode et qui lui avait enseigné le clavecin et le piano. Avait-elle toujours su ?

Les patientes qui attendaient les premières promenades se tenaient avec nous devant le perron de l'asile, tandis que neuf ou dix autres, vêtues avec élégance, étaient assises sur les bancs du jardin. Deux employées de service nous ont apporté de la limonade sur des plateaux. Les dames qui se conduisaient bien jouissaient de visites en ville et profitaient de ces promenades en calèche, où, quatre par voiture, elles remontaient les larges allées ombragées jusqu'au rond-point situé plus haut dans la forêt. Maman faisait partie de ces favorisées même si elle n'aimait pas vraiment sortir du parc et n'aurait jamais accepté de se rendre en ville. Les dames comme elle, différentes tous les soirs, faisaient leur promenade en compagnie de Mrs Bowman ou du personnel le plus gradé.

Un claquement de sabots a retenti. Maman a pris mon bras quand les attelages des chevaux appariés ont surgi de derrière l'asile. Les calèches qu'ils tiraient ressemblaient à des joyaux sombres montés sur des roues rouge vif, et mon cœur s'est mis à battre la chamade. Ils ne se sont pas arrêtés et ont poursuivi leur chemin jusqu'à la grande allée qui conduit à la route et à la ville. Excitation manifeste et applaudissements silencieux de ces dames, qui se sont répandues en murmures admiratifs. La promenade avait des allures de défilé rituel. Les cochers ont fait demi-tour sur la route, ont repris l'allée, et la plus petite des voitures s'est rapidement dirigée vers nous. Perché sur le siège avant, le veilleur de nuit tenait les rênes. J'ai senti un picotement dans mes paumes : assurément, il était censé rester à l'asile. En fin de soirée, par ces jours de chaleur inhabituelle, les patients des ailes reculées se déchaînaient et poussaient des cris à travers les solides barreaux de leurs fenêtres. J'avais toujours l'impression d'entendre Papa.

– Maman, est-ce que le veilleur de nuit conduit souvent une calèche ?

– Non, jamais.

Des fragments de feuillage vert tombaient sur mon tablier blanc. En levant les yeux, j'ai aperçu Chiendent qui nous observait du haut du grand arbre, près de l'entrée de l'asile. Perché sur une branche basse, il jetait sur nous une pluie de feuilles déchiquetées. J'ai brossé mes cheveux et mes épaules tandis que le veilleur de nuit tirait fermement sur les rênes pour les arrimer à un crochet ou une manette que je ne voyais pas de ma place. Les chevaux étaient nerveux et ils secouaient la tête, leurs crinières et leurs toupets soigneusement peignés brillaient, et O'Shea est descendu de voiture pour les caresser et calmer leurs hennissements. J'ai remarqué qu'un fusil était couché sur le plancher devant le siège du cocher. Nouvelle averse de feuilles, entières cette fois, sur mes pieds. Chiendent était maintenant allongé sur sa branche, il laissait pendre ses bras et ses jambes comme s'il voulait faire un tour de magie. Le veilleur de nuit a suivi mon regard et lui a décoché un coup d'œil sévère, comme un père fâché. Chiendent a disparu un peu plus haut entre les branches.

Puis Maman m'a cachée dans son dos quand le veilleur de nuit s'est approché pour nous aider à monter dans la calèche. Il arborait une veste, des pantalons et une casquette à visière, baissée pour protéger son cache-œil, mais on aurait dit qu'il portait un uniforme et qu'il était de service. Je nous ai soudain vus tous les trois dans la vitre noire et brillante de la voiture. Notre reflet ressemblait à un tableau vivant, à une image prisonnière d'une bulle qui aurait pu s'envoler et s'éloigner d'un instant à l'autre.

– Mr O'Shea, a dit Maman, et sa voix était presque un murmure.

Le veilleur de nuit a simplement ouvert la portière de la calèche. Maman a relevé sa robe et elle lui a pris la main en montant sur le marchepied métallique, ses jupes flottant derrière elle. La cascade d'étoffe blanche a disparu dans le noir, et j'ai été si surprise que je n'ai pas pu monter à mon tour. Notre cocher a incliné la tête et j'ai vu que son étonnant œil noisette était bordé de longs cils noirs recourbés qu'une femme lui aurait enviés. J'ai senti sa main sur mon coude, ma chaussure sur le marchepied, et l'instant d'après j'étais à l'intérieur, étonnée de me retrouver nez à nez avec le Dr Story. Il était assis dans un coin de la calèche et Maman dans l'autre, sa robe déployée sur la banquette qui les séparait. Je me suis installée sur une sorte de strapontin que le médecin de Maman a déplié face à eux, soulagée de ne pas avoir de jupes amples à étaler.

Le Dr Story a désigné les courroies de cuir de part et d'autre de mon siège.

– Accrochez-vous là, Miss Connolly, en cas de cahots.

– Mais le chemin est tout à fait égal, a dit Maman, dès qu'on gagne l'ombre des arbres.

La calèche s'est ébranlée avec une légère secousse. Les fenêtres à charnières occupaient la moitié de chaque portière. Les vitres, luisant sous les rayons obliques du couchant, éclairaient l'habitacle comme une petite pièce – les murs, l'assise inclinée de la profonde banquette arrière, la partie inférieure des portières, et même le plafond étaient capitonnés et tendus de tissu gris moiré. Une sorte de boudin courait le long des quatre parois et je me suis arc-boutée contre lui.

– Vous voyez ? a dit Maman. Ce sont les jardins de derrière.

Le Dr Story s'est levé pour ouvrir les petites vitres latérales et les maintenir en place en attachant les coins à des crochets fixés au plafond. De part et d'autre de la voiture, le paysage défilait comme par magie, tout à la fois étrange et familier – l'air chargé de parfums et les jardins, les arbres et les bancs, les sentiers sinuant sur les pelouses et entre les serres. Puis la grange, l'écurie : nous étions arrivés sur l'allée principale et il y avait un peu moins de secousses. Tout semblait marcher en sens inverse. Sur le plancher, mes pieds touchaient presque les leurs, mais c'était comme si j'avais fait une course de haies à reculons, distançant Maman et le Dr Story. C'était si étrange de les voir ensemble dans cet espace clos que je trouvais plus facile de porter mon regard entre eux et de le diriger vers l'extérieur par la vitre du fond. Le visage de Chiendent est soudain apparu, tout souriant de savoir que j'avais repéré sa présence : il avait couru derrière la calèche et sauté sur le marchepied arrière. Il apparaissait, disparaissait, s'accroupissait, se relevait : tout un numéro d'équilibriste. J'espérais qu'il savait sauter au bon moment, pour ne pas se faire happer par les roues.

– Belle soirée, a dit le Dr Story, posant les yeux sur Miss Janet et attendant manifestement une réaction.

– On se croirait… en mai, a-t-elle répondu, en penchant la tête vers sa vitre ouverte.

– Exactement, Miss Janet. Beaucoup se plaignent que nous n'avons jamais vraiment eu d'automne. Mais c'est très agréable pour nous, des soirs comme celui-ci.

Il était vêtu comme dans son bureau mais paraissait différent, tout en demeurant aussi attentif que toujours étant donné les circonstances.

Maman m'avait recommandé de me montrer polie et de ne pas trop parler.

– Docteur Story, ai-je dit, merci de m'avoir invitée.

– Mais bien sûr. Miss Janet est très attachée à vous – là, il fit une petite courbette – et elle m'explique que pour elle vous faites presque partie de sa famille.

– Oh oui, Monsieur. Nous sommes devenues très proches.

– Une famille choisie, a-t-il répondu, développe parfois des liens plus forts que n'importe quelle autre.

J'ai hoché la tête, pas très sûre de ce qu'il entendait par là. L'air ravi, il a posé les deux mains sur le pommeau en argent de sa canne et l'a gardée entre ses jambes. Dans la proximité de la calèche, j'ai vu qu'il avait des mains élégantes et soigneusement manucurées, les os fins et même délicats. Il n'aurait pas pu être bûcheron ou paysan ni se construire une cabane dans la forêt, mais ses yeux gris et sereins m'attiraient. J'aurais voulu lui confier que j'avais peur de Papa.

– Les roues des calèches sont de couleur… si vive, ai-je dit.

– Ah c'est vrai, et cette peinture festive a aussi une utilité pratique. Un éclair de couleur permet d'éloigner les braconniers qui pourraient rôder le soir dans les parages à la recherche de lapins ou de faisans. C'est interdit, bien sûr, mais ces gens travaillent si dur.

– Et il fait encore si bon, le parc regorge d'écureuils et d'oiseaux. Chez nous, nous aurions déjà eu de grosses chutes de neige…

Un regard de Maman m'a interrompue. Mais le Dr Story semblait d'accord :

– Ici aussi, il neige presque tous les hivers, à quelques semaines de Noël.

Il s'est penché vers moi.

– Vous irez sans doute rendre visite à votre famille pour les fêtes, Miss Connolly ?

Avait-il oublié notre entretien ? Ou bien essayait-il de me tester ?

– Non, je n'ai de famille… qu'ici.

Le petit mot est resté suspendu en l'air comme une goutte d'eau trop grosse pour tomber. Je me suis sentie piégée à l'intérieur et j'ai eu l'impression que l'habitacle de la calèche se mettait à briller. Les boutons recouverts de tissu du capitonnage chatoyaient comme de petites lumières et une sensation de chaleur intense s'est glissée sous mes paupières.

Maman s'est relevée à demi pour se pencher vers notre hôte, son épaule touchant presque le gilet du médecin.

– Regardez par votre fenêtre, Docteur Story. Les prairies sont encore vertes, mais les feuillages dans le verger ont déjà jauni. On dirait un de ces… comment appelle-t-on déjà ces histoires pour enfants ? Celles où il se passe des choses magiques ?

Ses yeux se sont tournés vers lui. Mais elle avait passé la main dans son dos pour saisir mon poignet et me tirer vers son siège.

Il a souri de la sentir si proche.

– Des contes de fées ? a-t-il suggéré.

– Oui. Je ne trouvais pas le mot.

Elle a lâché un petit rire argentin qui ne lui ressemblait pas et s'est rencognée sur la banquette, juste à côté de lui.

– Est-ce qu'on pourrait changer un moment de place, Docteur Story ? Miss Connolly pourrait bien être de ces personnes qui ne supportent pas de rouler dans le sens contraire de la marche, et l'air est si plaisant de ce côté.

Je me suis retrouvée coincée entre Maman et la fenêtre ouverte, dans le coin le plus douillet de la calèche. J'ai fermé les yeux pour faire disparaître les points lumineux, et je l'ai sentie me pincer fort l'avant-bras sous les plis de sa robe. Si je m'endormais tout de suite et perdais la conscience du temps comme quand les lumières me faisaient partir à la dérive, où irais-je ? Je repartirais peut-être vers Dearbhla et une époque désormais révolue.

– Miss Connolly, a dit Maman, si vous vous avancez un peu plus, maintenant que la route s'élargit, vous verrez nos deux chevaux dans les brancards.

J'ai passé la tête par la vitre ouverte pour respirer un grand coup, sa main pressant sur ma nuque. La pluie fine de ce matin avait fait retomber la poussière et l'air était doux et vert. Je voyais les flancs roux et rebondis des chevaux rouler sous leurs harnais et leurs crinières noires voler au vent. Nous avions gravi la colline, bien au-dessus de la prairie, et nous venions de tourner vers un aplat du chemin que je connaissais bien.

Là, nous avons pris de la vitesse. J'aurais aimé entendre tinter des clochettes attachées aux brides comme dans cette chanson de Thanksgiving qui parle de neige et de la maison de la grand-mère. « Une cloche, dit-elle. Ou bien une oie. » Comme Maman avait changé, grâce au Dr Story ! Le bon air, le chemin moucheté de soleil, les feuillages épais, et même le mouvement de la calèche semblaient être son œuvre. J'espérais seulement qu'il ne voyait pas trop clair en moi.

Soudain la calèche freina si brutalement que nous avons dérapé sur la route comme le traîneau de la chanson, mais notre glissade a pris fin à l'oblique de la forêt. En travers de la chaussée, les chevaux se sont ébroués bruyamment. De ma fenêtre ouverte, je les voyais clairement, et j'ai aussi aperçu une ourse noire et ses trois petits à moins de cinquante pas devant eux. La bête s'est dressée puis elle a avancé à pas lents en agitant ses pattes avant. Dominant maintenant la calèche de toute sa hauteur, deux taches blanches sur le poitrail, elle a émis un son qui n'était ni un grognement ni un aboiement, mais un cri intermittent. Les chevaux aveuglés par les œillères devaient sentir l'odeur musquée, et ils ruaient dans les brancards tandis que le veilleur de nuit essayait de les maîtriser.

Le Dr Story a cogné sur l'extérieur de la portière en criant :

– O'Shea ! Servez-vous de votre arme !

– Silence ! a répondu le veilleur de nuit. Personne ne bouge.

J'ai regardé par la vitre arrière, le doigt posé sur les lèvres pour faire signe à Chiendent de se taire. Il fallait qu'il monte avec nous dans la calèche parce que la route était trop étroite pour faire demi-tour et que nous ne pouvions pas nous enfuir à reculons. J'ai senti la main du Dr Story effleurer mes épaules quand il a tendu le bras pour fermer la fenêtre. Je voyais l'ourse à travers la vitre, toujours debout sur ses membres inférieurs, qui renversait son énorme tête en arrière, la truffe levée vers le ciel comme pour humer l'air. Quand elle s'est laissée retomber sur ses quatre grosses pattes, il m'a semblé qu'elle hérissait son poil pour nous faire peur. Les femelles peuvent être rapides et agressives, et un spécimen de cette taille… Ma portière s'était enfoncée dans les hauts buissons fleuris du bas-côté. Maman s'accrochait à la veste du Dr Story tandis que j'appelais Chiendent à me rejoindre à grands gestes frénétiques. Ils regardaient tous les deux à travers leur vitre fermée alors que j'entrebâillais juste assez ma portière pour que le garçon puisse s'approcher et que je le hisse aussitôt à l'intérieur. Il s'est blotti à mes pieds pendant que je la refermais. Si seulement j'avais pu nous cacher tous les deux…

– Ça y est, a chuchoté le Dr Story. Attendez une seconde. Ils traversent la route et vont s'enfoncer dans le sous-bois.

Ma mère s'était réfugiée dans ses bras.

– Pourquoi on ne repart pas ? lui a-t-elle demandé.

– Faisons confiance à l'instinct de O'Shea, a-t-il répondu en posant la main sur la nuque de Maman.

Il m'a jeté un coup d'œil avant de refermer l'autre fenêtre. Puis son regard s'est abaissé vers Chiendent, tapi sur le plancher, qui tenait ses genoux entre ses mains, comme pour se faire plus petit.

– Je l'ai aperçu sur le chemin et je l'ai fait monter à l'intérieur, ai-je expliqué. Il devait être en train de courir dans les bois. Il s'appelle Chiendent – c'est un des enfants à la charge de Mrs Hexum.

– Je sais, a répondu le Dr Story. Mon garçon, il ne faut pas t'aventurer hors du domaine. C'est dangereux durant ces semaines avant que le temps change. Tu m'entends ?

J'ai pris Chiendent sur mes genoux et je lui ai donné un coup de coude pour le pousser à répondre.

– Chiendent, dis « oui, Monsieur » au docteur.

– Oui, Monsieur.

Le Dr Story s'est de nouveau assis à côté de Maman près de la fenêtre, et il lui a chuchoté quelque chose. Elle lui a pris le bras quand la calèche s'est remise en marche. Le veilleur de nuit apaisait les chevaux de la voix tout en les tirant par la bride pour les ramener sur le chemin. Il est ensuite remonté sur le siège du cocher et a fait lentement avancer la calèche jusqu'au rond-point, puis nous avons reparcouru le trajet en sens inverse mais deux fois moins vite, comme si O'Shea avait besoin d'une équipée plus tranquille. Je tenais Chiendent serré contre moi sur mes genoux, ses jambes pesaient des tonnes, sa tête était nichée au creux de mon cou, et j'ai envié la férocité de l'ourse. J'avais l'impression d'avoir déjà perdu ma progéniture, malgré mon jeune âge. Cet enfant abandonné, lui, avait perdu sa mère et son nom. Son histoire était une page blanche et la mienne presque autant. Il sentait la poussière, le gluant ou le sucre, et il respirait si faiblement que j'ai pensé qu'il s'était peut-être endormi. Mais il a relevé la tête vers moi, le bleu de son œil voilé aussi pâle que de la nacre. J'ai lissé ses cheveux pour le rassurer et me calmer moi-même, mais j'ai eu soudain une vision de notre calèche renversée sur la route, les vitres brisées, les chevaux éventrés et la neige tombant sur leurs flancs déchiquetés. Or, le veilleur de nuit nous avait sauvés, il avait même imposé le silence au Dr Story.

Plus bas sur la route, nous avons croisé la seconde calèche à l'orée de la forêt. Le Dr Story a ouvert sa vitre et ordonné au cocher de faire demi-tour avant de poser sur nous un regard grave.

– Mesdames, je vous présente mes excuses pour cette fâcheuse rencontre. Apparemment, cette étrange saison a brouillé les lois de la nature.

Chiendent s'est blotti plus fort contre moi. Le Dr Story a repris sa place à côté de Maman et je les ai entendus chuchoter. Nous apercevions déjà les arbres du verger, la paisible prairie, le début des jardins, et j'ai respiré plus tranquillement.

– Chiendent, ai-je demandé, quel âge as-tu ?

Il s'est contenté de faire la moue.

– Tu ne veux pas me le dire ?

– Il est probable qu'il n'en sait rien, est intervenue Maman.

– Tout était très différent ici avant mon arrivée il y a quelques années, a dit le Dr Story, apparemment en réponse à d'autres questions.

J'avais cru qu'ils ne m'écoutaient pas et j'ai essayé de les distraire.

– Le parc de l'asile est si beau vu de cette calèche. Et la promenade était palpitante…

– Un peu trop peut-être, a répondu le Dr Story. Miss Janet, voulez-vous venir prendre le thé et un petit verre d'alcool à notre retour ? Un remède qui contribuera à vous apaiser.

En voyant Maman jeter un coup d'œil dans ma direction, il a ajouté :

– Pourriez-vous accompagner Miss Janet, Miss Connolly ?

– Oui, bien sûr.

– Parfait ! s'est-il exclamé comme s'il découvrait ma présence. Une proximité, telle qu'elle existe entre vous, encourage à regarder au-delà du passé. Le jour viendra sans doute où Miss Janet n'aura plus besoin de votre aide, mais une infirmière douée et expérimentée comme vous pourra être d'un grand secours à d'autres patients, et être rémunérée en conséquence. Tout notre personnel ne vit pas à l'asile. Certaines infirmières résident en ville.

Je me demandais bien où il s'imaginait que j'aurais envie de vivre.

– Je préfère rester auprès de Miss Janet, je n'ai rien contre le dortoir des infirmières. Mais je vous remercie, Docteur…

– Je me sens… très fatiguée, a soupiré Maman en lui touchant la main du bout de ses doigts gantés. Il faut que je regagne ma chambre, mais je vous remercie, cher Docteur Story, d'être toujours aussi compréhensif. Nous nous voyons demain, n'est-ce pas ?

J'ai détourné le regard parce que nous venions de nous arrêter devant l'asile. Tandis que le veilleur de nuit mettait pied à terre pour nous aider, Chiendent s'est glissé par la portière de notre côté. Maman m'a précédée de l'autre et a marqué une pause, en attendant que O'Shea la prenne par la taille pour descendre. Elle lui a murmuré quelque chose mais je n'ai pas entendu et j'ai chuchoté mes propres remerciements. Derrière moi, j'ai entendu le Dr Story s'adresser au veilleur de nuit :

– Il faut qu'on se voie, O'Shea, quand vous aurez ramené les chevaux à l'écurie. Dans mon bureau.

Maman s'est précipitée si vite à l'intérieur du bâtiment que j'ai dû courir pour la rattraper. Je l'ai trouvée devant une des étroites fenêtres bordant la porte massive, qui observait les deux hommes à travers la vitre. Elle haletait comme si elle venait de couvrir une longue distance, mais elle a reculé brusquement en me voyant.

– Miss Janet, ai-je lancé, nous nous retrouverons là-haut.

– Oui, entendu, a-t-elle répondu, mais en me prenant par les mains, elle m'a tirée à elle. ConaLee, monte mon foulard et mon sac à main dans ma chambre. Tu as la clef. Je vais aller m'asseoir un peu dans le parc, là, sur le côté, c'est plus tranquille.

– Mais tu n'as pas le droit de rester seule au jardin.

– Ne verrouille pas la porte. Puis couche-toi. Tu as besoin de repos. Je suis désolée de t'avoir emmenée… pardonne-moi.

– Maman, monte avec moi. Ils vont bientôt fermer les portes.

Mais elle m'a de nouveau saisie par la main.

– Fais ce que je te dis. J'ai besoin de temps à moi.

Je me suis retournée et je suis restée quelques minutes incertaine dans la soupente de l'escalier qui conduit à l'aile des femmes. Ma mère avait disparu, il ne me restait plus d'elle que son petit sac à franges et son châle. O'Shea avait dû aller remiser la calèche à l'écurie et le Dr Story est rentré un instant plus tard.

O'Shea

UNE ÉVASION

O'Shea ne détestait pas le bureau du Dr Story au deuxième étage – son cabinet, comme l'appelait le médecin. Il le trouvait original, se disait qu'il aurait pu l'occuper lui-même, dans un autre monde, s'il avait vécu une vie différente à une époque différente. Les divers classeurs en chêne, la machine à écrire sur son bureau à cylindre, l'énorme globe terrestre sur un trépied, les cartes géographiques encadrées – tout donnait l'impression d'un univers soigneusement ordonné et régulé. Le médecin-chef de l'asile ne se promenait jamais sur les sentiers et les pistes de la propriété, n'empruntait que rarement les routes et ne traversait presque jamais non plus les comtés des Alleghenies, il ne prenait qu'exceptionnellement la diligence ou le train pour Philadelphie, mais au mur, ses nombreuses cartes représentaient au pastel des régions qu'il pouvait imaginer à loisir.

– Je vous en prie, dit le Dr Story en désignant un siège et en prenant place du même côté de sa vaste table de travail.

O'Shea se demanda avec qui d'autre le médecin choisissait cette façon d'installer son visiteur, sans doute destinée à faire un peu oublier la barrière de son autorité. Ils se retrouvaient au moins une fois par mois, davantage s'il se produisait un « événement préoccupant ». O'Shea regrettait toujours de ne pas bénéficier de la protection de l'imposant bureau d'acajou qui semblait maintenant s'incliner légèrement vers eux, pareil à un miroir mural, à la fois sombre et brillant.

– Je n'en bois que peu souvent, dit le Dr Story, mais partageriez-vous un verre de cognac avec moi ?

Surpris, O'Shea hocha brièvement le menton. Les deux hommes ne buvaient qu'occasionnellement, mais le veilleur de nuit n'ignorait pas que le médecin-chef et le responsable du dispensaire gardaient à portée de main des alcools médicinaux.

Le Dr Story posa entre eux sur la table deux verres à dégustation emplis d'un cognac ambré. Chacun prit le sien mais se contenta d'en humer l'arôme.

O'Shea, confortablement installé dans le fauteuil rembourré de droite, se disait qu'il n'avait rien en commun avec « le neveu du grand homme », pour reprendre l'expression qu'avait employée le Dr O'Shea la première fois qu'il lui avait parlé du Dr Story, près de quatre ans plus tôt. Pourtant, une sorte de familiarité s'installait dans le bouquet du breuvage et le rituel de ces verres. Le vieil O'Shea avait souvent servi du cognac par une nuit d'hiver au coin du feu, dans des verres pareils à ceux-ci qui vous réchauffaient la paume. C'est au cours d'une de ces soirées qu'ils avaient discuté du poste offert dans un asile des Allegheny.

Comme s'il avait lu dans ses pensées, le Dr Story gardait le silence.

Les yeux fixés droit devant lui, O'Shea songeait à l'absence du vieux médecin, un vide qui se traduisait en ces lieux par une présence.

– Je sais que nous n'avons aucun lien de parenté, dit alors le Dr Story, mais la vieille Mrs O'Shea était une cousine éloignée de mon oncle, et je considère que cela nous rapproche. Et je m'en réjouis, puisque c'est grâce à cette relation que vous êtes venu ici pour m'aider à préparer le terrain.

Le Dr Story montre un tact tout professionnel, pensa O'Shea. En fait, l'accueil qu'il lui réservait était dû au fait que le veilleur de nuit avait fait la paix avec Mrs Hexum en convainquant le nouveau médecin-chef de ne pas renvoyer les cinq enfants qu'elle était allée chercher dans un orphelinat. Elle les chérissait et prenait soin d'eux comme une poule de ses poussins, et la charité chrétienne exigeait qu'ils restent (c'est ainsi que O'Shea avait plaidé leur cause), pourvu qu'elle n'en accueille plus de nouveaux.

– Vous avez contribué à faire que le personnel accepte les changements exigés par le traitement moral, poursuivit le Dr Story. C'est aussi un lien entre nous, bien que de nature différente.

Ils savaient tous les deux de quels changements il parlait : séparation stricte des hommes et des femmes, examen poussé, même s'il devait rester fondé sur l'intuition, des médecins et du personnel, des programmes de soins qui incluaient des moments de détente quotidienne et des tâches utiles à la communauté, surveillance rigoureuse des patients par leurs infirmières attitrées. Mrs Bowman s'était chargée de tout cela, et elle demeurait soupçonneuse à l'égard de O'Shea parce qu'elle ne s'était pas occupée elle-même de son recrutement.

Le veilleur de nuit sirotait son cognac. Entendu, va pour une petite conversation. Seul le Dr Story, dans cet établissement, savait quelque chose des bienfaiteurs de O'Shea à Alexandria.

– Et la vieille Mrs O'Shea, s'enquit-il, était la cousine de votre père au quatrième degré, c'est bien ça ?

– Oui, issue de germains. De famille quaker, elle avait exigé que son prétendant irlandais se convertisse pendant qu'il lui faisait la cour.

– Pas exactement, répondit O'Shea. Mon bienfaiteur admirait cette religion. Et il a tout de même servi comme chirurgien patriote et sauvé des soldats de l'Union dans son hôpital. Mais dans quel but ? Nous n'étions pas d'accord là-dessus.

– Pourtant, vous êtes la preuve vivante qu'il avait raison.

– Vous croyez ? Je suis un simple veilleur de nuit.

– C'est vrai. Mais vous n'avez qu'un mot à dire pour accepter un changement de fonctions et davantage de responsabilités. Comme intendant adjoint, vous pourriez contrôler les programmes destinés aux hommes, ainsi que nous éclairer de vos conseils, assister aux réunions du personnel médical.

– Je préfère travailler seul, avec accès à tous les patients dans les ailes des hommes et supervision de leurs infirmières. Les patients me considèrent comme leur porte-parole, et les plus agressifs sont raisonnablement intimidés. Quant à mes bienfaiteurs d'Alexandria, ils sont tous les deux partis désormais, à quelques semaines d'intervalle. J'ai beaucoup apprécié que vous m'ayez octroyé un congé l'automne dernier...

– C'était une chance, O'Shea, qu'elle décède alors que vous étiez présent pour l'aider à gérer la succession du vieil homme. Je ne peux m'empêcher de penser qu'ils étaient votre famille.

– Je n'ai pas de famille.

Le Dr Story hocha la tête et but une gorgée de cognac.

– Vous n'êtes pas seul dans ce cas. C'est une situation tristement banale par les temps qui courent. Tant de nos patients, quelle que soit leur classe sociale, se retrouvent seuls survivants, neuf ans après notre... catastrophe nationale.

– La bobine continue de se dévider, répondit O'Shea, comme se déploie une tumeur maligne.

– Juste comparaison, commenta le Dr Story.

Son regard empathique et pénétrant n'était pas réservé à cet employé, mais de fait, il avait toute confiance en O'Shea. L'homme n'était pas prompt à la conversation et était toujours d'une discrétion exemplaire. Ses conseils de profane s'étaient souvent révélés pertinents et précieux.

O'Shea n'eut aucune réaction. Ses souvenirs du monde d'avant la guerre demeuraient inexistants. Mis à part quelques vestiges, quelques bribes éparses, il ne lui restait que la conscience de l'oblitération. L'existence devait être pire, bien pire, se disait-il, pour ceux qui se rappelaient leurs épreuves.

– Ce qu'il s'est passé aujourd'hui n'est qu'un exemple, reprit le Dr Story. Cette patiente et son infirmière, avec moi dans la calèche – toutes deux apparemment sans domicile, à part notre hôpital. Miss Janet ne se rappelle presque rien de son passé, sans doute une forme de trauma. La jeune fille qui avait travaillé pour des amis de la famille s'était parfois occupée d'elle après la guerre, et elle l'a accompagnée jusqu'ici.

– Alors cette jeune fille doit bien la connaître, suggéra O'Shea.

– Il y a un lien entre elles, c'est certain. Mais ce n'est qu'une enfant. La patiente vivait très isolée, seule dans la maison familiale d'où elle a été chassée par un incendie, ainsi d'ailleurs que les patrons de la jeune domestique. Des sympathisants de l'Union forcés de se réfugier dans le Nord, selon toute vraisemblance. La guerre n'est toujours pas finie dans certaines de ces petites villes, on y règle encore des comptes.

– Le feu couve toujours, dit O'Shea.

– Je crains que vous n'ayez raison.

Le Dr Story soutint le regard du veilleur de nuit et se dit qu'il n'aurait pu tenir pareille conversation avec personne d'autre. Pourtant il ne le connaissait qu'à peine.

O'Shea s'avança sur son siège.

– Vous vouliez qu'on discute, pas vrai ? Je ne vous présenterai pas d'excuses pour avoir refusé d'obéir à votre ordre de tirer.

– Et pour nous ordonner de nous taire, compléta le Dr Story. Vous comprendrez qu'en vous voyant avec votre fusil à l'épaule…

– Je n'ai pas été engagé comme chasseur. L'ourse était d'une taille impressionnante et les petits…

– Pas si petits, l'interrompit le Dr Story en s'autorisant un sourire triste. Aux cuisines, on dirait sans doute que nous avons besoin de cette viande.

– Les oursons avaient un peu plus d'un an, et ils auraient pu charger eux aussi sur cette route étroite. Et nous n'aurions eu aucun repli possible.

– O'Shea, je ne saurais me plaindre de votre lucidité et de vos compétences. Je vous remercie et ce n'est pas la première fois. Vous en savez beaucoup plus que moi sur les armes et les forêts. Cette saison insolite… rend les chemins de la montagne et les pistes moins sûrs.

– Tout à fait d'accord. Il faut sans doute arrêter les balades en calèche jusqu'à ce que le temps change.

– Non, on ne doit pas les arrêter. Les patients y tiennent. Mais les calèches ne devront pas dépasser les abords du parc et des granges.

O'Shea opina du chef.

– On garde le principe mais on change l'itinéraire. Ça évitera d'équiper les cochers de fusils.

Le Dr Story s'avança lui aussi sur son fauteuil, réduisant la distance qui les séparait.

– O'Shea, nous dépendons de vous. Je suis désolé de vous avoir fait repenser aux armes à feu. Aux batailles, aux situations d'urgence…

– Je ne m'en souviens pas. Je ne me rappelle rien. Mais ma main se referme facilement sur une crosse et je vise juste. Je devais être… un homme violent.

– Vous étiez un soldat, O'Shea, qui luttait contre des fléaux que j'ai appris à abhorrer depuis l'enfance. Je regrette d'avoir dû vous appeler à la rescousse l'autre jour. Mais nous savons tous les deux qu'il s'agissait pour moi de prendre des précautions contre un intrus humain, même si je crois très improbable qu'il soit de près ou de loin de notre espèce.

– Si son évasion avait été annoncée et qu'une chasse à l'homme avait aussitôt commencé…

– La police était avertie et les routes surveillées, mais étant donné que nous ne connaissons ni son nom ni son histoire… L'infirmier qui l'a aidé a été limogé, même s'il maintient qu'il a été physiquement forcé.

– Forcé de rendre à un fou dangereux ses vêtements de ville, et de le relâcher ?

– Certes. Il s'agit plus probablement d'une manœuvre de séduction. Ce patient est un sociopathe manipulateur. Il avait sans doute caché de l'argent ou des objets précieux cousus dans ses habits, gardés en lieu sûr depuis son arrivée, et il a dû payer son complice. J'étais absent quand la police l'avait amené, sous bonne garde, et il avait été immédiatement mis à l'isolement à cause de son épisode maniaque. Vous ne le savez que trop bien – j'ai lu votre rapport. Je n'ai rencontré l'homme que deux fois, pour discuter de notre refus de lui accorder certains privilèges. Il est malin et brutal, il a dû réussir à tracer sa route. Il est sans doute déjà loin, et nous ne pouvons que nous en remettre aux forces de l'ordre pour que la loi soit respectée. Ce genre de personnage ne manquera pas d'attirer leur attention, et l'asile ne pourrait que souffrir de l'annonce de son évasion.

– Mais s'il commet des actes destructeurs dans la région, répondit O'Shea, et qu'on apprend qu'il était patient ici, le dommage risque d'être pire encore.

– Je comprends votre point de vue. Mais il est intelligent et rusé, et étant donné qu'il avait déjà été arraisonné pour agression et tentative de cambriolage tout près d'ici, il aura sans doute voulu quitter l'État et la région aussi vite que possible. O'Shea, je compte sur votre discrétion.

Le veilleur de nuit ne répondit pas. Il entendait derrière lui le *tic-tac* de la grande horloge murale ; son balancier rond en cuivre jaune qui oscillait de droite et de gauche brillait sous la vitre. Son jugement était sévère : dans cette affaire, Story était un menteur et un complice, quels que soient les bienfaits et la sécurité que son « traitement moral » avait apportés à certains patients.

– Comme convenu, reprit le Dr Story, il nous faut maintenant veiller à ce qu'aucun patient ne s'éloigne du parc et nous concentrer sur les animaux non humains.

Les animaux non humains. O'Shea eut l'impression que l'expression le décrivait parfaitement.

Ce soir de décembre s'était rafraîchi, on aurait dit un froid d'octobre. La brume montait de la terre telle une légère fumée qui aurait annoncé les frimas à venir. Il ne pouvait supporter l'idée de passer cette dernière heure avant sa veille de nuit dans sa chambre après ce qui s'était passé dans la journée, et il se mit donc à arpenter le pourtour rectangulaire de l'asile. Il se retrouva à proximité des murs de l'aile des femmes, dans un jardin clos dissimulé aux regards, séparé des allées d'agrément et des pelouses par des haies de rhododendrons et de marronniers d'Inde. L'imposant feuillage d'un grand hêtre projetait ses ombres sur un sentier. Là, une silhouette qui semblait l'attendre se retourna. Une femme, aux cheveux noirs dénoués. Il ne distinguait ni ses yeux ni l'expression de son visage. Une seconde plus tard, sans qu'apparemment elle ait bougé, elle s'était déjà rapprochée et se tenait tout près de lui, telle une apparition.

Inexplicablement, elle déclara :

– Je te connais.

À moins qu'il ait seulement imaginé ces mots dans le silence.

Elle tendit la main vers lui alors qu'il reculait.

– J'étais avec toi dans la calèche… et pendant toutes ces années où je t'avais perdu.

Perdu ? Ses paroles résonnaient à ses oreilles comme un écho immatériel.

– Perdu pour moi, pour nous. Nous t'avons attendu, recherché. Tant et tant d'années.

Sa voix entrecoupée de gémissements le frappa comme un coup. Fantôme, aurait-il voulu lui crier, va-t'en ! Repars vers les brumes du passé, songeait-il, et il eut l'impression de plonger dans un élément liquide, comme au temps du coma après sa blessure, où il flottait sans douleur, sans passé ni avenir. Le sol lui-même, les branches au-dessus de leurs têtes – tout semblait trembler, basculer. Les champs explosaient. Les hautes herbes s'agitaient, secouées par la racine. Le brouillard se changeait en volutes de fumée pâle qui s'élevaient comme des âmes jusqu'à ce que le feu strie le ciel d'éclairs rouges. L'envahit alors le sentiment d'avoir déjà connu ce moment et de ne jamais pouvoir y échapper, comme si une nuit noire l'avait brusquement aveuglé de sa lumière. Il fit quelques pas en arrière, mais il sentit les deux mains de la femme se poser sur ses épaules et se rapprocher à nouveau. Elle se jucha sur ses pieds pour l'atteindre, abolir la distance et blottir son visage baigné de larmes contre sa gorge. Il reconnut son parfum. Comment ?

– Arrêtez. Laissez-moi.

– Je ne dirai plus rien, répondit-elle en sanglotant. Plus jamais rien, sauf si tu me le demandes.

Ses paroles tourbillonnèrent sous ses yeux jusqu'à ce que le son lui-même éclate avant de retomber. Derrière lui, à sa gauche, les restes immondes d'un corps aux vêtements trempés de sang s'écrasèrent sur le sol. Une rafale de bile, de putréfaction l'enveloppa. Comment cette femme se trouvait-elle là ? Il sentit le sol se dérober sous ses pieds et il la serra contre lui. Son souffle haletant parut le pénétrer quand elle ouvrit la bouche contre ses lèvres, et elle l'étreignit avec force.

ConaLee
FEUILLES VOLANTES

Le large couloir de l'aile B des femmes était désert. Toutes étaient en train de dîner au réfectoire des dames. J'ai tourné la clef dans la serrure et suis entrée dans la chambre de Maman. Le pêne a claqué quand la porte s'est refermée derrière moi, et j'ai rangé son châle et son sac à main brodé de perles. Penser que nous avions vécu là, partageant ce petit espace, comme si nous n'étions qu'une... Désormais, nous nous retrouvions à l'extérieur pour les promenades, et je n'avais pas mis les pieds dans sa chambre depuis plusieurs semaines. Mon lit d'appoint avait été retiré et remplacé par une table étroite presque aux mêmes dimensions. Un bureau, en quelque sorte, assorti d'une chaise droite. Le coussin jaune et rond que quelqu'un avait autrefois tant apprécié servait maintenant d'assise. À quoi pouvait bien lui être utile un bureau ? Une pile de papiers et une plume y étaient posées. Je n'avais plus aucun respect pour son intimité et j'ai eu envie de lire ce qu'elle pouvait bien écrire, tous ces mots qu'elle refusait de me dire. J'ai roulé les feuilles volantes et les ai glissées sous mon tablier, comme une lance plaquée contre ma poitrine. Voler est un péché – je connaissais les Dix Commandements, et j'ai marqué une pause devant la fenêtre pour toucher la statuette de l'ange. Elle était toujours là sur le rebord, fixée à son clou carré, tous les traits de son visage effacés et piqués de petits trous. Je la voulais parce que c'était à elle que j'adressais mes prières. Ma main s'en est approchée sans la toucher de peur qu'elle ne tombe en miettes si mes doigts se posaient dessus, et j'ai levé les yeux pour plonger le regard dans le jardin. Il faisait presque nuit mais le ciel était encore lumineux, et j'ai aperçu ma mère, ses cheveux humides de brume lâchés sur les épaules. J'avais l'impression de ressentir son émotion tandis qu'elle se rapprochait en semblant l'implorer d'une silhouette sombre sur le chemin. Même de dos, je me suis rendu compte que cet homme de haute taille aux larges épaules n'était pas le Dr Story mais O'Shea, le veilleur de nuit. On avait dû l'envoyer la chercher, mais il a reculé en levant les bras comme pour parer à un assaut. Mais elle l'a tiré à elle, a posé les pieds sur ses bottes, et collé ses lèvres sur les siennes. Avait-elle vraiment perdu la tête ? Enlacés, ils marchaient maintenant comme s'ils ne faisaient plus qu'un, et ils se sont enfoncés dans l'ombre. Comme un sillage de lumière, leur absence scintillait dans l'obscurité.

Je ne parvenais plus à respirer. Pour la première fois depuis longtemps, je n'ai plus vu qu'un trou noir, zébré d'éclairs éblouissants. *Dis-leur que des fois, tu fais des crises...* J'ai à nouveau entendu Papa me l'ordonner, comme s'il soufflait ses menaces devant la chambre de Maman. *Toi, tu viens avec moi. Je vais entrer de force, je te préviens.* Il ne pouvait pas être devant la porte de Maman – ses mots devaient être dans ma tête. C'était Papa qui faisait jaillir des éclairs au fond de mes yeux et qui plongeait tout dans le noir après – j'étais sûre maintenant que je n'avais jamais connu d'épisodes de ce genre avant qu'il ne nous fasse prisonnières. Il me hantait encore dans mes cauchemars, me poursuivant sur les pierres du chemin jusqu'au refuge souterrain. Il faisait un pas quand j'en faisais trois et il finissait par me rattraper, ouvrait la trappe en bois, et me contraignait à descendre les marches. Là, il débouchait une jarre scellée et enduisait de miel la base charnue de son pouce – il emplissait ma bouche de sucre dans le surgissement du rêve et je le mordais très fort. Les éclairs redoublaient quand il me jetait par terre et m'emmurait dans l'obscurité en refermant au-dessus de ma tête les planches de la trappe à coups de pied. Je sentais les buissons de ronces trembler sur son passage, et je me laissais tomber, toujours plus profond, jusqu'à ce que Dearbhla s'approche. Elle flottait dans l'air que mon souffle rendait aussi dense que de l'eau. *Quoi que fasse cet homme, vole jusqu'à moi par l'esprit.* Je la suivais dans le chaos, et je voyais Maman courir le long d'une rivière sombre qui déchirait la terre comme une entaille. *C'est un trou trop profond pour que Maman puisse attraper ce fusil toute seule…* J'étais aveugle et je sentais qu'elle m'allongeait, me faisait glisser en avant, m'emportait sous la pluie et les coups de tonnerre. *Il y a des eaux sales dans cette fosse.* J'ai plongé la main dans le courant mais la rivière s'est soudain redressée et ses branches se sont écartées comme un arbre d'étoiles en feu. Elle était si grande qu'elle ne pouvait pas tomber parce que le veilleur de nuit, O'Shea, la charriait sur ses épaules. Éblouie, je me suis enfoncée dans un abîme d'étincelles comme si Papa s'approchait à nouveau. Les feuilles volantes de Maman tournoyaient autour de moi comme des flammes.

Je suis revenue à moi sur le plancher à côté du lit. *Pense à ces lumières que tu vois, des fois. C'est pas normal d'en voir.* J'avais l'impression qu'il m'avait secouée comme une chiffe et je me rappelais ses doigts qui m'agrippaient comme si je ne devais jamais les oublier. Je frissonnais. Je me suis relevée en m'accrochant au sommier. J'avais l'impression que Maman me regardait du fond de son miroir, tandis que j'essuyais la sueur froide qui gouttait sur mon visage et que je fixais à mes cheveux ma coiffe qui était tombée. Le silence était total et j'avais encore le temps de repartir avant le retour des patientes. Le crépuscule s'était changé en nuit noire. J'ai lissé mon tablier et senti le rouleau de feuilles pressé contre ma poitrine, elles ne s'étaient pas envolées, elles n'avaient pas chuté. J'avais dans la tête un grand vide, un blanc, comme une fenêtre qui se serait refermée entre une époque et une autre. J'ai déverrouillé la porte, que j'ai laissée légèrement entrouverte pour Maman, puis j'ai franchi celles du service et regagné le dortoir des infirmières et mon lit étroit. J'aurais voulu fermer les paupières, mais les pages brûlaient encore devant mes yeux.

Chiendent
PLUS HAUT

Chiendent les voit de son arbre : le veilleur de nuit et la femme. Il se retourne pour monter plus haut, près du tronc. Ce grand hêtre dans le jardin latéral est un des siens. Les branches basses à l'écorce claire plongent presque jusqu'à terre, et les plus élevées ploient sous son poids, elles craquent dans l'air, puis s'étirent avant de se relever. Une trouée ovale dans les feuillages qui s'abaissent lui permet d'observer clairement la scène. De son nid d'aigle, il regarde O'Shea et la femme qui se presse contre lui. Isolés du reste du monde, ils s'enfoncent sous les branches protectrices jusqu'à un sous-bois au sol spongieux et couvert de mousse qu'on ne voit pas depuis l'asile. Les couleurs changent alors qu'elle laisse tomber ses jupes, se dépouille de ses vêtements, remonte son ample chemise pâle et se blottit dans ses bras comme une enfant qu'il soulève pour enfouir son visage dans son cou. Rien à voir avec les mouvements brusques des veaux ou des chèvres dans l'étable, ils glissent l'un contre l'autre tandis qu'elle déboutonne sa chemise et tire sur son pantalon. Rien à voir avec le taureau et la vache ou les chiens dans les champs – il la tient face à lui. Chiendent perçoit son souffle rauque comme si elle le poignardait quand elle tangue, toute tremblante alors qu'il est encore debout et l'étreint. Puis il les fait basculer et s'agenouille au-dessus d'elle et du carré de jupe étendu sur la mousse.

Chiendent les entend haleter comme s'il était prisonnier de la scène, un mirage qui se produit quand parfois il se cache pour regarder ce qu'il voit. Ils poussent de petits grognements. Il les voit s'affaler lentement jusqu'à s'étendre à plat sur le sol, comme un cerf et une biche qu'il avait épiés un soir dans le verger. Mais ils ne s'apaisent pas… au contraire. En poussant de ses pieds, elle fait glisser son pantalon et découvre ses flancs. Les jambes de la femme lui enserrent la taille, sa peau luit dans la pénombre, elle l'attire au plus près avec force. Chiendent entend la musique assourdie et pressante qui s'échappe de leurs gorges et il monte plus haut encore, si haut qu'il ne voit plus en contrebas qu'une créature unique et pâle qui se tortille et se débat contre elle-même. Sa peau le démange, lui brûle même, et il se rend compte que des fourmis rampent sur sa main en s'échappant du nid qu'elles ont construit sur le nœud d'une épaisse branche brisée. Elles s'emparent de petits bouts de larves blanches, se bousculent, se chevauchent et repartent vers la cime de l'arbre. Chiendent secoue la main pour s'en débarrasser et son regard plonge vers la forme claire qui s'agite encore, se convulse et tangue. Au moment précis où il porte la main à sa bouche pour aspirer le venin des piqûres, les deux corps se séparent pour se regarder et reprendre leur souffle. Puis le lent roulis reprend, moins frénétique, plus mesuré, comme sous tension. Chiendent se détourne. Une rafale de vent traverse l'arbre et le bouscule, soulevant les rameaux, faisant bruisser les feuilles. Il rêve de tempête et monte encore plus haut ; sans un bruit, ses pieds nus escaladent les branches.

ConaLee

UNE RUSE

Des pattes de mouche, des boucles enchevêtrées. Ces pages racontaient-elles une histoire, était-ce une ruse ? Une simple distraction ? Ou bien était-elle vraiment folle malgré son comportement raisonnable ? Elle avait barré certains mots, en pressant fort sur la plume, si bien que je ne pouvais déchiffrer que des bribes. *Meurtrière* apparaissait çà et là. *Ils s'en étaient pris à Dearbhla quand nous nous sommes enfuies à travers bois.* Les choses ne s'étaient pas passées comme ça. *Une pierre dans la main, je me suis jetée XXX eux.* L'écriture était couchée sur le papier avec parfois des lignes verticales. Il y avait aussi des taches d'encre causées par la plume qui s'était violemment abattue en cercles sur la page. *Le contremaître est tombé.* C'était qui, ce contremaître ? Quelqu'un qui surveillait ? Moi, j'étais sous surveillance, répétait souvent Mrs Bowman. *Je me suis relevée pour brandir le grattoir à chaussures XXX XXX.* On appelait comme ça une grosse pierre posée à côté du perron de l'asile, avec un racloir en fonte serti dedans. J'utilisais rarement l'entrée principale, et jusque-là jamais quand il y avait de la boue ou de la neige. *Sa tête XXXXXécrasée, le crâne complètement comprimé.*

Ces mots n'avaient aucun sens. *On s'est enfuies pour que cette histoire soit racontée.* C'était effectivement une histoire qu'elle écrivait. Une fable. Sans doute des cauchemars. Elle la rédigeait à l'intention du Dr Story, pour le convaincre qu'elle était folle et que le traitement moral lui serait bénéfique, qu'il fallait lui fournir un bureau, de l'encre et du papier. *N'ai pas senti les rênes dans mes mains jusqu'à ce que je respire l'odeur du ruisseau que nous avons traversé au galop.* Nous ne franchissions jamais le ruisseau au galop à cette époque, nous faisions avancer les chevaux au pas, de l'eau jusqu'aux chevilles, jusqu'à un affût de chasse construit, disait-elle, par mon père. Nous attachions nos montures un peu plus loin et nous attendions dans cette espèce de cabane. Il faisait sombre. Les parois de branchage et d'écorce sentaient l'humidité et on devait s'accroupir pour que les cerfs ne détectent pas notre odeur. Un souvenir bizarre – personne ne parlait jamais de mon père et je savais seulement de lui qu'il avait construit cet affût. J'avais oublié que j'étais trop petite pour voir par les fentes ménagées en hauteur. Rugissement du fusil, odeur de la poudre. *Mais la Mort s'en est suivie XXXXXa emporté notre enfant.* Quel enfant ? *A fait du chagrin une arme pour se servir de moi et me torturer.* Papa s'était servi d'elle. Ça au moins, elle l'avait clairement dit. Un mot entraînait l'autre. J'ai tourné les pages dans les deux sens pour lire les lignes qui se bousculaient en gros ou petits caractères dans les marges. *Je me suis évanouie en voyant qu'il avait tellement changé. Suis revenue à moi pressée contre son XXXcorps XXXXX pourtant il ne m'a pas reconnue.* J'ai repensé à la rue que j'avais vue dans mon rêve, les bébés devenus grands qui m'ignoraient. *L'enfant avec lui, ou bien plus d'enfant, rien qu'une vapeur, l'enfant XXXXperdu en chemin* ? *L'esprit de XXXXqui l'a rejoint lui et pas moi.* Qui avait été perdu, qui avait été retrouvé ? Qui avait tellement changé ?

Je savais qu'il fallait m'arrêter là, je devais trouver Dearbhla ou l'appeler à me rejoindre. J'étais si bouleversée que mes yeux ont balayé les lignes rédigées par Maman et se sont arrêtés sur les derniers mots. Les lettres qu'elle avait tracées étaient autant de lames brandies pour me transpercer : en m'envoyant dans sa chambre, elle savait que je verrais ces feuilles. *Si je l'avais rejoint dans la mortXXXxx notre ConaLee nous aurait suivis dans l'oubli.* Je ne pouvais pas l'accepter. *Le cache-œil rigideXXXxXXX et la tempe, pareils au casque du Diable ou à l'armure de l'AngeXXXXe XXXo. Je ne voyais rien, mais j'ai senti son souffle quand il s'est penché vers nous, l'assiette en main.* Elle ne pouvait parler que de O'Shea, le veilleur de nuit. Et Chiendent était la vapeur qui l'avait rejoint.

Était-il possible que mon père ne puisse pas nous reconnaître, me reconnaître moi ? Elle avait tout compris depuis le début, et pourtant elle ne m'avait rien confié, rien dit ! Par quel miracle se trouvait-il là ? Pourtant, c'était le cas. Je le savais et j'ai déchiré les pages, encore et encore, jusqu'à en faire des flocons de neige. J'ai entendu les autres infirmières monter l'escalier. Mrs Bowman allait me houspiller pour n'avoir pas été présente au dîner. Ma mère devait avoir regagné sa chambre et, sans doute, elle fixait par la fenêtre le petit chemin dont elle avait fait son secret.

Dearbhla

TOUT TOURNE

Ce soir, elle s'est assise sur le hamac du porche, emmitouflée dans des fourrures qu'elle laisse là jusqu'aux premières neiges. Pieds nus, elle pousse sur ses talons pour lancer le mouvement, comme autrefois elle se balançait avec ConaLee sur les genoux. La petite adorait dormir dans ce hamac et admirer le ciel noir parsemé d'étoiles. Plus en sécurité là que nulle part ailleurs. Dearbhla lui racontait des histoires alors que chaque constellation tournait dans sa sphère jusqu'à ce que ConaLee les sache par cœur et prévoie ce qu'elle allait dire. Que les histoires restaient les mêmes, mais que les étoiles se déplaçaient d'une saison à l'autre. Que nous restions immobiles mais que les étoiles tournaient. Dearbhla se sentait tourner elle aussi, même si le monde demeurait immobile et clair.

Dans le hameau un peu plus bas on raconte qu'il n'y aura pas d'hiver cette année. Le soleil est encore chaud en plein décembre. Trop de sang encore dans la terre qui reflue dix ans après la fin de la guerre. Mais on s'apprête à changer d'année dans moins d'une semaine, et les Pléiades, ces étoiles de l'hiver, continuent leur course alors qu'Orion, aveugle, se lance à leur poursuite. Les sept sœurs, dans les histoires de Dearbhla, étaient celles de ConaLee. Les six qui restent toujours visibles la reconnaissaient comme leur septième sœur manquante, arrêtée en plein vol. Elle marquait une pause pour se reposer, disait Dearbhla, et Orion n'était qu'une bête qui se cachait sous une apparence de chasseur, Bételgeuse nichée au creux de son épaule droite, avec sa large ceinture piquée d'étoiles. Les sœurs avaient pleuré et ainsi amené la pluie. Mais pourquoi pleurer ? demandait ConaLee, alors qu'elle connaissait la réponse : leur père, Atlas, qui portait le poids du monde, ne les voyait plus et elles n'existaient plus pour lui. Elles filèrent vers le ciel et entamèrent une course interminable, le vent de la violence prédatrice d'Orion déchirant leurs vêtements alors qu'elles s'enfuyaient. Comment savoir si l'enfant orpheline de père pensait encore à cette histoire aujourd'hui ? Toutefois, elle aimait ses sœurs scintillantes, alors même qu'elles se trouvaient maintenant de l'autre côté de l'univers et qu'elle ne pouvait plus les apercevoir. Les cieux marquaient le passage du temps, à l'époque.

Dearbhla n'avait pas épargné sa peine de l'aube au crépuscule durant ces semaines clémentes de l'automne et de l'hiver, traquant et chassant inlassablement avant de mettre à sécher des morceaux de viande et des quartiers de gibier, ramassant du bois dans sa charrette, faisant provision de baies sauvages, de pommes tombées de l'arbre, de légumes racines qui s'étaient développés durant cet été interminable, emplissant et scellant les jarres dans la cave d'Eliza. La nuit, elle les revoyait tous trois occupés à creuser cet abri, soutenant les parois et utilisant de grosses pierres comme rayonnages et étagères. ConaLee n'était pas encore née. Rien qu'eux trois qui avaient échappé au danger. Une brève période passée avec lui, qui lui avait semblé si longue et si riche. Elle voit, comme de l'intérieur, la grotte sombre de cet abri. Le temps lui est désormais compté. Elle souffre de toutes ces tâches accomplies, du rythme qu'elle s'impose, comme si ses préparatifs allaient subvenir aux besoins de ceux qui l'ont quittée. Elle ne peut pas les rappeler. Ses chiens et ses chats se rassemblent près du porche, ils n'ont pas le droit d'entrer dans la maison, sauf par les nuits les plus froides, où il gèle. Il y a quelques semaines, une chatte s'était aventurée trop loin et un coyote ou un renard l'avait emportée, laissant ses petits aux yeux encore clos miauler de détresse. Dearbhla les avait portés à l'intérieur, leur avait donné du lait de chèvre, chauffé dans l'âtre. Ils n'avaient pas tardé à se risquer à sortir et étaient revenus triomphants, des libellules entre les dents.

Le froid se rapproche durant ces nuits qui fraîchissent, comme si ce début d'hiver plutôt chaud jusque-là allait brusquement s'arrêter. Elle revoit les lourdes chutes de neige du passé, les grondements qui dévalent les montagnes alors que des bancs de neige craquent comme des coups de feu avant de s'effondrer et de glisser où bon leur semble. Elle sent que ces intempéries se rapprochent, c'est peut-être une question de jours. Le vrai froid de décembre va sans doute s'imposer. Il faut qu'elle aille à Weston demain, en ne s'arrêtant que pour nourrir et faire boire le cheval. Voir cet endroit, cet asile réservé aux gens de la bonne société, et à celles qui ne sont pas vraiment des dames mais qu'on traite comme telles. Eliza, née et élevée dans une grande famille, entendu, mais ConaLee ? Les Pléiades entament leur longue ascension, tandis que ConaLee et Eliza ont trouvé le repos dans un endroit que Dearbhla ne peut même pas s'imaginer. Elle va s'y rendre, observer les lieux depuis la route, parce que, à ce qu'on raconte, une longue esplanade ovale mène à l'entrée principale. Rien que pour découvrir à quoi cet hôpital ressemble, rien que pour se savoir près d'elles.

Ou bien elle arrêtera son chariot devant la porte, attachera son cheval où elle pourra, et entrera pour demander… où elle peut trouver une femme et une enfant qu'on avait laissées sur le perron il y a quelques mois. Combien de gens étaient arrivés là de la même façon ? Pas moyen de le savoir. Elle expliquera qu'elle connaît la fillette, pas la mère. Qu'elle a un message à lui porter. Ou bien qu'elle peut lui offrir un foyer, nourrie et logée en échange de quelques tâches ménagères. On faisait des propositions de ce genre, elle l'avait entendu dire, dans les centres d'accueil pour les pupilles de la nation. Ou encore, si tout se passe bien, elle pourra peut-être voir ConaLee et parler avec elle dans un des jardins de l'hôpital. Savoir que ConaLee va bien, parce qu'aucune enfant n'était aussi douée qu'elle, malgré tout… Elle lève à nouveau les yeux vers le ciel éclaboussé de lumière qui s'arrondit au-delà de l'horizon, en un instant d'embrasement au-delà de la ceinture massive d'Orion. Une étoile filante. Son sillage étincelant disparaît presque aussitôt, mais Dearbhla a eu le temps de le voir. Le chariot est prêt : provisions, eau, couvertures. Elle n'a plus qu'à charger le revolver qu'elle garde toujours à ses pieds et à harnacher le cheval. Elle partira au lever du jour.

La route est éclairée par la lune. À peine dépassée la moitié du chemin, elle arrête le chariot sous un hêtre aux branches si déployées qu'elles pourraient abriter une ou deux maisons. Ou d'innombrables cabanes de fées, dirait ConaLee. Les feuilles, désormais plus foncées, ont séché, mais les branches enchevêtrées atteignent de telles longueurs qu'elle pourrait en entourer le chariot et ne plus craindre d'être vue. D'autres ont dû bivouaquer à cet endroit. On voit çà et là des tas de terre et de feuilles, des formes arrondies dont on s'est sans doute fait des matelas ou des couvertures. Il faut qu'elle dégage le cheval des brancards et qu'elle l'amène boire dans un petit ruisseau juste derrière l'arbre. Un étroit pont de pierre, enfoncé dans l'eau à un bout, et une cascade de rochers couverts de mousse. Accroupie pour se désaltérer, Dearbhla se remémore une histoire que racontait Eliza le premier hiver de la guerre, un long monologue qu'elle débitait alors qu'elle était enceinte et cousait des couches, des langes en flanelle et un nid d'ange pour le bébé. Elles pensaient alors toutes les deux qu'il verrait son enfant au printemps, après la fonte des neiges. Il trouverait le chemin. N'avaient-elles pas reçu deux lettres, aux bons soins de l'épicier du hameau le plus proche ? Dearbhla s'y rendait pour récupérer le courrier et poster les dizaines de missives qu'écrivait Eliza.

Mais on ne pouvait pas descendre de la montagne quand il neigeait sans discontinuer. Assiégées par les gémissements du vent durant ces jours lumineux et glacés, ces nuits qu'illuminaient des avalanches ininterrompues, elles s'installaient devant la cheminée d'Eliza, parce qu'elle était si près de son terme que Dearbhla ne voulait plus la laisser seule le soir. Eliza n'avait qu'elle à qui raconter, personne d'autre pour l'écouter rappeler comment dans cet autre lieu, avant leur fuite et la guerre, elle n'entrevoyait que rarement le garçon, toutes ces années après que Dearbhla leur eut interdit de se retrouver. *Toi, tu le voyais, Dearbhla, mais moi, je ne pouvais pas.* Comment elle l'avait croisé au printemps dans une prairie. Elle avait seize ans et sa monture s'était mise à boiter. Il passait par-là pour aller relever les pièges à oiseaux destinés aux cuisines, et il l'avait juchée sur son cheval et avait attaché derrière eux sa jument blessée. Bercée par les mouvements de la selle, le soir qui tombait et la lenteur de leur pas, elle avait fermé les yeux et s'était blottie dans son dos, les mains posées sur sa taille, cuisses contre cuisses. Ils s'étaient arrêtés au bord du ruisseau, et il l'avait soulevée dans ses bras pour la poser par terre. Il avait retiré ses bottes et avancé pieds nus pour faire patauger sa jument dans l'eau froide et peu profonde. La jambe blessée de l'animal était déjà enflée. Il avait expliqué que ce bain de quelques minutes allait faire toute la différence. Elle avait accroché les rênes du cheval de son sauveur à un chêne d'où pendaient de longs filaments de mousse espagnole et s'était penchée pour s'asseoir près de lui sur la berge. Ils ne parlaient pas. Quelques minutes, songea-t-elle. Combien exactement ? Et elle l'obligea à tourner son visage vers elle. Il avait été son premier, son seul amour à ce jour, et elle, bien qu'elle ne soit pas pour lui la première, avait été tellement aimée qu'il lui avait fait don de tout ce qu'il savait, tout doucement, au cours des mois suivants, jusqu'à ce qu'ils deviennent amants et projettent de s'enfuir ensemble.

« Voilà ce que valent les plans », avait-elle dit à Dearbhla.

À l'époque, quinze ans plus tôt dans cet endroit qu'ils avaient quitté, les débuts d'Eliza dans la société avaient déjà été prévus avec la famille de Charleston. Mais un matin, son père surprit son regard qui traversait la cour pour se poser sur ce garçon d'écurie irlandais qui était devenu un adulte de belle taille, et il vit le beau jeune brun bien découplé, trop confiant dans le privilège qu'on lui accordait, répondre à ce regard. Même s'il avait accepté Dearbhla, il était résolu à ce que ce gamin ne s'élève jamais au-dessus de sa position et il l'avait fait fouetter et marquer au fer rouge sur la poitrine, bien en vue pour toute femme ou tout homme devant qui il retirerait sa chemise. Dearbhla l'avait pansé et soigné. La blessure guérissait, la cicatrice bien que douloureuse se refermait déjà quand, moins d'une semaine plus tard, ils s'étaient enfuis à tire-d'aile, en s'emparant du cheval et de l'arme d'un de leurs agresseurs et en emportant ce qu'ils pouvaient des provisions de Dearbhla. Ils avaient voyagé des semaines durant, ils n'auraient su dire combien exactement, à la nuit tombée d'abord, habillés de vêtements d'homme grossiers et informes, le visage maculé de terre.

Ils avaient trouvé un refuge. Le plus dur était d'assurer leur subsistance. Et donc ConaLee n'était née que presque trois ans plus tard. L'enfant avait fait halte là, sous ce hêtre, en route vers l'asile avec Eliza, huit mois plus tôt. Ils avaient passé la nuit entière dans cette même carriole.

Mais Dearbhla se contente de prendre un peu de repos, elle emplit son seau d'eau, attelle son cheval et repart.

Chiendent
EN LAISSANT TOUT LE RESTE

Les filles de cuisine envoient Chiendent chercher Hexum tandis que les patientes font la queue pour le petit déjeuner. Il arrive souvent à la cuisinière de leur confier la tâche des préparatifs, mais jamais elle ne les laisse seules pour s'occuper de ce repas lui-même, de celui de midi ou du dîner qui se met au point durant l'après-midi. Chiendent grimpe à l'arbre à côté des portes de l'asile jusqu'à parvenir devant sa fenêtre entrebâillée et il s'approche de la vieille femme. Elle est assise sur sa chaise, la masse de son corps avachie comme un poids mort. Elle a les yeux ouverts. Le tiroir aux trésors est ouvert lui aussi, la lampe à pétrole allumée bien que ce soit le matin. Le nuage gris de sa tignasse enchevêtrée s'échappe de ses épingles à cheveux, trop lourde pour se laisser contenir. Chiendent fait le tour du siège, qui grince malgré les précautions qu'il prend pour marcher sans bruit. Il attend mais elle reste muette. Il s'approche encore, l'œil tout près des siens, mais les disques verts restent vitreux. Il pose tout doucement la tête sur son tablier de cuisinière pour respirer l'odeur qu'il aime tant – le parfum de lait, de farine et de beurre qui s'attache à tous ses vêtements. Ses jupes s'étalent comme de l'écume. Ses papiers sont empilés en désordre et la flamme de sa lampe continue à brûler, pâle dans la lumière du matin. Un bras charnu repose pesamment sur le bureau et une main blanche est repliée sur ses genoux. *Ah on peut dire que j'étais un joli brin de fillette, même si c'est difficile à croire – j'avais pas encore neuf ans que tous les hommes me tournaient autour, ceux de la famille encore pires que les autres ! Et moi j'étais trop petite pour les repousser. Mais plus je grandissais, plus ils me laissaient tranquille. Ah j'ai appris à me battre, Chouchou, pour pouvoir faire ce que je voulais ! Y'a personne ici qu'oserait tenir tête à Hexum ! J'ai le palpitant qui cogne dur quand je cours dans tous les sens, mais ils osent pas se mettre en travers de mon chemin, par peur que je leur tombe dessus !* Chiendent connaît ce refrain et les battements de son grand cœur, et il a envie de les entendre encore. Sa grosse voix qui crie et qui chante. Il faut qu'il la réveille, qu'elle parle et qu'elle bouge : il pose ses deux petites mains à plat sur ses épaules ; puis ses pieds, et il pousse de toutes ses forces.

Au moment où elle tombe en avant sur le bureau un coup de feu retentit, pas dans la pièce, mais pas très loin. Chiendent connaît ce son pour avoir épié les garçons de ferme qui abattaient un cheval à la jambe cassée. L'animal s'était effondré aussi vite que Hexum, et il a l'impression de sentir la même odeur de poudre. Mais elle n'est pas un cheval blessé et ce n'est pas une balle qui l'a foudroyée. Il se jette sur son large dos, il s'accroche à elle, fermant les yeux de toutes ses forces sur les larmes qui s'en échappent et bouchant ce nez qui coule toujours et qu'elle appelle son petit robinet. *Allez, Chouchou, essuie-toi la figure avec ce mouchoir de gentleman que je t'ai donné, parce que t'es plus chic qu'aucun de ces cinglés !*

Il cligne des paupières et découvre la masse de son corps affalé sur le bureau, la tête posée de profil, ses yeux qui fixent la mince flammèche s'échappant de la lampe qu'elle a renversée. Le globe de verre se brise. Le feu gagne les feuilles éparses et creuse un trou dans son livre de comptes ouvert. Cette même flamme se relève et part à l'assaut du papier peint qui tapisse le mur. Les fleurs des motifs prennent vie, elles s'ouvrent et crépitent. *On a pas droit aux lampes à pétrole, Chouchou, et aux bougies non plus ! Parce que Story veut qu'on s'éclaire au gaz dans son hôtel de fous, mais moi, je baisse mes stores et je fais ce que je veux. Les babioles brillent plus à la lumière d'une flamme, l'oublie pas, Chouchou. Tu vois, là ? Tout ce qu'on a mis de côté au cas où on devrait déguerpir en laissant tout le reste.* Mais voilà que ses cheveux épars aussi s'enflamment et brûlent comme une auréole de feu autour de sa tête alors qu'il essaie de la ramener en arrière en secouant violemment sa chaise. Puis il court vers la fenêtre par laquelle il était entré pour appeler à l'aide, mais la partie supérieure des stores baissés s'est embrasée et ils sont tombés sur le plancher, dévorés par les flammes eux aussi. Il saute par-dessus pour gagner le rebord de pierre, bondit vers son arbre et la fraîcheur du matin. Des volutes de fumée s'échappent par la fenêtre.

Quelqu'un a vu ce qui se passait. Les cloches sonnent l'alarme, elles tintent sans discontinuer, et les deux infirmières qui tirent sur les cordes sont littéralement soulevées du sol avant de retomber et de rebondir, leurs mains et leurs manches noires se tendent vers les cloches qui carillonnent. Leurs tabliers sont si blancs qu'on dirait des couches de glace.

« Aucun accident ne peut être plus terrible que le spectacle d'un incendie qui fait rage… Les grands réservoirs en métal installés dans le grenier du bâtiment devraient toujours être remplis à la fin de la journée, et le niveau d'eau maintenu à toute heure du jour. L'institution devrait être dotée d'une pompe à incendie et de deux cents mètres de tuyaux, répartis de telle sorte qu'ils puissent être reliés aux canalisations adéquates à la moindre alerte. »

Dr Thomas Story Kirkbride, 1854

LA FENÊTRE DU DR STORY

Elle lui avait envoyé un message pour demander à être reçue le matin même, avant l'heure prévue pour leur rendez-vous habituel de l'après-midi. Avant le petit déjeuner, en fait. Assurément, elle ressent elle aussi le besoin de faire avancer les choses entre eux, dans ce bureau du deuxième étage où ils se sont entretenus si souvent et si longtemps. La veille, durant la promenade en calèche, elle s'était spontanément réfugiée dans ses bras, elle avait si naturellement recherché sa protection. L'heure était peut-être venue de lui confier ce qu'il espère. Il s'imagine lui parler tout doucement, les yeux dans les yeux. C'est une belle journée d'automne, ensoleillée mais froide, comme si cette saison aberrante allait s'amender et laisser place à l'hiver. Story s'avance vers les hautes fenêtres ovales, les ouvre à la volée pour admirer la Grande Pelouse, la terre jaunie de la route, le ruban de rivière entre l'asile et la ville. On peut monter sur le rebord et sortir sur l'étroit balcon. Peut-être qu'aujourd'hui, après leur conversation, ils pourraient s'y tenir ensemble. Story ne croit ni au hasard ni au destin, mais il a confiance en la petite voix tranquille qui pousse à aller peu à peu de l'avant. Il ne lui demandera pas de se convertir, seulement d'assister de temps à autre aux réunions de recueillement des quakers à Philadelphie. Elle trouvera l'oncle Kirkbride et celle qui est sa femme depuis environ vingt ans tout à fait charmants, et le Temple des Amis d'Arch Street apaisant et ouvert.

Il se pourrait qu'elle soit déjà là à l'attendre devant la porte de son cabinet. Il se retourne, redresse son col. Toutes les patientes sont au petit déjeuner, sous la houlette de Mrs Bowman et de leurs infirmières. Il s'apprête à traverser la pièce pour aller entrebâiller la porte quand il l'entend frapper quelques coups discrets. À peine un tapotement. Il ouvre grand le battant.

O'Shea se tient à côté d'elle quand la porte s'ouvre, et il sent les doigts de la jeune femme se crisper sur son poignet. Story paraît surpris, il recule d'un pas et leur montre les sièges devant son bureau. Ils viennent à peine de s'asseoir quand une silhouette apparaît devant les fenêtres ouvertes en vociférant. Ses vêtements élégants mais sales et déchirés et ses divagations sont instantanément identifiables : le dément en fuite est de retour, à moins qu'il ne soit resté caché dans les parages depuis le début, comme O'Shea les en avait avertis. Il a grimpé dans l'immense arbre près du bureau de Story, il s'est accroché aux gouttières solidement arrimées au mur et a atterri sur le balcon. Comme un idiot, Story a laissé les fenêtres grandes ouvertes, comme pour aider cet obsessionnel violent à mener à bien la mission qu'un aliéné de ce genre a coutume de se fixer. Le rôle de O'Shea auprès de ce monstre pervers s'était limité à le surveiller lors de ses veilles de nuit, et il avait noté ses fanfaronnades arrogantes : cambriolages, agressions, maisons brûlées, femmes forcées à le supplier, ses sympathies sudistes qui n'étaient qu'un masque pour un esprit malade. Aujourd'hui, il sait que l'homme n'est qu'un dangereux intrus qui se faisait appeler Papa, avait investi les cabanes et ce refuge sur les crêtes que lui-même avait trouvé lors de sa fuite avec Eliza. Car elle se nomme Eliza, et cette femme qu'elle appelle Dearbhla les avait élevés ensemble à cet endroit qu'ils avaient dû fuir précipitamment. C'est là, lui a-t-elle expliqué, qu'on a marqué sa poitrine au fer rouge, rien à voir avec la guerre. Au moment précis où le « gentleman fou » enjambe le rebord de la fenêtre pour pénétrer dans le bureau, agitant son arme en direction du médecin comme une provocation en délirant sur les quakers sataniques et la racaille yankee, Story se lève derrière son bureau, comme s'il voulait lui offrir une cible plus facile.

– Monsieur, s'écrie Story, calmez-vous !

Mais il n'a aucun contrôle sur la situation. Le dément arme son pistolet, ses pupilles tournoient comme des moulinets, les remugles de sa sueur de maniaque envahissent la pièce telle une vague nauséabonde. Il a perdu ou jeté son haut-de-forme, et il secoue la tête comme pour s'éclaircir la vue, ouvre grand la bouche, et son visage mal rasé s'allonge alors qu'il lâche des bordées de hourras triomphants et de rires frénétiques. Il n'a pas encore remarqué la présence d'Eliza, mais il n'y manquera pas parce qu'il la connaît, il s'est servi d'elle, il l'a terrorisée, a gardé ConaLee captive, haï et tenu Dearbhla à distance. Eliza a tout raconté à O'Shea en pleurant, la tête enfouie au creux de son cou, les lèvres collées aux siennes, durant une nuit entière plus réelle pour lui que ce cauchemar. Elle avait dénoué les lanières du cache-œil, l'avait embrassé et caressé comme pour réécrire son histoire, parce que lui ne se souvient pas, il ne se rappelle rien, mais il a enfin senti en lui-même le miracle d'une vérité que quelqu'un connaît et en laquelle il croit. Et voilà que ce forcené, jailli de la guerre et d'un passé perdu, est là parmi eux, parce que le passé n'est jamais qu'un présent oublié.

Story continue à parler avec calme, aussi distinctement que possible, comme si sa voix et son regard pouvaient contenir l'avalanche qui les menace. O'Shea sent ses muscles se tendre et se crisper quand le forcené brandit le pistolet en direction de Story, et dessine avec l'arme de petits cercles concentriques comme pour jouer avec sa proie. Trois balles dans ce barillet, et il nous tuera tous, songe O'Shea. Comme s'il avait lu dans ses pensées, l'agresseur se tait et réoriente lentement son arme vers le veilleur de nuit. Les yeux baissés, Eliza se pétrifie sur son siège. Le pistolet se déplace légèrement, la vise à la tête. Story pousse un cri et claque des mains comme s'il voulait rompre un sortilège. L'intrus, sa longue tignasse échevelée battant l'air, le costume en piteux état, se tourne vers le médecin et sourit. D'un geste sûr, il pointe le pistolet armé à deux mains vers sa cible pour mieux viser. Sans un bruit, O'Shea bondit sur lui par la gauche, le saisit à bras-le-corps et le précipite par la fenêtre ouverte au moment même où la détonation retentit. Le feu explose dans la poitrine du veilleur de nuit, il entend un cri mais il revoit le visage de sa fille, son hésitation et sa panique au moment de monter dans la calèche avec Story et sa mère... Ses yeux et ses longs cils lui paraissent... étrangement familiers. S'il ne l'avait jamais quittée...

Story, debout derrière son bureau, continue à parler. Il ne parvient pas à croire que la menace de l'assaillant soit soudain retombée dans le silence alors qu'il pointe son arme vers sa tête. Toute parole est désormais inutile, se dit-il, mais voilà que O'Shea se jette comme un fauve sur le dément. Quelques secondes plus tard, il voit le corps violemment catapulté dans l'air pur et frais. Le coup de feu retentit, une odeur de poudre se répand. L'écho de la détonation résonne de plus en plus fort entre les murs, et O'Shea tombe à la renverse, de la fumée s'échappe du plastron de sa chemise. Miss Janet court le rejoindre en criant tandis que Story se hâte vers la fenêtre. Mrs Bowman, soudain apparue à son côté, découvre l'évadé qui gît sur la dalle du tout-à-l'égout, deux étages plus bas, bouche bée, son pistolet à canon long toujours en main. Une flaque noire s'étale de plus en plus vite sous sa nuque.

– Mrs Bowman, ordonne Story, allez chercher notre chirurgien ! Faites venir des infirmiers avec un brancard.

– Je ne pense pas qu'il soit encore vivant, répond Mrs Bowman.

– C'est O'Shea qui en a besoin. Dépêchez-vous ! Plus vite que ça !

Elle file tandis que le médecin va s'agenouiller à côté de Miss Janet pour soutenir ses efforts. Elle tient O'Shea entre ses bras, une main posée sur le visage du blessé, l'autre sur sa poitrine pour tenter d'arrêter le sang qui a aussitôt rougi sa chemise et se répand déjà sur les jupes de la jeune femme. Bizarrement, O'Shea n'avait pas enfilé son uniforme pour venir assister à cet entretien, il porte des vêtements de ville.

– Éloignez-vous, dit Story, ne songeant qu'à sa patiente et voulant la protéger du spectacle de tous ceux qui déjà se précipitent vers eux, mais elle relève la tête pour lui répondre :

– Cet homme est mon mari. C'est ce que nous étions venus vous dire.

– Votre mari ? répète Story, en posant les mains sur ses épaules d'un geste protecteur.

Dans la cour, les cloches sonnent l'alarme. Une odeur âcre emplit le bureau alors que des flammes jaillissent et que des volutes de fumée grise montent aux fenêtres. Le feu a dû prendre dans une pièce voisine, allumé sans doute par le forcené qui avait prévu que pareille distraction favoriserait son attaque. Les cloches vont faire venir des ambulances, des voitures de pompiers, des gens de la ville prêts, seaux en main, à combattre l'incendie. *Son mari.* Story tâte la gorge de O'Shea pour sentir son pouls – rien. Il laisse retomber sa main près de celle d'Eliza.

ConaLee rejoint ses collègues pour pousser les patientes hors de la salle à manger où elles prenaient leur petit déjeuner et gagner la sortie des cuisines à l'arrière du bâtiment. Le domaine de Hexum, beaucoup plus vaste qu'elle l'aurait cru, éclairé sous ses voûtes par les rayons du soleil qui viennent frapper les hautes fenêtres sur tout un côté. Une lucarne en forme d'éventail brille au-dessus des doubles portes qu'on vient d'ouvrir, aussi larges que celles d'une grange. L'immense pièce s'est vidée de tout son personnel, mais le pain continue à cuire dans les vastes fours noirs tandis que le flot des patientes se déverse à l'extérieur. L'appétissante odeur des miches qui dorent semble témoigner du pouvoir de Hexum alors que les cloches carillonnent de plus belle. ConaLee suit ses patientes, qui soulèvent leurs jupes pour remonter l'allée conduisant hors des jardins des cuisines.

De l'autre côté du chemin, elle voit les cuisinières et leurs aides filer vers la grange ou l'étable où certains de leurs maris sont employés. Vêtus de leurs longs tabliers, ils se tiennent devant ces dépendances, et assistent au spectacle des malades qui défilent sous leurs yeux tandis que le bâtiment central se vide. Les ailes latérales ne sont pas menacées, expliquent les cuisinières, qui regardent de légères vrilles de fumée s'élever au-dessus du toit en se demandant la cause de pareil charivari. Elles iront récupérer le pain dès que ces dames auront libéré le passage. La plupart de leurs collègues hommes sont allés rejoindre ceux qui jettent des seaux d'eau sur l'incendie, mais quelques-uns reviennent vers elles sur un chariot avec pour tout fardeau un cercueil en osier. Il n'est pas rare de voir une voiture basse tirée par un cheval dépasser le verger et les bois pour prendre la direction de la prairie et du cimetière en contrebas, entouré de son muret de pierre et tout hérissé de piquets portant des numéros. Les cuisinières ne s'intéressent pas beaucoup au chariot, elles échangent des commentaires sur les dames et leurs infirmières qui tel un troupeau d'oies désorientées se dirigent vers la façade de l'asile et la Grande Pelouse. ConaLee entend les messieurs qui passent de l'autre côté du haut mur de briques bordant le potager. Elle s'imagine le fleuve de patients qui s'allonge et se rétrécit au fil des allées du parc, se divisant en différents cours d'eau autour des statues et de la folie. Alors que les femmes marchent en une nuée silencieuse de jupes et d'élégantes bottines, les hommes lancent des hourras et des bravos comme lors d'un défilé militaire.

Dearbhla

TRANS-ALLEGHENY

Elle entend le tocsin avant d'apercevoir la ville. En se rendant à Alexandria et en en repartant durant la guerre, elle avait traversé Weston, mais la ville s'était agrandie, sans doute réaménagée grâce à l'argent et aux offres d'emploi de l'asile. La large rue principale est bondée : chevaux, chariots, flot de passants se dirigeant tous dans la même direction, celle des cloches de l'alerte qui sonnent de plus en plus fort. Soudain le carillon s'arrête. Dearbhla suit des hommes, des femmes et des enfants, chargés de couvertures et de seaux, qui, dans les remugles de fumée, passent un pont d'où on entrevoit déjà l'asile. Une large pelouse d'un arpent ou deux apparemment, bien verte, envahie de monde, un beffroi et de grands édifices de pierre à l'arrière-plan. De hautes grilles métalliques et le portail ouvert. Sur la plaque en lettres de laiton, on lit : « Asile d'aliénés de Trans-Allegheny ». L'étroite rivière et la voie de chemin de fer d'un côté. Le tocsin qui a attiré la foule s'est tu mais l'air vicié de fumée résonne du tintement argentin des clochettes des voitures de pompiers venues de Weston. La route si encombrée s'est dégagée dès qu'elle a franchi les grilles, parce que les véhicules des pompiers et de la police ont traversé les pelouses pour s'attrouper devant l'immense porte d'entrée. Tout n'est que confusion et tumulte. Dearbhla fait accélérer son cheval pour s'approcher des volutes sombres qui s'échappent des deux hautes fenêtres de façade. Des langues de feu menacent, mais dans la foule qui s'agite, plusieurs personnes s'avancent comme si elles ne les craignaient pas. Elle voit des hommes coiffés de casques et vêtus de longs manteaux qui jettent des objets par les fenêtres aux chambranles calcinés, et des torrents d'eau qui déferlent par les trous noircis.

ConaLee

SPÉCULATIONS

Les dames contournent les jardins latéraux pour gagner la Grande Pelouse. ConaLee cherche sa mère. Elle ne s'est pas présentée au petit déjeuner et elle doit se trouver là, à moins qu'elle ne soit en sécurité auprès du Dr Story, ou encore qu'elle ait disparu dans le tourbillon de sa vie secrète, comme ConaLee elle-même le ferait si quelqu'un s'intéressait le moins du monde à elle, perdue dans cette mêlée qui lui donne le tournis et à laquelle elle voudrait à toute force échapper. Impossible de mettre de l'ordre dans les rangs de ses patientes, elles se sont fondues dans la foule des citadins, parce que toute la ville est accourue, d'abord poussée par l'inquiétude, mais tous restent là par curiosité ou pour donner libre cours à leurs spéculations. Le club des dames a apporté des couvertures dont personne n'a apparemment besoin, et bientôt un patchwork de carrés de laine et d'édredons émaille le terrain. Beaucoup s'asseyent pour observer les sauveteurs improvisés – hommes d'affaires, commerçants, paysans – qui se passent les seaux d'eau puisés dans le bassin pour asperger la pierre des façades. La voiture à incendie de l'asile a déroulé son long tuyau qui atteint maintenant l'étroit balcon du bureau du Dr Story, où se tiennent deux hommes casqués qui dirigent la lance vers le trou béant et noir des fenêtres adjacentes. On ne voit désormais plus aucune flamme. Le bruit se répand dans la foule de curieux que l'incendie est maîtrisé.

Le carillon des cloches s'est tu mais son écho a résonné des kilomètres à la ronde, tout comme la fumée s'est répandue très loin par ce matin si clair. Des voitures-ambulances continuent d'affluer des villes voisines, et des paysans des environs arrivent à dos de mule ou sont déjà en train d'attacher leurs montures aux arbres du parc. Quelques habiles commerçants, juchés sur leurs charrettes, profitent de l'occasion pour vendre des tourtes à la viande. Des dames de la ville, une fois le danger écarté, papotent sous leurs ombrelles. ConaLee ne voit plus aucune flamme, rien que des volutes de fumée humides et le sillon creusé par toutes ces voitures sur l'allée qui va du portail aux colonnes de la porte d'entrée. Elle remarque une carriole qui se fraie un chemin, le cocher solitaire qui tient les rênes… elle se lève, se rassied, lance un ordre à son cheval attelé… Et ConaLee se met à courir, elle se débarrasse de sa coiffe d'infirmière et dénoue ses cheveux pour ne plus ressembler à ses collègues. Elle agite les bras, elle crie, elle fend la foule en répétant un nom à tue-tête, incapable de s'arrêter même quand Dearbhla fait halte et la hisse sur le chariot.

– Ma petite, dit Dearbhla, en l'étreignant. Où est ta mère ?

Elles se tournent vers la fumée et les murs noircis de l'asile.

– Là, répond ConaLee en pointant le doigt vers l'étroit balcon du bureau du Dr Story.

Les pompiers sont maintenant à l'intérieur. Dans le nuage de fumée qui s'échappe encore, elles aperçoivent deux silhouettes qui se penchent. Bien que ConaLee ne discerne pas le visage de sa mère, elle est sûre que c'est elle que le Dr Story tient par la taille.

– Il faut qu'on parte maintenant, dit-elle à Dearbhla. Tout de suite, s'il te plaît.

– Passe à l'arrière, ConaLee. Je ne peux pas faire demi-tour, avec ce bazar.

Elle s'exécute tandis que la carriole s'ébranle dans une secousse. Elle s'accroche à deux mains aux ridelles du plateau qui vacille alors que le véhicule s'avance dans l'allée qui mène au large perron de granit et aux portes de l'asile. ConaLee relève la tête pour chercher sa mère du regard, les narines assaillies par l'odeur étouffante de brûlé, tandis que Dearbhla ralentit à hauteur des voitures de pompiers. C'est seulement parce que ses yeux se sont machinalement portés vers l'arbre près de l'entrée qu'elle aperçoit Chiendent, perché sur la branche la plus basse, qui balance ses jambes dans sa direction. Elle se remet debout et tend les mains vers l'enfant : il se laisse tomber dans ses bras.

Dr Story
QUEL QUE SOIT VOTRE NOM

Avec le temps – une expression que Story admirait autrefois et qu'aujourd'hui il abhorre –, un chirurgien, la police et des voitures de pompiers ont fini par arriver. Le praticien constate le décès de O'Shea : « Touché au cœur, mort instantanée », tandis que devant la fenêtre, la police écoute Story leur faire le récit de la fuite du forcené. Les infirmiers jusque-là sous les ordres du veilleur de nuit portent son corps à la morgue. Dans un cercueil façonné par l'entrepreneur des pompes funèbres local, la dépouille sera exposée dans les appartements de Story, mais pas avant quelques heures. Pour l'instant, le chaos est total, mais la police confisque l'arme et autorise Story à enterrer immédiatement dans le cimetière de l'asile l'agresseur qui gît sur le pavé. Les patients qu'on a évacués sur la Grande Pelouse et qui fourmillent parmi les curieux venus de la ville ne remarquent qu'à peine le chariot qui s'approche et dissimule à leurs regards le corps qu'on soulève pour le placer dans un cercueil en osier. Le Dr Story doit conduire sa patiente jusqu'à sa propre chambre afin qu'elle se repose pendant qu'il s'adresse à la foule et veille à ce que l'ordre soit rétabli. Ce soir-là, quand elle lui explique que Miss Connolly est sa fille et celle de O'Shea, Story l'invite à la faire venir auprès d'eux. Elle aussi a dû subir un choc terrible. Il appelle désormais sa patiente par son véritable prénom, Eliza, et sa fille ConaLee, bien qu'Eliza lui ait annoncé que la jeune fille est partie. Elle est en route vers leur maison, à un jour et demi de distance.

– Du balcon, j'ai vu sa grand-mère qui venait la chercher, lui explique Eliza. ConaLee a un chez elle. Moi non.

– Vous êtes chez vous ici. Quel que soit votre nom.

QUATRIÈME PARTIE

1864

O'Shea

LA SEULE CLEF

O'Shea dîne chaque soir avec ses bienfaiteurs, il déplie une serviette en tissu sur ses genoux avant de prendre en main fourchette et couteau. Le vieux chirurgien et sa femme, il le sait, se sont mis en tête de lui apprendre les bonnes manières, ils offrent l'expérience d'un vrai foyer à quelqu'un qui n'en a pas, et celle de l'emploi que le brave médecin a créé pour lui. L'hôpital n'est qu'à vingt minutes à pied. Ils avaient élevé un petit-fils orphelin, tombé au début de la guerre. L'adolescent était si jeune qu'il n'avait pas encore quitté la maison, sauf pour passer une année dans une pension militaire avant de s'engager. Leur fils et sa femme étaient morts de la fièvre typhoïde quand le garçon était encore bébé. O'Shea a appris tout cela lors de dîners précédents, et il sent qu'il tient pour eux un rôle de substitution. À l'hôpital, certains l'appellent « le jeune O'Shea » pour le différencier du « vieil O'Shea », le chirurgien si respecté qui a tant donné à son malade. Trop peut-être.

Et c'est ainsi que le patient, désormais guéri, vit dans une chambre confortable au sous-sol qui reçoit la lumière d'une étroite serre mitoyenne. Il accepte qu'ils parlent de la guerre à leur façon et leur rend tous les services possibles. Il coupe le bois, l'empile, allume le feu et l'alimente avec les bûches stockées à la cave. Le couple quaker – le médecin irlandais s'était converti quarante ans tôt, quand il courtisait sa future femme – mène une vie simple. Ils n'emploient pas de domestiques, sauf la blanchisseuse à qui ils confient leur lessive. Un jour où il retourne la terre pour jardiner, O'Shea se surprend à porter la pelle à son épaule et à la braquer comme un fusil. Il a les mains sensibles et l'œil qu'il lui reste voit très bien. Il pense avoir deviné qui il était et ce qu'il faisait, et résout de ne jamais plus se servir d'une arme à feu. Son absence totale de mémoire, son crâne mutilé, et ce cache-œil légèrement conique qui attire le regard des passants semblent être le prix de l'oubli. Il se réjouit de ne pas savoir ce qu'il a perdu, et parfois il éprouve si fort le chagrin des autres qu'il doit se détourner ou quitter rapidement une pièce. L'ombre de silhouettes inconnues l'assiège durant ses nuits : des cauchemars au cours desquels un fracas ou une explosion le rendent sourd alors qu'il continue à sentir le sol trembler sous un martèlement de pas et l'air raréfié brûler. Ensuite, il lui arrive de dévaler une pente avant de plonger dans un gouffre noir puis de tomber dans une étroite fissure de terre. Là il se débat, il tend les bras, irrésistiblement happé, comme s'il appelait la Mort qui le réclame. Il serre les cheveux d'une femme entre ses doigts et toutes les odeurs et les sensations s'abolissent.

Le vieux médecin et sa femme parlent du comité de bienfaisance des dames, et de leur projet d'offrir des repas de Noël aux patients de l'hôpital. Faudrait-il inviter ceux qui en sont capables dans différents foyers pour partager un dîner familial, ou bien vaudrait-il mieux procéder à une distribution générale dans les services ?

Le Dr O'Shea s'interrompt pour s'adresser à lui :

– John, qu'en pensez-vous ?

– Je me dis qu'il vaudrait mieux que je ne reste pas beaucoup plus longtemps ici auprès de vous. Ma dette est si grande qu'elle me pèse.

Un silence surpris accueille cette déclaration soudaine.

– En vérité, reprend-il doucement, je ne suis ni le fils ni le petit-fils de personne, autant que je pourrais l'espérer.

La femme du médecin paraît dépitée mais elle réussit à ne rien répliquer. Elle se contente de lever vers lui un regard interrogateur et soutenu, comme si l'inquiétude qui l'a envahie pouvait avoir un effet sur lui.

– Bien sûr, intervient rapidement le Dr O'Shea. Vous voulez être indépendant. Comme tout un chacun. Mais John, parlez-moi de votre nouveau travail à l'hôpital, de ce que vous faites pour apaiser les malades, pour que leurs mains retrouvent la coordination.

– J'utilise une astuce inoffensive, répond O'Shea. Mais certains d'entre eux se calment sur l'instant et reproduisent l'exercice tout seuls. Je leur fais serrer une balle en caoutchouc indien – comme vous-même me l'avez conseillé lors de ma rééducation – lorsqu'ils se sentent nerveux ou angoissés. C'est un mouvement de répétition que la plupart peuvent réaliser, même à une main s'il ne leur en reste qu'une.

Le médecin hoche la tête.

– Mrs Gordon dit que vous avez gagné la confiance de tous dans le service. Que diriez-vous d'instruire les soignants d'autres institutions, si notre hôpital vous fournissait le matériel nécessaire – sans doute facile à obtenir et bon marché. Vous avez une approche particulière des patients, et c'est ce qu'on vous demanderait de transmettre.

– Je ne vois aucune objection, mais…

– Il faudrait que vous deveniez infirmier vous-même, mais vous travaillez déjà comme tel et vous auriez déjà dû acquérir le titre. Nous demanderions à d'autres soignants d'observer comment vous pratiquez avec les soldats. Ensuite, vous pourriez participer aux réunions du personnel médical pour discuter d'autres idées de traitement. Il se peut que la guerre s'achève dans les prochains mois, mais on ne manquera certainement pas de mutilés devant faire face à une longue rééducation. C'est la clef du problème : certaines physiothérapies pourraient contribuer à soigner les traumatismes psychiques. Et les blessés de guerre font davantage confiance à ceux qui ont partagé leur expérience.

– Je le crois aussi. Ils n'ont qu'à me regarder pour s'en convaincre.

– Ou vous écoutez, ajoute Mrs O'Shea.

– Tu as raison, ma chère, dit le médecin. Peut-on enseigner une attitude thérapeutique ? Je pense qu'on peut essayer. John, vous avez un don qui pourrait devenir un métier, si l'idée vous intéresse. Si vous renforcez votre expérience et découvrez que vous pouvez transmettre votre savoir-faire à d'autres… pour réduire les angoisses des soldats, alors l'hôpital a davantage encore besoin de vos services. Vous pouvez continuer ou non de vivre ici avec nous…

– Je vous en prie, ne pensez pas que je suis ingrat. Vous m'avez montré tant de bonté.

– Pas du tout, dit Mrs O'Shea.

– Notre hôpital jouit d'une très bonne réputation, reprend le médecin. D'autres institutions me demandent souvent des recommandations pour engager du personnel. Avec le temps, alors que vous aurez continué à gagner en expérience, une autre opportunité pourra se présenter.

– Je n'en doute pas, insiste Mrs O'Shea.

– Dans le Nord, peut-être, ajoute le médecin.

O'Shea croise le regard de son bienfaiteur et hoche la tête.

– C'est pour le Nord que John O'Shea s'était battu, alors ?

– Oh oui, répond le médecin. Vous avez été soldat de l'Union, sous je ne sais quelle identité. Et d'autres institutions ne manqueront pas de s'ouvrir au Sud, où les besoins seront grands, là aussi, après la guerre.

Il marque une pause, comme pour réfléchir à la question.

– Plus de responsabilités, reprend-il précautionneusement, peuvent vous amener à l'indépendance que vous souhaitez. John, accepteriez-vous d'en assumer davantage ?

– Oui, tout à fait.

– Et nous serons heureux de vous garder ici pendant que tout cela se règle, conclut Mrs O'Shea. Nous avons grand besoin de votre aide, vous le savez.

Elle paraît si heureuse qu'il n'ajoute rien. Ils reprennent leur repas. Il restera un certain temps, bien qu'il comprenne qu'il ne peut pas vraiment leur rendre l'affection familiale qu'ils lui offrent, ni même accepter l'espace dans lequel leurs liens pourraient se développer. Il partira le moment venu, et il ne ressentira d'autre angoisse que celle de l'absence. Pour toute clef, il n'a que le sourd battement de son cœur qui cogne, et elle n'ouvre aucun verrou. Mais il se sent profondément soulagé. Il pense à un cerf-volant bringuebalé au ras du sol qui soudain prend le vent et s'élève au bout de sa corde qui se déroule à toute vitesse. Il entend le sifflement de l'air et se sent happé vers le ciel, comme s'il gagnait de l'altitude au-dessus de collines vertes implorant à grands cris la pitié.

ÉPILOGUE

1883

ConaLee

2 janvier 1883

Emmitouflés dans leurs manteaux, sur le trottoir d'en face, ils se tiennent devant la First Exchange Bank, l'un des trois établissements similaires à Weston. Le vent souffle en rafales et le froid est vif. ConaLee passe une main gantée sur la clôture en bois brut juste derrière eux. Une pancarte « À vendre » est accrochée au portail à ressorts. En retrait de la rue, la maison toute simple à un étage paraît spartiate, mis à part les dentelles de bois à la peinture délavée qui ornent la façade et la treille du jardin. Une étroite galerie presque au niveau du sol court sur toute la longueur. On aperçoit environ un arpent de terrain à l'arrière, et une petite grange. Un espace plat est ménagé pour le jardin, des arbres sont plantés sur tout un côté. La pelouse, pelée par endroits et à d'autres parsemée de broussailles, est traversée par un chemin de terre rectiligne qui conduit à la maison. Du côté protégé par les arbres, ConaLee découvre à l'étage ce qui ressemble à une véranda. Elle s'imagine allongée là, les soirs d'été, regardant le crépuscule s'assombrir jusqu'à la nuit.

La caissière a une cinquantaine d'années. ConaLee lui tend les papiers militaires de son père, où figurent le nom qu'il s'était choisi et son livret bancaire.

L'employée lit le document puis pose les yeux sur le petit livret qu'elle tient à la main.

– C'est bien pour le compte d'Ephraim Connolly que vous êtes là ? demande-t-elle.

– Oui, Madame.

Ephraim Connolly. Sa mère lui avait indiqué le nom qu'il avait choisi – son prénom transformé en patronyme. Elle est devenue une sorte d'indice, une énigme, un souvenir.

– Vous êtes Miss Connolly, alors ? Membre de sa famille ?

– Je suis sa fille, ConaLee Connolly, sa seule enfant. Je ne suis pas mariée. Je suis majeure. Et ça, c'est son livret pour que vous puissiez vérifier les dates.

– Vous avez son acte de décès, ou le justificatif de décharge militaire ?

– Nous n'avons jamais possédé aucun document de ce genre, mais il s'était engagé il y a vingt-deux ans, le 17 juin 1861, comme c'est précisé là.

Elle marque une pause et regarde l'employée bien en face.

– Un certificat de naissance à son nom, au moins ?

– Il a brûlé. Et sa tombe anonyme est dans la nature.

Ce n'est pas un mensonge, elle se trouve bien dans la partie non paysagée du domaine de l'asile, elle le sait mieux que personne. On a été autorisé à creuser sa tombe dans l'étroit jardin sous les arbres où sa mère s'était promenée cette nuit-là. Pas de plaque, comme Eliza l'avait voulu, parce qu'aucun de ses noms ne l'avait sauvé. Pas de numéro, pas de pierre tombale, rien que de minuscules graviers blancs empilés sous les hautes herbes, les feuilles mortes et la neige, près du grand arbre où ils s'étaient retrouvés. À chaque printemps, sa mère fait le tour du tronc en semant les petits cailloux. L'année d'après sa mort, Dearbhla et ConaLee avaient fait le voyage pour se joindre à elle. Chiendent avait observé la scène, mais il avait emporté les poignées de cailloux blancs dans les montagnes.

L'employée l'interroge à nouveau :

– Vous savez la date du décès ?

– Nous savons quand il a cessé de déposer de l'argent. J'ai aussi la petite photographie qu'il avait envoyée quand il était soldat.

ConaLee sort le portrait de la poche de son manteau d'hiver et le place doucement sur la main de la caissière posée sur le livret bancaire ouvert.

L'employée garde le silence. Le livret et le cliché ne suffisent pas à remplir sa large paume.

– 7e bataillon de cavalerie des volontaires de Virginie-Occidentale, explique ConaLee. C'est lui sur la gauche, il était tireur d'élite.

La femme hoche la tête.

– Il n'y en a pas beaucoup des comme ça, des photographies de soldats prises en extérieur, murmure-t-elle.

Elle relève la tête, plus compréhensive maintenant.

– Vous avez peut-être des lettres de lui ?

– Très peu, répond ConaLee. Envoyées à ma mère.

Elle montre les enveloppes jaunies, adressées à Mrs Eliza Connolly, poste restante à Weston.

La caissière jette un coup d'œil aux tampons.

– Vous savez, dit-elle, je travaille ici depuis trente ans. Certains soldats griffonnaient quelque chose sur leurs reçus, une date, un lieu, quelques mots. Je les ai gardés dans nos archives. Je vais voir si je trouve quelque chose à son nom.

Elle quitte son guichet et s'approche d'un classeur en bois sur le mur d'en face.

ConaLee entend la clef tourner dans la serrure et elle détourne le regard. Le ciel d'hiver est d'un bleu clair et intense ce lendemain du Nouvel An, et la grand-rue de Weston est saupoudrée de neige. Dearbhla est morte une semaine avant Thanksgiving il y a deux ans, et rien que l'idée ou le simple spectacle d'un ciel du même bleu ramène le souvenir du monticule de la tombe bordé de pierres. Cette année, même jusqu'en novembre, l'automne est resté inhabituellement doux, pour la deuxième fois en vingt ans, depuis l'hiver 1874, raconte-t-on. Ils avaient creusé profondément parce que le sol n'avait pas gelé, et placé Dearbhla dans son linceul, les pierres plates posées bord à bord au-dessus du corps, avant de le recouvrir de terre et de l'entourer de galets ronds. C'est Dearbhla qui avait demandé à ce qu'il y en ait beaucoup, et elle avait révélé à ConaLee le nom que son père avait oublié en lui confiant le livret bancaire et ses papiers militaires. Elle ne ferait désormais plus aucun voyage, avait expliqué la vieille femme, ni physiquement ni par l'esprit, ni sur terre ni sur mer, et elle ne quitterait plus ses montagnes. Elle pleurait la mort de son fils mais sentait qu'il avait voulu de toutes ses forces que ConaLee revienne vers elle. Chiendent et ConaLee avaient vécu presque sept ans auprès d'elle après avoir quitté l'asile, la jeune fille se chargeant de plus en plus de tâches et montrant l'exemple à Chiendent : comment troquer herbes et potions au marché, comment chasser, jardiner… Et puis, l'aîné de ses petits frères leur avait souvent rendu visite dès qu'il avait été assez grand pour venir à cheval depuis la cabane de sa mère. La voisine qui l'avait adopté l'avait amené les voir quelques semaines après leur arrivée. Par curiosité, ou pour le plaisir d'entendre une voix de femme. Le petit jumeau était mort de pneumonie à trois mois. Et la fermière qui s'était chargée de sa sœur avait quitté les montagnes depuis longtemps. En vérité, c'était l'aîné qui avait le plus manqué à ConaLee. Elle l'avait reconnu au premier coup d'œil, après tant d'années, et le voir grandir le lui avait rendu toujours plus proche. Elle s'appliquait à faire plaisir à la petite famille, invitant souvent la veuve et son fils à dîner ou à passer des fêtes ensemble. P'tit Gars avait aujourd'hui douze ans, c'était un beau gaillard qui ressemblait à leur mère. On aurait presque dit de vrais frère et sœur. ConaLee lui avait appris à lire couramment. Il allait falloir qu'il aille à l'école en ville. Peut-être la mère adoptive de P'tit Gars, qui n'était plus toute jeune, pourrait-elle venir s'installer chez elle et lui donner un coup de main avec la cuisine et le ménage, si on savait lui présenter les choses convenablement. Ils pourraient tous quitter leurs montagnes pendant l'année scolaire et retourner dans leur cabane durant l'été.

Les cheveux blonds de Chiendent avaient foncé, et il avait un peu grandi. À quinze ans, il savait lire et écrire mais il préférait le calcul aux livres. Il aimait la chasse, jardiner, et il gagnait sa vie en travaillant avec les garçons de ferme à l'asile. Ils étaient redescendus des montagnes après le décès de Dearbhla et louaient des chambres dans une pension de famille à Weston. Engagés par l'asile, ils vivaient tout près mais en ville. Les invitations occasionnelles chez les Story dans le logement de fonction du médecin s'étaient vite transformées en dîners fréquents et repas rituels du dimanche. ConaLee avait retrouvé sa mère, en gardant ses distances au début, mais elles s'étaient rapprochées au cours de longues conversations sur les chemins qu'elles avaient arpentés si longtemps auparavant, leur semblait-il. Elle connaissait maintenant toutes les histoires d'Eliza, ainsi que celles de Dearbhla. Mrs Bowman était repartie pour Philadelphie et ConaLee était devenue l'assistante de sa remplaçante. Eira Blevins avait démissionné après l'incendie. La veuve Kasinski, désormais une bien vieille dame, coulait des jours heureux à l'asile. ConaLee se sentait plus proche de son père à cet endroit où elle l'avait rencontré, appris qui il était, et les divers épisodes que racontait Chiendent lui apparaissaient presque comme ses propres souvenirs. Ephraim Connolly avait oublié le nom qu'il s'était choisi et n'avait jamais rien su de sa mère, la petite esclave qui était morte si jeune. *Des coups légers frappés au battant de sa porte,* comme le racontait Dearbhla. Les grands-mères de ConaLee, l'une la sévère maîtresse de l'autre, étaient toutes deux mortes en couches. Sa propre mère aurait connu le même sort à sa prochaine grossesse si Dearbhla n'avait pas mis au point son plan imparfait. Tant de femmes périssaient en mettant leurs bébés au monde, un risque qu'elles avaient accepté ou qui leur était imposé. Pas ConaLee. Elle ne voyait plus jamais d'éclairs de lumière, ne perdait plus la conscience du temps, mais les épreuves qu'elle avait connues si jeune lui étaient encore douloureuses. Élever Chiendent et P'tit Gars suffisait à son bonheur.

La caissière est de retour et elle pose un dossier sur le comptoir.

– Ces récépissés sont à lui. Il avait déposé de l'argent presque une fois par mois, de novembre 1861 à avril 1864. Sur la plupart, il n'y a que son nom, toujours avec une date et un lieu. Mais sur deux ou trois, il avait aussi écrit une ligne. Comme sur celui-ci. Une citation, ou quelque chose du genre.

ConaLee touche le reçu au sommet de la pile. Du papier aussi fin que de la pelure d'oignon, soigneusement plié en deux. Elle l'ouvre et le lisse. Le nom de son père est au dos, en script. Puis on lit « Brandy Station, Virginie ». Au-dessous, « pour Eliza et le bébé – le bateau qui arrive à bon port ».

L'employée s'est replongée dans ses livres de comptes.

– Il vous a laissé un joli magot, les dépôts plus les intérêts...

– Ça s'élève à combien ? s'enquiert ConaLee.

– Eh bien, trois cent quarante dollars, et cinquante-quatre *cents*, pour être précis.

– Je voulais vous poser une question sur la maison en bois de l'autre côté de la rue. Celle avec le jardin à l'arrière. Il y a une pancarte qui dit « À vendre ».

– Juste en face, vous voulez dire. Elle appartient au directeur de notre banque...

– Est-ce qu'il est là ? Je pourrais lui parler ?

– Non, mais je suis sa femme, et je peux vous donner tous les détails nécessaires. C'est notre fille qui l'habitait, et elle est partie vivre dans une ferme aux abords de la ville. Elle a cinq enfants aujourd'hui. C'est nous qui leur avions acheté cette maison. Mais avec tellement de petits, ils l'ont laissée aller à vau-l'eau et le jardin est en piteux état.

ConaLee hoche la tête.

– Madame, demande-t-elle, est-ce que vous sauriez le prix ?

– On avait l'intention de la retaper un peu. Au printemps, on pensait…

– Pour moi, elle est très bien comme elle est. Mon frère est un bon bricoleur, et moi une pas trop mauvaise jardinière. Ma mère et mon beau-père pourront aussi nous donner un coup de main.

– Ah, vous avez de la famille dans le coin ?

– Mon beau-père, le Dr Thomas Story, est le directeur de l'asile, et ma mère, Mrs Eliza Story, fait beaucoup pour cette ville.

– Oui, je sais qui est le Dr Story.

– Et vous êtes… ?

– Mrs Paine. Enchantée, Miss Connolly.

À ce moment précis l'aiguille des minutes de la grande horloge murale se met à trembler avant d'avancer d'un cran.

ConaLee retire son gant pour prendre la main fraîche et sèche que lui tend la caissière.

– Ravie de faire votre connaissance, Mrs Paine. Vous voyez, je travaille à l'asile comme infirmière, et mon frère est apprenti auprès du maître-jardinier et du gardien du domaine. Je vous ai aussi apporté ces lettres, l'une de références, et l'autre signée par ma mère devant témoin, certifiant qu'elle renonce à tout héritage de mon père. Elle est remariée aujourd'hui, comme vous le savez.

ConaLee fouille dans son sac pour en tirer les deux enveloppes.

– Peut-être voudrez-vous bien montrer ces lettres à votre mari quand vous lui parlerez de l'achat de la maison.

Mrs Paine les ouvre et les parcourt rapidement.

– Oui, celle-ci, rédigée par votre mère, est bien ce qu'il me faut. Est-ce que je peux ouvrir un compte à votre nom, Miss Connolly ? Nous pourrons y transférer les fonds.

ConaLee opine du chef.

– J'ai ce livret depuis la mort de ma grand-mère il y a presque deux ans. Mais j'ai dû attendre ma majorité pour réclamer ce que mon père avait prévu de me laisser. Mrs Paine, je souhaite vous proposer l'intégralité de cette somme – trois cent quarante dollars et cinquante-quatre *cents* – pour l'achat de la maison.

– Il n'est pas si facile de vendre un bien par les temps qui courent, reconnaît Mrs Paine. Le prix me semble très acceptable, et nous nous engagerons, sur l'acte de vente, à repeindre la maison au printemps et à réparer la clôture. Tout le reste demeurera en l'état. Je dois bien sûr en parler à mon mari, mais nous tenons à ce que la propriété ait belle allure. Pour tout vous dire, mon gendre… n'est pas homme à entretenir une maison, et nous n'avions pas d'ordres à lui donner.

– Je comprends, dit ConaLee en observant son interlocutrice qui coche des cases dans ses registres.

– Voilà, j'ai fermé le compte de votre père… Je pense que c'est le dernier des comptes ouverts pendant la guerre qui se clôt aujourd'hui. Et donc, c'est un jour important.

Par-dessus ses lunettes, elle regarde ConaLee et ses yeux s'embuent.

– J'ai perdu deux frères à Gettysburg. Mon mari est rentré, mais il a dû lutter pour redevenir lui-même.

– Mon père… commence ConaLee. Nous sommes restées des années sans savoir ce qui lui était arrivé.

Mrs Paine hoche la tête.

– Il a continué de penser à sa famille, aussi longtemps qu'il a pu. Et maintenant, son compte est à vous. Il faut que vous signiez ce document pour ouvrir le vôtre, et ce reçu pour le transfert des fonds.

Elle regarde ConaLee qui appose sa signature après avoir lu les deux feuillets.

– Et si vous pensez toujours acheter la maison après avoir réfléchi, Miss Connolly…

– Je suis complètement décidée. C'est ce que mon père aurait voulu : m'offrir un toit.

Gênée, elle sent sa voix se briser. Cet homme, avant et pendant la guerre, du jour où il était devenu quelqu'un d'autre et par la suite, avait été son père. Contre toute attente, elle l'avait trouvé sur son chemin, en était venue à l'admirer, même avant d'apprendre comment il était mort, ce jour funeste dans le bureau du Dr Story. Elle ne voulait pas juger Dearbhla mais regrettait qu'Ephraim Connolly, portant enfin son nom, n'ait jamais appris qui il était vraiment. ConaLee savait qu'elle tenait de lui.

– Mrs Paine, demande-t-elle, voulez-vous que nous nous voyions demain, avec votre mari et un notaire ?

– Mon mari est aussi notaire, et il travaille souvent avec les clients de la banque.

– Je souhaite utiliser les services du notaire de mon beau-père, ils se connaissent depuis longtemps.

– Très bien. Alors demain, à la même heure ?

– Et est-ce que je pourrai récupérer les récépissés… de mon père, je veux dire, quand l'affaire sera conclue ? Rédigés de sa main, comme vous me l'avez expliqué.

– Bien entendu.

Mrs Paine regarde par-dessus la tête de ConaLee en direction des larges vitres des portes de la banque.

– Nous aurions dû faire entrer votre frère. Il fait glacial dehors et la neige a commencé à tomber.

– Oh, c'est un solide gaillard ! Il ne craint pas le froid. À demain, donc.

Un brouillard de neige poudreuse semble se lever derrière la maison quand ConaLee traverse la rue en se protégeant le visage de son écharpe. Chiendent lui tourne le dos mais il fait volte-face quand elle le rejoint.

– La banque a transféré son compte sur le mien, lui dit-elle.

– Le veilleur de nuit… Son compte…

– C'était ton père, Chiendent. Autant que le mien. Tu le connaissais mieux que moi. Et le directeur de la banque est le propriétaire de cette maison. Sa femme est d'accord pour me l'échanger contre l'argent du livret. Il faut qu'on aille voir Maman et qu'on revienne demain avec le notaire. Attends un peu, où est passé l'écriteau ?

Chiendent ouvre son col pour lui montrer qu'il l'a caché sous son manteau.

– Tu seras contente de le garder.

ConaLee scrute la maison une dernière fois. Elle sera bientôt sienne. Elle décidera de qui y vivra ou viendra en visite. *ConaLee, « pour toujours » ne veut rien dire. Pour l'instant, nous sommes en promenade et il fait beau.* Certaines personnes avaient davantage de biens, elles possédaient ceci ou cela, des demeures, des magasins, des compagnies de chemin de fer, d'immenses domaines. D'autres… mouraient, devaient fuir, ou oubliaient jusqu'à leurs noms. L'endurance était la seule vraie force. Le courage des disparus telle une houle, une lame de fond, comme une force qui délimitait les jours, qui ouvrait le chemin.

REMERCIEMENTS

Merci à la MacDowell Colony et à Yaddo pour les séjours en résidence d'écrivain qui m'ont soutenue durant la rédaction de ce roman et à ceux organisés par le Virginia Center for the Arts qui m'ont permis de mener à bien écriture et recherches à Alexandria, Virginie, ainsi que sur le site de la bataille de la Wilderness. Merci aussi à Lemley Mullett du West Virginia and Regional History Center des West Virginia University Libraries, ainsi qu'au West Virgina Department of Arts, Culture and History qui m'a aidée à localiser l'iconographie historique indispensable. Merci à Lynn Nesbit, ma merveilleuse agente ; à l'ensemble du personnel de Knopf, et en particulier à Ann Close, depuis si longtemps mon éditrice, pleine de ressources et de patience ; à son excellent assistant, Rob Shapiro ; à la responsable de production, Victoria Pearson ; à la maquettiste du livre, Maggie Hinders ; à la conceptrice de la jaquette, Kelly Blair ; et à Reagan Arthur dont l'enthousiasme pour ce roman m'a tellement encouragée. Merci aussi à Pamela Rikkers, consultante éditoriale. Je remercie aussi ma famille, toujours si compréhensive, et mon mari, Mark, qui m'aide de toutes les façons possibles. Mes respects et ma gratitude au médecin quaker Thomas Story Kirkbride, dont l'ouvrage décisif de 1854,

On the Construction, Organization, and General Arrangements of Hospitals for the Insane, a développé la pratique du « traitement moral » des malades mentaux pendant quelque cinquante ans, jusqu'à ce que sa méthode, comme toutes les méthodes, ne tombe en défaveur. Parmi les dizaines de livres rassemblés pour les recherches que j'ai faites afin d'écrire *Les Sentinelles*, je souhaite rendre un hommage particulier à *The Civil War Told by Those Who Lived It*, quatre volumes publiés par la Modern American Library dans les pages desquels résonnent les centaines de voix ineffaçables de ceux qui ont vécu la guerre de Sécession. M'ont aussi beaucoup apporté *The Art of Asylum-Keeping* de Nancy Tomes ; *The Invisible Irish* de Rankin Sherling ; *Masterless Men : Poor Whites and Slavery in the Antebellum South* de Keri Leigh Merritt ; *The Lincolns : Portrait of a Marriage* de Daniel Mark Epstein, où se trouvent les mots si souvent cités de Mary Todd Lincoln, originellement rapportés dans la lettre adressée à sa femme par le Dr Anson Henry le 19 avril 1865. Rédigée dans l'angoisse quatre jours après l'assassinat de Lincoln, cette lettre est conservée aux archives de l'Illinois State Historical Society. Je remercie également Joe Jordan, spécialiste de l'amiante et des techniques de démolition, dont l'intérêt pour l'architecture et l'histoire du Weston State Hospital (fermé en 1994) l'ont conduit à acheter les bâtiments à l'État de Virginie-Occidentale pour la somme d'un million et demi de dollars en 2007. Ayant retrouvé son nom original, l'Hôpital psychiatrique de Trans-Allegheny est aujourd'hui sur la liste des National Historic Landmarks ouverts au public (voir TALA.org). La moitié des trois cents hectares du domaine original de l'asile fait aujourd'hui partie du site. Ma gratitude va aussi à cette terre et à ces édifices, aux chambres que j'ai visitées et dont j'ai gardé la mémoire, aux longs couloirs, à la vue que l'on a depuis les fenêtres – autant de vestiges du passé qui tous m'ont semblés illuminés par tant de regards.

CRÉDITS DES ILLUSTRATIONS

Page 6 : Dessin de l'Hôpital psychiatrique de Trans-Allegheny, avec l'aimable autorisation des West Virginia Archives and History.

Page 11 : Esquisse représentant l'Hôpital psychiatrique de Trans-Allegheny, tirée de l'ouvrage de Thomas Story Kirkbride : *On the Construction, Organization, and General Arrangements of Hospitals for the Insane.*

Page 50 : Photographie d'une chambre de l'asile, avec l'aimable autorisation de l'auteur.

Page 61 : Dessin de deux femmes, *1847 Woman's Fashion Book,* Le Bon Ton, reproduit dans le *Blackwood's Lady's Magazine*, volume 22.

Page 65 : Septième bataillon de cavalerie des volontaires de Virginie-Occidentale, avec l'aimable autorisation des West Virginia Division of Culture and Historical Records.

Page 141 : Photographie du bâtiment utilisé comme hôpital dans North Faixfax Street (numéros de 100 à 199) entre King Street et Cameron Street, archives de Wikimedia Commons.

Page 152 : Bataille de la Wilderness, illustration d'Alfred R. Waud, avec l'aimable autorisation de la Library of Congress Prints and Photographs Division.

Page 173 : Photographie de Weston, Virginie-Occidentale, avec l'aimable autorisation du West Virginia and Regional History Center, West Virginia University.

Page 215 : « Programme d'organisation générale et taux de rémunération », tiré de l'ouvrage de Thomas Story Kirkbride : *On the Construction, Organization, and General Arrangements of Hospitals for the Insane.*

Page 236-237 : « Motifs d'admission », à partir de l'ouvrage de Thomas Story Kirkbride : *On the Construction, Organization, and General Arrangements of Hospitals for the Insane.*

Page 239 : Photographie du réfectoire, avec l'aimable autorisation du West Virginia and Regional History Center, West Virginia University.

Page 258 : Plan de sol, tiré de l'ouvrage de Thomas Story Kirkbride : *On the Construction, Organization, and General Arrangements of Hospitals for the Insane.*

Page 286 : Photographie d'infirmières sur une pelouse, Archives de Nouvelle-Zélande.

Page 293 : Photographie d'une tonnelle, avec l'aimable autorisation du West Virginia and Regional History Center, West Virginia University.

Page 361 : Photographie d'une clé, avec l'aimable autorisation de Theo Stockman.

Cet ouvrage
a été mis en pages par Nord Compo
reproduit et achevé d'imprimer
en juin 2025
dans les ateliers de Normandie Roto Impression s.a.s.
61250 Lonrai
N° d'imprimeur : 2501660

Imprimé en France

Dépôt légal : août 2025